美学イデオロギー

Aesthetic Ideology: The Politics of Imagination in Commercial Society

商業社会における想像力

大河内昌 著

Sho Okochi

名古屋大学出版会

美学イデオロギー　目　次

序　論

本書の目的

本書は、長い十八世紀のイギリスの思想家・小説家・詩人たちのテクストを「美学」というキーワードを軸に読解することによって、この時代のイギリスの理論的・文学的な言説が取り組んでいたイデオロギー的な問題をあきらかにするこころみである。美学という言葉は、もともとはドイツの哲学者アレクサンダー・バウムガルテンが使い始めた用語であり「感性に関する学」という意味である。(1) だが、イギリスには美学という言葉が流布する以前から、のちに美学と呼ばれるようになる問題機制に関する幅広い探究の流れがあった。それは想像力の中に、理性に比肩するような普遍性をもつ判断能力を見出そうとする努力である。こうした探求をおこなったイギリスの文人たちは、美や道徳の規準を理性で説明することを拒否し、それを「内的感覚」、「道徳感覚」、「趣味」といった想像力に属する能力によって説明しようとした。理性によって論証できない感性に関わる事象に関する意見の一致を説明することこそ美学の中心的な課題である。重要なのは、十八世紀イギリスで書かれたこれらの美学以前の美学の特徴は、政治的・経済的な問題とのつながりをけっして隠していないことである。というよりもむしろ、この時代のイギリスの美学はあからさまに政治的な課題に対する応答として書かれていた。最近の美学イデオロギー批判は、無関心（没利害的）であることを標榜する美学理論が政治的利害と共犯関係にあったことを暴露しているが、十八世紀イギリスの美学においては、政治や経済とのつながりはスキャンダルでも何でもない公然たる事実でしかなかった。[2]この美学的言説が取り組んだ課題は、市民たちが自分の利益を追求するような近代的な商業社会は、いかにして社会の秩序と調和を保つことができるのか、あるいは、いかにして市民たちの道徳的堕落を防ぐことができるのかという問題に回答することであった。ばらばらな部分がいかにして全体的調和を構成できるのかという問題こそ、美学の中心的問題にほかならない。以下、序論として本書の構成と方法論について説明しておきたい。

本書の構成

まず、本書の内容であるが、本書は理論的な著作をあつかう第Ⅰ部と小説・詩・批評といった文学作品をあつかう第Ⅱ部からなる。第Ⅰ部に登場するデイヴィッド・ヒュームやアダム・スミスは、いわゆるスコットランド啓蒙思想に属するとされ、その合理主義的で実用主義的な思想が、イギリスの商業化と産業化を正統化する理論として機能したことは思想史上の常識である。だが、社会の世俗化と合理化を推進した彼らの道徳哲学や政治経済学の言説を一貫して特徴づけるのは、近代の市民社会を統制する原理として理性ではなく「情念」や「感情」といった人間精神の想像的な能力を重視する姿勢である。情念や感情を理性よりも上位に置く彼らの道徳哲学の発想の源泉となったのがシャフツベリーである。第Ⅰ部では、シャフツベリーからフランス革命後のイギリスの政治論争で重要な役割を果たした何人かの作家までをあつかう。

第1章では、十八世紀イギリスの道徳哲学の思想的源泉となったシャフツベリーの主著『人間、風習、意見、時代の諸特徴』を読み解く。このテクストに見出せるのは、神学的言語から解放された、新しい市民社会にふさわしい道徳理論を生み出そうとする努力である。道徳を神学から解放する鍵となるものこそ、徳（virtue）の概念を「内面的な美」として定義し、徳を感覚的な美との類比で論じる可能性である。徳を感覚と結びつける彼の発想――

道徳の美学化――が、長い十八世紀イギリスの道徳哲学と文学の中心問題のひとつを設定することになった。だが、徳を感覚や感情の問題とすることは、新たな問題を生み出す。それは、感覚や情念といった不安定なものの上に、いかにして道徳を基礎づけるのかという問題である。シャフツベリー以降の思想家たちはこの問題に取り組む必要に迫られることになった。

もともと古典的な徳の思想を支持していた貴族的な作家であるシャフツベリーが、中産階級のイデオロギーである道徳哲学の出発点となったことは歴史の皮肉であるが、十八世紀の道徳哲学者たちが、理性よりも情念や想像力を上位に置いたことには大きな理由がある。本書の中であきらかになるように、当時の社会理論においては、商業の発展は欲望や野心といった人間の情念によってうながされると考えられていた。商業を擁護することは情念や想像力を擁護することを意味した。

第2章では、シャフツベリーの思想がどういったかたちで次世代の思想家たちに引き継がれたのかを、バーナード・マンデヴィル、フランシス・ハチソン、ケイムズらの著作を取り上げて検討する。マンデヴィルはシャフツベリーの徳の思想を荒唐無稽な虚構として嘲笑した。それに対してハチソンは、人間は生まれもった「内的感覚」によって徳と美を感知し愛するというシャフツベリーの道徳哲学を擁護するために、人は感覚においても道徳においても美しいものを愛するように神に定められているという発想――神の摂理という切り札――の導入を迫られることになった。そして、ケイムズをはじめとする彼の追随者たちもその路線にしたがった。

第3章では、ヒュームの「趣味」の理論に焦点を当て、商業活動と利益の追求を是認する近代社会が、社会の統制原理を感受性や趣味といった想像的能力の洗練に求めてゆくその理由を解明する。ヒュームは十八世紀イギリスでもっとも先鋭な懐疑主義を推し進めた思想家であるが、彼の目的は合理主義的な懐疑論をあらゆる分野で貫徹することではけっしてなかった。彼は、むしろ理性がもたらす懐疑論が有効性をもつ領域をきびしく限定し、日常世界においては理性ではなく情念が支配的となるべきと主張したのである。

第4章では、『人間本性論』に含まれているヒュームの虚構理論を、リアリズム小説の勃興という同時代の文学史的現象と関連させて読解する。ヒュームは、一方で現実と虚構は区別できると主張し、他方でそもそも現実は虚構からできていると主張するという、一見矛盾する態度を見せる。だが、彼のテクストを精読するなら、これは近代的な商業社会に必要な心の構えであることが判明する。商品と貨幣あるいは紙幣と貨幣がめまぐるしく交換されるような世界、あるいは情報が氾濫し虚構と事実の区別が困難になるような世界で生き残るためには、人は虚構を虚構として認識し、そのある部分を無根拠なつくり話として退けながらも、べつな部分はあたかも事実であるように受け入れてふるまう柔軟な心的態度が必要になる。ヒュームの虚構論が説明するのはそうした心的態度の必要性なのだ。この時代に勃興したいわゆるリアリズム小説という文学ジャンルも、ヒュームと同様な虚構に対する態度を前提として成立したものであることも論じる。

第5章では、ヒュームとスミスの政治経済学のテクストをあつかう。ヒュームは市場経済そのものが、商品に対する欲望や将来における利益への期待といった想像的なものによって作動するある種の表象システムであるという認識をもっていた。ヒュームやスミスは、市場経済が認識論的に不安定な想像力によって支配されることからさまざまな問題が発生することに気づいており、市場において働く想像力のあり方を解明することによって市場経済に内在する不安定性を払拭するという企てに取り組む。彼らの目的は、想像力そのものの中に想像力を抑制する機能を見出すことなのである。だが、彼らの理論的探究は、想像力によって支配される市場のメカニズムは不安定性を最終的には払拭できないことを明るみに出す結果となる。

第6章では、政治的保守主義の古典と見なされているエドマンド・バークの『フランス革命の省察』の政治的な議論に混入している美学的言説を分析する。このテクストにおけるバークの中心的な企てを端的に言うなら、政治の美学化であり、そこで機能している修辞法に注目することによって、政治における美学の役割もしくは美学の政治利用という問題に光を当てることができる。この章においては『フランス革命の省察』とそれに三〇年ほど先立って書かれた『崇高と美の起源』を比較し、この二つのテクストの間に大きなパラダイムの変化があったことを確認することで、バークの政治学の中に趣味判断の基盤が個人から国家や共同体といった集団的なものへと移行する転換点があることを確認する。

第7章では、トマス・ロバート・マルサスの人口理論を崇高美学との共犯関係という観点から分析する。マルサスの人口理論は、政治と経済に関する学問分野を数字と統計に基礎づけられた科学の地位に高めようという構想から出発しているが、そうした科学的な外見にもかかわらず、マルサスの政治経済学は美学と隠れた共犯関係を取り結んでいる。マルサスによれば、無限に増大してゆく人口の圧力こそ、人間が軟弱さと奢侈の中に埋没することを妨げ、人々を労働に赴かせ、人類の進歩を可能とするのである。バークによって定義された崇高は、マルサスにおいて、奢侈と怠惰を戒め勤勉さを奨励する倫理的な装置となる。

第8章では、近代的な市民社会における家庭の位置づけを考察するために、フェミニズムの先駆者とされるメアリー・ウルストンクラフトの『女性の権利の擁護』を読解する。ウルストンクラフトは、十八世紀イギリスの政治的急進主義とフェミニズムを結合し、公共的な領域における女性の権利を要求した。これまで論じてきた作家たちの多くは、何らかのかたちで想像力を市民社会の統合原理として構想する可能性を探求していた。だが、ウルストンクラフトを特徴づけるのは、その徹底した反美学的な態度である。権利の要求という反美学的な言語を用いたことで、ウルストンクラフトのフェミニズムは中産階級のイデオロギーに内在する性的な抑圧を図らずも暴露する結果となる。

第II部では、小説、詩、詩論といった文学的なテクストを考察する。あつかう作家はサミュエル・リチャードソン、ウィリアム・ワーズワス、メアリー・シェリー、サミュエル・テイラー・コールリッジである。ここでは文学的なテクストの中で感受性、崇高、想像力といった美学的な概念が、いかにイデオロギー的な役割を果たすかを分析することになる。

この部では、最初にサミュエル・リチャードソンの家庭小説をあつかう。若い女性の無垢で純粋な愛という感情に道徳的清廉さの根拠を見出そうとする家庭小説は、清純なヒロインたちの胸に宿る繊細な感情や、よからぬ女性の胸に宿る不純な社会的野心を、微細な点にいたるまで描き込んでゆく。人間の内面にある感情をあますところなく描き出し分析しようとする家庭小説は、同時代の道徳哲学と文学がもっとも明瞭なかたちで交錯する場所と言えるだろう。

第9章では、『パミラ』に描かれた「女性的な徳」に焦点を当てる。リチャードソンは『パミラ』において、若い女性の胸中で「愛」が芽生え育ってゆく過程を詳細に記述する家庭小説という、それまでの文学史に類を見ないジャンルをつくり出した。それは、家庭を管理する女性に望まれる徳のあり方を詳細に描き出すこころみであった。この章では『パミラ』の分析をとおして、女性的な徳を理想化することが、文化的なヘゲモニーをめぐる貴族階級に対する中産階級の闘争において決定的に重要であったことを確認する。

第10章では、リチャードソンの『クラリッサ』を読解し、市民社会における女性的な徳と法の対立関係をあきらかにする。市民社会の原理としての女性的な徳は、あくまで法の埒外にある倫理的で慣習的な領域を支配する原理であった。他方、市民社会には法の支配もまた必要となる。予想されることであるが、感受性に基づく女性的な徳と法の論理はしばしば対立し、法の前で道徳は無力となる。『クラリッサ』は『パミラ』と同様に女性的な徳の理想化を目指す小説であるが、同時に女性的な徳の限界に関する洞察も含むテクストであることを論じる。

小説のジャンルだけでなく、ロマン主義の想像力理論の背景にもまた、十八世紀の道徳哲学と共通する問題機制が存在している。とくに、商業と徳の両立可能性の問題は、ロマン主義においても依然として中心的な問題であった。しかし、ロマン主義の時代には社会の商業化は既定の事実であり、詩人や批評家たちにとっては商業社会という所与の条件の中での文学の使命という問題を考えることが課題となってくる。ワーズワスやコールリッジにとって、文学はあらゆるものが商品化し流動化してゆく商業社会において、人間が有徳な存在となるために自己を鍛錬する場となる。それは、かつて宗教や古典教育が果たしていた人格陶冶の役割を文学が引き受けることを意味する。

第11章では、ワーズワスの自伝的叙事詩『序曲』おける想像力と記憶というテーマが、いかに当時のイギリスにおける都市化と商業化の問題と結びついているかを分析する。ワーズワスはものと人が絶え間なく流動する商業社会においては、人生が偶然性によって断片化されてしまう危険があるという認識をもっている。だが、彼は、詩的想像力は断片化した経験を詩的な再記述によって意味ある統一された人生へとまとめ上げることができると考える。『序曲』は詩的想像力による人生の再記述と再統合の実践であり、そうした意味で、近代的市民社会における商業と徳の両立可能性の問題に対する新たな回答となっているのである。

第12章では、ワーズワスの詩作品における崇高の問題を、浮浪者の表象という視点から論じる。ワーズワスの詩は乞食や行商人といった貧しい放浪者をしばしば崇高な対象として描く。近代的な市場経済の周縁で貧しい生活を強いられているこうした浮浪者たちは、ワーズワスの詩の中で崇高な対象に転化する。崇高な対象としての彼らは、克己の精神や労働倫理を教える道徳的なメッセージを発する。だが、ワーズワスにおける崇高はたんなるイデオロギー的な道具ではない。ワーズワスの崇高はあらゆる商品の価値の根源でありながら、市場経済のシステムの中で不可視になってしまう労働する人間の物質的な身体をあらわにすることで、読者に市場経済が内包する非人間的な側面を気づかせるのである。ワーズワスの詩は一方では現状容認的な政治的メッセージを発すると同時に、そうしたメッセージを脱構築するような側面をもつ。それは、表象不可能なものの表象という逆説的な性格をもつ崇高は、自らのメッセージを脱構築してしまう構造をもつからにほかならない。

十八世紀イギリスの美学において崇高はきわめて重要な概念である。第13章では、崇高が必然的にもつ脱構築的な性質を、身体と言語の関係に焦点を当てながら構造論的に分析する。取り上げるのはメアリー・シェリーの『フランケンシュタイン』である。一見すると、この小説に登場する怪物はその身体的な巨大さや強靭さが、彼の崇高性の源泉となっているように見える。しかし、怪物の表象を分析するなら、怪物の崇高性をもたらしているのは物質性と言語の結びつきであることがわかる。そこから、十八世紀の崇高美学の底流に流れる崇高と言語の関係という問題、さらには崇高が必然的にもつ脱構築的な構造の問題に光を当てることができるだろう。

第14章から第16章では、コールリッジの散文テクストをあつかう。コールリッジにおいてわれわれが見るのは、十八世紀をとおして模索されてきた美学イデオロギーの完成された形態としてのロマン主義である。コールリッジが診断するように、フランス革命後の時代においては商業の力がすでに伝統的な価値観を圧倒するほどに膨れ上がってしまったことは、だれの目にもあきらかだった。ロマン主義の詩人や文人たちは、むしろ商業の圧倒的な力を前提としながら、それに対抗するものとしての想像力の理論とイデオロギーを練り上げようとする。そうしたイデオロギー的なこころみの中でロマン主義はもはや過去のものとなってしまった宗教的、封建的、地域共同体的な価値を呼び起こす。だが、重要なことは、ロマン主義のイデロギーは近代を否定して伝統的な価値への回帰をうながすような短絡的なものではないということである。とくに成熟期のコールリッジに見られるのは、商業活動の国家的な意義を認めながらも、それと共存しうる永遠の価値もしくは普遍的な意味が支配する領域——レイモンド・ウィリアムズの言葉を借りるなら「文化」の領域——を近代国家の中に切りひらこうとする企てなのである。

第14章では、コールリッジの散文作品の中でもっとも有名な『文学的自叙伝』の読解をこころみる。『文学的自叙伝』が取り組むのは、文学作品が商業社会における一個の商品に堕することをいかに避けうるかという問題である。コールリッジは象徴的言語という理念によって文学の商品化を回避しようとする。われわれが『文学的自叙伝』に見出すのは、歴史を超越しようとする身振りであり、それはロマン主義のイデオロギーの典型的な戦略である。ここでは二十世紀のすぐれたロマン主義研究の多くが、ロマン主義のイデオロギーの反復となっている事態も指摘する。

第15章では、コールリッジの後期の政治的テクストにおける政治の美学化の問題を検討する。後期コールリッジの政治思想の理解を困難にしているのは、政治の問題を言語の修辞的構造と結びつけて論じようとする態度である。彼はイギリスの伝統的社会構造を象徴という言語構造との類比によって説明しようとする。彼はジャコバン主義的急進主義と商業精神の跋扈という二正面の敵に対抗して土地財産に基づく伝統的社会構造に神聖な権威を与え、正統化する必要に迫られていた。そうした困難な企てを実現するためコールリッジが用いた戦略は、現実世界の構造と神の権威を帯びた聖書の言語の構造を精妙な類比をとおして同一視するという、テクスト的戦略であった。コールリッジの政治的なテクストがわれわれに見せるのは、美学イデオロギーのもっとも洗練されたかたちにほかならない。

第16章では、『教会と国家の構造について』で展開された国家観と文化の役割という問題を分析する。コールリッジは伝統的なイギリス社会のバーク的な擁護者、あるいは資本主義批判の伝統の中の主要な論客のひとりと見なされてきた。しかし、市場の圧力の下における後期のコールリッジの戦略は、彼の初期の急進主義を特徴づけていたような商業否定の姿勢ではなく、もっと複雑で機微に富んだものである。彼は貨幣の利害（商業）と土地の利害（農業）という対立する二つの力が想像力によって和解する美学的な国家構造のヴィジョンの中に商業を組み込むことによって、商業の力を懐柔しようとする。彼が提案した文化と知識人の役割はそうした理論装置の一部として理解すべきなのだ。

本書であつかうテクストの時系列的な読解をとおして、十八〜十九世紀イギリスの美学的議論の力点が、受容の原理としての「趣味」から創作の原理としての「想像力」へと移ってくることが確認されるが、その理由を説明することはむずかしくはない。シャフツベリーは言うまでもなく、ヒュームやバークといった十八世紀の文人たちにとって真面目に読むべき書物とはまず何よりもギリシャ・ローマの古典であり、それはあらかじめ存在しているものであった。だが、ロマン主義の時代になり、古典教育を受けていない女性や中産階級を含む分厚い読者層が形成されるにしたがって、自国語で書かれた作品の文化的な地位が高まってくる。そうした時代にあっては、作品とは読まれるものであると同時に創作されるもの、書かれるもの（そして、ひとつの商品）となってゆく。大量の書物が恒常的に生産され商品として流通する世界において、創作原理や創作者の社会的位置づけの問題が重要性を増してくるのは自然なことの成りゆきである。

本書の方法論

つぎに、本書の方法論について説明する。『美学イデオロギー』というタイトルを本書に付したのは、シャフツベリーからコールリッジまでのイギリスの文人たちの理論的な企画を包摂する概念として「美学イデオロギー」という概念がもっとも適切であると考えたからである。最初に述べたように、本書で主張するのは、彼らは近代的市民社会の調和と秩序の根拠を神学的権威や古典的理想ではなく、趣味や想像力といった人間の想像的な能力に見出そうとしたということである。市民一人ひとりが感受性や想像力によって道徳的な規則を直感的に把握し、それにしたがって行動する市民社会の理想は、個別的部分が存在感を有しながらも、なおかつ統一的で調和的な全体性を実現する芸術作品の理想と共通するものがある。本書では、十八世紀イギリスにおける政治的言説と美学的言説の関連性を探究するが、それは双方向的な分析となる。つまり、美学的な言説をそのイデオロギー的性格という観点から分析し美学の中に潜む政治的な力学を探り当てると同時に、あからさまに政治的・経済的な言説の中に登場する美学的なものの機能も分析してゆくことになる。ここでは、イデオロギーという用語をゆるやかな意味で、つまり「西洋社会の近代化にともなう人間と社会の変化を説明するために構築された一定のまとまりをもった世界観」といった程度の意味で用いる。もちろん、イデオロギーという用語を用いるからには、その世界観が特定の政治的無意識によって動機づけられたものであるという前提がある(3)。この本であつかう詩人や文人たちは、彼らが理想とする市民社会のありさまを、詩的な比喩やイメージを含む修辞的なテクストによって構築している。彼らが紡ぎ出すイデオロギーは二重の意味で美学的である。ひとつは、彼らが理想とする市民社会は、想像力に基づく個別と全体の調和の達成という芸術作品のような性質を有しているということである。そこでは、感受性や趣味といった美学的な能力が社会の秩序や統一性を維持する原理となる。だが、それだけではない。道徳の分野における理性の至上権を退け、市民社会の紐帯として想像力や趣味を重要視する彼らの言説は、それ自体が修辞的に洗練された美的なものとなってゆくのである。そうした、それ自体が複雑な構造をもった言語テクストのイデオロギーを分析するためには、テクストの微妙な綾を解きほぐすような読解――精読――が必要となる。

　言うまでもなく、イデオロギーが構築する世界観は単純なものでもありえるし、複雑なものでもありえる。単純なイデオロギーは多くのことを説明できないがゆえに、大きな力をもつことはない。強力な説明力をもつイデオロギーは複雑かつ精緻なものであり、それゆえその媒体となる言語テクストもまた必然的に修辞的で複雑なものとなる。シャフツベリーからコールリッジにいたるイギリスの文人たちの言説は、市民社会に関する強力なイデオロギーをつくり出した。だが、強力なイデオロギーの媒体となる言語テクストの複雑な修辞的構造は、多くの場合、テクストの表層的なメッセージを裏切るような「二次的メッセージ」あるいは「潜在的な陳述」を含んでいる。精緻なイデオロギーを構築するテクストは、それゆえ、読者に対して注意深い読みを要求する。本書がこころみるのは、イデオロギー的なテクストを精読することによって、それらのテクストがもつ表面的な主張だけでなく、それらの修辞的な構造が発する潜在的なメッセージを掘り起こすことである。なぜなら、表層的な陳述と潜在的な陳述の間の葛藤と矛盾の分析をとおしてのみ、テクストの中に痕跡として存在している歴史的・政治的な問題があきらかになるからである。[4] 本書では、第Ⅰ部は理論的・論述的テクスト、第Ⅱ部は文学的・虚構的テクストをあつかった論考をまとめているが、その区分は厳密なものではないと同時に恣意的なものでもない。理論的なテクストは論述的かつ論理的な言語で一貫した主張を展開しようとするので、「二次的メッセージ」をできるかぎり隠蔽しようとする。それゆえ批評家はテクストのもつ重層的な構造を粘り強く解きほぐす必要がある。文学的・虚構的テクストは、自らの言語そのものが想像力の産物という意味で「想像的」なものであることを前提としている。それゆえ、美学的な問題をあつかう文学テクストには、想像力によって想像力を語るという自己言及的な構造が出来することになる。たとえば、バークは理論的な言語で崇高について説明するが、ワーズワスやメアリー・シェリーのテクストは自らが崇高な言語になろうとする。それはあきらかな自己言及性をもつ言語と呼んでもいいし、言語の論述的次元と修辞的次元の両方を明白に含んでいる言語と呼んでもいい。第Ⅱ部でもっとも理論的なテクストに近いのはコールリッジの散文テクストだろうが、コールリッジの散文テクストは象徴的言語の特権性を説明すると同時に自らが象徴的言語としてふるまおうとする。そのとき、テクストの論述的次元と修辞的次元が異なるメッセージを発することになる。だが、こうした自己言及的な構造は第Ⅰ部であつかう理論的テクストにも、たとえ抑圧されたかたちであろうと、たしかに存在しているのであり、そうした意味で理論的テクストと文学的テクストの区分は厳密なものではない。換言するなら、豊かな想像力をもって精緻に書かれたテクストはすべてある程度まで「文学的」なのである。文学的なテクストが内包する異なったレベルのメッセージが生み出す葛藤から、われわれは言語テクストの力学がもつ複雑な襞に分け入ることが可能となる。そうした力学の中に、物質的な政治と歴史の力の痕跡を見出することができるのだ。こうした精読の技法は、近年の理論的文学研究によって一層研ぎすまされたものとなっている。本書は、文学的な精読の技法によって思想史を読みなおすこころみであるが、同時に、従来は文学研究の対象とは考えられてこなかったテクストに精読の技法を適用することによって、文学研究の領域を広げようという密かな野心ももっている。

本書であつかった作品の多くには、すでにすぐれた翻訳が存在している。本書では原典からの引用は原則として筆者自身の訳を用いているが、既存の翻訳を参考にして多くの示唆を得たことを付言しておく。

第Ⅰ部　道徳哲学における美学

第1章　シャフツベリーにおける美学と批評

情念という問題

十八世紀イギリスの美学の言説を理解するために決定的に重要なことは、それが道徳哲学と呼ばれる大きな知的プロジェクトの一部をなしているということである。この時代の道徳哲学はひとつの大きな課題に取り組んでいた。それは、理性ではなくむしろ「共感」、「趣味」、「感受性」、「感情」といった想像的な能力こそが、妥当な道徳的判断の根拠となることを証明するという課題である。こうした理論的探究を要請したのは、イギリス社会の近代化と商業化にともなう新しい世俗的な道徳理論の必要性であった。近代的な商業社会は人間の欲望や野心といった情念を肯定する社会である。そうした近代化が進行しつつある社会においては、旧来のキリスト教的道徳はしだいに有効性を失ってゆく。たとえば、バーナード・マンデヴィルは、情念こそが商業社会を進歩させるエネルギーであり、欲望や虚栄心といった情念を根絶しようとする国家は、商業国家としては衰退するしか道はないと主張した。(1)では、欲望や野心といった私的な情念を解放する社会は、同時に徳ある社会でありえるのだろうか。また、私的な利益の追求を是認する社会はそもそも秩序と安定を保ちえるのだろうか。十八世紀イギリスの道徳哲学は、こうした問題に対して肯定的な解答を与えようとした。換言するなら、道徳哲学という多面的な理論的言説が取り組んでいたのは、私的な情念と公共的な徳の両立可能性の問題なのである。この時代の道徳哲学の特徴は、美学をその重要な一部として内包していることである。[2] 十八世紀イギリスの美学のイデオロギー的意味は、美学を徳と情念の関係をめぐる問題に対する応答と考えることによって正しく理解できる。道徳哲学の一部としての美学は人間の感情や情念を分析し、感情や情念の中に普遍的な道徳的法則を把握する潜在的能力が存在すると主張することで、情念と徳の両立の可能性を証明しようとした。もし、情念が洗練によって調和的な全体をつくり上げる性質をもつならば、商業の駆動力である情念は、秩序ある社会にとって脅威ではなくなるだろう。本章の目的は、イギリスにおける美学の流れの出発点に位置する第三代シャフツベリー伯アンソニー・アシュリー・クーパーの『人間、風習、意見、時代の諸特徴』の読解をとおして、美学の言説がその初期的な形態においてすでに内包しているイデオロギー的な課題を明確にすることである。土地財産の所有と古典的教育に基づく貴族的な価値観の代弁者であるシャフツベリーの思想が、中産階級のイデオロギーである道徳哲学の形成に大きな役割を果たしたということはある意味で歴史の皮肉であるが、それはシャフツベリーが世俗的な商業社会へと変貌を遂げつつあった名誉革命後のイギリス社会が内包している問題の核心を的確にとらえていたことを意味する。シャフツベリーの思想の革新性の中核にあるのは、美と徳はともに「感覚」によって知覚される基本的に同一の性質と見なす考え方である。美と徳を同一化することには大きなものが賭けられている。じっさい、それは倫理学を神学から解放し、商業と徳を両立可能なものとする新時代の道徳哲学への出発点となった。

美と徳の同一化

『諸特徴』の中では、美と徳の関係はおもに第四論考「美徳論」と第五論考「道徳家たち」において詳しく論じられている。「美徳論」で体系的に示されるシャフツベリーの道徳哲学の中心には「システム」という考え方がある。[3] 彼によればすべての生物はさまざまな機能や物質の集積したシステムであり、おのおののシステムはそれが志向する「目的」をもっている。その目的に資する行動や性質は、そのシステムにとっての「利益」であり「善」である。だが、すべての個別的システムはより大きなシステムの中に存在している。たとえば、人間は家族というシステムの一部であるが、家族は社会というシステムの一部であり、さらに社会は世界というシステムの一部である。こうして小さなシステムがつぎつぎと上位のシステムに組み込まれてゆくことで最終的な全体（宇宙）が構成される。こうした重層的なシステムの中では、個別的存在にとっての善が全体にとっての善になるとはかぎらないし、個別的な悪が全体に利益をもたらすこともある。ここに徳の問題が生まれる。シャフツベリーによれば、徳とは個別的な存在が私的なシステムの利益からはなれて、より大きなシステムの利益を促進する行為や性質である。つまり、徳とは個人が共同体や国家という公共の善を促進することにほかならない。徳は個別と全体の関係の中で初めて生じる観念なのだ。

ある人物が善もしくは有徳という名前に値するためには、彼の性向や情動、心と気質のあり方が、彼の種にとっての善、つまり彼がその中に含まれ彼がその一部をなしているシステムの善と調和し合致するものでなければならないということを、われわれは発見した。(1：227)[4]

ここでの問題は私的善と公共善が相反するとき、私益を超えた全体の利益に対する奉仕を人にうながす動機は何かということである。シャフツベリーの道徳理論の特徴は有徳な行為——すなわち個人による公共善への奉仕——の動機を、理性的な判断にではなく美と秩序を愛する人間の本能的で自発的な情動に求めた点にある。換言するなら、彼は倫理学の問題を美学化することで解決しようとしたのであり、この態度は彼以降の道徳哲学全体の大きな特徴となった[5]。

シャフツベリーの道徳理論はこうして、道徳的行為の動機づけの原理として情動と情念を何よりも重視する。彼によれば、あらゆる行動は「情動もしくは情念」によってうながされるのであり、また「弱い情動が強い情動を克服するのは不可能」（1：231）である。したがって、人間が有徳な行為をなす場合には、彼をそうした行為に駆り立てる強い情動が存在しなければならない。シャフツベリーの中心的な主張は、公共善への奉仕をうながす情動は人間にとって自然なもの（つまり万人が生まれながらにもっているもの）であり、その自然な情動は最高の快を人間にもたらすということである。シャフツベリーによれば、最高の快は精神の快であって身体的感覚の快ではない。精神が享受する快にもいくつかの種類があるが、最高の精神的な満足は社交をとおして得られる。他人のよき行為に対する賞賛は、自分も他人によって賞賛されたいという気もちを自然に喚起する。これが社交の最大の楽しみである善の共有と交流をもたらす。シャフツベリーによれば、人間に公共善に資する行動をうながすのは、理性による情念の克服でもなければ、来世において神によって下される賞罰に対する恐怖や期待でもない。理性的な思考そのものには、人間に行動をうながす力はない。精神的な快と満足を求める情動こそ、有徳な行為をうながす動機となる。こうしたシャフツベリーの主張を支える前提が美と徳の同一化である。[6] 人間が教育や強制によらなくとも自発的に美を好み、美を追求することは知られている。もし徳が「内面的な美」であり、公共善に対する奉仕が「美しく、均整のとれた、適切な行動」であるなら、それを観察する人間に大きな満足を与えるであろうし、それを実行する人間は自らを省みることによって、この上ない満足を得ることができるだろう。

シャフツベリーによれば、美と徳はともに個別と全体の調和という共通の質をもっている。さらに美と徳はともに、理性的思考に先立って、感覚によって即座に感知されるという共通点がある。ちがいは、美しい対象のもつ秩序と調和は目や耳といった「身体的感覚」をとおして知覚されるが、有徳な行動は身体的感覚と区別される「精神」あるいは「内的感覚」（internal sense）（2：52）によって知覚されるということだ。道徳が五感をとおして知りえないのは、人間の道徳性を決定するのは観察可能な行動そのものではなく、行動をうながした内面的な情動であるからである。

そのことは、通常の物体あるいは感覚のありふれた対象と同様に、精神的、道徳的な対象にもあてはまる。前者の形態、運動、色彩、均整が目に映ると、それらのいくつかの部分の異なった程度、配置、配列に応じて、必然的に美醜が感じられる。同様にふるまいや行動においても、それらが人間の悟性に映った場合は、対象のもつ斉一性と非斉一性に応じて、かならずやあきらかなちがいがあるはずである。

他人の精神の観察者であり聴取者である精神が、均整を感知したり、音を区別したり、その面前に現れる一つひとつの感情と思考を見分けたりするための「耳」と「目」をもたないはずはない。何ひとつとしてその判断から逃れることはできない。精神は情動がもつ柔らかさと堅さ、快適さと不快さを感じ取り、醜と美、調和と不調和を発見する。その判別が即座にその場でなされるのは、ちょうど楽曲や可感的な事物の外的形態や表象における感知の仕方と同様である。精神は後者に対してと同様、前者に対しても賞賛と恍惚、嫌悪と軽蔑を隠すことはない。それゆえ、事物における崇高と美に対する一般的で自然な感覚を否定することは、この問題を適切に考察する者にとっては、ただの衒いにしか見えないだろう。(1：202-203)

美と徳の同一化は大きな結果をもたらす。それは徳を「美」、「規則性」、「調和」、「崇高」といった美学的な——すなわち感覚的な——用語で表現することを可能とする。美と徳は、個別と全体の調和という共通の性質をもっているわけだから、身体的な感覚で知覚可能な美は、知覚不可能な徳の外面的な現れと見なすことができる。それゆえ、外的事物に内在する美と調和を知覚する美的感覚を研ぎすます訓練は、行動に内在する美と調和としての徳を知覚する内的感覚を育むのに役立つ。美的感覚と道徳感覚の類似性の強調が、文化の洗練と徳の洗練を直接結びつける方向に進むのは自然なことである。じっさい、シャフツベリーは、美的な対象のもつ倫理的な効果を明確に主張する。

つぎのこともまたたしかである。つまり、どんな種類のものであれ、秩序、調和、均整を賞賛し愛することは、気質を改善し、社交的情動を育み、徳にとって大いに役立つのだ。そもそも徳はそれ自体、社会における秩序と美を愛することにほかならないのだから。(1 : 225)

ひとたびこうした道徳の美学化を受け入れるなら、文化のイデオロギー的な役割は飛び抜けて大きなものとなる。感覚的な事物の美を認識することが徳の育成につながるのであれば、文化や芸術の洗練は個人の徳を育成するだけでなく、社会の秩序の維持と国家の繁栄にもつながってゆくはずなのだ。

熱狂としての徳

だが、徳と美を同一化し、徳を情動もしくは情念の作用として語ることは大きな問題につながる。伝統的に、強欲、怠惰、高慢といった悪徳は情念の産物と見なされてきた。それゆえ、伝統的に理性による情念の克服が、道徳的行動の基盤と見なされてきたのである。(7) だが、シャフツベリーのように、徳とは理性による情動と情念の克服ではなくそれ自体ひとつの情動であると主張することは、悪徳と美徳は別個な原理であるどころか、さまざまな情動や情念の相克という同一の心的エコノミーに属していると認めることを意味する。そして、シャフツベリー自身はその結論——美徳と悪徳はともに情念と情動の産物であること——を明確に受け入れる。『諸特徴』の最終章の「雑録的省察」で、シャフツベリーは架空の批評家の声を借りて自らの立場を解説している。「彼は徳それ自体さえも、高貴な熱狂にほかならないと考えている。ただ、それは彼が自然の事物の中にあると考えている高度な規準によって正しく方向づけられ、制御された熱狂なのだ」(2 : 144)。十七〜十八世紀のイギリス思想の文脈において

「熱狂」（enthusiasm）とは情念の暴走であり、とくに、個人的な経験の産物でしかない情念が理性を支配し、合理的根拠を欠いたまま普遍的な真理（とくに宗教的な真理）を主張することである。[8]『諸特徴』におけるシャフツベリーは、熱狂という概念に対してきわめて両義的な態度をとっている。彼によれば、神の直接的な啓示を受けたことを主張する狂信は、悪しき熱狂の典型である。熱狂と恐怖が結合して群衆に広まれば、パニックと暴動につながる。ジョン・ミーは、熱狂に対するシャフツベリーの警戒心は、十七世紀の革命期のイギリスにおけるプロテスタントの民衆的な暴動の記憶と関係があると指摘している。[9]だが、他方、感情の高揚をとおして普遍的な原理や真理に到達するという熱狂は、詩人の霊感や芸術的な創造において観察されるものであり、美学化された徳の原理そのものを表現していると言える。シャフツベリーは合理的な思考を徳の原理とする考え方から離れて、情動をとおして徳の原理に到達しようとする。理性的推論ではなく、情念や情動をとおして普遍に到達することは、当時の用語法によればまさに熱狂にほかならない。それゆえ、シャフツベリーはあえて徳を熱狂であると明言する。しかしそれは、「正しく方向づけられ、制御された熱狂」でなければならない。それゆえ、情念を精査し、いかにして情念のもつ心的エネルギーが徳すなわち公共善に対する貢献へと方向づけられるかを解明することが、道徳哲学の主要な使命となる。

> 情念のさまざまな急変、屈折、衰微、内的な転回などを観察することで、私はまちがいなく人間の胸中をよりよく理解し、他人と自分自身をともによりよく判断できるようになる。人の生き方における行動を支えている情念を規制し統治することから得られる利点なしに、こうした研究をわずかでも進めることはできない。（1：153）

徳と美を同一視することから生じる道徳の美学化は、こうして悪しき熱狂とよき熱狂の区別という問題に逢着することになる。「道徳家たち」の中でシャフツベリーは登場人物のひとりテオクレスに、美と徳を同一視する道徳思想を代弁させている。

テオクレスが語るのは、個別と全体の照応理論である。テオクレスは全体的な秩序の存在を確信できない懐疑主義者のフィロクレスに対して、まず内面を吟味することを勧める。テオクレスによれば、よい気質をもった人間が自分の内面を観察すれば、そこに「秩序と均整に関する観念あるいは感覚」(2：51)が深く刻印されていることがわかる。それが数学や芸術の力の根源となる。不協和音と和音、高貴な建築と瓦礫の山がまったくちがった印象を人間に与えるのは、人間はだれでも秩序と調和のもつ美を知覚する「内的感覚」を生まれつきもっているからにほかならない。そして、人間の個別的な精神が秩序をもっているならば、それを生み出した全体的自然が秩序を欠いているはずはない。

これらの部分がどれも独立ではなく、すべてがあきらかに結合しているなら、その全体は、単純で一貫して斉一な設計に基づいた完全なシステムである。(2：52)

人間の内面にある調和から、物質的な世界すなわち自然にはすでに神の「設計」に由来する調和と秩序が存在することが理解される。なるほど、世界には多くの悲惨や悪が存在している。しかし、世界全体がある設計によって成り立っていることを考えれば、部分的な悪や悲惨はかならずや全体的善を促進する働きをもっているはずである。この内的感覚をとおして宇宙の調和という普遍的、永遠的なものを認識する道が開ける。つまり、内的感覚とは個別をとおして全体を感知する能力なのだ。シャフツベリーの道徳論が個別的システムと全体的システムの調和という原則から出発していることを考えれば、この内的感覚こそ彼の道徳哲学を支える礎石であることは容易に理解できる。

シャフツベリーにとって、内的感覚は万人が生まれつきもつ自然なものである。彼は、「正邪の感覚は自然な情動それ自体と同様、自然なものであり、人間の構造と構成の第一原理であるのだから、思索的意見や説得や信念によって即座にあるいは直接的に排除されたり、破壊されたりすることはない」（1：210）と言う。だが、それは人間が道徳的であるために教育や訓練が不要であるということを意味しない。むしろ自然でいるためには努力が必要なのだ。多くの人間は低次元な空想や情念に支配され、移ろいやすい善を追い求めている。だが、世界に存在する普遍的調和と和解するためには、低次元の情念と利害から自由になって内面的な情念の均衡と調和を達成しなければならない。「情念の規制と統治」（1：153）によって実現される内面と外界もしくは個別と全体の調和の達成こそ、よい意味での熱狂なのだ。道徳哲学者としてのシャフツベリーの重要性は、よき熱狂としての徳が、悪しき熱狂としての狂信に堕することを防ぐための、情念の抑制技術を提案したことにある。注目すべきは、シャフツベリーが情念をコントロールするための技術を論じ始めるとき、彼の議論が美学的なパラダイムに基づいたものから、言語的なパラダイムに基づいたものに変化することである。

情念の規制

『諸特徴』の第三論考「独白、あるいは作家への助言」は、空想をコントロールするための訓練として、「独白」もしくは「内的対話」の実践を勧めている。[10] シャフツベリーの言う内的対話とは、自分で二役を果たすこと、すなわち自分を一方では賢人、他方では卑しい人間に分割し、お互いに対話をさせるということである。この対話の目的は「自分を知る」（1：93）ということだ。逆説的なことだが、シャフツベリーにとって自己の分割は自己同一性を保つための条件なのである。[11] シャフツベリーによれば、意志は自己同一性の基盤とはなりえない。なぜなら、意志は情念から独立したものではなく、むしろ情念に支配されるものだからだ。「意志は放置されれば、気質と空想に支配されてしまう」(1 : 100)。愛や欲望といった情念が暴走し、破壊的な結果をもたらすことを防ぐには、情念の正体を知る必要があるが、それは簡単ではない。なぜなら、人間の思考は「曖昧で暗黙の言語」(1 : 94) をもっていて、それを明晰なものにするのはむずかしいからである。空想と想像力を呼び出し、それらに声を与えて語らせることによって初めて、曖昧なかたちで隠れていた欲求や欲望の姿があらわなものとなり、コントロールが可能となる。自分の情念と語りあう「演劇的手法」(1 : 105) によって、自己の内部に隠れて権力をふるっている情念に声を与えて、その正体をあきらかにすることができる。「独白、あるいは作家への助言」の中でシャフツベリーは芝居気たっぷりに演劇的手法を実演して見せる。そこで「私」は魔法陣を描いて「怠惰」という魔法使い (情念) を呼び出す。「怠惰」は「私」に対して「壮麗な安楽と怠惰な奢侈」(1 : 164) を提案し、「私」を誘惑しようとする。その他の情念たちも最初は「怠惰」に味方するように見える。しかし「私」は、「怠惰」は「野心が約束し愛が与えてくれる快楽」を与えることはできないと指摘する。そのことによって情念たちの間に「内紛」が発生し、「野心」、「自惚れ」、「虚栄心」、「奢侈」といった情念たちも理性の味方につき、「怠惰」は退散する。すると、つぎに美徳の仮面をつけた「貪欲」が「金袋、金庫、輝く貴金属の山」といった言葉をつぶやきながらすり寄って来る。「貪欲」は「欠乏への備えのため」とか「飢餓に対して備えをすることは善である」といった、もっともらしい口実を並べて「私」を支配しようとするが、「私」は「貪欲」の正体を見破って追い払う。

おい、貪欲め (おまえ、もっとも空虚な幻め)。おまえは忌まわしい臆病に仕えているのではないか。おまえの女主人を追放し、彼女の脅しを軽蔑した私が、なぜこれ以上おまえ (汚らしい二重の従者よ) と関わりあいにならねばならないどういう理由があるというのか。(1 : 165)

このようにして「私」は、「欲求」や「欲望」を生産する「想像力の造幣局と鋳造所」(1 : 165) を探し出し、そこで「鋳造」される情念に対して監査をおこなう。しかし、ここまできたとき「私」は、「忙しく幻影を相手にして幽霊や妄想と戦っている」自分はほとんど狂人ではないのかという疑問をもつ。それに対してさらにもうひとりの自分は、そうしなければ「妄想は先手を打って、理性を出し抜こうと動き出す」から、熱心に自分に対して話しかける行為をつづけなければならないと諭すのである。シャフツベリーは、人間の「精神」の内部でつねに進行している理性と空想の葛藤を、つぎのように説明する。

じっさい、われわれが心をもち、欲求と感覚をもつかぎり、あらゆる種類の空想が活発に作用することもまたたしかである。われわれが友人といようがひとりでいようが、空想はつねにさまよい出て活動する。空想は自らの活動領域をもっているのだ。問題は、空想が完全に放任されているか、あるいは空想が支配者や管理者を承認するか、ということである。もし、まったく支配者や管理者がいないならば、それこそ狂気につながるだろう。まさにそれこそが、いわゆる狂気や理性喪失と呼ばれるものである。なぜなら、もし空想に何らかの判断を任せれば、空想はすべてを判断せずにはおかないからである。何だって正しいのだ。なぜなら、私がそう空想するのだから。……

頭が完全に変になったのでないなら、人間はかならず自分の空想を訓練と管理の下に置いている。訓練が厳格であればあるほど、その人は理性的であり知的である。それが緩ければ緩いほど、ますます彼は空想的となり、ますます狂人の状態に近くなる。これはけっして終わることのない過程なのだ。この勝負事ではかならず勝者と敗者に分かれる。私が空想を支配するか、空想が私を支配するかのどちらかである。私が彼らに慈悲を与えても、彼らはそうしないだろう。われわれの間では、休戦も停戦もない。どちらかが優位に立ち、支配せずにはおかない。というのは、もし空想を放置すれば、統治権はもちろん彼らのものとなるからである。そう

なったら、狂人の状態と何のちがいがあるだろうか。(1：166–167)

情念は人間の内部でたえず生産され機能しつづける。それらの情念が規律なく暴走すれば、人間は完全な狂気の状態に陥ってしまう。自己同一性を確保できるかどうかは、情念や空想を「管理と規律」の下に置くことができるかどうかにかかっている。こうして内的対話とは、「私」と空想との終わることのない葛藤であることがあきらかになる。ここに自己同一性を保つために自己を分裂させるというシャフツベリーの企ての本質がある。シャフツベリーの内的対話の技術は、自己を「私」と空想に分割する。「私」は自己の一部分でしかなく、自己の内部のもう一方には空想や情念がある。「私」は、これらの「欲望」や「怠惰」や「奢侈」といった情念たちに一時的に勝利することもあるが、敗北することもある。勝利している状態のときに人は理性的になるが、空想が優勢になれば狂気に近づく。人が生きているかぎり「私」と空想の勝負の最終的な決着がつくことはなく、対話が終わることはない。また理性的状態と狂気の間にあるのは、質のちがいではなく程度のちがいだということになる。自己とは精神内部の葛藤そのものなのだ。だがここで重要なことは、情念の抑制とは情念の言語化だということである。情念に声を与え、情念と対話するという言語的な訓練をとおして、自己は安定化を得る。こうした訓練によって情念のバランスを取り、そのバランスの上に暫定的な安定を得る自己こそ、近代の市民社会の主体のモデルなのである。『諸特徴』は、対話をとおして情念を抑制する内的対話あるいは演劇的手法を、形式と修辞法のレベルで具現化したテクストなのだ。

洗練と批評

テクストの形式的特徴という観点から興味深いのは、『諸特徴』のテクストが複雑な入れ子型の構造になっていることである。対話篇として書かれた「道徳家たち」の中のテオクレスとフィロクレスの対話は、フィロクレスが若い友人の貴族パレモンに宛てた書簡という枠組みの中に組み込まれている。さらに、「美徳論」は「道徳家たち」の中で「われらの著者」の作品として言及され、その内容や文体が議論されているのである。テオクレスは「エッセイ」や「論考」と題されて出版される書物の多くが、推論や吟味の帰結を公平かつ公正な態度で受け入れようとせず、あらかじめ定められた結論に固執することを批判しつつ、他方で「美徳論」の著者は「自分自身は何ごとも積極的に結論せず、自分の原則に基づいて他者が結論を引き出すことを許す」（2：43）作品を書いていると言って賞賛する。こうした自己言及の行為は『諸特徴』のテクストの語りの重層性をつくり出し、複数ある声のうちのどの声がシャフツベリー自身のものであるかを曖昧にする効果をもつ。テクストの入れ子型構造という点からさらに注目すべきことは、『諸特徴』の出版時に、前半の五篇の論考に付加するかたちで「雑録的省察」と題された解説がつけ加えられたことである。そこでシャフツベリーは架空の批評家のペルソナをつくり出し、他者としての立場から『諸特徴』を解説する。こうした自己言及的な身振りは、自分の議論を固定化させることなく、たえず新しい文脈の中に置きなおそうとするこころみと言えるだろう。以下で論じるように、自分自身のテクストをたえず異なった文脈で引用するこの戦略は、シャフツベリーが考える「洗練」（politeness）という概念と密接な関係があるのだ。

洗練の概念を理解するためには、その対立概念を理解することが必要である。シャフツベリーによれば、洗練の対極にあるのは、狂信であり悪い意味での熱狂である。ひとたび自分が神と無媒介に交信したと信じ込んだ狂信者は、自分の言葉を神聖なものとして他者からの批判を受けつけようとしなくなる。しかし、知を伝達するために人は言語を用いなければならない。それは神から霊感を受けた人間とて同様である。いかに彼が人間的な文字や文法を軽蔑しようとも、知識を伝達するためにはそれらに依存しなければならない。言語は人間的なものであり、神に関する真理を伝達するには限界がある。それゆえ、言語という人間的な伝達手段に頼っているかぎり、そこには人間的な誤謬や不足が入り込む可能性はつねに存在する。そのことは、聖書の時代に霊感を受けた預言者にもあてはまる。

もし、霊感を受けたと主張しはじめた最初の詩人が、恍惚とした思考と高次の観念を筆と言語以外の媒体で伝達することを教えられていたなら、事態はべつなものになっていただろう。しかし、霊感を与える神格もしくはミューズは、自分自身を伝えるさいに、自分の知恵と分別を人間の恣意的な作文法の機械的な規則に委ねたのである。その結果必然的に、彼女は人間の仲裁と学識の世界の判断に身を任せざるをえなくなった。かくして読者はつねに優越し、優位な立場を保つのである。（2 : 238）

ここでシャフツベリーが強調しているのは、あらゆる人間的な知識は必然的に言語によって媒介されるという認識である。神から直接与えられた言語と文法で記述するならべつであるが、人間の言語を用いる場合には、何人たりとも自分の言葉の無謬性を主張することはできない。もし主張するなら、それは狂信である。古代から言葉と宗教的真理の関係の問題は認識されていた。それゆえ、古代ローマでは、彼らの宗教を文書に依存させることをせず、また宗教的文書を公開して一般の判断に委ねることはなかった。また、イスラム教では逆に聖典を完全に聖なるものとし、それを批判的な研究に委ねることを許さなかった。キリスト教が洗練された文化と両立可能であるのは、聖典の批判的な研究を許す寛容な宗教だからである。

文書と聖書に根拠をもつわれわれに共通の宗教キリスト教は、大いに約束する。読者が読む自由、すなわち調査し、解釈し、知的に論評する自由を許されているなら、その希望がわれわれを失望させることはないだろう。

学問と科学は必ずや繁栄し、同時に国民の中でもっとも賢明でもっとも学識ある者の言葉に、聖なる啓示の主要で不可欠な部分が含まれていることが承認されるのである。そして、批評と吟味と判断と学問的作業と探究は名声を保ち、実践されつづける。他方、聖なる書物を支持するために必要な古代作家が求められ、文芸における業績によって自らの名声を勝ちとり、知と洗練の探究者として人から認められたいと願う、あらゆる身分の近代人たちに、かぎりのない仕事を与えるのである。(2：245)

シャフツベリーによれば、イギリスにおいて学問と科学が大きな進歩を遂げたのは、聖書や宗教的な教義に対して批判的にアプローチし、それを学問的に考察し吟味する自由で寛容な精神が存在しているからである。そうした自由で寛容な態度は、言語は必然的に誤謬の可能性を内包しているという認識から生じる。シャフツベリーが「読者は著者を超える特権をもつ」(1：245) と主張するとき、彼は人間世界には究極の意味を開示するテクストは存在せず、それゆえあらゆるテクストに対して読者の側からの批判的な読解がなされなければならないと主張しているのだ。聖なる知の無謬性を主張する風土からは、狂信と知の停滞だけがもたらされる。こうした言語に対する批判的で鋭敏な態度こそ「洗練」の本質なのである。つまり、洗練は「批評」によって育まれるのだ。

書簡、助言、理論的論考、対話篇、雑録的エッセイといった多様なジャンルがない交ぜになった『諸特徴』のテクストは、内部で相互に参照しあい、注釈しあう。こうした重層的なテクスト構造の中では、どの語りの声がもっとも権威あるものかは判然としない。『諸特徴』の入れ子型構造のもっとも外枠を構成するテクストは「雑録的省察」であるが、その著者は他者を装った「信頼できない語り手」である。その「信頼できない語り手」は当然のことながら、信頼できる最終的結論を提示することはない。「雑録的省察」の最終章は、教養豊かな懐疑主義の紳士と宗教的独断論者たちの対話篇で締めくくられている。そこでその懐疑主義者は、国教会の権威ある神学者たちを自説の論拠として引用しながら、聖書の文献学的な研究と真の信仰は矛盾しないという主張を展開する。彼は言語によって媒介されたテクストはどのようなものであっても、無媒介の真理を僭称できないと言う。この懐疑主義者にはあきらかにシャフツベリー自身の面影があるが、彼は一般にシャフツベリーの思想の代弁者として考えられている「道徳家たち」の中のテオクレスよりも、彼に説得されるフィロクレスに似ている。かくして、『諸特徴』の最終場面で読者は、「道徳家たち」の中で交わされる議論へと差し戻されるように思われるのである。『諸特徴』のテクストの動きはこうして円環状の構造を描いて終わることがない。もし、洗練が議論と検証を継続することの中にあるのなら、永遠に対話を続行しようとする『諸特徴』はまさに洗練の思想を具体化したテクストであり、シャフツベリーが考える「批評」をそれ自体の内部で実演するテクストである。テクストの形式や語りをたえず分裂させることで「内的対話」を具現化しようとする『諸特徴』のテクストは、全体の統一性や設計の重要性を主張するシャフツベリーの美学と相互に矛盾しているように見える。だが、『諸特徴』が内容として提示する美学化された倫理学とテクストの修辞的構造は、矛盾していると同時に相互依存的なのである。いまやわれわれはそれを理解できる地点にいる。

美学と批評

これまでわれわれは、『諸特徴』で提示された美と徳の同一化あるいは道徳の美学化に関する論点を跡づけ、さらに『諸特徴』のテクストがもつ形式的、修辞的な特徴を検討してきた。美と徳が同一の性質であるというシャフツベリーの主張は明確である。彼によれば、美と徳はともに個別と全体の調和に存している。だが、道徳の美学化は「熱狂」の問題をもたらす。シャフツベリーは、外的な事物の美は、宇宙と自然がもつ全体的な調和と秩序の存在を暗示していると考える。人間はその全体を理性的推論によって理解することはできない。それは神の視点からのみ可能なことである。だが、人間は内的感覚によって世界の全体性を知覚できるとシャフツベリーは考える。合理的根拠がないまま、普遍を把握したことを主張することは熱狂である。シャフツベリーは、徳がある種の熱狂であることを認める。だが、それは狂信と徳が地つづきであることを意味しかねない。それゆえ、シャフツベリーは、よき熱狂としての徳と悪しき熱狂としての狂信を区別するために、情念の規制と統治のメカニズムを提案する。シャフツベリーは徳の原理として情動を理性より上位に置くがゆえに、情念を規制する力を理性に期待することはできない。その結果、情念の規制はたえざる批評と意見交換に任されることになる。シャフツベリーが『諸特徴』のテクストで実践しているように、ひとつのシステムの内部に閉じこもることなく、たえず吟味と批判を継続することが、情念の暴走を阻止する唯一の適正な手段となる。たえざる批判の必要性を根拠づけるのは、聖なる知といえども人間的言語に媒介されるという認識である。つまり、シャフツベリーが推し進める洗練された文化の政治学には、直観的な全体性の認識（熱狂）の妥当性を主張する美学的な思考と、言語が媒介する知の限界に対する批判的な思考が共存しているのである。シャフツベリーが提示する美学と批評は、あきらかに異なったパラダイムをもつ思考形態である。だが、シャフツベリーにおいては、美学と批評はともに近代の市民社会の秩序を構想するための不可分な原理として提示されている。なぜなら、シャフツベリーが示唆するように、批評のない美学は熱狂に陥るが、美学のない批評は懐疑主義と相対主義に陥るからである。それゆえ、美学と批評はシャフツベリーにおいて相互補完的な役割を果たしている。知覚に基づく美学と、言語に基づく批評という二つの思考のシステムは本来異質なものである。だが、シャフツベリーのテクストが示しているのは、美学と批評という相容れない思考のパラダイムの共存と相互依存が、近代の市民社会にふさわしい世俗的な道徳理論の構築に不可欠だということなのである。

市民社会に関してシャフツベリーが提起するこうした問題は、現代の批評理論の用語に置き換えるなら、イデオロギーの問題にほかならない。彼は市民社会の秩序を維持する力として、道徳的な感覚を措定する。彼は神学的権威や分析的理性に頼ることなしに市民社会の全体的な調和を維持する可能性を、人間の感覚的な能力に求めた。人間は、知覚から得られた個別的観念をとおして世界の全体性を把握する感覚的な能力をもつとされる。具体的・個別的観念から全体性と普遍性への跳躍は、合理的な論証なしで統一された世界観を提示するイデオロギー的なプロジェクトに不可欠な側面である。こうしてシャフツベリーにおいて、美学とイデオロギーは一体のものとなる。だが、シャフツベリーは、理性的な論証なしに個別的な感覚知覚から全体的設計の把握への移行を可能にする美学的な世界観は、つねに逸脱の危険をはらむことを意識している。それゆえ、直観的な全体性の把握について語るシャフツベリーのテクストは同時に、個別から普遍への滑らかな移行の可能性を疑問視するような洞察を同時に含むことになる。換言するなら、シャフツベリーは、一方で理想的市民社会のイデオロギー的なヴィジョンの構築をこころみながら、他方でそのイデオロギーそのものに懐疑の目を向け、その逸脱を抑止するプログラムをそのヴィジョン自体に内包させようとしているのである。こうした美学としてのイデオロギーあるいはイデオロギーとしての美学の問題は、十八世紀イギリスの理論的な争論の中心的な問題としてくり返し現れることになる。以下の章は、シャフツベリーに端を発する美学イデオロギーの主題が、十八世紀イギリスの理論的言説の中でさまざまに変奏されるさまを跡づけることになるだろう。

第2章　趣味の政治学
――マンデヴィル、ハチソン、ケイムズ

趣味とは何か

十八世紀イギリスの美学的探究の特徴は、「趣味」（taste）とその規準に関する議論というかたちをとったことである。趣味とは身体的な味覚との類比から想定された人間の直感的な判断能力であり、合理的推論の埒外にある人間の感情、情緒、想像力に関わる能力でありながら、理性的判断に似かよった普遍的妥当性をもつ判断を下すことができると考えられていた。考察すべき問題は、なぜ十八世紀イギリスで理性と身体的感覚の中間に位置する趣味という能力に、これほどまでに重要な機能が付託されるようになったのかということである。重要なことは、十八世紀イギリスは近代的な商業社会が形成され始めた時期だということだ。商業社会は人間の欲望や野心といった情念を肯定する社会である。前近代的な社会では、そうした情念は奢侈や堕落といった悪徳を生み出すものであり、理性によってコントロールされるべきものとされてきた。しかし近代的な商業社会においては、欲望や野心は商業発展のためのエネルギーとして理解されるようになる。だが、そうした情念が歯止めなく暴走すれば、社会秩序は崩壊してしまうだろうという懸念は依然として存在した。それゆえ、個々の市民の情念を肯定しながら、彼らを調和ある社会へとまとめ上げてゆくような原理が必要となっていたのである。そうした原理は理性ではなく、情念を統括する心的機能である想像力の洗練の中に求められるようになり、そうした洗練された想像力は趣味と呼ばれる

ようになった。趣味は、シャフツベリーが「内的感覚」と呼んだものとほとんどおなじものだと言ってよい。それは市民社会の市民にとって必要な能力なのだ。もちろん、シャフツベリーが考えた市民社会は、よき家柄と大きな土地財産をもち、古典的教養を身につけた貴族階級のものであったが、彼以降の十八世紀の趣味に関する理論は、趣味をより幅広い市民階級にとっても必要なものと考えるようになってゆく。それは、近代的商業社会が内包する社会的・文化的な問題に対応するために、趣味の洗練が有効と考えられるようになったからである。[1] したがって、趣味の問題を考察することは、そもそも近代とは何か、近代的商業社会がはらむ問題とは何かを考えることにほかならない。以下においては、バーナード・マンデヴィルの『蜂の寓話——私悪すなわち公益』、フランシス・ハチソンの『美と徳の観念の起源に関する探究』、ケイムズ（ヘンリー・ヒューム）の『批評の原理』を読解し、彼らの議論に共通する問題を抽出することによって、十八世紀前半から半ばの時期におけるイギリスの趣味論の射程を探ってみたい。

マンデヴィルとイデオロギー

マンデヴィルはオランダのドルトで生まれ、ライデン大学で医学教育を受け、開業医としてロンドンに定住した。諷刺作家でもあり、『蜂の寓話——私悪すなわち公益』において、シャフツベリーが提唱した徳の思想を徹底的に諷刺し笑いものにした。『蜂の寓話』の中心は、『ぶんぶんうなる蜂の巣——あるいは、悪党転じて正直者となる』と題された弱強四歩格の二行連句の諷刺詩とそれに対する長大な注釈である。『ぶんぶんうなる蜂の巣』は蜜蜂の巣を描写するという名目の下にイギリス社会のありさまを諷刺的に描写することで、徳の思想の非現実性を暴露しようとした。マンデヴィルが描く蜜蜂の巣は人間社会のアレゴリーであり、そこには人間社会にあるあらゆる職業と社会制度が存在している。それらのすべての職業は欺瞞と悪徳に満ちていたが、巣は全体としてたいへん繁栄していた。しかし、あるときこの巣に蔓延する悪徳に対する批判が起こり、ジュピター神の決定により、徳が巣を支配し始める。しかし、徳の支配とともに産業は衰え、巣は貧しくなっていった。この諷刺詩には二二項目にわたる注釈がつけられており、その注釈は、悪徳と呼ばれている奢侈、高慢、強欲、利己心、欺瞞といった情念がじつは社会の繁栄のエネルギーになっていること、そうした悪徳を全体的な利益のために操作する政治家の知恵が必要であること、また徳の観念は社会の不平等を多くの人々が耐え忍ぶように為政者が人民に教え込んだ欺瞞に満ちた思想であることを主張している。注目すべきことは、マンデヴィルはこの欺瞞は社会が繁栄するために必要と考えていることである。

マンデヴィルの前提は、人間は徹底して利己的な存在であり公共善に自発的に奉仕する徳と呼ばれる性質などもってはいないというものである。だが、事実としてイギリスのような商業国では人々は複雑な社会を構成しており、しかもその社会は繁栄している。マンデヴィルが取り組んだのは、一見勝手気ままにふるまう個人がなぜ統一性のある社会的全体を構成しうるのかという、シャフツベリーとおなじ問題なのである。『蜂の寓話』も人間社会を調和ある全体として描いており、その描写には美学的な隠喩が用いられている。たとえば、彼は人間の複雑な情念の絡みあいを「織物」に喩えている。

人間の情念は織物の色彩とおなじである。多くのちがった場所で赤、緑、青、黄、黒などを見分けることはかんたんである。しかし、よく混ぜられた織物という複合体を構成しているさまざまな色彩とその割合を解明できるのは、その道の匠でなければならない。同様に、情念が明確で、ひとつの情念がひとりの人間を支配している場合に、その情念を発見することはだれにでもできる。しかし、情念が混じりあった結果としての行動のあらゆる動機をたどるのは、非常にむずかしい。(FB 117)[2]

多様な部分が混然一体となって調和ある全体をつくりあげるこのイメージは、まさに美学的な隠喩であるように見える。だが、マンデヴィルの道徳哲学はシャフツベリーと正反対の、徹底して反美学なものである。それは、そうした統一性をもつ社会が形成される動因をどこに見出すかという問題につながってゆく。シャフツベリーとマンデヴィルは、人間の行為の主要な動機を理性よりはむしろ情念や情動に見出そうとする点で共通点をもつ。しかし、前章で見たように、シャフツベリーは人間の心の中には生まれつき全体の調和を愛し全体の利益に奉仕しようとする情動があると主張していた。人間がそうした生まれもった情動にしたがって行動することで、自然に調和ある社会が形成されてゆく。もちろんシャフツベリーは、そうした情動は古典的な教育によって鍛錬されねばならないと考える。全体の利益に奉仕する市民には高度な古典教育が必要なのである。それに対してマンデヴィルは、人間は本質的に利己的であり、あらゆる行動は私益の追求を動機とすると主張する。そうした意味で、人間は「大勢でうまく折りあってゆくことがむずかしい」反社会的存在なのだ。だが、大いなる逆説であるが、マンデヴィルによれば人間の利己的な性質こそが人間社会の形成を可能にする。というのは、人間は物質的な利得だけでなく「想像上の報い」(FB 82)を喜ぶ性質をもっているからである。狡猾な政治家たちは、「名誉」という想像上の報酬と「恥辱」という想像上の損失を考案し、それを社会に広める。人間は公共善に奉仕する天晴な本性をもっていると主張するシャフツベリーの徳の思想は馬鹿げたものかもしれないが、その馬鹿げた思想はじつは国家の繁栄を維持するために大きな役割を果たしている。マンデヴィルは、一見もっともらしい徳の思想が、じつは特定の社会集団の利益に奉仕していることを暴露する。たとえばマンデヴィルは、立法者や権力者による人民の巧みなコントロールをつぎのように説明している。

だが、人間は狡猾なだけでなく異常なまでに利己的で頑固なので、たとえ優勢な力で押さえつけることはできても、力だけで人間を御しやすくし、可能な改善を加えることはできない。

それゆえ、社会を設立しようとした立法者や賢人たちが第一にしたことは、被支配者である人々に、欲求にふけるよりもそれを克服することが万人のためになること、私欲と思われるものより公共を心にかけるほうがずっとよいのだと信じ込ませることであった。それはつねに非常に困難な仕事だったので、それを実現するために知恵と雄弁にできることで試されないものはなかった。そして、あらゆる時代の道徳家や哲学者たちは、これほどまでに都合のよい主張の真実性を証明するために、最高の技を用いた。……彼らは人間性の強さと弱さを徹底的に調べ上げ、人間は、賞賛に心惹かれないほど野蛮でもないし、軽蔑にじっと耐えるほど下劣でもないということを発見し、へつらいこそ人間に対して用いられるもっとも強力な説得法にちがいないという正しい結論に達したのである。(FB 81–82)

マンデヴィルは、人間が一見有徳な行為をおこなうのは、じつは名誉を獲得するための利己的な行為だと主張する。だが、より重要なのは、そうした各個人の利己的な行為が社会全体にとって有益になるように、立法者や為政者が巧みな誘導をおこなっているという論点である。マンデヴィルは個人の利己的な行為が集積して最終的には社会全体が益されると主張するが、彼は個人の利己的な行為を放置せよと言っているのではけっしてない。教育によって一人ひとりの市民に徳に対する憧れを植えつけ、虚栄心を満足させるために彼らがおこなう行為が結果として社会全体の利益になるように、周到な準備をする必要があるのだ。マンデヴィルの主張の中心には、個人の情念を巧みにコントロールする統治技術に対する深い洞察がある。

マンデヴィルは、情念のコントロールの一例として市民社会における「名誉」の概念の利用をあげる。彼によれば、人間はその利己的な本性にしたがうなら、公共のために働くことはありえない。なぜなら、それは不自然な行為だからだ。人間に不自然な行為をさせるためには政治の狡知が必要となる。たとえば、戦争のさいに国家のために命を投げ出す人々がいる。徳とは公共善のために個人の利益を犠牲にすることだから、戦争に赴いて自らの命を犠牲にすることは、最高に有徳な行為であると考えられている。だが、それはどうして可能になるのだろうか。マンデヴィルによれば、人間をもっとも強く支配する情念は「恐怖」である。人がこの情念に支配されているかぎり、他の情念は力を発揮できない。自己中心的な人間を統治するには、この恐怖という情念を利用することが不可欠となる。さて、統治者はしばしば人民を戦争へ赴かせる必要がある。しかし、人々は戦争に恐怖を感じるので、行きたがる人間はいない。ここで統治者はより狡猾にふるまう必要が出てくる。考えられるひとつの方法は、人々を「怒り」という情念の支配にまかせることである。恐怖に対抗できる唯一の情念は怒りだからだ。人は怒りを感じているかぎり恐怖に負けない。だが、怒りはその特性上長つづきしない。また、怒りに身を任せた人間たちを制御して秩序ある行動をさせることは困難である。だが、人間は「自負」の情念をもっている。統治者は勇気とか公共精神とか愛国心といったものに「名誉」という名を与え、それを賞賛するとともにそれを欠いた人間は恥ずべき存在だという考えを流布させる。そうした考えが徹底すると、人々は恥辱に対する恐怖をもつようになる。最終的には恥辱に対する恐怖が戦争や死に対する恐怖を凌駕するようになり、この「人為的な勇気」が人間を勇敢な戦いに赴かせるようになる。こうしてマンデヴィルは、もっとも私利私欲から離れた情念である愛国心や公共精神といったものが、じつは「自負」や「恐怖」といった、まったくの私的な情念にその起源をもっていることを示す。重要なことは、こうした私利私欲を公共に役立つものとするためには、統治者の巧みな情念のコントロールが必要だということである。

マンデヴィルの中心的な論点は、徳は人間が生まれつきもつ性質ではなく、政治家が捏造し普及させた虚構なのだということである。マンデヴィルは徳の思想が無力であるとか、不要であると主張しているわけではない。それどころか、徳の思想は市民社会にとって必要不可欠なのである。徳の思想が普及していなければ、自己利益のみ追求する個人たちの勝手な行動によって社会はたちまち瓦解するだろうし、そもそも社会は成立しない。徳の思想は虚構であるが、商業社会を成立、存続させるために不可欠な虚構である。現代の用語を使ってそれを「イデオロギー」と呼ぶこともできる。『蜂の寓話』をとおしてマンデヴィルは、近代的な社会が円滑に機能するためには、政治家や支配者の巧みな政策が必要であることをくり返し強調する。『蜂の寓話』における政治家や立法者は、近代的な商業社会を運営するにあたって、物理的な手段を使って市民に何かを強制することはけっしてない。彼らは、一人ひとりの市民の欲望を解放し、できるかぎり自由にふるまわせるが、同時に、教育をとおして市民社会の存続に必要な徳の思想を市民に浸透させる。その微妙な匙加減こそ、マンデヴィルの言う「巧妙な管理」(FB 141)なのだ。それを暴露するマンデヴィルの議論は、これも現代の用語を使うなら、まさに「イデオロギー批判」にほかならない。マンデヴィルが批判するシャフツベリーは徳と美を一体と見なしていたわけだから、徳の理論をイデオロギーとして批判することは、美学イデオロギー批判でもある。マンデヴィルの美学イデオロギー批判があからさまなかたちで現れるのは、たとえば、彼が「政治体」(Body Politick)をパンチ酒にたとえて趣味の概念を茶化す場面である。

私は政治体を(比喩が低級であることは認めるが)一杯のパンチ酒に喩えたい。強欲は酸味で、放蕩は甘味に相当する。水は浮薄で無味な大衆の無知、愚かさ、軽信であると私は言いたい。そうなると、人間がもつ崇高な性質は、人間性の滓から人工的に抽出され精神的な本質にまで精錬されたものであり、ブランデーのようなものと言えるだろう。ヴェストファーレン人やラップランド人あるいはパンチ酒を知らない愚鈍な外国人たちは、それぞれの成分を別個に味わったなら、それらが飲むに堪える酒をつくり上げることなど不可能だと考えるだろう。レモンはあまりに酸っぱく、砂糖はあまりに甘く、ブランデーは強すぎてどんな量でも飲めないし、水は牛馬にふさわしい味気ない飲み物だと言うだろう。だが、今あげた液体を慎重に混合すれば、鋭敏な味覚をもつ人間に好まれ賞賛されるすばらしい飲み物になることは、経験が教えるとおりである。(FB 135)

十八世紀のイギリスでは、美と徳を判別する能力としての「内的感覚」はしだいに「趣味」という言葉で表現されるようになってくる。趣味とは味覚との類比から生み出された精神的能力であり、理性では説明できない美的もしくは道徳的な快不快を判別する能力である。皮肉なのは、十八世紀の道徳哲学では知性に近い高次の感覚とされていた視覚や聴覚と異なり、味覚は臭覚や触覚とともに低次の感覚に分類されていたことである。本来は低次の感覚であった味覚は微妙な判断をする感覚器官として、もっとも高次元な判断能力の名前となったのである。しかし、この引用部分でマンデヴィルは、政治体の調和という高度の判断力が要求される主題をパンチ酒の成分の調和に類比し、「趣味」という比喩的表現の底にある「味覚」という字義的な意味を露呈させることによって、趣味という概念自体を脱構築し、美学的な政治学の裏側にある人間の欲望の力学を暴露する。

だが、われわれはマンデヴィルとシャフツベリーの共通性も忘れてはならない。両者は自由に行動する個別的な市民たちがいかにして調和ある社会を形成しうるのかという共通の問題に取り組んでいた。彼らを隔てるのは個別的なもの——個別的利害、個人的好み、自己愛、等々——を全体性へと統合する原理に対する考え方のちがいである。両者とも個別を全体に統合する原理を探求している。それは多数の人間を全体性へと統合する原理が存在しなければ社会の形成は不可能だからだ。かつてその原理は、キリスト教や古典古代に起源をもつ道徳規範に求められていた。西洋に近代的な市民社会が成立し、政治や経済の世界から宗教が実質的に退場した後、シャフツベリーは人間の社会性の根拠を、法則性や秩序を愛する人間の自然な情動に求めた。彼は、人間は調和や秩序を愛する感情を生まれながらにもっていると考えたのだ。理性ではなく感覚や感情の中に全体的な統一を求める人間の本能が見出せるという発想こそ、まさに美学的な発想である。十八世紀前半のイギリスの道徳哲学者たちの多くは、政治的・社会的問題に美学的な原理を導入する傾向をシャフツベリーと共有している。だがマンデヴィルは、社会と政治の領域に美学的発想を導入することを徹底的に拒絶し、為政者による意識的な社会コントロールを社会統合の唯一の原理とした。『蜂の寓話』の最大の謎は、このテクストでくり返し言及される「政治家」や「支配者」が何者なのかということである。マンデヴィルによれば、人間の行動原理は自己利益を追求することだが、これらの「政治家」や「支配者」がとくに私腹を肥やしている様子はない。彼らもまた自負心の虜であることは言及されるが、彼らはむしろ社会の管理を自己目的としておこなっているように見える。元来は利己的な市民たちに美徳という虚構を教え込むことで効率的に市民社会を運営する彼らの統治は、ミシェル・フーコーが論じているような近代的権力のあり方を彷彿とさせる。そうした意味で、マンデヴィルの論じる統治者は古いタイプの君主というよりは近代的な官僚に近いのかもしれない。マンデヴィルにとって国家を統合し国家を富ませるために必要なことは、社会発展のエネルギーである諸個人の利己的な欲望――それは一般に悪徳と呼ばれている――をできるだけ解放しつつ、統治者が背後でそれをうまく操ることである。彼にとって、シャフツベリーが提唱したような人間が自然にもつ徳という概念は、愚かな人民を操るための空虚な虚構でしかない。マンデヴィルの議論は徳に関わる政治的な問題から美学を徹底して排除しようとする点で、十八世紀の道徳哲学の文脈において特異である。だが、それだからこそ、社会の統合原理としての美学を構想しようとする道徳哲学者たちに衝撃を与え、美学理論の形成に少なからぬ影響を及ぼした。マンデヴィルに対してシャフツベリー擁護の立場から反論したのが、フランシス・ハチソンである。

ハチソンと徳の美学化

アイルランドのダブリンで生まれ、スコットランドのグラスゴー大学の道徳哲学の教授となったハチソンは、トマス・ホッブズやマンデヴィルなど人間の本性を利己的とする思想家に対抗し、人間の自然な徳を主張するシャフツベリーの学説の体系化につとめた。ハチソンが構築しようとしたのは、一人ひとりの市民が自らの欲望や野心に基づいて自由に利益を追求することを容認するリベラルな市民社会の理論である。あくまでも利益の追求と徳が両立するような社会のヴィジョンを構築しようとするハチソンは、私利私欲のみが人間の社会的行動の動機であるというマンデヴィルの理論を否定する。彼の理論の特徴は、政治的・倫理的な徳の思想を美学に基づいて構想した点にある。シャフツベリーが示唆した美と徳の同一性は、ハチソンにおいては明確な理論として提示される。彼の最初の本格的な著作、『美と徳の観念の起源に関する探究』には、彼の思想がすでにはっきりと示されている[3]。この作品においてハチソンは、美学的判断と道徳的判断の共通のよりどころを理性ではなく感覚に求める立場を明確にしている。この立場に立つなら、人間は物質的な対象を知覚する外的感覚のほかに、美醜や善悪を知覚する「内的感覚」を生まれつきもつことになる。ハチソンは、この立場を最初に表明したシャフツベリーの思想を受け継ぎ、その体系化をこころみたのだが、シャフツベリーの貴族的な内的感覚の理論は、ハチソンにおいては中産階級的なリベラリズムの性格をもつことになる。

「論考（一）」と題された『探究』の前半部分は、経験論的認識論の枠組みに沿って美の理論を展開する。ハチソンによれば、美は外的な対象によってわれわれの内部に喚起される観念であり、人間はそうした観念を受け取る感覚をもっている。彼は美を受け取る受容力を、視覚や味覚といった外的感覚と区別して内的感覚と呼ぶ。なぜなら、内的感覚は数学定理や抽象的原理といった外的感覚が感知しないものにも美を感じるからである。美は可感的性質と同様、必然的かつ利害と無関係に知覚される。報酬や脅しで知覚を変化させることはできないし、知識や意志に基づいて知覚に変更を加えることもできない。たとえば、美しいものはしばしば有用である。しかし、有用性に関する知識が美の感覚を生み出すわけではない。ある対象が有用であるという知識をもつことはできるが、その知識に基づいて美を感じるわけではない。美は、他の可感的性質と同様、理性的な推論の過程を経ることなく、即座に感じられるのである。

内的感覚とは、受動的な力であり多様性の中の統一性をもつすべての対象から美の観念を受け取る。そこには、甘い粒子が舌にある細かい穴に入ったときにはつねに心が甘さの観念を受け取る、あるいは空気中に鋭い振動が走ったときに音の観念を受け取るということ以上にむずかしいことはない。(*Inquiry* 67)(4)

そもそも感覚は、あらゆる人間に生まれつき備わっているという意味で自然なものである。また、およそ感覚というものは固有の対象をもっている。聴覚の対象は音であり、視覚の対象は色彩と形態であり、味覚の対象は味であるといったように。したがって、内的感覚が本当に存在することを証明するためには、その対象の存在を示す必要がある。ハチソンは内的感覚の対象を、美的対象が普遍的にもつ特徴としての「多様性の中の統一性」と定義する。彼によれば、音楽の美も、動物の身体がもつ美も、数学定理の美も、建築の美もすべてこの「多様性の中の統一性」に存している。内的感覚の存在に対するもっとも強力な反論は、美に関する趣味は個人によってちがうという考え方である。そこから、内的感覚は自然なものではなく、教育や慣習の産物であるという主張が出てくる。それに対するハチソンの反論は、外的感覚と内的感覚の相同性に基づいている。外的感覚においてもその嗜好に大きな差異があることは知られているが、それを理由に感覚の存在を否定する者はいない。嗜好の差異に関する議論は、むしろ感覚の存在を前提としなければそもそも起こりえない。趣味の表面的な多様性は、内的感覚の存在を否定するものではけっしてないのだ。

内的感覚の存在を主張するハチソンの美学理論のもうひとつの特徴は、それが自然神学的な摂理論と結合していることである。ハチソンによれば、美は「多様性の中の統一性」であるが、同時に、規則性や統一性は有用性をもつという厳然とした事実がある。それゆえ、美の起源を、対象の有用性に求める功利主義的な見解が根強く存在する。だが美を感覚知覚であるとするハチソンの立場は、美と功利性を結びつける見解を否定する。上で見たように、美の感覚はおよそ功利計算に必要な知識や意志の力が介入する間もなく、即座に働くからである。対象がもつ有用性や功利性を調査し確認するには時間がかかるのであり、それが知覚の即時性に追いつくことはできない。だが、それは美と功利性が対立することを意味しない。それどころか、むしろ美と功利性は多くの場合に相伴うのである。

全体として、つぎのことが結論できる。「合理的な利点を感じとることに加えて、感覚的な快とある行為や思考を結びつけるほどに慈悲深い神の存在を想定するなら、あらゆる人間の内的感覚が、今そうあるように、多様性の中の統一が快をもたらすようにつくられていることにこそ、神の善性に基づく大いなる道徳的必然性が存在しているのだ」と。なぜなら、もしそうではなく、その反対に不規則なものや偏った真理や行動がわれわれを喜ばせるとしたなら、われわれが巻き込まれるかぎりない労苦のほかに、あらゆる人間は自らに対してたえず不満をもつことになるだろう。というのは、理性と利益はわれわれを単純で一般的な原因へと導くであろうし、他方、美の感覚はそれを否認することになるだろうからである。(*Inquiry* 80)

こうしてハチソンの美学に神学的な基礎づけが忍び込んでくる。一見個人の嗜好性に左右されるように見える趣味判断が、いかにして普遍性をもちえるのかという問題こそ近代的な美学の根本問題であるが、ハチソンはそれを説明するために神の摂理という切り札を導入するのだ。人間が「多様性の中の統一性」としての美を好むのは、それが内的感覚にとって快いからである。他方、人間の理性も、調査や計算の結果として規則性や統一性を志向する。

なぜなら、規則性や統一性は人間の知識の増大と技術の進歩を促進するからである。それゆえ、結果として美と功利性は一致する。これは人間にとって幸福な事態である。なぜなら、人間は感覚の快に突き動かされて行動しているうちに、結果として人類全体の進歩に貢献するからである。ハチソンによれば、この美と功利性の一致を説明できるのは神の摂理しかない。つまり、人間が美しいものを好むのは、神がそのように人間をつくったからなのである。人間は対象がもつある特性によってその対象を好んだり嫌ったりするが、そうした感覚的好悪は理性的な判断に劣らず人間の行動に大きな影響を及ぼす。もし、そうした強い力をもつ感覚的好悪が個人によってバラバラであれば、社会に大きな混乱と無秩序がもたらされるにちがいない。社会全体に自然な秩序を与え、各個人の嗜好に基づく活動が結果として人類全体の進歩につながるように、神は美しく有用なものを好むような内的感覚をあらゆる人間に植えつけた。ハチソンによれば、こうした内的感覚による美醜の判断の理論は、道徳的美醜の判断にも適用できるし、それがマンデヴィルに対する有効な反論となる。

「論考（二）」と題された『探究』の後半部でハチソンは、「道徳感覚」について説明する。この道徳感覚は内的感覚と相同的なものとして構想されている。彼の立論の目的は、道徳的判断は理性ではなく感情に基づいてなされるという主張を裏づけることである。道徳感覚に関する彼の説明は、美を受容する内的感覚に関する説明と手つづきがよく似ている。まず彼は、道徳感覚が身体的な感覚と共通にもつ特性を整理してゆく。道徳感覚の特徴は、外的感覚と同様に万人が生まれつきもつ自然なものであり、慣習、教育、実例、研究などに由来する後天的なものではない。われわれは教育や研究によって行為に含まれる利害関係を知ることはできるが、そうした知識が道徳的美醜に関する知覚に変更を加えることはない。

だが、道徳感覚が知覚する対象とは何であるのだろうか。ハチソンは、道徳感覚の対象は行為そのものではなく、行為者の気質や彼に行為をうながす情動であると言う。道徳感覚は情動や情念といった目に見えない対象を知覚するのである。ハチソンによれば、すべての行為は情動や情念から発する。なぜなら、理性や知識は人間を行動に駆り立てるのには不十分な力しかもたないからだ（人間の動機づけの力として理性よりも感情を重視する立場は、彼がシャフツベリーから引き継いだ前提であり、デイヴィッド・ヒュームやアダム・スミスといった彼以降の道徳哲学者たちにも受け継がれた）。この道徳感覚は他人の内部にある情動を知覚し、同時にそれを是認したり否認したりする。道徳感覚が是認する情動は、公共善を促進する傾向をもつ情動であり、そうした情動は自己愛や私益を含んでいないという特徴をもつ。「徳はそれをなす者の利益や自己愛あるいは彼自身の利益に関するいかなる動機によっても追求されることはない」（*Inquiry* 102）とハチソンは言う。道徳感覚が是認する利他的な情動をハチソンは「仁愛」（benevolence）と名づける。彼によれば、仁愛は基本的に人間が生まれつきもっている本能のひとつである。もちろんハチソンも、人間が私益を追求する本能をもっていることを否定するわけではない。それどころか、仁愛と自己愛はともに調和ある社会を構成するために必要な本能である。公共善に対して貢献するためには、自分自身の利益に対する配慮が必要なのだ。自分の安全や健康を配慮しない人間は、そもそも公共善に貢献することはできない。こうして道徳感覚の対象が仁愛であり、道徳感覚と仁愛の関係は、内的感覚と美の関係と相同であることが説明される。

仁愛はすべての人間が生まれつきもつ能力であり、道徳感覚はかならず仁愛を是認するというハチソンの見解に対して向けられる反論は、道徳のあり方が国や時代によって多様だという事実である。もしハチソンが言うように、他人の幸福を願う仁愛が人間の本能であるとしたなら、道徳に関する多様性はどこから生じるのだろうか。道徳に関する多様な見解を説明するさいに、ハチソンはシャフツベリー的なシステム論を展開する。人間の行動の原理を私益と自己愛に還元しようとする者たちも、親子の愛情と商人同士の提携をおなじものだとは言わないし、親子の情愛に私益が入り込まないことを認める。それに対する彼らの説明は、子は親の一部であるから、親が子に向ける愛情はじつは自己愛の一部だというものである。だが、ハチソンによれば、人類に対する仁愛は、親が子に対してもつ愛情と本質的に変わるものではない。人間はあまねく他人の幸福を願う本能を備えている。それが特定の親しい家族や友人といった小さなシステムに向かう場合もあるし、社会や国家というより大きなシステムに向かう場合もある。さらに人類全体にそれが拡張される場合もある。言うまでもなく、徳の完成とは「影響力がおよぶかぎりのすべての人間の最大最高の幸福に向かう、もっとも普遍的でかぎりのない傾向」(*Inquiry* 126) である。しかし、人間は多くの場合、自分が所属する狭いシステムにとらわれている。道徳感情の多様性のそもそもの原因は、人々がさまざまな理由から仁愛を小さなシステムに限定してしまうことにある。たしかに国によって、自由、財産、勇気などに対する力点の置き方はちがうが、道徳的是認の基礎にあるのはどの国でも仁愛である。野蛮な国の蛮行でも、ある理由のもとになされているのであって、それは道徳感覚の不在を意味しない。

こうして展開されるハチソンの道徳感覚に関する議論は、美に関する内的感覚との相同関係を基礎として組み立てられる。このことを確認するなら、十八世紀のイギリスで趣味の概念が美学と道徳哲学の両方における中心的問題となっていった理由は、容易に理解できる。趣味とは、芸術作品の美だけでなく社会における人間の行動の徳性あるいは洗練を見分ける力であり、ハチソンの内的感覚や道徳感覚と深い関係がある。芸術作品の美醜や道徳的善悪を見分けるのは理性ではなく人間が生まれつきもっている内的感覚だと主張するハチソンの美学的道徳哲学は、そもそも基準を立てるのが不可能に見える感覚的能力に、美や道徳の判断を任せてよいのかという疑念に対するひとつの回答であった。彼の美学的な道徳哲学の影響力は大きく、多くの追随者をもった。だが、神学的な摂理論に支えられた彼の思想には、説得力とともにあきらかな限界があった。そうした摂理論に基づく道徳哲学の限界を確認するために、以下では、スコットランドの法学者・哲学者であるケイムズの趣味論を検討する。

ケイムズと神の摂理

美学と倫理学を一体化させたハチソンの思想が十八世紀イギリスでどのように継承されたのかを理解するためには、ケイムズの『批評の原理』を参照することが有効である。この作品におけるケイムズの議論の核心は、市民社会の秩序と調和を維持するための有効な手段として、芸術による感情の洗練を勧めることである。彼は商業が社会の堕落をもたらす危険を重く受け止めている。なぜなら、商業の繁栄は国家に豊富な富をもたらすが、その富は「奢侈」と「感覚的な満足」へ費やされる傾向があるからである。そうした堕落に抗して「公共精神」(EC 1 : vii)[5]を育む最良の手段と彼が見なすものこそが芸術なのである。ケイムズによれば、人間の心の機能は理性と感覚に大別される。純粋に知的な能力である理性は当然のことに感覚よりも上位に位置するが、理性は人間を行動に駆り立てる力をもたない。さらにケイムズは感覚の産物である感情を、「情緒」(emotion)と「情念」(passion)に分ける。情緒は欲望を伴わない静かな感情であり、情念とは欲望と結びついた激しい感情である(EC 1 : 41)。そして、情念だけが人間を行動に駆り立てる動機となりうる。だが、身体的感覚に由来する情念はつねに粗野で堕落した身体的快を求める傾向をもっている。それゆえ、人間社会を洗練させるためには「繊細な感情を喚起する」(EC 1 : v)ことが必須となる。道徳世界では理性の力は限定されたものであるがゆえに、感情の堕落を抑止する機構は感情の内部に求められなければならない。ケイムズはその重要な役割を芸術に託すのである。

ケイムズによれば、身体的な感覚の中でも視覚と聴覚は理性により近く、それらの快は他の感覚の快がもたらす「情念の激動」や「怠惰がもたらす倦怠」(EC 1 : 3)から離れている。すなわち、視覚と聴覚はその他の身体的感覚と理性を媒介する「中間の鎖」(EC 1 : 8)としての機能をもつがゆえに、視覚と聴覚を洗練させることは人間を粗野な快から引き離し、より知的なものに近づける効果をもつのである。そして、芸術とは視覚と聴覚に快を与えるものにほかならない。「目と耳の快はわれわれを感覚的欲求の放埒な満足から引き離す傾向があるのだ」(EC 1 : 4)。

こうして、芸術は快をとおして人間を洗練させる役割をもつとされる。さらに重要な点は、芸術で用いられる推論能力は、社会的な行動においてわれわれが用いる推論能力と相同性をもつことである（EC 1 : 9）。ケイムズが美学に与える社会的重要性の背後には、社会における理性の役割を限定し、感情に社会の統制機能を求めるという、ハチソンやヒュームと共通する姿勢がある。そこに見られるのは、洗練された情念によって粗野で官能的な情念を抑制するという十八世紀イギリスの道徳哲学に共通する企てである[6]。人々の趣味を洗練させる芸術は、たんなる娯楽ではなく、調和ある社会秩序に人々を統合してゆく統治機能をもつ。こうした主張を見てゆくと、芸術の規則を提示することで趣味の洗練を図るケイムズの批評は、「よく統制された統治」（EC 1 : viii）を実現するための政治的プロジェクトにほかならないとわかってくる。

だが、ヒュームやスミスと比べて、ケイムズの批評理論が市民社会のイデオロギーとして脆弱なものになってしまっているのは、洗練された情念が野卑な情念を抑制するというプログラムの正当性の基盤として、神の摂理を安易に導入してしまう傾向のためである。彼は自説の根拠として「自然」にくり返し訴えかけるが、彼の理神論的な議論においては、自然と神の摂理はほとんどおなじものとなる[7]。ケイムズの美学的な議論の特徴は、特定の情緒を引き起こす対象の物理的な特徴を詳細に列挙してゆくことだが、そうした方法は『批評の原理』の中の美の分析論にもよく見られる。彼の議論は、同時代の他の理論家たちと同様に経験論的なモデルに基づいている。そのモデルによれば、外的対象がもつ特定の物理的な性質が、人間の心の中に特定の内的情緒を喚起するとされる。例えば彼は美的対象がもつ性質として「単純さ」をあげるが、それは単純な対象が必然的に強い印象を与えるのに有利な形状であるのに対し、複雑で多数の対象は、一気に心の中に入った場合、脆弱な印象しか残せないからである。単純さのほかにもケイムズは「規則性」、「均一性」、「均整」、「秩序」を美の特徴として列挙するが、それらが美の原因となるのは、ひとえに強い印象を与えるのに有利な形状だからである（EC 1 : 200）。こうして、ケイムズの美の理論は、対象の経験的特性の記述に終始することになる。たしかに、『批評の原理』の公言された目標は、「あらかじめ確立された原理から引き出された実践的な芸術の規則を確立する」(EC 1: 196) ことであり、美的対象の特徴を記述してゆくケイムズの方法は、批評家たちに芸術作品の美を判定するさいの具体的な指標を与えるという点ではたしかに「実践的」である。だが、ではなぜ対象のもつ特定の性質が、心の中に美の情緒を生み出すのかという原理的な話題に移ると、外的性質と内的情緒の対応は神が定めた人間性によって決定されるという摂理論に訴えるしか手段をもたないことが判明する。『批評の原理』全体をとおして、彼はくり返し趣味の「目的因」(final cause) に言及するが、彼の言う「目的因」とは神の摂理にほかならない。

ある対象がなぜ、前述した特質によって美しく見えるのかということを探究するのは、思い上がったこころみだろう。賢明かつ善なる目的に応えるために、それらを味わうように人間性が生まれつき創造されているというのが、もっとも蓋然性の高い見解である。その目的あるいは目的因を説明するこころみは、たいへんに重要な主題であるとはいえ、これまでほとんどおこなわれてこなかった。ひとつだけたしかなことは、前述したような特質を好むことは、われわれを取り巻く対象に美を加え、それがもちろんわれわれの幸福を増進するということである。われわれの自然の創造主は、こうした目的因が彼の配慮の中にあることを示すはっきりとした証拠を与えてくれる。こうした特質に対するわれわれの好みが偶発的なものではなく、均一で普遍的であり、われわれの本性の一部となっていることを考えるとき、われわれはそのことを確信できるのだ。(EC 1: 201)

さらにケイムズは「規則性」、「均一性」、「均整」、「秩序」、「単純さ」といった性質を愛好することは、社会の洗練と進歩につながると主張する。というのは、形状の美は理解の促進や道具の使いやすさにつながるからである。だが、それは彼の議論が功利主義的な基盤をもっていることを意味しない。たしかに、建築においてわれわれが均整を愛好することは「功利的な目的」と関係がある。しかし、「われわれが愛好する均整のさらに多くの例は、功利性と関係を有してはいない」(EC 1 : 202)。功利性は美の判断規準ではなく、神が決定した人間の嗜好性の結果でしかない。功利性を規準にして嗜好を変更することはできない。人間が自らの進歩を促進するような特定の嗜好をもつことは、いつもすでに自然すなわち神によって決められているのだ。

『批評の原理』の最終章でケイムズは「趣味の規準」について論じているが、そこでも同様の議論がくり返される。ケイムズは「趣味は議論できない」という慣用的な言い方に反して、一見個人の嗜好に左右されるように見える趣味判断の背後に存在する普遍的規準の存在を主張する。ケイムズによれば、すべて普遍的なものは「自然」にその根拠をもっている(EC 2 : 490)。ケイムズは、あらゆる人間が生まれつきもっている共通な人間性というものが存在し、そこから趣味判断の普遍的規準が引き出せると主張する。趣味の規準は普遍的な人間性にほかならないのである。趣味の規準の根拠を普遍的な人間性に求める態度は、後で論じるヒュームやエドマンド・バークらと共通する態度である。たとえばバークはその趣味判断の妥当性の根拠を、人間の生理的な身体構造の共通性に求める。だが、ヒュームやバークが趣味の普遍性の根拠をあくまでも人間の心的機能や身体的機能の内部に求めようとするのに対して、ケイムズはそれを超えた神の摂理にそれを求めるというちがいがある。

とくに人間の共通性について言うなら、それは普遍的なまでに均一であるという確信をわれわれはもっている。それは現在も過去もそうだったように、今後も同一だろうし、地球上のあらゆる国あらゆる地域で同一だろう。われわれはまちがってはいない。というのは、文化によるちがいや礼儀作法の漸進的な洗練を考慮に入れたとしても、事実はそうした確信に合致しているからである。

われわれ人間は、この共通性を不変なだけでなく完全かつ正しいと考え、さらに個人はそれにしたがうべきと考えるように創造されているのだ。したがって、規準からのあらゆる目立った逸脱は、不完全、不規則、無秩序という印象を与える。それは不快であり苦痛に満ちた情緒を喚起する。科学者の関心を呼び覚ます生まれつきの奇形は、同時にある種の恐怖を呼び起こす。

共通性もしくは規準への確信あるいは完全性への確信は、道徳における正邪の感覚もしくは趣味を説明する。さらにそれは、芸術に関してわれわれがもつ正邪の感覚もしくは趣味を同様に説明するのである。(EC 2 : 491–492)

ケイムズによれば人間性における「共通性」が「正しさ」を保証する。われわれは共通性から外れたものを見るとかならずや「不完全性」、「不規則性」、「無秩序」という印象をもち、同時に苦痛を感じる。また、人は他の人々とまったく異なった嗜好を自分がもっていることを知ると、自分が「怪物」になったような不安感をもつ。人間は合理的推論によってではなく、こうした感情の動きによって共通性質の存在を確信する。重要なことは、こうして把握される人間の共通性は、「完全性すなわち正しさ」(EC 2 : 491)という観念を内包していることである。歴史的にさまざまな趣味が存在したことはたしかであり、道徳においてもさまざまな多様性があった。しかし、それはもともと野蛮だった人間が、趣味の合理性と繊細さを獲得するのに大いなる訓練が必要だったということを意味するにすぎない。たしかに洗練された趣味よりも、博打や大食や飲酒といった粗野な娯楽を好む人間は多い。しかし、そうした人間も自分の趣味を恥じる気もちはかならずもっている。共通な人間性への確信は「完全性」への確信を含むがゆえに、人間は堕落よりも洗練をかならずや是認する。こうした洗練に対する是認という共通な感情があるかぎり、優れた趣味と粗野な趣味を判別する規準の普遍性というものは存在する。こうした人間の趣味の均一性は社会の秩序を維持するためにも、芸術をより洗練、進歩させるためにも不可欠なのである。

こうしてケイムズは合理的推論ではなく感情に根拠を置く趣味論を打ち立てることで、感情の洗練と市民社会の統治を結びつける。彼の趣味論の前提は、人間性の中には身体の快よりも芸術の快を、換言するなら、官能的快よりも洗練された視覚と聴覚の快を上位のものとする普遍的な同意が含まれるということである。その普遍性が人間社会の進歩の方向性を決定する。こうして、ケイムズは芸術を肉体的感覚と純粋に知的なものの中間項目とすることで、芸術に人間を啓蒙する役割を与える。しかし、こうした芸術の位置づけそれ自体の中には、芸術が人間の趣味を改善する必然性の根拠は含まれていない。美によって感覚への耽溺がもたらされる可能性があることは、ケイムズ自身も気づいている（EC 1：209）。また彼はさまざまな情緒を強力に喚起する音楽は「奢侈と女々しさを促進してしまう」（EC 1：53）可能性があると言う。つまり、人間の精神メカニズムの内部で考えているかぎり、人間が身体的感覚からより知的なものへ進行するということは、アプリオリに前提できることではない。それゆえケイムズは、人間の感受性の洗練の必然性を心的な機構の外部――すなわち「自然の創造主」――に最終的に訴えざるをえないのである。

> このように自然の創造主である神は、低い喜びから高い喜びへと人間精神を段階的に適合させることで、生命の初期段階にのみふさわしい卑しい肉体的快から、生命の成熟期にふさわしい洗練された崇高な快へと人間精神を一歩一歩優しく導くのである。（EC 1：4–5）

『批評の原理』においてケイムズは人間の感情の性質やその原因を分析し、芸術がもつ社会を啓蒙する機能を論じる。しかし、彼の議論においては、感覚的洗練を社会的な徳に転化させるメカニズムは、心的機能に内在するものではなく神の摂理というより高いレベルでしか保証されないものである。こうした神学的色彩を色濃く残したケイムズの美学理論が、世俗化された商業社会のイデオロギーとして不十分であることはあきらかである。

結　論

以上、マンデヴィル、ハチソン、ケイムズの道徳哲学における趣味と美学の問題を瞥見してきたが、そこには共通の前提が存在していた。それは、趣味判断は理性や推論に基づくものではなく感覚に基づくという前提であり、一見個人的な嗜好に左右されるように見える趣味判断には普遍的な規準が存在するという前提である。感覚や感情に基づく趣味判断が重視されるようになった背景には、この時代における近代的市民社会の形成がある。人間の活動範囲が広くなり、多くの商品や情報が流通し、商取引をはじめとするさまざまなかたちの交渉が頻繁におこなわれる近代の商業社会が円滑に機能するためには、法の支配が必要なことは言うまでもないが、法の埒外にある洗練された慣習や礼儀作法の役割が重要になってくる。礼儀作法の妥当性を支えるのは理性的な推論による証明ではなく、感覚や感情に基づく趣味判断である。だが、趣味判断が理性的推論に類似するような普遍性をもつことを説明することは困難な課題であった。シャフツベリーにおいては、洗練された趣味を生み出すものは貴族的で古典主義的な教育であり、その重要性を彼は「育ちの良さ」という言葉で表現していた。シャフツベリーの道徳世界に住む市民はギリシャやローマの古典に親しむことで趣味を陶冶する貴族的市民であり、生活の糧を得るための職業に時間を使い果たす商人や職人が市民として存在することは想定されていない。シャフツベリーの主張を体系化したハチソンは、シャフツベリーが想定した「内的感覚」は、あらゆる人間が生まれつきもつ能力であるとする教説を導入することで、貴族的なシャフツベリーの思想を近代的市民社会にふさわしいリベラルな道徳哲学につくり変えた。ハチソンは同時に、趣味判断の普遍性を説明するために、特定の対象に万人が美を感じるように神があらかじめ定めたという摂理論的な美学を導入した。これは、社会の調和を為政者による巧妙なイデオロギー的民衆支配の結果と考えるマンデヴィルの反美学的政治学に対抗して構想されたものである。この摂理論的な趣味論の影響はきわめて大きく、ケイムズやアレグザンダー・ジェラードといった十八世紀イギリス趣味論を代表する批評家たちに受け継がれた。だが、強制なき意見の一致という市民社会の理想を神学的権威によって基礎づける論法は、リベラルな市民社会の政治学にとって十分に満足のゆく解決方法ではなかった。ヒュームやバークのような後続の作家たちにとっては、いかにして世俗的なかたちで趣味の原理を確立するのかということが大きな課題となってくるのである。

第3章　ヒュームの趣味論

イギリス趣味論の政治的背景

美学と道徳哲学の関係は、十八世紀イギリスの知の歴史にとって重要な問題でありつづけている。この二つの理論的言説が共通の中心的問題としたのは、自発的で個別的なものであると思われる感情──それは文脈によって情念、情緒、情動といったさまざまな呼び方をされる──が、いかにして価値判断の規準になりえるのかということであった。前章でも確認したように、道徳哲学の発生の背後には十七世紀から十八世紀にかけてのイギリスの社会の商業化という現実があった。(1) バーナード・マンデヴィルがシャフツベリーの徳の理論を批判して以降、道徳哲学者たち（その多くはスコットランド人であった）は、個人の欲望と利益の追求を肯定する近代の商業社会が、いかにして道徳的堕落から逃れうるのかという問題に、回答を与えようとしたのである。(2) すなわち彼らは、欲望の根源である情念や想像力は合理的な理性の介入がなくても、結果的に公共的な徳を増進する自律的な機構を内在させていることを証明しようとする精緻な議論を組み立てたのだ。シャフツベリーからリチャード・ペイン・ナイトにいたるまで、十八世紀のイギリスの美学は「趣味」を中心的な問題として論じつづけたが、味覚という身体的感覚の比喩から引き出されたこの概念には、他人には計り知れない個人的で感情的な経験を普遍的な規準に転化するという、十八世紀イギリスの知的探究の根本問題が存在している。そして、デイヴィッド・ヒュームの著作は、そうした根本問題を理解するための重要な鍵となるのである。ヒュームの美学は、市民社会の統合原理を洗練された趣味に求めるフランシス・ハチソンの企ての延長線上にあるものだが、趣味判断の普遍性に関する議論から神学的な摂理論を徹底して排除しているという点で、とても近代的なものとなっている。本章ではつぎの二点を論じる。すなわち、(1)「趣味の規準について」と題されたエッセイはヒュームの美学の問題点を集約的にあらわしているということ、そして(2)ヒュームの美学的議論は十八世紀イギリスの知的探究のイデオロギー的な核心を理解する鍵を提供してくれるということである。ヒュームの作品全体の中で、明確に美学的問題をあつかったものは少ない。しかし、以下で示すように、彼の哲学全体が美学化されたものであると言えるのだ。

ヒュームの二つの顔

ヒュームの作品全体を読むとき、われわれはヒュームが二つの異なった側面――「哲学」への情熱と「日常生活」へのやみがたい関心――をもっているということに気づかされる。一方で彼は、論理的な因果律のみならず、外的事物の存在や人間の自己同一性までをも徹底的に疑う懐疑主義者であり、他方で彼は、当時のイギリス社会における商業の繁栄を肯定し、商業がもたらす技芸や礼儀作法の洗練を賞賛し、文明の進歩を信じる楽観的な進歩主義者である。一連の政治的エッセイにおいてヒュームは、社会の商業化がもたらす私益の跋扈、奢侈の蔓延、道徳的堕落を批判するシヴィック・ヒューマニズムに基づく保守主義的な議論に対抗して、社会の商業化と技芸の進歩が生み出す礼儀作法の洗練は堕落どころか国家の繁栄と公共的な徳の増進をもたらすと主張する。当時の社会の商業化に対するヒュームの肯定的な論調には、ジョウゼフ・アディソンやダニエル・デフォーにも劣らないものがある。徹底した懐疑主義と商業的繁栄を謳歌する現実主義という、この一見矛盾する二つの側面がヒュームのテクスト全体においてどのようなかたちで共存しているのかを理解することが、ヒュームという複雑な思想家の作品を理解する鍵となる。ヒューム自身、自分に内在する分裂の危機をはっきりと意識している。彼の内面的分裂の危機は、『人間本性論』の第一巻の有名な結論部において、孤独で陰鬱な懐疑的思索と怠惰で気楽な社交との間で揺れ動く自画像の中に現れる。そこでヒュームは、人間の知識の限界に関する自分の徹底した懐疑論的アプローチが真理判断の規準を無効にしてしまったことにたじろぎ、自分に「すべての確立された意見を離れてしまった私は、本当に真理を追っているのだろうか。かりに幸運が私を真理の足元に導いたとしても、いったいどんな規準でそれを判別すればいいのか」(T 1.4.7.3 ; SBN 265)[3]と問いかける。自らの懐疑論の中に、積極的な出口を見出せずに鬱状態に陥ったヒュームは、友人たちとの社交と会話にしばしの慰めを得る。「私はバックギャモンに興じ、会話し、友と興じる」(T 1.4.7.9 ; SBN 269)。しかし、彼は気楽な社交に安住の地を見出すことはできない。それは、「世間の一般的な原則を信じる怠惰」(T 1.4.7.10 ; SBN 269) に埋没することは、社会の進歩と洗練を不可能にしてしまうという信念を彼がもっているからだ。日常生活の継続を不可能にする懐疑論と日常生活への怠惰な埋没との間のジレンマという窮状からの出口として彼が企てるのは、彼自身の言葉を借りれば、厳密な哲学体系の中に日常生活の感覚という「土臭い混合物」(T 1.4.7.14 ; SBN 272) を混ぜあわせること、換言するなら、懐疑主義的な姿勢を保ちながらも日常生活に対する関心を失わないということである。彼の思考に深く根ざしている合理的思考と常識的な日常生活の感覚の混在は、彼の作品全体を特徴づける。ラディカルな懐疑論者と楽観的な常識人というヒュームの二つの顔は、その比率を変えながらも、彼の哲学的著作と政治的なエッセイの両方に、複雑に絡みあったかたちで存在している。そして、以下で論じるように、「哲学」と「日常生活」を和解させることを目指すヒュームの企画は、十八世紀イギリスにおける市民社会のイデオロギー形成という視点からもっともよく理解できるのである。

趣味とは何か

「趣味の規準について」は、正面から美学的な問題を一貫してあつかったヒュームの数少ない論考のひとつである。このエッセイはヒュームの美学理論のみならず、価値判断の問題に関する重要な論点が含まれたテクストとして、すでに広く批評的関心を集めている。重要なのは、このテクストはテーマ的な重要性だけでなく、修辞的な複雑さにおいても注目に値するものとなっていることだ。[4] このエッセイの冒頭でヒュームは、趣味のあきらかな個別性と多様性を強調し、「趣味は感情に基づいている」がゆえに趣味の規準を発見することは不可能と断定する「ある種の哲学」を紹介する。およそ判断というものは規則の存在を前提とする。だが、その哲学によれば、趣味の基礎となる感情は、その定義上、特異で自足したものであるため、いかなる規準にしたがうこともないのである。

すべての感情は正しい。というのは、人が感情を意識するときにはどこでも、感情はそれ自体を超えた指示対象をもたずに、つねに実在しているからだ。だが、悟性の決定はつねに正しいわけではない。というのは、悟性はそれ自身を超えたもの、すなわち事実に関することがらを指示対象にもっているのであり、その規準につねに合致するわけではないからである。異なった人々が同一の対象についてもつ多くの異なった意見の中には、正しいものはひとつしかない。そして、そこでの唯一の困難はそれを確定し証明することにある。それに対して、同一の対象によって喚起される多くの異なった感情はすべて正しい。なぜなら、感情は対象の中に実在するものを表象しないからだ。……美は事物それ自体の性質ではない。それは対象を思考する精神の中にだけ存在するのであり、個々の精神は異なった美を知覚しているのである。(E 230)[5]

「すべての感情は正しい」というこの主張を受け入れるなら、普遍的な趣味判断の可能性はなくなってしまう。この見解にしたがうならば、趣味という言葉が身体的感覚から派生したという事実が、趣味の特異性と、一般的規準による趣味の説明の不可能性を示唆している。つまり、趣味の規準をつくるために真の美や醜を追求することは、真の甘さや苦さを追求することと同様、不毛で無意味なのである。趣味の特異性を強調するこの立場は、趣味や道徳に関する価値判断の可能性を探究するヒュームのこころみに対する、もっとも強力な反論であるように見える。だが、驚くべきことに、この「ある種の哲学」は、ヒューム自身が『人間本性論』で展開した彼自身の哲学的立場に、きわめて似かよっている。以下で見るように、趣味の規準を発見することの不可能性を主張する立場としてヒュームが紹介する哲学とは、ヒューム自身の懐疑主義の立場にほかならない。もしそうであるなら、ヒュームが趣味の規準へ到達する上での最大の障害は、彼自身の合理主義的な懐疑論なのである。自分自身の体系に内在するジレンマを、あたかも自分の体系への外部からの反対論であるかのように語るヒュームの文体とその修辞法には、言うなれば、ある種の「演技性」が存在していると言えるだろう。それは、ヒュームは趣味に関する彼自身の立場を合理的推論ではなく、修辞的戦略をとおして主張しようとしていることの徴候なのである。[6]

ヒュームの趣味論に内在するジレンマは、道徳は理性ではなく感情と情念の問題であるという彼の前提にその原因をもっている。もとより、趣味の概念が十八世紀のイギリスで大きな意味をもったのは、この時代の道徳哲学が価値判断の規準を合理性ではなく、感情に求めるという傾向が共有されていたからにほかならない。ノーマン・ケンプ・スミスが指摘しているように、ヒュームの道徳哲学の特徴は情念を理性よりも優先させ、道徳性を感情の上に基礎づけたことにある。[7] ヒュームの道徳哲学の体系の中で、理性はきわめて限定された役割しかもっていない。理性の役割とは観念同士を比較するか、あるいは事実について推論することによって真偽の判断を下すことである。他方、ヒュームによれば、美徳と悪徳が人に知られるのは、ある行為が観察者に与える快と苦痛という感情をとおしてでしかない。道徳とは感情に基づくものなのである。しかし、人間の情念や感情は、他の情念や感情と比較して真偽を判断するという性質のものではないがゆえに、理性的な判断の対象になりえないのである。

真偽は観念と実在する関係との、あるいは実在や事実との一致不一致に存する。……さて、われわれの情念、意思、行為は根源的事実、実在であり、それ自体自足しており、他の情念、意思、行為を参照しないものであり、そうした一致不一致と無関係であることは明白である。それゆえ、情念、意思、行為が真であるとか偽であるとか、あるいは理性に反するとか一致するとかといった言い方はできないのである。（T 3.1.1.9 ; SBN 458）

『人間本性論』の中のこの一節は、ヒュームが「趣味の規準について」で紹介した、趣味の規準を発見する可能性を否定する「ある種の哲学」とまさにおなじ立場を表明している。道徳というものは社会的行動に関係し、その規則を提供することが期待されるという意味で実践的なものである。しかし、ヒュームによれば、「理性は、まったくもって不活発なものであり、良心もしくは道徳感覚といった活動的な原理の源泉には、けっしてなりえない」（T 3.1.1.10 ; SBN 458）。ヒュームにとっては、感情と情念だけが人間を行為に駆り立てる動機となるのであり、「道徳は厳密に言うなら判断されるものではなく感じられるものである」（T 3.1.2.1 ; SBN 470）。しかし、重要なことは、ヒュームにとって、道徳判断が感情に基づくということは、道徳判断の不可能性を意味するわけではないということである。じっさい、日常生活において人間はたえず判断を求められている。「自然は絶対的で制御不可能な必然によって、呼吸をしたり感じたりするのとおなじように、われわれが判断をするように定めている」（T 1.4.1.7 ; SBN 183）。判断を停止することは呼吸をとめるのと同様に、日常生活を生きる人間にとって致命的である。そして、こうした日常生活のあり方の解明こそ、ヒュームの道徳哲学の主題にほかならない。もし道徳的判断が市民社会の秩序を維持するためになされるのなら、それは一般的かつ普遍的な妥当性をもたなければならない。もちろん、ヒュームは道徳判断と趣味判断は妥当性をもちうると考える。ヒュームとイデオロギーの問題を論じたデイヴィッド・ミラーは、ヒュームの道徳理論の特徴は「穏やかな懐疑主義」であると述べている。

この穏やかな懐疑主義はつぎの三つの命題に要約できる。(1) 道徳的判断は完全に理性に基づくものではなく、それゆえ、強い意味での合理的証明は不可能である。(2) しかし、われわれはそうした判断が完全に恣意的なものであるという懐疑主義的な見解をいだく必要はない。なぜなら、それは人間本性という確固とした基盤をもっているからである。(3) 道徳判断は矯正と改善が可能であるが、そうした改善は十分に合理的な正当化を与えることに存するのではない。理性の役割は、そうした判断において感情が果たす役割と、悟性の一般的な属性によって、制限を受けているのである。[8]

たしかにヒュームは、道徳判断は合理的に基礎づけることができないという信念をもっている。だが、同時に彼は、道徳判断は一般的な妥当性をもちうるものであり、それゆえ改善されうるという信念もまたもっている。だからこそ、ヒュームは文明の進歩と古代人に対する近代人の優位性を主張することができる。だが、見気まぐれな個人の感情に起源をもつ道徳的な判断は、どのようにして一般的妥当性を獲得するのだろうか。個別性を普遍性につなげるというこの問題は、まさに趣味判断の規準の問題にほかならない。

「趣味の規準について」

「趣味の規準について」の分析に戻ろう。このエッセイの冒頭部分で、趣味と道徳に関する判断の不可能性を主張する「ある種の哲学」を紹介した後、ヒュームはそうした懐疑論を克服するための道筋を示そうとする（つまり、自らの哲学体系の中の亀裂を修復しようとする）。彼の議論は、たとえば偉大な文学者に関する評価などに見られるように、日常生活における人々の趣味判断はじっさいに一致しているという観察可能な経験的事実を指摘することから始まる。もちろん、短期的に見れば個人の趣味は気まぐれで、文字どおりさまざまである。しかし、長い期間を経れば、人々の判断は共通性と普遍性を帯びてくる。たとえばジョン・オーグルヴィーよりもジョン・ミルトンを、あるいはジョン・バニヤンよりもアディソンを高く評価するという判断は、一般的に受け入れられており、それに反するような趣味判断に対しては「だれも注意を払わない」(E 231)。取るに足りない作家は、たとえひとときの名声を得たとしても、長い時間のスパンの中で忘却されてゆくが、それに対して、時の流れによって偉大な作家の名声が損なわれることはない。「アテネとローマで喜ばれたホメロスは、二千年を経ていまだにパリとロンドンで賞賛されている」(E 233)。偉大な文学に関する評価の一般性は、「賞賛と非難に関する普遍的な原理」(E 233)が存在することを示唆する。その原理を察知する能力が趣味であり、その能力の解明が「趣味の規準について」と題されたエッセイの目的にほかならない。

趣味の一般性という経験的事実を指摘した後、ヒュームはどのようにして本来個人的なものである趣味判断が一般性と普遍性を獲得するのかという問題の解明に取り組む。ヒュームが言うように、趣味の法則が合理的な推論によって定められないものであるとしたなら、その探求は「経験」から出発するしかない。しかし、そうした経験論的方法は大きな困難に突き当たることになる。ヒュームによれば、趣味判断はきわめて繊細な感情に関わるがゆえに、個人的な好みや時代の偏見によって歪められやすい。さらに、たとえ偏見から自由な判断者がいたとしても、体調の不良や偶然の事故によって、彼の感受性が損なわれる可能性もある。理想的な判断者と理想的な環境を整えることはむずかしい。それゆえ、個人的な判断が正しいものとなることは、ほとんど期待できない。だが、もし一つひとつの判断がつねに誤謬を含むものであるなら、それをいくら集積しても普遍的な規準には到達しないことは言うまでもない。そこでヒュームは、絶対的に正しい判断を下す能力として「想像力の繊細さ」(E 234)という概念を導入する。ヒュームは趣味の繊細さを具体的に示す例として、セルバンテスの『ドン・キホーテ』に登場するサンチョの親戚の逸話を紹介する。その逸話の中で、鋭い味覚で有名な彼らは、大樽に入った古いワインの風味の鑑定を依頼された。そのワインは極上のものではあったが、彼らはその中に、それぞれ革と金属の風味を識別した。彼らは最初嘲笑されたが、最後に樽の底に革ひものついた鍵が発見され、最終的に彼らの味覚の繊細さが証明された。つまり、繊細さとは多くの夾雑物の中から特定の繊細な性質を識別する能力なのだ。ヒュームはこの身体的味覚の例は精神的趣味の類比として有効であると言う。芸術作品には、時代や作家個人の偏見に由来する多くの偶発的な要素が混入している。その中から普遍的な芸術の法則に適う要素を識別する能力こそ、趣味の繊細さにほかならない。こうした特別に繊細な趣味をもった批評家の識別の作業が積み重ねられることで、普遍的な美の規準が形成されるのである。

作文の一般的な法則や公認された規範をつくり出すことは、皮ひものついた鍵を発見するのに似ている。それこそサンチョの親戚たちの判断を正当化し、彼らを非難した似非判事たちを論破するものである。(E 235)

つまり、真の批評家の使命は、芸術作品の中の本当の美質を指摘することで、一般的な趣味の規準の形成に寄与することである。こうして、最初は趣味の特異性を裏づけるものであった味覚という身体的感覚と趣味の類比は、逆に趣味判断の普遍性を証明する比喩として用いられることになる。

しかし、このサンチョの親戚の逸話の説得力は、ヒュームの議論の中に新たな矛盾をもたらすという代償を払っている。ヒュームの議論の中では、サンチョの親戚の味覚の繊細さの絶対的な証拠となるものは、樽の底に発見された革ひものついた鍵である。それは、対象に内在する物理的な属性が、趣味判断の妥当性を裏づけるということを意味する。しかし、ヒュームの認識論に精通した者ならだれでも、内的知覚と外的対象をこうした因果関係で結びつけることが、彼自身の認識論と矛盾していることに気づくはずである。ヒュームによれば、情念や情緒といった心的な現象はそれ自体独立した「根源的な事実と実体」(T 3.1.1.9 ; SBN 458) であって、外的な対象から独立したものである。(9) もちろん、この前提は外的な対象こそ知覚の原因であると考える一般的な常識に反しているので、「野卑な人々は知覚と対象を混同し、自分が感じたり見たりする対象が持続的な存在をもっていると思い込む」(T 1.4.2.12 ; SBN 193) とヒュームは言う。もし、そうだとすると、サンチョの親戚のたとえ話を導入するヒュームは「野卑な人々」と同列の議論に陥る危険を冒していることになる。もちろん、明敏なヒュームは自分がやっていることと、その危険を十分に理解しており、それゆえ彼は自分の議論につぎのような但し書きをつけなければならないのである。

甘さや苦さと同様に、美と醜が、対象に内在する性質ではなく、内面的もしくは外面的な感情に属するものであることは明白ではあるけれども、そもそもそうした特定の感情を生み出すのに適した性質が対象に存在すると考えることも、許容されなければならないだろう。(E 235)

美や醜は、甘さや苦さと同様に、対象に属する性質ではない。しかし、ヒュームは、趣味判断において、われわれは知覚と対応する性質が対象に内在するという信念をもたなければならないと言う。それは、芸術作品を判断するさいには、その判断の妥当性を裏づける要素を、作品の中に見出すことができるかのようにふるまわなければならないということを意味する。ヒュームの認識論的前提から見るなら、これは理論的に証明することができない虚構である。サンチョの親戚の逸話が示していることは、こうした虚構なしには趣味判断はそもそも不可能だということなのである。だが、趣味判断がつねに虚構に基づいてなされるということは、趣味判断の正当性を疑わしいものにしてしまう。だがそれだけではない。じっさいの判断の場面においては、趣味判断の妥当性を保証する要素——サンチョの親戚の逸話の中の「皮ひものついた鍵」に相当するもの——を特定することが困難であることは、ヒュームも認めている。その結果、すぐれた批評家とたんなる偽者の区別をすることも、実質的には不可能となってしまう。

しかし、そうした批評家はどこに見出せるのか。どのような特徴によって彼らを知ることができるのか。偽者と彼らをどうやって区別するのか。こうした疑問は厄介なものであり、このエッセイの中でわれわれが振り払おうとした不確実性へとわれわれを押し戻してしまうように思われる。……当面の目的のためには、つぎのことを証明すれば十分だろう。つまり、すべての個人の趣味は同等なものではなく、一般にある者たちが――その者たちと出会うことは困難であるが――他の者たちよりも、普遍的な感情によって優先権を得るのだということを。（E 241–242）

この歯切れの悪い一節は、ヒュームの趣味論に内在する困難の徴候である。もし、個人的な判断と普遍的規準を橋渡しする理想的な批評家を見つけることができないのであれば、ヒュームの趣味に関する議論は振り出しに戻ってしまう。結局、ヒュームが最終的に訴えるのは、長い時間の中で形成される共同体の判断なのである。個人の判断はまちがいやすいが、それらは歴史のプロセスの中で淘汰され、正しい判断だけが生き残る。「たとえ偏見が一時的に跋扈しても、それらの偏見が真の天才に対抗する者を一致して賞賛することはけっしてなく、最終的には自然と正当な感情の前に屈することになるのだ」（E 243）。こうして趣味の規準をめぐるヒュームの議論はある種の循環論に陥ってしまう。[10] 共同体が生み出す偉大な作家に関する一致した評価は、無数の個別的な趣味判断の最終的な産物である。しかし、個別的な趣味判断が手に入れることができる唯一の基準とは、長い時の流れの中で形成された共同体の評価でしかない。ヒュームの議論は実質的には、個別的な趣味判断は歴史によって検証されるしかないという陳腐な主張から大きく踏み出すことはない。

サンチョの親戚の逸話を導入したことは、ヒュームの議論に説得力と同時に論理的亀裂をもたらす。しかし、重要なことは、ヒュームは最初から、論理的厳密さを狙っていたわけではないということである。彼は「このエッセイの目的はいくらかの悟性の光を、感情の感じ方に混入する」（E 234）ことだと述べている。この言葉をよりよく理解するために、われわれは「エッセイを書くことについて」と題されたエッセイの中で、ヒュームが自分のことを「学問の国から会話の国に遣わされる大使」に喩えて、「この二つの国の交流を」増進することが自分の役割であると述べていたことを想起すべきだろう（E 535）。ヒュームによれば、学問の世界と交流のない社交の世界は粗野で野蛮なものとなるが、他方「世間とよき仲間」から隔離された哲学は「その文体や論述の仕方においても不可解なものとなり、その結論も妄想的なもの」となってしまう（E 234–235）。彼が創造しようとしたのは、日常生活における出来事や習慣が哲学の光によって吟味され、改善されるような、新しいスタイルの言説である。彼のエッセイが厳密な哲学でないとしたなら、それは何であろうか。おそらくそれは、厳密に証明不可能なものを普遍的なものとして信じることをうながすという意味で、イデオロギーと呼ぶのがもっともふさわしいであろう。「趣味の規準について」においてヒュームが主張するのは、趣味判断は普遍的な妥当性をもちうるということである。それは、論理的な厳密さをもって証明することはできない。しかし、それはヒュームのイデオロギー的なプロジェクトにとって致命傷ではない。『人間本性論』の第一巻で彼自身がすでに証明しているように、理論的な厳密さは日常生活を可能にしているすべての信念の基盤を切り崩してしまう。彼が企てるのは、哲学的推論を緩やかに用いることで、日常生活の有り様を決定している個人の趣味と共同体の慣習を改善することである。そして、それは論理的厳密さによってではなく、感受性の洗練によって達成される。趣味を洗練させるというこの美学的な企てが、ヒュームの哲学にとって周縁的なものではなく、彼の道徳哲学の中心問題であることを確認するために、われわれは『人間本性論』の第三巻の中で展開される「正義」に関する彼の議論を読まなければならない。

正義と想像力

　近代の市民社会においては、社会的な行動を規制する「正義」という徳は、社会の秩序を維持するためにとりわけ大きな役割を果たす。ヒュームによれば、すべての徳は「自然的徳」と「人為的徳」という二つのカテゴリーに分類できる。自然的徳の起源は人間の生まれつきの体質と、それに由来する根源的欲求にその起源をもつが、人為的徳とは教育と習慣によってつくり出されるものである。彼によれば正義は人為的な徳であり、けっして自然な人間の体質に由来するものではない。ヒュームは正義の起源に関する二つの問題を論じる。すなわち(1)いかにして正義の法は人為によって成立したのかという問題と、(2)なぜ正義にしたがうか否かの問題が「道徳的問題」（T 3.2.2.1 ; SBN 484）なのか、という二つの問題である。ヒュームの議論の中心的な論点は、正義はそもそも私益から発生し、その後で道徳感覚に接木されたということである。注目すべきことは、ヒュームが、正義の唯一の機能とは財産権の確立と保全にほかならないと論じていることだ。正義をめぐる彼の議論を分析することで、われわれは趣味と想像力が、近代の市民社会を統制する原理として機能し始める美学的な契機を同定することができる。

　ヒュームは、正義の起源にあるものが財産の保全の必要性であることを、同時代の多くの政治思想家とおなじように自然状態の仮説によって説明する。彼によれば、人間本性は不変なので、自然状態においても文明化された社会にあっても、人間の幸福はつねに「三種類の善」から構成される。すなわち「われわれの精神の内的満足、外的な身体の強さ、勤勉や幸運によって獲得した物資の享受」（T 3.2.2.7 ; SBN 487）の三つである。だが、この三種類の善の中でも物資は他の二つと異なり、簡単に所有を移転できるがゆえに、欲望と暴力の対象となり、それをめぐる争いを生み出しやすい。自然状態において所有欲はもっとも自然な情念であるから、そこに住む人間にとって所有欲に反する行動をとることはむしろ悪である。しかし、所有を独占したいという情念は「抑えがたく不滅で普遍的」であるだけでなく「社会にとって直接的に破壊的である」（T 3.2.2.12 ; SBN 491-492）ので、人間はやがて私益に駆り立てられた人間同士による物資をめぐる争いの継続は、だれの利益にもならないことに気づく。そして、人間はそうした事態を、人為的な方法で解決しようとする。そのための唯一の方策は、他人の財産を尊重するという人為的な「協定」を導入することなのである。

それは、外的な善の所有に安定を与え、幸運や勤勉によって獲得したものをみなが平和的に享受できるようにするために社会の全構成員が加入するような協定によって以外、なし遂げることはできない。（T 3.2.2.9 ; SBN 489）

正義の協定は、向こう見ずな自己愛に歯止めをかけ、所有物をめぐる争いに終止符を打ち、社会の成立を可能にする。それゆえ、正義とは博愛的な原理であるどころか、「利己心とかぎられた寛大さ、そして物資の欠乏」（T 3.2.2.18 ; SBN 495）に由来するものである。正義という協定は、けっして私益という自然な人間本性を変更することはないが、欲望の満足を遅らせることによって得られるより大きな利益を教えることによって、利己的な情念の暴走を抑止するのである。こうして社会の成立が可能となる。[11]

もし、正義の起源が利他的な配慮ではなく自己愛であるなら、正義はどのようにして道徳感情によって是認されるようなもの、すなわち道徳的善に転化したのであろうか。これが正義に関する議論においてヒュームが取り組む二つ目の問題である。正義の協定が成立すると、人間は、最初は私益に対する配慮だけからそれにしたがう。しかし、短期的利益と長期的な利益の比較という計算から生じるその行動は、道徳的なものではありえない。なぜなら、道徳は感情に基づいたものでなければならないが、二つの異なった利益という観念を比較するのは理性の働きだからである。興味深いことに、ヒュームによれば、こうした功利的な計算が道徳に転化するのをうながすのは、社会の拡大と複雑化なのだ。単純で原始的な自然状態においては、無謀な欲望を抑制することによって得られる大きな利益は目に見えやすい。しかし、社会が拡大し複雑化するにつれてこの聡明な私益は、市民の行動を統制する原則としては無力なものとなってゆく。というのは、性急な欲望を控えることの代償たる大きな利益は、複雑で大きな社会においては不可視となってしまうからである。正義が近代の市民社会における統制原理として機能するためには、より普遍的な妥当性をもつ強力な原理に生まれ変わらなければならない。そして、それは正義が道徳感情のメカニズムに組み込まれることによって感情を基礎とする道徳に転化することで可能となる。それを実現するために介入してくるのが「共感」の原理である。

　ヒュームの認識論によれば、知識すなわち人間精神の内容物は印象と観念に分類される[12]。ヒュームによれば、印象と観念の区別をもたらすのは「力」と「活気」だけである。つまり、印象と観念は別種のものではなく、それが内包する力と活気の量が異なるだけなのだ。感覚をとおして得られた原初的な印象はやがて力と活気を失うことによって観念に変化してゆくが、逆に観念に活気が与えられれば、印象に転化することも可能である。われわれが他人を観察する場合、彼らの内面的感情をわれわれが直接に知ることはできないから、われわれが受け取るのは観念でしかない。しかし、共感の作用によって、それらの観念は「力」と「活気」を得て、印象に転化することもある(T 2.1.11.8 ; SBN 320)。それゆえわれわれは他人の感情を、あたかもそれが自分の感情であるかのように、想像力の中で、生き生きと感じることができる。ひとたび正義の法が確立し、財産が安定したものになれば、法が破られたとき、それが自分に直接的な被害をもたらさなくとも、人は共感の原理によって被害者の痛みを感じ、それに基づいて道徳的判断を下すようになる。それによって私益から発した正義は道徳原理となる。共感は正義に情緒的なエネルギーを供給することによって、たんなる便宜から生まれた正義を道徳的な動機づけの力に変形するのである。

　つまり、正義の確立の根源的な動機は私益である。しかし、公益に対する共感が、この正義という徳に付随す

る道徳的是認の根源なのである。(T 3.2.2.24 ; SBN 499–500)

ヒュームの正義に関する議論は、正義が私益から生じたというその曖昧な出自にかかわらず、道徳的な徳に転化する過程を示している。彼の議論はまた本来個人的な感情が社会の統制原理になるメカニズムをあきらかにしている。こうした社会で個人的な感情と社会的規範をつなぐものが、洗練された想像力としての趣味なのである。ヒュームが描く市民社会とは、ばらばらに利益を追求する市民たちが、洗練された感受性をとおして結果的に秩序と調和をつくり上げるような社会なのである。

政治と虚構

正義の発生に関するヒュームの議論は、趣味の概念の中に組み込まれた政治的・社会的な次元を理解する手がかりを与えてくれる。だが、彼のテクストのイデオロギー的側面を十分に理解するためには、ヒュームの議論の文学的・修辞的な側面にも注意を払わなければならない。そうした分析の入り口となるのが自然状態という虚構の問題である。市民社会の起源に関するヒュームの議論の中には、彼のイデオロギー的な主張が巧妙な修辞法によって構築されると同時に脱構築されるような、興味深くも危うい瞬間が存在している。それは、以下で述べるように、彼の市民社会のヴィジョンがはらむ危うさの徴候である。ヒュームは、人間はひとときなりとも自然な状態にとどまることはありえないがゆえに、彼が語る自然状態は「たんなる哲学的虚構」(T 3.2.2.14 ; SBN 493) にすぎないと断言する。しかし、ヒュームにとって虚構はたんなる装飾ではなく、道徳哲学を自然科学に対応するような厳密な学にするための不可欠な道具なのだ。彼によれば、哲学的虚構は「自然哲学」における実験に相当するものである。つまり、自然哲学者が実験の中で通常は分離不可能な属性を分離するのと同様に、自然状態という虚構を導入することによって道徳哲学は情動と悟性といったじっさいは分離不可能な人間の属性を、分離して考察することができる[13]（T 3.2.2.14 ; SBN 493）。しかし、こうした思考実験という科学的なジェスチャーの信憑性は、すぐ後につづく自然状態の虚構と黄金時代を描く文学的虚構の共通性に関する議論によって突き崩されてしまう。ヒュームによれば、自然状態という哲学的仮説は、詩人が描く黄金時代と、その虚構性において変わりがない。後者は自然がもたらす物資のかぎりない豊穣さと、かぎりなく利他的な人間本性を仮定し、前者は「かぎられた寛大さ」と「物資の欠乏」を仮定するというだけの違いである。二つの虚構が描く世界は対照的であるが、それは矛盾するものではない。黄金時代の虚構が述べているのは、物資がかぎりなく豊かであり人間が欲望から自由になることができれば正義の法は不必要だということであり、自然状態の虚構が示すのは、物資が不足しており人間が基本的に利己的であれば正義の法の発明が必然となるということである。両者の結論は完全に相互補完的である。ヒュームの哲学的な思考実験は、完全な虚構であるという点で詩人の想像的な作品と変わりがない。だがなぜヒュームは、自分の道徳哲学が詩人の夢想とおなじ地位に堕するような危険を冒すのであろうか。それは、道徳哲学の対象である徳や財産のような社会制度それ自体が、想像力と空想の産物であるからにほかならない。

ヒュームは正義の分析の中で、財産の確定についてだけでなく、財産の譲渡についても論じている。財産の確定とその円滑な譲渡は商業社会が成立する条件である。彼によれば財産の確定の方法として重要なものは「占有、時効、取得、相続」（T 3.2.3.5 ; SBN 505）であるが、そのどれにおいても、核心にあるのは、ある人間と物資が想像力の中で強く結びつけられることである。たとえば、ある無人島に最初に到達した人間は、「占有」によってその島を財産とすることができるが、それは想像力によってその人間とその島が強く結合するからにほかならないし、それ以外の根拠はないのだ。

無人で耕作されていない小さな島の海岸に上陸した人間は、その最初の瞬間からその島の所有者と見なされ、全体の所有権を得る。なぜなら、その対象が空想の中で区切られ囲まれ、それと同時に、新たな所有者に対して割り当てられるからである。（T 3.2.3.8 ; SBN 507）

つまり、財産制度の起源には自然的なものは何もなく、想像力によってのみ支えられている。だが、想像力の社会的な機能はここにとどまらない。ヒュームは「時効」、「取得」、「相続」というその他の財産の確定においても、財産を決定するのは想像力にほかならないことを示したあと、財産の譲渡についても論じる。商業社会においては財産の安定だけではなく、財産が契約によって円滑に取り引きされることが必要となる。しかし、想像力において長期間特定の人間に結びついた財産が他人に譲渡されるということを人が理解するには、大いなる困難が存在する。財産は目に見えるものであるがゆえに想像力に強く訴えかける。しかし、所有権は目に見えないものであるがゆえに、その譲渡を人が理解することはむずかしい。だが、ヒュームによれば、人為的な制度が想像力を助けてくれるのだ。たとえば、財産の取引においてはしばしば「証文」が取り交わされるが、それは目に見える証文を交換することによって、想像力が財産の譲渡という事態を理解するのを助けるためなのである。

想像力が財産の譲渡を了解するのを助けるために、われわれは可感的な対象を取り上げ、じっさいにその対象の所有権を、われわれが財産の所有権を与えようとするその人に譲渡する。これらの行為の間に想定された類似性と可感的な引渡しの存在は、想像力を欺き、財産の神秘的な譲渡を了解したと想像力に空想させるのである。（T 3.2.4.2 ; SBN 515）

この一節で用いられている「欺く」、「神秘的」、「空想する」といった用語は、正義という社会的な徳の起源の曖昧さの徴候となっている。財産の安定と円滑な取引を可能にする正義の法は市民社会の基盤である。しかし、その法は理性的な基盤をもつものであるどころか、欺瞞と神秘性によって作動する空想の産物にほかならない。しかし、ヒュームが主張したいのは、市民社会が空想の産物であるということは、その基盤の脆弱さを意味するわけではないということだ。なぜならば、想像力は洗練によって哲学以上に賢明になりうるからである。趣味すなわち「洗練された感受性」こそが、近代の市民社会を支える基盤にほかならないのだ。

想像力の統制

ヒュームが説明する近代的な商業社会は、市民が情念と欲望に駆り立てられて行動することを肯定する社会である。その秩序を支えるものは、情念という危うい精神的な能力を管理し統制する機構である。ヒュームがくり返し強調するように、想像力を統制する力を理性に求めることはできない。理性の強制力によって人間の精神を公共的な徳に差し向けようとする努力は、商業的な社会の活力を枯渇させてしまうだろう[14]。情念を統制し、市民社会の秩序を維持するものは想像力と趣味の洗練なのである。ヒュームの市民社会は想像力が生み出す制度に支えられているという意味で、徹底的に美学化された社会である。市民社会の秩序が想像力と感受性に依存している以上、その市民たちは感受性を洗練させる道徳的責務があるのだ。ヒュームの哲学は厳密な論理性を突き詰めることで、近代社会において理性の支配が終わり美学の支配が始まる地点を確定したと言ってよい。そういう意味で彼のテクストは、美学と批評理論の最良のテクストのひとつであり、またわれわれが商業社会に生きているかぎり、くり返し立ち戻らなければならないテクストである。だが、近代的な市民社会が情念と想像力を礎として築かれているという事実は、市民社会にさまざまな問題を引き起こすことになる。そして、ヒュームだけでなく、アダム・スミスやエドマンド・バークらも、それぞれの仕方でそうした問題と取り組むことになる。

第4章　ヒュームの虚構論

リアリズム小説という逆説

　本章の目的は、デイヴィッド・ヒュームの虚構理論を、同時代におけるリアリズム小説の勃興という文学史的な現象と関連させて論じることである。十八世紀に広く用いられるようになったリアリズムと呼ばれる文学技法に関しては、すでにさまざまな研究がなされている。文学史的研究においては、リアリズムの問題は小説という文学ジャンルの特徴として論じられることが多い。だが、イアン・ワットが言うように、もともとリアリズムとはたんなる文学技法を超えた広がりのある概念である。ワットによれば、文学的リアリズムの誕生は、思想史における「実在」の概念の変化と連動している。中世のスコラ哲学においては、実在とは普遍的・抽象的な真理のことを指していた。個別的・具体的なものは移ろいゆくはかないものであり、実在的な特徴を欠いていると考えられていたのである。そうした普遍的・超越的な実在の存在を信じる立場は「実在論」（リアリズム）と呼ばれ、そうした実在は名前だけあり本当は存在しないとする立場は「唯名論」（ノミナリズム）と呼ばれた。唯名論の立場に立つなら、実在とはたんなる名前であり、じっさいは実在的でリアルな特性を欠いた個別的・具体的なものだけが存在することになる。だが、近代以降、実在の概念は逆転し、個別的・具体的な物体の方が実在であると考えられるようになった。ルネ・デカルトとジョン・ロックに端を発する近代的リアリズムは感覚をとおして知覚される物体に実在性を見出したのである。ワットによれば、こうした近代的リアリズムの誕生と並行するように、リアリズム小説が勃興した。個別的・具体的なものを詳細に描写してゆく文学技法としてのリアリズムは、この思想史的逆転と平行関係にある。文学的リアリズムは物語世界の構造を、われわれを取り巻く日常的世界の構造に近づけた。つまり、物語世界を現実世界の忠実な描写であるかのように読者が感じることを可能にしたのである。こうしたリアリズムは、伝統的な文学ジャンルを拘束していた伝統的主題や修辞的技法から自由になろうとするが、それはリアリズムが追求するものが「言葉と事物の照応」つまり言葉によって日常的世界を忠実に描くことだからである[1]。たとえば、ジョン・バニヤンの『天路歴程』のような宗教アレゴリーが指示するのは聖書というマスター・テクストとそれを取り巻く宗教的著作であり、新古典主義の詩作品が指示するのは、多くの場合、ギリシャ・ローマの古典的なテクストに起源をもつ主題群である。そうした伝統的な文学ジャンルの言語が指示するものは、外的な世界ではなく先行するテクストなのである。それに対して、小説の言語が指示するのは実在する日常世界である。それゆえ、ワットは「小説においては、言語の機能は他の文学形式におけるよりもはるかに対象指示的だ」と断言する[2]。ここである問題が生じる。十八世紀に本格的に始まった文学的リアリズムの言語は、小説というジャンルと結びついた虚構言語だということである。現代英語では「小説」(ノヴェル)とほぼ同義語となっている「虚構」(フィクション)という言葉は、もともとつくり話やうそを意味していた。つくり話やうそは現実世界に指示対象をもたないわけだから、言葉と事物の照応を謳う「リアリズム小説」という言葉はあきらかに撞着語法である。では、リアリズム小説の言語が指示する対象とは何であるのだろうか。リアリズムにおける現実と虚構の関係とはどのようなものなのか。ワット以降もレナード・デイヴィスやキャサリン・ギャラガーが事実と虚構の関係という観点から小説とリアリズムの問題を論じている[3]。しかし、リアリズムの誕生に見られる十八世紀における虚構言語の構造的変化を小説の勃興という問題の枠内だけで論じることは、この問題の射程の広さをとらえきれないおそれがある。リアリズムの流行は、この時代における表象と実在もしくは言葉と物の関係の変化のひとつの現れである可能性がある。この問題に取り組むために、本章はヒュームのテクスト、とくに『人間本性論』で展開された彼の虚構論を読解する。ヒュームはこの最初の著作において、現実世界を構成している個別的・具体的な外的事物の性質を虚構との関係で詳細に論じている(4)。本章はヒュームの認識論が内包する問題を文学理論の問題と接合することで、十八世紀にはっきりとしたかたちを取り始めたリアリズムにおける現実と虚構の逆説的な関係を考察する。

虚構と現実の区別

ヒュームの虚構論を理解するためには、彼の哲学の基本的な枠組みを知る必要がある(5)。ヒュームは人の心の中にあるものはすべて感覚から得られるという経験論の立場に立つ。感覚から直接受け取った対象の生々しい知覚が「印象」であり、それが活気を失うと「観念」へと変化する。観念は印象のコピーであり、印象からの派生物である。観念と印象のちがいは、それらが帯びる「活気」と「力」のちがいでしかない。われわれは心の中で想像力によって観念を結びつけて新しい観念をつくり出すことができる。だから、どんな複雑な思考の建造物も分解すると単純観念まで分解できるし、原則的には感覚知覚によって得られた直接印象にまでさかのぼれる。ヒュームによれば、感覚が受け取る印象はもともと明晰で正確なものであるが、そこから派生した観念は曖昧で不正確なものになってしまう可能性がある。曖昧な観念をあつかっているかぎり、知識は正確なものにはなりえない。多くの数学者や哲学者は自説の不合理を隠蔽するために、ことさらに曖昧で抽象的な観念を用いることがあるが、そうした数学者や哲学者はその曖昧さを悪用し読者を幻惑しているのである。しかし、哲学者の本来の仕事はできるかぎり明晰で正確な観念をあつかうことであり、正確な観念を手に入れる唯一の方法は、直接印象の記憶までさかのぼることである。観念をそれと対応する印象と照合することで、観念は明晰で正確なものとなる。しかし、ヒュームによれば、われわれの心の中には感覚知覚にまでさかのぼれない観念がたくさんあり、その中には、われわれの思考の骨格を形成するのに重要かつ不可欠な観念も含まれている。彼は印象に起源をもつ記憶と区別して、想像力によって捏造された観念を「虚構」と呼ぶ。たとえば、空間や時間の観念がそうである。生得観念は存在しないという経験論の枠組みにしたがうなら、空間と時間の観念は人間の心の中にもともと備わっているものではない。だが、空間や時間の観念は知覚をとおして得られた直接印象のコピーではない。人は視覚によって物体を認識するとき、さまざまな色彩をもった点の広がりを知覚する。その経験をくり返すうちに、その配列の類似性を発見し、色彩や形状の特異性を捨象することで空間の概念に到達する。同様に、人は連続する出来事の起こり方から時間という観念を抽象する。たとえば、五つの連続する笛の音の配列から人は時間の観念を得ることができるが、それは人が受け取る六つ目の独立した観念ではない。人は五つの音が現れるその様式にだけ注目して時間の観念をつくり出す。だから、人は時間それ自体の印象をもつことはないし、それだけを取り出すことはできない。それは特定の印象にまでさかのぼることができない観念、つまり想像力が心の中で捏造した虚構なのである。ヒュームが虚構とする観念の中には空間や時間だけでなく、「因果関係」、「自己同一性」、「外的対象」など人間の思考の中核的要素を多く含んでいる。虚構とはもともとはうそやつくり話といった意味である。もし人間の知的営みの根源にうそとつくり話があるなら、人間の知識の多くの部分は根拠のないつくり話によって構成されているという結論に到達しかねない。それゆえ、できるだけ正確で信頼できる知識に到達するためには、虚構を生み出す想像力の機能を知り、信頼できる知識とたんなる空想の境界線を画定する必要がある。

だが、知識の確実性に関するヒュームの議論を読んでゆくと、正確な知識と虚構を区別することは、じつはとても困難であることがわかってくる。ヒュームによれば、絶対確実な知識は証明もしくは直観に基づくものであり、それをもたらすのはわずかに代数学と算術しかない。感覚を経由して入ってくる観念をあつかう学問が到達できるのはせいぜい蓋然的な正確さでしかない。上で見たように、感覚から受け取った観念を正確にするためには、その観念と対応している印象の記憶にまでさかのぼらなければならないが、そのためには記憶と想像力がつくり出した虚構を区別しなければならない。だが、記憶と虚構のちがいはつねに明確なわけではない。なぜならば、記憶と虚構はそれらを構成する観念自体の性質にちがいがあるわけではないからだ。特定の観念が空想なのか記憶なのかは、観念それ自体をいくら調べても判明しない。たしかに、想像力の特徴は観念を自由に組み換え配列しなおすことである。しかし、配列の忠実性も記憶と想像の区別を保証しない。人間の記憶はあらゆる細部まで正確であるわけではないし、そもそも記憶それ自体が観念でしかなく現実の出来事そのものの正確な写しではないからだ。ヒュームは、記憶と想像を区別するのはそれらを構成する単純観念でも複雑観念の配列でもなく、「記憶のほうが想像より強い力と活気をもっているということでしかない」(T 1.3.5.3 ; SBN 85)[6]と言う。つまり、想像と記憶を区別するのはそれらが伴う活気と力のちがいだけなのである。だから、何かのきっかけで事実無根の虚構が活気と力を帯びれば真実として通用してしまう危険はつねに存在する。たとえば、おなじうそをくり返し言う人間が、自分でもうそと真実の区別がつかなくなることはじっさいにある。本人にもうそか真実かの区別がつかないなら、他人がそれを識別することはむずかしい。ここで問題となるのは、観念に活気と力を与えて信念に格上げする要因は何かということである。このことが文学的虚構をどう位置づけるかという問題につながってくる。

文学的虚構の問題はまず、「歴史」と「ロマンス」のちがいというかたちで議論に登場する。現実の出来事を忠実に記録した歴史は記憶に基づいているし、現実と無関係につくられたロマンスは想像力の産物であり明白な虚構である。では、歴史とロマンスはどのようなちがいがあるのだろうか。記憶と空想を区別することの困難を論じたすぐあとの節で、ヒュームは、まったくおなじ物語をロマンスとして読んだ場合と歴史として読んだ場合では、読者が受け取る印象はまったくちがうと断言する。つまり、完全に同一な物語でも、ロマンスとして読んだ場合よりも歴史として読んだ場合のほうが、読者ははるかに強い影響を受けると言うのである。

空中楼閣を築く者の散漫な夢よりも、われわれが同意する観念のほうがより力強く堅固であり、活気に富むことは何よりもあきらかである。もし、ある人がある本をロマンスとして読み、べつな人が真実の歴史として読んだなら、彼らはおなじ観念をおなじ順序で受け取る。一方はそれを信じないし、他方はそれを信じるが、まったくおなじ著者の意図を受け取ることに障害はない。著者の言葉は両者におなじ観念を与える。だが、著者の話は彼らにおなじ効果をもたらすことはない。後者のほうがすべての出来事に関する生き生きした概念を受け取るのだ。……他方、前者は著者の話に信頼を置かないし、個別部分はおぼろげで活気がないと感じる。救いとなるのは文体と構成の妙によって楽しみを得ることだけである。(T 1.3.7.8 ; SBN 97-98)

この一節は興味深い問題を提示する。歴史とロマンスのちがいを論じるこの議論は、記憶と虚構は観念自体にちがいはないという自説を裏づけることを目的としている。つまり、まったくおなじ観念でも、それが帯びる活気と力によって真実として通用したり、虚構にしか聞こえなかったりするというのだ。人は歴史を信頼できる事実として信じるが、ロマンスは絵空事として信じない。だが、問題はそのちがいがどこから来るのかということである。ヒュームによれば、事実とつくり話において観念自体の性質が変わるわけではないし、とくにこの事例は、まったくおなじ物語が、ある場合は歴史として、べつな場合はロマンスとして読まれることを想定しているわけだから、観念自体はまったく同一である。そうだとすれば、ロマンスとして伝達される観念が弱々しく、歴史として伝達される観念が力強いのは、読者の側の受け取り方のちがいでしかない。ロマンスはつくり話なので、現実の出来事にその起源をもっていないと読者は知っている。他方、歴史は現実の出来事の報告であるので、少なくとも原理的には、証言と証拠をさかのぼっていけば直接その事件を体験した人間の直接印象にたどり着くはずである。たとえば、われわれが、カエサルが殺害された日が三月一五日であると信じているのは、それが歴史家たちの考証により確立されているからであり、究極的にはその事件を目撃した人の記憶と証言までさかのぼれると考えるからである（T 1.3.4.2 ; SBN 83)。しかし、人は歴史を読むときに、記載されたあらゆる事実を検証しながら読むわけではない。歴史として語られた観念は現実の出来事の印象まで遡行できる観念であり、ロマンスとして語られた観念はつくり話であるという思い込みがあって、その思い込みによって観念の受け取り方が変わるのである。まったくおなじ物語がロマンスではなく歴史として読まれる場合に、その観念に活気と力を与えるのは、歴史家が書いたものは事実の報告であるはずだという読者の側の心構えでしかない。読者が歴史を信用しロマンスを信用しないのは、それらの観念が置かれた文脈と状況によって判断を変えているからである。それは、ある観念の信頼性はその観念が置かれた言説の制度的な権威に依存していることを意味する。だが、さまざまな言説がもつ権威は合理的な規準で決定できるものではない。どういったジャンルの言説に信頼を置くかは、最終的には個人の趣味に任される部分が大きい。結局、ある観念が空想なのか事実なのか虚構なのかを識別するのは、最終的には受け取る人の判断に任される。人は活気と力のある観念を信じるというよりも、信じたい観念に活気と力を与えるのである。ヒュームが、詩や音楽においてと同様に哲学においても人は「趣味」と「感情」にしたがうと言うとき、彼はそのことを言っているのだ（T 1.3.8.12 ; SBN 103)。

こうした議論を読んでゆくと、記憶と虚構を区別するというヒュームのこころみに内在する困難があきらかになってくる。記憶と虚構はどちらも観念であり、それらに伴う活気と力がちがうだけであるということは、記憶と空想あるいは事実と虚構の間の境界線が不明確になりえることを意味する。じっさいに、われわれは直接印象までさかのぼれないたくさんの対象の存在を信じている。何らかの仕方で想像力が活気と力を観念に与えれば、人はその実在性や真実性を強く信じるようになるのだ（T 1.3.10 3 ; SBN 119)。もちろん、たいていの人間は現実に対する健全な感覚をもっている。つまり、自分を取り巻く現実世界とおとぎ話の世界や妄想をはっきりと区別している。だが、現実とは何であるのだろうか。ヒュームは「現実」をつぎのように説明している。

記憶の印象や観念からわれわれはある種の体系をつくり出す。その体系は、内的知覚や感覚に現れたとわれわれが記憶するあらゆるものを包摂する。われわれは、現在の印象に加えて、その体系の内部にあるあらゆる細部を「現実」と好んで呼ぶ。しかし、人の心はそこでとどまることはない。なぜなら、その体系とべつな体系が習慣――それを因果関係と呼んでもよい――によってつながっていることを見つけると、それについて考えるようになるからだ。そして人の心は、それら特定の観念を観察することがある意味で必然的に決定されており、また、そうした心の動きを決定している習慣や関係は変化を許容しないという理由で、それらを新しい体系に組み込み、それらにも同様に「現実」という重々しい名前を与える。前者の体系は記憶の対象であり、後者は判断力の対象である。（T 1.3.9.4 ; SBN 108）

ヒュームによれば、現実を構成する材料はまず感覚をとおして得られる直接印象の記憶であり、それらがもっとも信頼できる現実世界を構成する。つまり、人は記憶をつなぎ合わせて「現実」という「ある種の体系」をつくり上げるのだ。とはいえ、ひとりの人間が直接に経験できる世界はとても狭いので、人は慣習や因果関係によって記憶と結合した観念をそれに加えて現実という観念の体系を大きくしてゆく。現実と呼ばれるものは一方では記憶と、他方では記憶と必然的なつながりをもつと判断された観念から構成されている。だから、ローマに行ったことのない人でも、ローマの実在を信じる。それは観念連合の作用によってローマが現実と呼ばれる体系に組み込まれ、そのことによってローマの観念が力と活気を帯びるからである（T 1.3.9.5 ; SBN 108）。他方、おとぎ話の世界は現実の体系に組み込まれていないので、われわれはおとぎ話の世界の実在は信じない。それは日常世界を思い浮かべるさいに観念が帯びる力と活気が、おとぎ話の場合よりも強いことを意味するだけである。観念が事実と照応していることは、信念が形成される必要条件ではない。条件が整えば、不正確でまちがった観念も活気と力を帯びることはありえるし、そこに、さまざまな錯誤や誤謬の可能性がある。人が文学的虚構作品を読むときにも、大きな関心をかき立てられて、作品が読者に与える観念に対して実在性を感じるという事実はヒュームも認める。あらゆる文学作品が狙うのは、活気と力に満ちた観念を伝達することであろう。そうでなければ、読者はその作品を投げ出してしまう。「活発な想像力」はしばしば狂気や錯乱を生み出し、真実と虚偽の境界線を打ち消し、散漫な虚構や観念が印象や記憶とおなじ力をふるい始めるとヒュームは言う。では、人は現実の世界と虚構の世界をどう区別するのだろうか。ここでヒュームは虚構の例として詩を取り上げる。文学的虚構は、ヒュームの認識論の中心にある記憶と虚構の区別のテストケースなのである。ヒュームはつぎのように言う。

詩人は職業的なうそつきであるが、彼らがつくる虚構に真実味を与えようとつねに努力する。それがまったくなければ、彼らの作品がどんなに巧みであろうとも、大したよろこびを与えることはできないだろう。……詩人たちはいわゆる事物の詩的体系をつくり上げる。詩人自身も読者もそれを信じてはいないが、虚構の根拠としては、一般にそれで十分だと考えられている。私たちはマルスやジュピターやヴィーナスといった名前に慣れ親しんでいるので、教育がどんな見解でも心に焼きつけることができるのと同様に、反復によってそれらの観念は心の中にやすやすと入り込み、判断力に抵触することなく空想を支配する。(T 1.3.10.5–6 ; SBN 121)

詩人が「職業的なうそつき」だということは、彼らが語る物語が現実には存在しない絵空事であることが周知の事実だということを意味する。だが、その虚構が読者を楽しませるためには、ある程度の「真実らしさ」が必要である。なぜなら、それなしには伝達される観念は活気を帯びないし、活気を帯びない観念は読者の心をとらえないからである。では、詩人はどうやって力と活気を観念に与えるのであろうか。ヒュームによれば、詩人たちは「詩的体系」に訴えかけるのだ。詩人たちは神話や文学的約束事によって構成される虚構世界をつくり出し、それを反復して表現することで読者に強い印象を与える。読者は反復によって神話世界や文学的約束事に習熟することで、それらに対して「真実らしさ」を感じるようになる。読者はジュピターやヴィーナスが実在しないことは知っているし、彼らに対して親しい友人に対するような現実性を感じることはない。だが、神話やロマンスをくり返し読み「詩的体系」に慣れ親しむことによって、それらに強い関心をいだくようになる。虚構言語の指示対象という観点から見た場合、ヒュームはここで興味ぶかい指摘をしている。彼の説にしたがうなら、詩的言語が指示するのは文学伝統であり、先行するテクスト群なのである。つまり、詩的な虚構は現実世界に指示対象をもたないのであり、そのことは読者にとっても周知の事実なのである。つまり、「詩的描写」もしくは文学的虚構が「記憶」や現実的な「判断」のような信憑性をもちえないのは、虚構言語が指し示すのは空虚な「詩的体系」であって、現実の日常世界ではないということを読者があらかじめ了解しているからである。われわれはローマの実在を信じ、エリュシオンの園の実在を信じない。それはローマの観念は「現実という体系」に属し、エリュシオンの園の観念は「詩的体系」に属するからである。そうしたジャンル的な約束事をわきまえているかぎり、文学的虚構作品の読者は現実と虚構を混同することはない。この場合、ある観念が虚構なのか現実なのかを区別させるのは、その観念が所属する「体系」で判別することができる。それらの体系を整理し、ちがいを知ることによって、信頼できる知識と想像力によって捏造された空想との境界線を確立することができそうである。しかし、ヒュームの議論を読み進むと、こうした規準もあまりあてにならないものに見えてくる。それは、信頼できる「現実という体系」は、じつは虚構としての「詩的体系」とそれほどちがわないものである可能性があるからだ。その点に関する考察をさらに進めるためには、現実世界を構成する「外的対象」の存在がどのように知られるのかという問題に関するヒュームの議論を読まなければならない。

現実に内在する虚構

ヒュームが外的世界に関する議論を展開するのは、『人間本性論』の第一巻第四部（とくに「感覚に関する懐疑論」と題された第二節）である。ヒュームはそこで、人はなぜ外的な物体が持続的に存在することを信じるのかという問題を提起する。ヒュームによれば、事物がわれわれの外部にあることと、事物が持続的に存在することは感覚や理性では裏づけることができないことであり、想像力が捏造したこととしか考えられない。つまり、外的世界が本当に存在しているのかどうかは、厳密には知りえないことがらなのである。もちろんヒュームは、事物の存在を、哲学者を含めたほとんどの人々が信じて生活していることは知っている。彼が問いかけるのは本当に外的世界が存在しているのかということではなく、なぜ人は証拠が乏しいことをやすやすと、しかも深く信じるのかということである（T 1.4.2.2; SBN 187–188）。ヒュームは、外的な物体の存在に対する信念を生じさせる要因を探して、人間の心の三つの主要な機能である感覚、理性、想像力を順番に検討してゆく。

まず感覚であるが、ヒュームによれば、物体の外的・持続的存在を信じさせる力は感覚にはない。なぜなら、物体がもつとされる外在性や持続性をとらえることは、感覚の権限をあきらかに超えているからだ。そもそも、感覚をとおして与えられる対象の印象は心の中にしか存在しない。ここでヒュームはロックが提案した一次性質と二次性質の区別にしたがって論を展開する。ロックに代表される近代哲学は、対象の性質と印象の性質が似ているのは運動、延長、形、固体性といった一次性質の場合だけであり、色彩、味、臭い、音、熱さや冷たさといった二次性質は心の中にだけあるものであって対象のもつ性質ではないと考える。人は自分が知覚する個々の物体は、たしかに自分の外部に存在しており、しかも自分の知覚とは無関係に持続的に存在しつづけると考えている。しかし、人は二次性質の知覚をとおしてしか外的な物体の印象を得ることができない。外的対象の観念はじつは心の中にだけあるものであり、しかもその性質上、持続性をとらえることはできない。なぜなら、人が特定の対象を継続して観察できる時間には限界があるからである。対象の知覚は内的かつ断続的なものにならざるをえないがゆえに、感覚は外的対象の持続的存在を直接に確認することはできないのだ。だから、もし人が外的対象の持続的存在を直接に知覚していると考えるなら、それは「誤謬」であり「幻想」である（T 1.4.2.5 ; SBN 189）。もし、感覚が外的世界の持続的存在をそのままとらえていると信じるなら——そして、世の中の人々の大多数がそう信じているのだが——感覚は何かに欺かれて、心の中にしかない印象や観念を、外在する物体そのものと取りちがえているのである。また、人間に外的世界の存在を信じ込ませているのが理性ではないこともあきらかである。なぜなら、哲学や合理的推論を知らない一般大衆や子供ですら、外的世界の持続的存在を無条件で信じているからだ。彼らは外的な事物の存在について合理的に推論したこともなければ、一次性質と二次性質の区別について教育を受けたこともないが、外的な事物は疑いなく存在し、自分たちはその対象を直接知覚していると信じている。つまり、外的な事物の存在を信じることにおいては、理性の力が必要ないことはあきらかである。

こうしてヒュームは、外的な事物の存在を人に信じさせるのは想像力にちがいないという結論にたどり着く。だが、想像力はあらゆる対象に外在性と持続性という属性を与えるわけではない。想像力が持続的存在を付与する対象は二つの特徴をもつ。それは「恒常性」と「整合性」である。たとえば、われわれが見る山や家や木々は、中断のあとに見ても変化がないように見える。それが恒常性である。また、暖炉の火の様子は目を離している間に変化するが、その変化の仕方はつねに一様である。一日の間の太陽の位置の変化にもそれが言える。山や木々も長い間には変化するが、その変化にも規則性がある。それが整合性である。恒常性と整合性という特徴をもった対象は、その対象を知覚していない間にも存在しつづけていると人に思わせる。われわれの一つひとつの知覚は短くばらばらである。しかし、人間はそうした状態に置かれると不便と居心地の悪さを感じる。それを補うために、その隙間を補完する外的世界の存在を想像して生活しているのだ。つまり、おなじ対象の印象の変化が一貫しているのを観察するとき、じっさいの印象はばらばらでも、人は困惑から逃れるため、知覚されない「真の存在」によって、それらの知覚が統合されていると想像する。こうして「真の存在」の観念は、一連の記憶がもつ恒常性や整合性といった特徴から活気と力を得て信念に転化する。

この困難から抜け出すために、われわれはこの中断をできるだけ隠ぺいするか、もしくは、中断した知覚はわれわれが気づかない実在によってつながっていると想定して、その困難を完全に取り除こうとする。この想定もしくは、つまり持続する存在という観念は、断続的な印象の記憶とそれらをおなじものと想定したがる傾向から力と活気を獲得する。つまり、上で述べたように、概念のもつ力と活気こそが信念の本質なのである。

(T 1.4.2.24 ; SBN 199)

ヒュームはそうした想像力の働きを船の動きの隠喩で説明している。人が船を漕ぐのを止めても、船はしばらくの間は惰性によって前進しつづける。同様に、ある対象の知覚が中断しても、その対象が恒常性と整合性をもっていれば、想像力は中断の間も対象が存続しつづけていると想定するのである。つまり、知覚は点でしかないが、想像力はそれらの点をつないで、連続的で立体的な外的世界を構成する。こうして、外的物体には、感覚でも理性でも確認できない外在性と持続性という属性が付与されることとなる。つまり、人はあらかじめ実在する外的世界をありのままに知覚しているのではなく、想像力によって外的世界を構築しているのである。外的世界は想像力によって捏造された虚構であり誤謬なのである。ここまで読み進めると、信頼できる知識を得るために直接印象もしくは記憶にまでさかのぼることで、明断で正確な観念を得るという企てがじつは絶望的なものであったことがわかってくる。ここで思い出すべきことは直接印象というものの性質である。ヒュームによれば、人間は外的世界を直接に知ることはできない。なぜなら、外的世界は知覚としてしか現れないからである。知覚は人間の心の中にしかないものであり、それだけが人間の知識の対象である。人間の心は「想像力の宇宙」(T 1.2.6.3 ; SBN 68) でしかないのだ。もちろん、それは外的世界もしくは外的対象の存在を否定することではない。知覚が外的対象によって起こることは確実である。しかし、それが外的世界に関する正しい知覚であるかどうかを最終的に保証する規準は存在しない。なぜなら、われわれが感覚をとおして直接に印象を得る外的対象の印象そのものが、虚構によって成立しているからである。外界から受け取る直接印象がすでに想像力によって捏造された虚構によって脚色されている以上、直接印象に由来する記憶と想像力によって捏造された虚構という区別は絶対的なものではないし、記憶に基づく「現実という体系」と、空想の産物である「詩的体系」の区別も不明確になってしまう。

ヒュームの虚構論とリアリズム小説

くり返すが、ヒュームは外的世界が存在しないと主張しているわけではない。言うまでもなく、現実という虚構は人間にとってきわめて自然な想定である。それは自然なだけではなく、人間が生存するためにも必須である。たしかに知覚が中断している間にも対象は存在しつづけるという信念には合理的な根拠はないかもしれないが、哲学者といえどもその信念を退けることはなく、それをするのは過激な懐疑主義者だけである。「感覚に関する懐疑論」を正面から受け止めるなら、われわれを取り巻く日常世界は何の根拠ももたない幻想に見えてくるだろう。知覚が対象の正しい姿を伝えることを徹底して疑う懐疑論者は何ものをも信じることができなくなる。極端な懐疑主義に陥った人は、たとえば、自分の背後にあるはずの扉の存在も、自分に手紙をもってくる郵便配達人も、扉の向こう側にあるはずの階段も、自分に手紙をくれた友人の存在も、信じることができなくなってしまうだろう (T 1.4.2.

20 ; SBN 196–197)。だが、完全な懐疑主義は人間の自然にあまりに反しているので、懐疑主義にいつまでもとどまることは不可能である。たしかに、われわれを取り巻く外的世界が虚構という混ぜものを含んでいるとしたら、その存在は確実なものにはなりえない。だが、外的世界の持続的存在を信じることが人間の自然にかなう態度であり、外的世界の存在に関する哲学的な考察もそうした「一般的な意見」を前提として受け入れなければならない（T 1.4.2.48 ; SBN 213)。人間は想像力の力を借りて自分の周囲に空間と時間によって枠づけられた連続した世界を構築する。そうした世界の独立と持続的存在はあまりに深く想像力に根を下ろしているがゆえに、その世界に対する信念を根絶することはできない。徹底した懐疑主義者を除くほとんどすべての人々は、想像力によって捏造された虚構である日常世界を現実と信じて生活しているのだ。

　文学理論がヒュームの虚構論から得られる洞察があるとしたなら、それは現実と虚構という単純な二項対立は無効だということだ。ワットが指摘するように、近代的なリアリズムは、哲学においても文学においても、個別的な事物に実在性を見出すようになった。しかし、ヒュームの理論によれば、外的世界を構成する個別的事物の実在性はじつは虚構によって支えられている。われわれがもつ外的世界に関する印象や観念は、実在する外的世界の忠実な表象ではない。印象や観念はあくまで内的なものであり、それが外的世界とどういう関係にあるかは不可知である。感覚がどういうかたちで対象の印象を受け取るのかを解明するのは、哲学者の仕事ではなく解剖学者の仕事であるとヒュームは断言する（T 1.1.2.1 ; SBN 8)。哲学者が関心をもつのは感覚、理性、想像力で構成される心の仕組みや観念や印象で構成される心の内容であって、ほんとうに外的世界が実在するのかどうかを問うことではない。ヒューム自身が認めるように、日常生活においては、人々は外的対象を直接に知覚していると考え、対象を観察することで因果関係を発見し、因果関係に基づいて信念を形成し、外的世界の中の出来事に対して判断を下している。人間は完全な懐疑論には耐えられないし、耐える必要もない。合理的な推論に慣れている哲学者も外的対象の実在を信じる点では、一般大衆とおなじである。外的存在を無条件で信じることは厳密に言えばまちがっているが、自然である。そして、結局は、自然な考え方が勝利をおさめるであろうし、自然な考え方が市民社会を円滑に動かす。ヒュームの政治経済学的エッセイに見られるように、彼の政治や経済に関する思想の中心にはじつに健全な現実主義があるが、その現実主義は懐疑主義が生み出すものであり、彼の現実主義と認識論的懐疑主義は不可分なのだ。そして、ヒュームの虚構に関する議論は、十八世紀におけるリアリズムという新しい虚構性の誕生を理解するための有効な糸口を与えてくれる。

『人間本性論』の読者ならだれしも気づくことだが、このテクストの語り手は複数の異なった声をもっている[7]。それは日常世界の実在性さえも疑う徹底した懐疑主義者の声、因果関係による決定を信じる理性的な必然論者の声、理性的探究を厭い日常生活に没入しようとする世俗的常識人の声などである。『人間本件論』においては、これらの声が混じりあって出てくるが、どれが本当のヒュームの声かと問うことにはあまり意味はない。これらの声はどれもが本当のヒュームの声であり、こうしたいくつもの側面が複合している人間こそ、ヒュームが考える近代的市民のモデルなのである。ヒュームが考える理想的な市民像を理解するためには、その対極の人間像を考えればよい。彼が否定する人間像は、真理と虚構の区別がつかない人間、あるいは現実には必然的に虚構が入り込むことを知らない人間、あるいは想像力の有効性を否定する人間などである。彼があきらかに否定するのはまず宗教的な狂信者である。宗教的狂信者は妄想——すなわち理性で証明することも感覚印象や記憶で裏づけることもできない観念——を絶対的真理として信じ込む。それは、近代的市民社会にもっともそぐわない人間であり、市民社会を破壊しかねない危険な人物である。他方、彼は、虚構と実在の区別をうまくつけられない一般大衆の素朴な実在論も否定する。そうした態度は、近代的な洗練された礼儀作法にも信用経済にもうまく対応することができないだろう。なぜなら、近代的な市民社会の現実は多くの表象と虚構で構成されているからである。近代を特徴づけるのは、それ以前の時代には考えられないような表象と虚構の生産と流通である。たとえば、近代の商業社会においては、大量の商品や貨幣だけではなく国債を含むさまざまな信用が流通する。ヒュームは「貨幣について」や「公信用について」といった政治経済学的エッセイでその問題を論じている。[8] ヒュームにとって貴金属から鋳造される貨幣は商品を表象する虚構でしかない。しかし、商業社会が発達すると、それ自体が虚構である貨幣をさらに代理・表象するために銀行券や証券といった紙幣が出まわるようになる。信用経済の規模がさらに拡大してゆけば、現時点では実在しない将来の利益や将来の歳入を表象する証券や国債が大量に流通するようになる。たんなる紙切れとしての紙幣や証券に価値はないが、近代的な商業社会の中で活動する人々はそれらの虚構性を意識しなくなり、紙幣や証券それ自体に価値を見出すようになる。それらがもつ価値は、想像力がつくり出した虚構であり誤謬である。紙幣や証券が虚構であり代理物であることは、理性的に推論すれば理解できることである。しかし、商業社会に生きるほとんどすべての人間は、紙幣や証券の価値をあたかも実在すると信じているようにふるまわなければ生活できない。その虚構を受け入れられない懐疑主義者は商業社会で生きてゆくことはできない。だが、表象と事実を迂闊に取りちがえる素朴な人間が成功することもあまり期待できない。将来における大きな利益の約束を信じて無定見に投資する者は、おそらく全財産をかんたんに失ってしまうだろう。商品と貨幣あるいは紙幣と貨幣がめまぐるしく交換されるような世界、いまだ実在しない未来の利益に対する投資機会が数多く存在する世界、あるいは虚構と事実の区別が困難になるような世界で生き残るためには、人は虚構を虚構として認識し、そのある部分を無根拠なつくり話として退けながらも、べつな部分はあたかも事実であるかのように受け入れてふるまう心的態度が必要になる。ヒュームは貴金属によってつくられた貨幣に基づく商業社会は自然なものだと考えていたが、国債に依存する信用経済は自然な法則を踏み越えていると考えていた。[9] ヒュームは、経済が貨幣という妥当な虚構に基づいているかぎり健全に発展するが、国債の肥大化や投機の過熱といったかたちで虚構が常軌を逸したかたちで肥大化すると、社会の倫理的な規律が緩み経済システムが崩壊する危険があると考えていた。だが、自然な虚構と常軌を逸した妄想の境界線を画定することはつねに困難である。近代社会に生きる市民は、その境界線を自ら判断して行動することが要求される。リアリズム小説も同様な問題を提起する。十八世紀の小説は古典的な神話や聖書やアーサー王伝説といった先行するマスターナラティヴをあからさまに指示することを止めて、あるいは有名人の周知のスキャンダルを諷刺することを止めて、平凡でじっさいにありそうな話を書き始めた。つまり現実の日常生活と区別をつけづらい虚構世界を描き始めたのである。たとえば、無人島に漂着してそこで二八年にわたって生き延びた船乗りの話や、若さと美貌を武器にして貴族の若主人とまんまと結婚した小間使いの話などを書いた。こうしたジャンルの書き物において読者は虚構と事実が入り混じり、虚構と事実の区別が曖昧になるような世界に置かれる。ヒュームは、われわれが知る日常世界の多くの部分が虚構によってできていることをあきらかにしたが、リアリズム小説は虚構世界に日常世界をもち込むのである。リアリズム小説が描く社会は、ヒュームが描く近代社会とおなじ構造をもっていると言ってよいだろう。リアリズム小説とヒュームの著作がともに明るみに出すのは、近代の商業社会においては虚構と現実はかんたんには区別できないという事実なのである。ヒュームの思索の核心にはつねにその問題がある。ヒュームが描く世界とは、虚構と事物の区別がつかない世界、もしくは虚構が事実の地位に収まってしまうような世界である。ヒュームは人間社会のいたるところに虚構が浸透していることを深く認識していた。彼の認識論においても、政治経済学においても、宗教論においても、そして文芸批評においても、ヒュームがやろうとしていたのは人間の正しい知識から虚構を追い出すことではなく、虚構の重要性と必要性を正しく認識し、その権限を注意深く見定めることであった。こうした認識はヒュームだけのものではない。おそらくヒュームと同時代の小説家たちは、共通の認識論的な空間の中で書いている。つまり、十八世紀という時代に、事実と虚構の関係もしくは言葉と物の関係が変化し、事実と虚構が同列にあつかわれるような近代世界が誕生したのだ。この時代の文人たちはその問題に反応していた。それが理論的言説としてはヒュームの認識論を生み出し、文学的創作としてはリアリズム小説を生み出したのである。

第5章　ヒューム、スミスと市場の美学

社会理論と美学

十八世紀イギリスは、夥しい数の美学に関する論考を生み出したことで知られており、それはこの世紀が表象の問題にとりつかれた世紀であったことを意味している。最近の研究は、十八世紀における美学的表象に関する理論的関心が政治的・経済的な問題と分かちがたく結びついていることを明るみに出している。この時代は商業活動に基盤をもつ市民社会の正当性を説明するための新しい語彙を求めていたのだ。テリー・イーグルトン、ハワード・ケイジル、ジョン・ギロリーといった批評家たちは、個々の構成要素がその個別性を残しながらも全体と調和してゆく芸術作品が、近代的な商業社会の理想的なモデルを提供したことを指摘している。[1] たとえばケイムズがつぎのように言うとき、彼は近代社会と芸術のイデオロギー的な関係を十分に意識している。

> 芸術は賢明な王たちによって奨励されてきたが、それはたんに個人的な娯楽としてだけではなく、社会に与える有益な影響のためである。おなじ優美な快によって異なった階級を結びつけることで芸術は慈愛を増進し、秩序への愛を育むことによって芸術は政府への服従を強める。また、感情の繊細さを喚起することによって、芸術は規則に基づく統治を二重の祝福とするのだ。[2]

つまり、この時代の美学的言説は、いかにして自己の利益を追求する個別的な市民たちが、秩序ある調和的な社会を構成するのかという問題を、道徳哲学や政治経済学と共有していたのである。美学と政治経済学の深い類縁関係を認識するなら、十八世紀の社会理論において、想像力と表象の問題がつねに中心的な地位を占めていることに驚く必要はないだろう。十八世紀の理論家たちは、さまざまな角度から、想像力、空想、情念、共感といった心的機能を解明しようとした。だが、十八世紀イギリスの理論的言説を特徴づけるのは、想像力のアンビヴァレントな位置づけである。一方で想像力は社会の生産性を増進し、技芸や学問を洗練させることで人間社会を進歩させる力として描かれる。多くの理論家たちは、想像力が生み出す幻想や空想こそ、人間が野蛮状態から抜け出し文明を築くことを可能にした力であると断言している。だが奇妙なことに、他方で想像力は際限のない貪欲さを喚起することによって、人間と社会を堕落に導く力としても描かれる。こうした矛盾は想像力がそもそももっている、認識論的に不安定な地位から生まれるものであり、その矛盾を解決することこそ、美学に与えられた使命であった。

想像力の両面的地位——ヒュームの例

想像力のアンビヴァレントな地位は、デイヴィッド・ヒュームの政治経済学的エッセイに典型的に見ることができる。彼の描く市民社会のモデルにはある種の不安定性が存在しており、その不安定性が美学的契機を呼び起こすことになる。注目すべきことは、彼のテクストにおいては、想像力と表象の問題が商業の問題と切り離しがたく結びついていることである。彼の描く商業社会は、想像力によって支えられた表象のシステムであり、そこでは想像力が生み出す幻想と事実誤認によって、富の際限のない蓄積に対する欲望が生み出される。このシステムで鍵になるものは貨幣である。貨幣が生み出す幻想によって、人間は身体的な必要性を超えた食糧や生産品を生み出すようになる。貨幣によって商業がもたらされる以前の原初的な状態においては、人間は生産意欲を増大させる原因をもたないとヒュームは指摘する。

どんな国家でも、空想がそれ自身の欲求と自然な欲求を混同する以前の、最初のより野蛮な時代においては、人間は自分の畑の産物とそれに加えることができる粗野な改良に満足しており、交換の機会をほとんどもたなかったし、少なくとも、合意によって交換の共通の尺度とされた貨幣との交換の機会はほとんどもたなかった（E 290–291）(3)。

ここでのヒュームの論点は、商業活動の出発点には、まず「空想」が自然な欲求と自分がつくり出した欲求を「混同する」という事実誤認が存在することである。事実誤認と幻想が自然な必要性を超えた生産意欲をもたらすという構図は、より洗練された商業国においても変わりがない。たとえば、ヒュームによれば、外国から大量の貨幣が流入すると、その刺激によって商業国の生産活動が上昇するが、それは貨幣の絶対量の変化が必然的に生み出す結果とは言えない。一国の内部で見るかぎり貨幣の量の多少はまったく意味をもたない。なぜなら、貨幣は「労働と商品のたんなる表象にすぎない」（E 285）からであり、貨幣量の増大だけでは国家の富の増大を意味しない。貨幣量のたんなる増大は、同一の商品の価値を表象する貨幣の量を増大させる——名目価格を上昇させる——という結果しか生み出さない。だが、外国からの貨幣の流入は、一時的に市場における労働力や資材と貨幣の不均衡を引き起こし、それが労働へのよい刺激になるという事実はある。というのは、急速に増大した貨幣は、あたかも実質的な富が増大したかのような印象をもたらし、それが「個人の勤勉をうながす」（E 287）からである。ヒュームは、「私の意見では、金銀の増大が産業によい影響をもたらすのは、貨幣の獲得と価格の上昇の間の時期だけなのである」（E 286）と言う。それは、換言するなら、実体経済とその表象の乖離が一時的に生み出す幻想と事実誤認に基づいて商業が発展するということである。商業が表象システムが生み出す事実誤認に基づいているということは、商業は理性ではなく、むしろ想像力や情念といった非合理的なものをその原動力としているということを意味する。もし、商業が理性ではなく空想や幻想に基づくものであるなら、それが道徳的な堕落をもたらすことが大いに予想されるだろう。じっさい、十八世紀のイギリスにおける商業の拡大は商業と徳の関係に関する議論を巻き起こした。J・G・A・ポーコックは『マキアヴェリアン・モーメント』において、十八世紀のイギリスの文人たちを没頭させていた異なる「社会的認識論」の間の論争について、つぎのように述べている。

最後に、オーガスタン時代の人々によって社会的存在の物質的基盤と見なされた不動産と動産との葛藤は、異なる社会的認識論の間の葛藤――より正確に言うならアンビヴァレンス――をもたらすことになった。それは、貨幣と信用をとおして社会を認識することは、関係者たちによって例外なく憶断と情念、幻想と虚偽意識と結びつけて考えられていたからである。十八世紀の哲学者たちが感じていた理性と情念の関係に対する深い関心は、土地の利害と貨幣の利害の間の葛藤と何がしかの関係をもっているように見えるだろう。だが、この結論が形式的もしくは博学なマルクス主義的分析をとおしてたどり着いたものではないということは強調に値する。……オーガスタン時代のジャーナリストと批評家たちは、自分たちの社会に起こっている社会的・経済的変化に対する完全に世俗的な意識を表明し、またとくにそれらの変化が彼らの価値観と社会認識の様式の両方に影響を与えると明言した、記録に残っているかぎり最初の知識人である。(4)

この論争の根本にあったものは、商業と徳の関係に関する異なった立場の対立である。ポーコックによれば、この論争の双方の当事者が共有していたものは、英国銀行と公債によって生み出された新しい商業システムが、想像力、幻想、臆断といった実体がなくそれゆえに認識論的に信頼できないものに依存しているという認識であった。財政革命によって生まれた新しい金融と商業の制度は、それらに基盤をもつ新たなそして強力な階級とその利害を生み出した。この新しい階級は「国家に資本を貸し付け、国家の将来の安定に投資し、また貸し付けという行為をとおして国家を強化する」[5]。つまり、彼らは国家の将来の安定と繁栄という非実体的で想像的なものへ財産を投資するという、従来は存在しなかった経済行為をおこなう特徴をもっていた。勃興しつつあった新しい経済システムを推進する力は、現前せざるものを欲望し期待する心的機能すなわち情念、幻想、想像力と呼ばれるものであった。「公債は、新しい経済の観察者たちにとって、臆断、情念、空想の力を象徴し実体化するものであった」[6]。国家の将来の安定と繁栄を現在の便宜のために抵当に入れる公債という制度は、十八世紀初頭のイギリスにおいて大きな社会的関心を引いた。実体のない幻想に対する投資に人々を駆り立てる想像力によって「世界が空想の洪水に呑み込まれる」[7]ことを恐れる人々がいたことには、もっともな理由があったのである。

ポーコックによれば、この新しい貨幣の利害は、シヴィック・ヒューマニズムと呼ばれる思想——実体的な土地財産こそが国家の安定の礎石となると考える古典的な公共的徳の思想——から批判を受けていた。シヴィック・ヒューマニズムの支持者たちは、倫理的な徳の規準に基づいて国家が統治されるべきであると考えた。彼らによれば、徳とは土地所有の社会的制度に基礎を置くものであるがゆえに、たんなる個人の資質の問題ではなく公共的な性質をもつものであった。彼らの理解によれば、市民が公共的善に参与することを可能にするのは土地財産である。土地財産はその所有者に公共的な活動に参加するための不可欠な経済的基盤を与える。他方、個人的な利益の追求に日々没頭している商人が公共的徳を身につけるのは不可能であると考えられた。それゆえ、土地に対する永続的な利害をもつことが、公共的な問題に対する理性的で健全な判断を可能にするのだ。カントリー・イデオロギーとも呼ばれるこの思想の観点から見た場合、将来の国家の状態という想像的で非実体的なものにしか依存せず、実体的な基盤をいっさいもたない新しい商業のシステムは、貪欲と社会的無責任を生み出し社会を堕落させるにちがいない。ダニエル・デフォーやジョウゼフ・アディソンといった商業の擁護者たちは、商業は徳と公共善をむしろ推進するということを主張しようとする。だが、彼らとて、新しい商業と経済システムが実体的な基盤をもたず、想像力と空想にその基盤をもっていることを否定することはできない。それゆえ、想像力を統制する原理を記述することによって、想像力はかならずしも暴走するものではないことを証明することが彼らの課題となった。

十八世紀イギリスにおける「趣味」の探求は、近代社会を統制する原理として想像的な能力を定義しようとする努力にほかならない[8]。ヒュームは洗練された社会における市民が情念によって支配されることを肯定する。それは、社会における文明や技芸が進歩するためには情念による動機づけが不可欠であると彼が考えるからである。「この世界にあるものはすべて労働によって購入される。そして、労働の原因となるのは情念だけである」(E 261)。彼によれば、現前していない商品に対する欲望が「商人と工業従事者を養うのであり」(E 257)、そうした欲望に応えることをとおしてのみ国民の富が拡大する。さらに情念は技芸と学問の進歩をもたらす。というのは、情念と空想によって生み出される勤勉さは、人間の知的な活動に対してもよい影響をおよぼすからである。ヒュームによれば、「修練によって、あるいは少なくとも商工業といった卑俗な技芸に応用されることによって人間理性が洗練されなければ、法律、秩序、治安、規律といったものが完成の域に近づくこともありえない」(E 273)のである。

ヒュームは、理性によって抑制されない情念と空想が堕落する可能性があることを認める。だが、彼は想像力の危険を抑制するために、公共的徳のような合理的な原理に訴えることを拒絶する。それは、想像力の堕落を抑制できるのは想像力だけであると彼が考えるからである[9]。「商業について」と題されたエッセイにおいて彼は、想像力と情念を制御する原理として古典的な公共的徳の思想を現代に復活させようとする思想に反論して、つぎのように言う。

しかし、こうした〔合理的な――引用者による。以下同〕原理はあまりに没利害的で支えるのが困難であるがゆえに、人間をべつな情念で統治し、貪欲と勤勉、技芸と奢侈の精神によって人間に活気を与えることが必要なのだ。この場合、陣営は余計な供回りを抱え込む。だが、食糧はそれに比例して多く流れ込む。全体の調和は依然として保たれる。それは人間の精神の傾向性にしたがっているので、個人も公共社会もその原則にしたがうことに利益を見出すのである。(E 263)

情念に駆り立てられて行動する個人の行動が、最終的に「全体の調和」を生み出すというイメージの中に、ヒュームのテクストにおける美学的契機を見出すことができる。彼が証明しようとするのは、理性の支配から逸脱してゆく欲望という情念の解放とその結果としての奢侈は、かならずしも怠惰と放埒につながってゆくものではないということだ。国民が全体としてもつ調和は、国家の政策といったかたちで外部から押しつけられるべきものではなく、情念の作用に内在するある種の自発的規則性の結果として生み出されるべきものである。「趣味」とは、感情や情念に内在する美学的な統制原理に与えられた名前にほかならない。洗練された趣味が支配する社会においては、堕落はありえない。「人間が快楽において洗練されればされるほど、人間はどんな種類の快楽にも溺れるということはなくなる。なぜなら、過剰ほど快楽を破壊するものはないからだ」(E 271)。ヒュームによれば、人間の幸福を構成するものは「活動、快楽、怠惰」(E 269)という三つの要素であり、ひとたび労働が与える活気を経験するなら、人がそれを放棄して怠惰と快楽だけを追求することはありえない。というのは、洗練された趣味を身につけた人々は、過剰な快はかえって快それ自体を損なうことを知るようになるからである。こうしてヒュームは理性の法による強制なしに、洗練された趣味によってよき秩序を保つ市民社会のヴィジョンを提示する。

しかし、奇妙なことに、公債という新しい経済システムによるイギリス社会の道徳的基盤の腐敗という問題をヒュームが論じ始めるとき、市民社会の秩序を維持することを期待されていた美学的な趣味は脆くも崩壊してゆくことになる。ヒュームは一方で、想像力は商業を生み出すだけでなく、学問や社会の福祉を生み出すと信じている。しかし彼は同時に、もし想像力がある限度を超えて暴走し始めるなら、それは狂気と妄想に変わり、商業社会自体を破壊するだろうと恐れている。ポーコックが論じているように、「ここでの決定的要因は公債というくり返し現れる問題である」[10]。ヒュームにとって、公債に対する過剰な投資は、想像力が適正な限度を超えて暴走し始めているることの兆しにほかならない。「公の歳入を抵当に入れ、先祖が契約した抵当先取特権を子孫が完済してくれる」(E 350) ことを人々に期待させる新しい経済システムは、社会という身体の健康を保つための微妙なバランスを破壊してしまうだろう。労働することなしに安寧な生活を送る公債保有者は、「気概も野心も楽しみもないまま愚かしく甘やかされた奢侈の惰眠の中に沈んでゆくだろう」(E 357–358) とヒュームは断言する。彼は、いまや経済と財政がじっさいに幻覚と妄想に支配され始めていると考えている。ヒュームは公債がもたらす病的な経済と、労働と生産に支えられた健全な経済とを区別しようとする。彼は情念と想像力の逸脱をもたらす忌まわしい力を公債に結びつける。しかし、彼自身が説明したように、商業の出発点にあるものが事実誤認に基づく幻想であるとしたなら、病的な経済と健全な経済を区別することは、かんたんなことではない。彼の議論が錯綜するのは、社会を破滅に導く妄想と、健全な文明と商業に必要不可欠な想像力を区別することがきわめてむずかしいからなのである。ヒュームの説明によれば、人々が実体よりも空想を信じることによって商業は発展してゆく。しかし、商業がそうしたものであるかぎり、表象と現実との乖離が生み出す空想が病的な妄想へと転化してゆく可能性はつねに存在する。ヒュームが道徳と美学の領域に理性が関与することを拒否したことによって、そうした境界線を画定することはきわめて困難となった。実体を正しく認識する能力である理性による歯止めがないだけに、社会的に有益な空想が市民社会を害する狂気や幻覚に堕してしまう危険がつねに存在することになる。理性の支配から情念を解放することを肯定した以上、情念の暴走を止める力を情念そのものの中に見出すことが要請されるようになる。そこに空想や想像力の規則を探究する学問が生まれてくる契機がある。健全な想像力と病的な妄想の境界線を画定する心的能力をヒュームは趣味と呼ぶ。だが、ヒュームの趣味論がはらむ困難とは、理性の権威に取って代わった趣味の普遍的な権能の根拠を積極的なかたちで証明できないということなのだ[11]。もし、趣味を基礎づける確固とした根拠が存在しないならば、それは「商業社会にはその堕落をもたらす力に対する究極的な抑止機能が欠けている[12]」ことを意味しかねない。こうした認識論的不安定性が、ヒュームが描く美学化された市民社会に不安定性をもたらす。十八世紀イギリスの商業の擁護者に必然的に与えられる課題は、情念や想像力はそれ自体の中に自己調整機能をもっており、無軌道に暴走するものではないということを証明することであった。こうして、いかにして想像力に内在する不吉な力を解き放つことなく、想像力を市民社会の統治原理として利用するのかというテーマが、十八世紀イギリスの理論的言説の中にくり返し現れることになる。

想像力の両面的地位——スミスの例

十八世紀イギリスで、社会的な統制原理としての想像力の理論をもっとも一貫したかたちで展開したテクストのひとつが、アダム・スミスの『道徳感情論』であることに異論はないだろう。スミスがこのテクストでこころみたのは、当時の政治的言説においてピューリタン的な禁欲主義や古典的なシヴィック・ヒューマニズムの倫理と分かちがたく結びついていた「理性」の権威に訴えかけることなく、市民社会の秩序を維持するための倫理的な原理を提示することであった。スミスの描く秩序ある市民社会においては、理性よりも想像力があきらかに上位に価値づけられている。彼によれば、人間を社会的全体へと結びつける原理は「共感」もしくは「同情」である。共感とは想像力の産物であり、他人の境遇への関心を喚起する原理である。スミスによれば、共感とはすべての人間がもっており、「最悪の悪漢、もっとも度しがたい無法者」でさえかならずもっているものである。他人の感情を理解するためには、人は理性にではなく想像力に頼らざるをえない。「〔他人が〕感じていることをわれわれがまがりなりにも理解するのは、ひとえに想像力をとおしてである」(MS 9)。[13] 観察者の共感が想像的なものである以上、それは相手の感情とまったくおなじものではありえないが、その間にはすくなくともある種の照応関係がある。そして、その照応関係こそが、近代において「社会の調和」を保証する唯一の紐帯なのである。「〔本人と観察者の〕二つの感情が、社会の調和にとって十分な照応関係をお互いにもつことはあきらかである」(MS 22)。この照応関係に関するスミスの議論において注目すべきことは、観察者が苦痛を感じている人の痛みを想像の中で追体験しようとする意欲よりもむしろ、苦痛を感じている当人が観察者の同情の程度を推し測って、それに対応する程度に感情表現を調整することが重要だとスミスが強調している点である。スミスによれば、観察者の感情は当人の感情よりも必然的に弱いものであるがゆえに、両者の間に照応関係が築かれるためには当人が観察者の感受性に応じて感情表現を調整することが必要となる。換言するなら、『道徳感情論』においてスミスが提唱しているのは、じっさいの感情の共有というよりは感情表現の調整技術なのだ。苦痛をもつ者の唯一の慰めの源は、観察者の共感である。

しかし、彼が共感を得る見込みをもてるのは、彼が観察者と同調可能な程度にまで情念を低めた場合のみである。彼の周囲の人々の情緒と調和し一致するために、彼は、こう言っていいなら、情念の自然な調子がもつ鋭さを平板化しなければならない。(MS 22)

デイヴィッド・マーシャルが論じているように、スミスの描く市民社会は劇場のようなものである。[14] その劇場の中で市民は、観察者の共感の程度を推し測りながらふるまう。市民は観察者の反応を意識することなしに社会的役割を演じることができないという意味で、スミスの市民社会は「劇場性」の原理に支配されていると言える。こうした劇場という美学的なヴィジョンのおかげで、スミスは理性の権威に訴えることなく社会的統一性の原理を構想することができる。

スミスの道徳哲学における劇場性を考慮に入れるなら、想像力が身体的・物質的な現実よりも上位に置かれるのは不思議ではないだろう。たしかにスミスが共感と身体的反応の密接な関係を示唆することはある。「繊細な神経と虚弱な身体をもった人は、街路上の乞食が見せる爛れた皮膚や潰瘍を見ると、体のおなじ箇所にむずむずと不快な感覚を感じると不平を言う」（MS 10）。しかし、スミスは最終的には、共感の交流における身体的感覚の重要性を否定する。スミスによれば、強烈な空腹や身体的痛みといった「身体に起源をもつ情念は」共感をまったく喚起しないか、ごく小さな共感しか呼び起こさない。他方、想像力に起源をもつ感情は、はるかに強い共感を呼ぶ。それは、身体的な感覚に実体がないからではなく、人は自分がもたない身体的感覚に対して共感や同情をもつことがむずかしいからである。それとは対照的に、想像力はとても「従順である」ので、どんなかたちでもとるし伝達もたやすい。「こうした点で、愛や野心における絶望はとても大きな身体的苦痛よりも大きな共感を得るだろう。それらの情念は想像力から発しているからである」（MS 29）。「肉を切ったり、ちぎったり」という状況はたしかに観察者に強い感情を引き起こすが、それとて本人の感じる痛みに比してはるかに弱い同情にしかならない（MS 143–144）。スミスによれば、「そうした苦しく人好きのしない情緒は伝達がむずかしく伝達されることがめったにないのは、自然の意図」（MS 37）による。他人の身体的な苦しみをいちいちわが身に引き受けていたら、人生は耐えがたいものになるだろう。だから、情念の強烈な表現はより乏しい共感しか喚起せず、共感の照応を乱し、結果として社会の紐帯を弱めることになる。それゆえ、すべての市民は、「自制」と「克己」という徳を身につけることが期待されるのだが、そうした徳は想像力の中で自分を他人の視点から見ることによってのみ修得されるのである。

社会の劇場的構造によって可能となるこの市民間の相互監視のシステムこそ、スミスの市民社会の統合原理である。

る。たしかに、市民社会は感受性という非合理で説明困難な基盤に依存している。しかし、スミスのように考えるなら、他人の行為を観察しあうことによって確固とした倫理的な規準を確保することができる。もし完全な孤独の中で育った人間がいたとしたなら、彼はけっして道徳感覚を身につけることはないであろう。なぜなら、彼は自分の行為を他人の視点から考えることができないからである。他者との交流によってのみ人は社会的行為の規則を身につけることができる。

人が社会に入るとき、彼はすぐにそれまではもっていなかった鏡を与えられる。その鏡は彼がともに生活する者たちの顔や行動の中に置かれている。その鏡は、彼らが彼の感情に共鳴し、あるいは彼らが彼の感情を否認するとき、それを表示する。また、彼が自分自身の情念の適切不適切や自分の精神の美醜を最初に見るのも、そこなのである。(MS 110)

スミスの議論において注意すべきことは、人が道徳感覚を身につけることが可能になるのは社会的な経験によってのみであるということだ。それはまた、道徳感覚は生得的なものではなく、後天的に修得するものであるということを意味する。道徳感覚は「習慣や慣習」によって補わなければならない社会的なものである。そうした現象は身体的な能力においてもありうる。たとえば、肉眼では近くのものが大きく見えるように、自分の苦痛は他人が見るよりも大きく見えてしまう。観察者に自分の苦痛がどの程度に見えるのかという知識は、習慣と経験をとおしてのみ得られるのだ。

肉体の目に関して言うなら、対象はそのじっさいの大きさに応じてよりも、その位置の遠近に応じて大きく見えたり小さく見えたりする。そのことは、いわゆる心の目にとっても同様である。われわれはこれらの器官の効果を大へんよく似た仕方で修正している。……習慣と経験がそれをかんたんかつ即座にすることを教えるので、私はそれをしていることにほとんど気がつかない。人は、もし想像力がじっさいの大きさの知識に基づいて対象を膨らませたり縮めたりしなければ、遠くの対象がどんなにか小さく見えるだろうということを十分に理屈として納得する前から、視覚の哲学をある程度は身につけているのだ。(MS 134-135)

生まれもった身体的視覚が「視覚の哲学」を経験によって得るように、人間は道徳的判断力を社会的な経験によって得る。スミスによれば、道徳的判断力は完全に社会的な産物である。それを最初に育てるのは他者との接触であり、「他人の目」なのだ。他人の目は、われわれの行動を客観的に映す「鏡」を提供する。われわれは他人の感情をたえず慮ることによって、観察者の視点を内面化してゆく。スミスの言う「公平な観察者」とは、内面化された他者の眼差しにほかならない。「われわれは公正かつ公平な観察者が観察するような仕方で、自分の行為を観察しようとつとめる」(MS 110)。したがって、われわれは想像力の中で自分自身を「観察者」と「行為者」に分割し、他者の視点から自分を見ることができるくらいに、想像力豊かでなければならない。この自己分割の技術によってのみ、われわれは道徳的に信頼に値する市民になれるのである。しかし想像力とは、その定義からして、空想を生み出す能力であり、空想とは認識論的にはきわめて信頼の置けないものであるわけだから、スミスの道徳哲学がヒュームの政治経済学を悩ませていたのとおなじ認識論的問題を内包していることはあきらかである。もし、市民社会の秩序が、真理の規準によって検証できない共感の想像的な照応関係にのみ依存しているとしたなら、それはスミスの市民社会もまた、想像力の暴走をチェックする究極的な抑止機構をもっていないということを意味する。じっさい、想像力のアンビヴァレントな地位が、スミスの議論の中にある種の構造的袋小路をもたらす場面が存在している。

スミスは美と功利性の関係を論じながら、心地よい家や精巧な機械の美は「適合性」すなわち「便宜や快を獲得するための手段が目的に正確に適合していること」(MS 179) から生じると言う。しかし彼は同時に、適合性はしばしば、それが目的としていた功利性よりも大きな評価を受けることがあると指摘する。たとえば、時計の目的は人に時間を知らせることによって時間を守らせることにある。しかし、「時計という機械の好みにやかましい人が、そうでない人より時間を厳守するわけではない。……彼の関心は時刻に関する知識にあるのではなく、その知識の獲得を助ける機械の完成度にあるのである」(MS 180)。そうした場合には、真の功利性よりも適合性の見かけのほうが人の行動を決定する。スミスによれば、適合性という見かけが優越することで悲劇的な結果がもたらされることもある。たとえば、富と社会的地位が尊敬されるのは、それが与えてくれる大いなる安楽、快楽、快適さといった功利性ゆえである。しかし、金銭はそれがじっさいに与える功利性よりも、むしろそれが生み出す幻想ゆえに追求されている。スミスは『道徳感情論』の第四部で、金もちを羨んで大望を起こし、大きな富を獲得するためにあらゆる努力をする若者の話を紹介する。彼は自分の財産の範囲内で得られる真の心の安寧を犠牲にして嫌いな主人に仕え、軽蔑している人間にへつらい、あらゆる快適さを犠牲にして社会的地位という階段を昇ってゆく。困難や屈辱を乗り越え、困苦と病で身をぼろぼろにしながら、晩年にいたってやっと富を獲得した彼が発見するものは、彼が手に入れたものにはほとんど功利性がないということなのである。

富と地位がほとんど意味のないがらくたであり、身体の安楽と心の安らぎを獲得するためには、おもちゃ愛好家のピンセット・ケースよりも役に立たないものであるということを知るのは……彼の人生が残り少なくなってからなのである。(MS 181)

この小さな寓話がテーマとしているのは、人を惑わせその一生を無益に浪費させてしまう想像力の危険な力である。

貨幣は、スミスの道徳哲学においても、ヒュームの政治経済学においてと同様、その幻想を生み出す力によって特徴づけられている。しかし、スミスもヒュームと同様、想像力が生み出す「幻想」や「欺瞞」こそ文明と産業の進歩をもたらす歴史の駆動力であると考えている。

こうした複雑な観点から考慮するなら、富と地位の快は、それを獲得するためにわれわれが費やす労苦と心労に十分値する壮大で美しく高貴なものとして、想像力を刺激するのである。

そして、自然がこうしたかたちでわれわれを欺くのはよいことなのである。こうした欺瞞によって人間の勤勉は喚起され持続する。そのために人間は最初に地面を耕し、家を建て、都市と共和国を建設し、人間生活を高貴にし、装飾する学問と技芸を発明し改善したのである。またそれは、地球の表面を一変させ、自然の荒れた森林を快適で肥沃な平野に変え、道なき不毛な大海を新たな食糧の宝庫あるいは地球上の異なった国々との交通の大通りへと変えたのだ。(MS 183–184)

だが、もし人々の勤勉さが、実体のない「欺瞞」によってのみ可能となるのであれば、文明にとって有益な欺瞞と人間にとって有害な幻想との区別は、どのように確保されるのだろうか。

『道徳感情論』においてスミスは、堕落をもたらす想像力の危険な力を、「共感」というもうひとつの想像的な力によって抑制するシステムを構築しようとする。彼の道徳感情の理論は、いかにして市民社会はピューリタン的禁欲や封建的徳の理想と結びついた理性の権威を導入することなしに、道徳的な堕落を避けられるのかというイデオロギー的な問いへの有効な回答である。しかし、もしスミス自身が示唆しているように、文明と社会の形成にとって「欺瞞」が必要不可欠なものであるとしたら、欺瞞の上に築かれた商業社会は、病的な幻想の中に沈んでゆく可能性をつねにもつことになるだろう。たしかに、スミスは、市民社会は道徳的堕落を抑止するための共感のメカニズムをもっていると主張する。彼によれば、市民は他人という「鏡」に映った自分の姿を規準に自分の行動を調節する。市民どうしの視線の交錯が道徳の一般的法則を作り出すのだ。しかし、この鏡のメタファーは彼の道徳理論の脆弱さの症候でもある。[15] 共感に関する彼の議論がそもそも共感の起源を現実的な真理から切り離すことから出発したことを考えれば、この視線の交錯によって作り出される道徳的規準の安定性は、合わせ鏡がつくる鏡像の無限退行がつくる見せかけの安定性にほかならないことがわかる。そこではどの鏡像も、他の鏡像に対する認識論的優位性はもちえない。かりに他者を観察する市民の目が他の市民の行為を矯正するとしても、どの市民の目も他の市民に対する絶対的な認識論的優越性をもちえないわけだから、共感の連鎖が生み出す社会的な道徳規範はそれを支える「実体」あるいは「基盤」を欠いていることになる。つまり、他人の感受性を参照することで生まれる倫理的規準は、事実や真理と対応しているわけではないという意味で、究極的な歯止めをもっていない。換言するなら、この他人という鏡にはその感情を裏づける心的な「深み」がないのだ。かりにその鏡に心的な深みがあるように見えるなら、それもまた合わせ鏡の鏡像の無限退行が生み出す「幻想」の産物にほかならない。つまり、スミスの議論は実体という規準を手放したがゆえに、想像力は想像力の暴走を抑止するという同語反復あるいはたんなる信念の開陳にとどまっているのである。ここでわれわれが出会うのは、市民社会を統治する情念と想像力の認識論的な安定性を確保することの困難さである。

『国富論』における貨幣論

だが、近代的市民社会における想像力の役割という観点でスミスを読むのであれば、『国富論』にも言及する必要があるだろう。上で見たように、ヒュームは貨幣が生み出す幻想こそが商業を発展させ、文明を進歩させると考えていた。しかし、幻想が歯止めなく暴走すれば社会の秩序は崩壊するしかない。政治経済学の大きな役割のひとつは、貨幣が幻想を生み出すメカニズムを解明し、その幻想に歯止めをかける政策を提言することである。そうした意味で、政治経済学もまた商業社会における徳の可能性を探究する学問分野なのである[16]。そのためには貨幣がもつ神秘的な力の起源をあきらかにし、貨幣を脱神秘化しなければならない。貨幣にこそ近代社会の謎を解明する鍵があり、そこでも想像力と表象が中心的問題となる。

スミスによれば、商業社会の根底にあるのは、ものを交換するという人間にとって根源的な欲望である。人間の生産力が向上し、余剰生産物が発生するようになると、人は自分で消費しきれない生産物を、他人が生産した異なる種類の生産物と交換し始める。そのとき、それまで使用価値しかもたなかった資材は交換価値をもつようになり、資材は「商品」となる。この交換という行為こそ分業によるさらなる生産力の向上を社会にもたらし、あらゆるものが商品として交換される商業社会が実現することになる。スミスによれば、商業社会においてはすべての人間が、たえず商品としてのものを交換するという意味で、「ある程度まで商人」である（WN 1：37）[17]。商品同士の交換を可能とするのは等価交換の原則であり、あらゆる商品は同等の価値をもつ他の商品と交換される。では、何が価値を決定するのか。周知のように、スミスの答えは「労働」である。いっさいの商品の価値を測るための尺度は労働であり、金でも銀でもなく労働こそが「原初の購買貨幣」（WN 1：48）なのである。したがって、等価交換とは等量の労働量によって生産された商品同士を交換することを意味する。だが、スミスも認めるように、異なる種類の商品に投下された労働量を測定するのはほとんど不可能である。物々交換においては交換される商品に投下された労働量を直観的に判断することはある程度可能であるが、時間的・空間的に離れた場所で生産された商品に投下された労働量の等しさを測定するのはきわめて困難である。労働量は目に見えないし自明でもないからだ。したがって、商品を交換するさいに、目に見える特定の商品を価値の尺度として用いることが自然かつ実際的となる、とスミスは言う。

しかも、あらゆる商品は労働よりも他の商品と交換され比較されることが多いので、その交換価値を評価するには、それが購入しうる労働量よりも、それが購入しうる他の商品の量で測る方がより自然である。大多数の人間も、労働の量が意味するものよりも特定商品の量が意味するものの方をよりよく理解する。前者は目に見えて触知しうる物体であるが、後者は抽象概念であり、十分に理解できるものではあるけれども、まったく自然でも自明でもない。（WN 1：49）

スミスによれば、現実に存在する商品の中で労働量のもっとも正確な尺度となりえるのは穀物である。なぜなら、穀物こそ労働する人間の身体を養うもっとも基礎的な食糧だからだ。生きた人間の労働こそが価値の源泉である以上、労働する身体を養う穀物の量こそ労働量の直接的な相関物となるのは当然だろう。しかし、商品交換が広範囲におこなわれる近代の商業社会において、運搬も長期保存も困難な穀物を貨幣として用いるのは不可能である。そこで、事態の自然な成りゆきとして貴金属とくに金と銀が貨幣として広く用いられるようになる。つまり、「何とでも交換可能な一商品」の地位を金属貨幣が占めることになり、金属貨幣による商取引が一般的となる。だが、人間の労働量と生物学かつ恒常的な絆をもつ穀物とちがい、さまざまな要因で市場価格が変動する金銀は、労働量の記号としては恣意的なものにならざるをえない。この事態を記号論的に言うなら、つぎのようなことになるだろう。労働量は穀物の量によっても貨幣の量によっても表現できる。その場合、穀物と貨幣はどちらも労働量を表す記号である。穀物量という記号はそれが指し示す労働量という意味内容と自然的で必然的な絆をもっているがゆえにつねに正確であり、そうした意味で、穀物量は商品の「自然的価値」を表現する。だが、嵩が多く重たい穀物は市場という記号体系の中を迅速に循環することはできないがゆえに、穀物という記号をさらに代置する貨幣という記号が市場に導入される。しかし、貨幣は、労働量と間接的な関係しかもっていないので、貨幣が表現するのは商品の

「名目的価値」でしかない。労働量と貨幣の間には乖離が起きる危険がつねに存在するのだ。この乖離が大きくなると市場という交換体系の中に混乱が発生する。貨幣は商業社会の成立を可能とすると同時に，商業社会の存立を危うくするという二律背反的な存在なのである。

スミスの解決策は，商業社会を「自然的自由という自明で単純な体系にする」(WN 2 : 687) ことである。スミスによれば，あらゆる商品にはその社会の平均的な賃金，利潤，地代に基づいた自然価格がある。だが多くの場合，特権的な利益団体やそれを擁護する政治的介入によって，商品の価格は自然価格より高く吊り上げられている。もし，そうした人為的な価格操作を撤廃して市場を自然な競争状態に置くことができるなら，商品の市場価格はその生産のために費やされた労働量に忠実に基づく自然価格に近づくはずである。市場価格が自然価格に近づくことは，市場にもたらされる商品と有効需要が合致していることを意味する。そして，それはすべての人々の利益となる。なぜなら，その場合に初めて，社会に存在する労働量がもっとも有効に活用されて，その社会にもたらされる富が最大限になるというだけではない。自然価格は原則的に商品のもっとも低い価格であるから，最大数の人々がその商品を安価で手に入れることができる。商業社会が，個人の利益と全体の利益が調和する美しい全体像を実現しうるかどうかは，価値の起源にある労働量と市場価格が正確に合致する条件を整えることができるかどうかにかかっている。個人的利益の追求が公共の利益に転化するメカニズムを，スミスは「見えない手」という隠喩で表現している。市場に内在するこの「見えない手」は，フランシス・ハチソンやケイムズの道徳哲学を特徴づけた摂理論が，社会に内在する自律的な調整メカニズムを探究する近代的な社会科学的発想に転化する契機であった。重要なことは，この「見えない手」は，社会が「自然的自由」を実現したときにもっともよく働くということである。しかし，スミスの議論を読んでゆくと，「自然的自由」を実現することは困難であることがわかってくる。その困難があきらかになるのは，スミスが紙幣に内在する問題点を指摘するときである。

スミスが紙幣の問題点を論じるのは『国富論』第二篇の第一章で、流動資本の一種としての貨幣の問題をあつかうときである。スミスは貨幣を、財貨を社会に流通させる「大車輪」(WN 2 : 291) として不可欠なものと位置づける。貨幣は基本的には貴金属でできた金銀貨が基本であるが、金銀貨の代わりに紙幣を導入することは大きな改善になりうる。それはつぎのような理由による。通常、社会にはその中での商品流通を可能にするために必要な貨幣が存在しているが、すべての貨幣が流通しているわけではない。なぜなら、企業は当座の必要のために一定の貨幣を手元に置かなければならないし、銀行は貸し付けと兌換のための貨幣を手元に置かなければならない。だが企業や銀行が手元に置いている貨幣は社会の生産のために流通できないので死蔵されることになる。しかし、たとえば銀行が十万ポンドの貸し付けをおこなう場合、金銀貨で二万ポンドも準備しておけば当座の兌換には応じられる。その場合、二万ポンドの金銀貨と八万ポンドの紙幣で十万ポンドの機能を果たすことができ、その国の流通界は八万ポンドの金銀貨を節約できる。残った八万ポンドは、紙幣と交換できない海外の財貨と交換できる。紙幣の利用は一定の資本が利用しうる労働の総量を増やし、国富の増大を促進する。こうして、貨幣よりも取り扱いや輸送がかんたんで維持経費もかからない紙幣は、経済を活性化し富を増大させる。だが、注意しなければならないのは、一国内で流通してよい紙幣量には限界があることである。その限界とは、紙幣の総量は、それが代置する金銀貨の総量を超えてはならないということだ。紙幣はあくまで金銀貨の代理であって、紙幣の発行は新しい富の創造ではない。もし、現存する金銀貨の量を超えて紙幣が発行されるなら、市場はそれを敏感に察知して銀行に兌換を求めるであろうし、銀行がそれに少しでも難色を示せばたちまち取付けが発生するだろう。しかし、スミスが指摘するように、紙幣の過剰発行はスコットランドでもイングランドでもつねに起こっているのであり、イングランド銀行はその後処理のために多大な経費を払って金銀貨を鋳造する羽目に陥っている。スミスによれば、紙幣の過剰発行の原因は企画家の過剰取引である。銀行は不注意で無分別な貸し付けのために市場を混乱させ、自らは高い代価を払う結果となる（WN 1 : 303–304）。個人や個別企業が自らの利益を自由に追求する行為は「見えざる手」の導きによって公共の利益をもたらすはずである。だが、銀行が自由に紙幣を過剰発行し企業が野放図に過剰取引をおこなうなら、かならず悪い結果が生じる。そこにあるのは表象の問題である。

紙幣が、それが代置する金銀貨の量を超えて発行されてはならないのは、紙幣はあくまで金銀貨の代理でしかないからだ。実在する金銀貨の量を紙幣が忠実に表象しているかぎり、経済は正常に進行する。だが、過剰に発行された紙幣は意味内容をもたない空虚な記号であり、それが野放図に増殖すれば価値の尺度という貨幣の役割を果たせなくなってしまう。スミスは紙幣の不安定さを、ギリシャ神話の中で飛行機械を発明したダイダロスの翼に喩える。

> 断っておくが、たとえこの国の商業や工業がいくぶんかは増進するにしても、商工業がこのように紙幣というダイダロスの翼に言わばぶら下がっている場合には、かならずしも金銀貨という堅固な地面の上をあちこちと旅行する場合ほど安全ではないということである。つまり、商工業はこの紙幣の管理人が未熟であるために、さまざまな災禍にさらされているだけでなく、おそらく管理人がどれほど慎重で練達であってもとうてい防ぎえない、いくつかの災禍にもさらされているのである。（WN 1 : 321）

スミスは、紙幣が資本を活用するために有効な道具であることを認める。しかし、紙幣は、それが代理するはずだった金銀貨の総量を超えて増刷される傾向をもつ。貴金属という根拠をもたない紙幣は意味内容をもたない空虚で浮遊する記号であり、その野放図な増殖は一国の流通界に混乱と災禍をもたらす。しかし、ここでわれわれが想起しなければならないのは、スミスが「堅固な地面」と呼ぶ金銀貨ですら、そもそも商品に内在する労働量を名目的に表現するだけの恣意的な記号に過ぎなかったことだ。世界規模で大量の商品が流通する近代的な商業社会は、それ自体記号にすぎない貨幣のさらなる記号である手形や紙幣を必然的に生み出す。スミスは、労働量という価値を表象するだけの記号にすぎない金銀貨をフェティッシュ化して崇拝し金銀貨を蓄積しようとする重商主義を批判する。しかし、近代的な商業社会の内部に存在するのは貨幣という記号だけであって、商業社会の中心に存在し、商業社会を根底で支えている労働という究極の意味内容は市場のどこにおいてもつねに不可視のままなのである。労働は人間の身体に根ざすものであり、物質的もしくは現実的な根拠をもっている。しかし、労働は物質的なものでありながら（あるいは物質的なものであるがゆえに）市場の中では表象不可能なものにとどまっている。こうしてスミスの政治経済学における労働の奇妙な地位があきらかになってくる。

市場という記号体系の中心にあるのは労働である。それは、商品は労働によってのみ生産されるということだけではない。物資が商品に転化するには、それに交換価値が付与されなければならない。交換価値は等しい労働量を比較することで確定される。言うなれば、あらゆる商品は労働量という究極の意味を指し示す記号であるのだ。労働はおびただしい商品が交換される市場の中心にあり、市場の存立を支える究極の中心点である。また、労働は生きて働く生身の人間による自然への働きかけであるという意味で、徹底して身体的かつ物質的なものである。しかし、労働は市場を支える中心点にありながら、それを市場という記号体系の内部で直接表象することはできない。それは、市場における手形や金属貨幣や商品といった無限の連鎖の彼方にあって、その連鎖を支えるものでありながら、市場という表象システムの外部にしか存在しない。こうした不在の中心によって支えられる市場経済は、必然的に不安定なものとならざるをえない。

商業社会と想像力

以上で見たように、ヒュームもスミスも商業はある種の空想と事実誤認によって発展するものと考えていた。市場は商品と貨幣という記号によって構成されるある種の表象システムであり，そのシステムは人々の想像力を刺激し，空想と事実誤認を喚起する。想像力が生み出す空想や幻想こそ商業社会のエネルギーなのである。しかし，彼らは同時に，想像力が健全な範囲を超えて暴走すると，商業社会それ自体が崩壊する危険があるという認識を，商業の批判者たちと共有していた。商業社会の擁護者である彼らは，それゆえ，市場はそれ自体の中に想像力や想像力が育む情念の暴走を防ぐメカニズムが内包されていることを証明する必要に迫られていたのである。ヒュームは，想像力は洗練されることで馴致され統制されると主張した。スミスは，各々の市民が想像力によって他者の感情を慮って行動することで社会の統制が保たれるという共感の原理を提唱し，同時に，市場という表象システムのメカニズムを解明することで，市場が健全な限界を超えた空想や幻想を生み出すことを防ごうとした。彼らの理論的な探究の前提は，理性によって想像力を統制することはできないということであった。理性によって想像力や情念を抑え込めば，商業は活力を失い，国家は力を失い，社会は貧しくなってゆくだろう。想像力は想像力によってしか，情念は情念によってしか統制できない。それゆえ，彼らは洗練された想像力によって粗野な想像力を統制するという理論を構築したのである。それは一人ひとりの市民が自由に欲望や野心にうながされて行動しても，社会全体の秩序を調和が保たれる近代的な市民社会のヴィジョンの構築のこころみである。だが，彼らのテクストが発見するのは，洗練された想像力と粗野な想像力のちがいは種類のちがいではなく程度のちがいでしかないがゆえに，その境界線を画定することはつねに困難だということなのである。事実誤認と空想によって成立する商業社会は，事実誤認と空想によって崩壊する危険をつねに内包している。それゆえ商業社会が存続してゆくかぎり，想像力の洗練による社会秩序の維持という問題が消滅することはない。その問題は，リアリズム小説にも現れるし，またロマン主義文学の中にも現れることになるが，それは本書の第II部で論じることになる。

第6章　バークの崇高な政治学
——『崇高と美の起源』から『フランス革命の省察』へ

美学と政治

本章の目的は、政治的保守主義の古典と見なされているエドマンド・バークの『フランス革命の省察』の政治的な議論に混入している美学的言説を分析することである。このテクストにおけるバークの中心的な企てを端的に言うなら、政治の美学化であり、そこで機能している修辞法に注目することによって、政治における美学の役割もしくは美学の政治利用という問題に光を当てることができるだろう。以下の議論においては『フランス革命の省察』とそれに三〇年ほど先立って書かれた『崇高と美の起源』を比較し[1]、この二つのテクストの間に大きなパラダイムの変化があったことを確認する[2]。その変化とは、美学的判断もしくは趣味判断の基盤が個人の身体から地域や共同体といった集団的なものへと移行したことである。そうした変化は、バーク個人の思想的変遷という視点からだけでなく、啓蒙主義からロマン主義への変遷という文学史的な観点からも理解することができる。これまでの章で検討したケイムズやデイヴィッド・ヒュームらの美学理論においては、趣味は基本的に個人の能力としてとらえられていた。身体的な感覚知覚に似ていながら理性に似かよった普遍的な判断を下しうる特殊な能力としての趣味は、それが生得のものと考えられるにせよ教育の産物と考えられるにせよ、個人が発揮する能力であった。それは趣味の理論としての美学が、市民社会のイデオロギーとしての側面をもっていたことと関係がある。近代市民社会のイデオローグたちにとって、複雑な商業社会における円滑な社交を可能とする趣味は、血統や家柄とは無関係に個人が生まれもつものであり、かつ教育によって改善されうるものであった。この立場は、バークの『崇高と美の起源』においても変わることはない。しかし、ウィリアム・ワーズワスやサミュエル・ティラー・コールリッジらロマン主義の詩人たちにとって、趣味もしくは洗練された想像力とはたんに個人の問題ではなく、地域や国家といった共同体と深く結びついたものとして考えられるようになってゆく。以下の議論で確認するように、バークは『フランス革命の省察』において、ロマン主義の詩人たちに先駆けて趣味を共同体に根ざしたものとする思想を展開した(3)。本章ではバークの美学におけるパラダイムの変化を跡づけ、そうした変化が十八〜十九世紀イギリス美学の展開にどのような意義をもったのかを検討する。

バークの崇高論

バークの『崇高と美の起源』の特徴をひとことで言うなら、趣味判断の普遍性の基盤を人間の身体的構造の中に見出そうとする態度である。外的な事物の感覚知覚にすべての知識の起源があるとするイギリス経験論の枠内で、趣味や想像力といった高度な認識的能力を解明しようとするとき、身体的な感覚知覚の問題を避けてとおれないことは当然であった。しかし、感覚知覚が誤謬に陥りやすいこと、そして低次元の感覚的快楽が人間の趣味を堕落させる力をもっていることは広く認識されていた。美学理論だけでなく道徳哲学や政治経済学も、低次元の感覚的快楽——それは社会理論では「奢侈」と呼ばれた——が道徳と社会を堕落させる危険性をもっていることを痛切に認識していた。かくして、美学のみならず道徳哲学、政治経済学といった十八世紀イギリスの理論的探究は、身体的経験から趣味判断、道徳的共感、市場の自律的な調整機能などに関する高度な認識をどう引き出すのかという問題に直面していたのである。

バークが『崇高と美の起源』の第二版に付した「趣味に関する序論」によれば、一見多様に見える趣味判断の規準は、じつはあらゆる人間に共通である。趣味判断には共通の規準があり、その規準が日常生活における人々の交流を可能にする。ここで重要となるのは、その規準が慣習の産物であるのか、人間が生まれもつ能力なのかという問題である。そして、バークは、趣味の規準はあらゆる人間に共通な身体的構造にその根拠をもつという立場に立つ。バークによれば、趣味判断は三つの段階から構成される。(1)最初は感覚知覚に関わる段階であり、それは外界の対象から感覚をとおして印象を受け取る過程である。(2)つぎは想像力に関わる段階であり、そこで人は知覚をとおして受容した印象について反省し、いくつかの印象を比較したり結合したりして快を得る。(3)最後が合理的な推論によって結論を下す段階である。趣味判断に関する個人的差異は第二と第三の段階において発生する。

> 全体として言うなら、もっとも一般的な意味で趣味と呼ばれるものは、単純観念ではなく、部分的には一次的な感覚の快の知覚と、二次的な想像力の快と、それらのさまざまな関係と人間の情念、礼儀作法、行動に関する推論能力による結論から構成されていると私には思われる。趣味を形成するためには、それらすべてが必要なのであり、それらすべての基礎は人間の精神において同一である。というのは、感覚がわれわれのすべての観念の大いなる起源であり、結果としてわれわれのすべての快の起源であるのだから、もしそれらが不確実で恣意的でないなら、趣味の基礎は万人に共通であり、こうした事柄に関する決定的な議論の十分な基礎が存在するからである。(*Enquiry* 23)[4]

たしかに感覚の鋭敏さや後天的に獲得した知識は、趣味判断にちがいをもたらす。しかし、そのちがいは本質的なものではない。なぜならすべての観念の起源である感覚知覚は、あらゆる人間において同一だからである。「趣味」の字義的な意味は「味覚」であるという事実は、バークにとって大きな意味をもつ。なぜなら趣味判断の普遍性は、味覚との類比を推し進めたときに明確になるからだ。たとえば、砂糖は甘く塩は塩辛いということは、あらゆる味覚の判断の共通の前提である。その前提がなければ、そもそも味覚の判断に関する議論自体が成立しない。おなじことは、より高次の趣味判断についても言える。感覚知覚こそ趣味判断の共通性の基盤であるとするこうしたバークの主張は、彼が趣味判断を身体問題としてとらえる立場に立っていたことを意味する。

趣味判断を身体問題としてとらえる態度は「崇高」と「美」の定義においても明確である。崇高と美に関する議論の前提として、バークは人間の感覚の二つの極としての「快」(pleasure)と「苦痛」(pain)を区別し、さらに第三のカテゴリーとしての「悦び」(delight)の感覚の存在を主張する。快と苦痛は独立した、積極的な単純観念であるが、バークは大いなる苦の除去が快に似た感情を生み出すことを指摘し、その感情を「悦び」という名前で呼ぶことを提案する。そして、美は快を、崇高は悦びを生み出すと主張する。バークによれば人間には「自己保存」の本能と「社交」の本能があり、人間の情念はすべてこのどちらかの本能と関係を有している。美は社交的な情念である。人は美しいものを見ると、それに近づき側に置きたいと願う。両性間に見られる性的な欲望と結びついた情念は明白なものであるが、人間はそのほかに社交一般に関するさまざまな情念をもっている。この美という性質なしに、社会は存続不可能である。それに対し、自己保存に関する情念はすべて苦痛と危険に基づいており、それは情念の中でもっとも強力なものとなる。苦痛と危険をもたらすものは恐怖の対象であるが、そうした恐怖と結びついた対象が崇高という情緒を生み出す。バークは崇高を以下のように要約する。

自己保存に属する情念は苦痛と危険に基づく。それらの情念の原因が直接にわれわれに影響をおよぼすとき、それはたんに苦痛であるが、苦痛と危険の観念をわれわれがもっていても、じっさいにはそうした状況にないときには、それらは悦びとなる。この悦びを私が快と呼ばないのは、それが苦痛に基づいているからであり、またそれが積極的な快と大いに異なっているからである。この悦びを喚起するものすべてを私は崇高と呼ぶことにする。(*Enquiry* 51)

崇高とは、苦痛に対する恐怖が逆説的にもたらす「悦び」なのだ。だが、それはいかにして生み出されるのだろうか。

バークの美学理論の特徴は、崇高と美の原因を身体的な「生理学」の観点から機械論的に記述することである。彼は崇高の原因を説明するにあたって、まず心理的現象である恐怖を身体の生理学的メカニズムから説明する。心理的恐怖は身体的苦痛と密接に結びついており、両者ともに「神経の不自然な緊張」という同一の生理学的現象を引き起こす。つまり、苦痛も恐怖も、神経の緊張と収縮とそれにつづく激しい情緒の発生という同一の生理的メカニズムに依存している。そして、恐怖は神経の不自然な緊張を生み出すのだから、逆に「この種の緊張を生み出す事物はかならず恐怖に似た情念を生み出す」とバークは推論する(*Enquiry* 134)。逆もまた真なりという論法である。崇高をもたらす対象のよく知られた特徴である「巨大さ」や「無限」は、直接的に危険や苦痛をもたらすわけではないが、それらの知覚は恐怖に類似した神経の不自然な緊張を生み出すがゆえに、崇高という情緒の原因になる。だが、この神経の不自然な緊張がなぜ悦びという一見正反対の情念を生み出すのかという問題は残る。注目すべきことは、バークが崇高と労働を結びつけることである。バークによれば、人間が生きるためには休息と怠惰な時間は不可欠だが、それにばかり耽けると社会と文明は衰退する。人間の身体も休息がもたらす弛緩状態の中に長くいると、身体器官の機能が低下してゆく。それゆえ社会においては労働が、身体にとっては運動が必要となるのだ。労働と運動とは生理学的に言うなら神経と筋肉の緊張である。労働や運動は、最初は苦をもたらすが、それは身体に活力と生気を取り戻し、身体を快適な状態にする。そして、人間の感受性といった微妙な部分においても適切な運動は必要なのであり、崇高なものが与える恐怖と緊張こそが、微妙な神経に対する適切な運動となる。それゆえ、恐怖と結びついた崇高は、悦ばしい戦慄というかたちで神経を運動させ、精神を健やかに保つのである。

美は崇高とは逆に「身体全体の組織を弛緩させる」(*Enquiry* 162) ものの名前である。身体の調子が自然な状態を下回る程度に弛緩するとき、それは積極的な快を生み出す。身体組織にこうした弛緩をもたらすものはすべて美の原因になる。そうした身体の弛緩は人間の感覚器官との関係の中で考察できる。視覚的に小さくて弱々しいものが美しいのは、視神経を緩めるからである。触覚との関係で言うなら、滑らかな物体は身休に弛緩をつくり出す。味覚で言うなら、甘みは弛緩の原因となる。それはバークによれば砂糖の結晶のかたちと関係している。顕微鏡で見るなら、塩の結晶は立方体であるが、砂糖のそれは完全な球体である。それが舌の上の味蕾を滑らかに刺激するがゆえに、身体は弛緩する。甘みは味覚における美であるのだ。

こうしてバークの『崇高と美の起源』は、人間の趣味判断の法則性を「人間の身体の機械的特性」(*Enquiry* 45) によって説明する。彼の理論によれば、美から崇高へいたる人間の情念を、外界からの刺激に対する身体の機械論的な反応という体系で包括することができる。だが、奇妙なことに、こうして彼の経験論的な美学体系を成功裏に閉じたと思われたその直後、バークは自分の美学体系に、言語芸術の視覚芸術に対する優位性を論じる議論をつけ加えることによって、自分の体系にあえて亀裂を入れてしまう。バークは感覚知覚の普遍性から趣味の原理の普遍性を引き出そうとするわけだから、バークがもっとも重視する美的対象は、慣習による干渉をほとんど受けない視覚的なもの——自然や絵画——であることが予想される。だが、そうした予想に反してバークがもっとも崇高であると認めるものは自然でも絵画でもなく、言語芸術なのである。それどころか視覚的対象は崇高と両立しがたいと彼は言う。というのは、自然や絵画は対象の明確なイメージを与えることによって、崇高を生み出すもっとも重要な要因のひとつである曖昧さが存在する余地をなくしてしまうからだ。それに対して、生き生きした言語表現は

「最良の絵画よりもずっと強力な情緒を喚起することができる」（*Enquiry* 60）のだが、それは言語が視覚的対象とまったくちがった仕方で人間の精神に作用するからである。自然物や絵画はわれわれの精神の中にそれと対応するイメージを生み出すことによって情緒を生み出す。だが、バークによれば、言語はそれに対応するイメージを生み出さないことからその効果を引き出しているのである。たしかに言葉の意味内容を精神の中でイメージ化することも可能な場合があるが、それには非現実的なまでの大きな意志の力と時間が必要となる。バークはジョン・ミルトンの『失楽園』の中の堕天使たちの旅路を描いた一節の中の「死の宇宙」という言葉を例としてあげ、もしこの「死の宇宙」という言葉を明晰なイメージに置き換えようとするなら、この一節の崇高な効果はだいなしになると断言する（*Enquiry* 174–175）。言語は明晰なイメージを欠くがゆえに、かえって強力な崇高の表現となるのだ。

バークによれば、知覚可能なイメージを含まない言語が意味を伝達できるのは、それが慣習に依存しているからである。

> このような言葉はじっさいにはたんなる音声にすぎない。しかし、われわれによいことがあったり禍をこうむったり、他人によいことや禍が降りかかったりといった特定の機会にそれらの音声が用いられ、あるいはそれらの音声がその他の興味深い事物や出来事に適応されるのをわれわれは聞くのである。そしてそれがさまざまな場合に用いられることから、われわれは習慣によってその言葉が何に属しているかを知り、またその言葉が後に口から発せられたさいにはいつでも、それが最初に形成されたときと似た効果を精神の中に生み出す。
>
> （*Enquiry* 165）

バークが「たんなる音声」の知覚と言語による意味伝達を区別していることは重要である。音声は言語の不可欠な部分であるが、「たんなる音声」を知覚することと言語の意味を理解することはおなじではない。たとえば、まったく未知の外国語を聞くとき、われわれは「たんなる音声」を知覚する。この知覚は万人に共通である。だが、このノイズとしての音声は言語のシステムを習得した人間にとってだけ意味をもつ。だから、言語は絵画などの視覚的表象と異なり、対象の再現という原理によって機能するのではないし、そういう意味で「詩歌は厳密には模倣芸術ではない」(*Enquiry* 172)。慣習に基づいた言語は、かくしていかなる概念もイメージをもたないまま「共感」の原理によって強い情緒を伝達してゆく。

だが、ここで注意すべきことは、言語は慣習によって知覚経験とは無関係な美的効果を生み出すという彼の主張は、彼の美学体系の理論的前提とあきらかに矛盾するということである。バークの理論は美学的情緒のエコノミーから「慣習」という決定要因を極力排除することから出発している。趣味という語の根源にある味覚においても、たとえば煙草を牛乳よりも好むといった嗜好のちがいは存在することをバークはもちろん認める。しかし、それは「慣習」がもたらした「自然的な快からの逸脱」であり、趣味の理論はそれに先立つ「自然な嗜好」に基づくべきだというのが彼の議論の出発点であった(*Enquiry* 13–15)。彼が慣習を排除するのは、感覚知覚においてはおなじ原因(刺激)はおなじ結果(感覚)をもたらすという彼の機械論的な議論を慣習がくつがえしてしまう危険があるからである。慣習の排除はバークの美と崇高をめぐる議論の中で何度もくり返される。たとえばバークは美を慣習から切り離すために、「美は慣習の観念に帰属するどころか、美が慣習にしたがってわれわれに影響を与えることは、じっさいにはきわめてまれであり、例外的なことである」(*Enquiry* 103)と断言する。また、彼は暗闇のもたらす恐怖を慣習的な観念連合に帰するジョン・ロックの議論に反対し、暗闇の恐怖と崇高の効果は、光の遮断がもたらす「瞳孔の拡大」という生理学的見地から説明すべきであると主張する(*Enquiry* 143–145)。しかし、この『崇高と美の起源』の末尾に補足的に置かれた言語芸術論の地点から彼の議論全体をふりかえって気がつくことは、自然物がもたらす崇高や美の感情に関するバークの説明の多くが、じつは文学作品からとられているということである。たとえば、彼が暗闇という視覚的知覚がもたらす崇高の例としてあげるものは、ミルトンからの一節にほかならない（*Enquiry* 80）。そして、上で述べたように、人間の感覚知覚を社会的慣習に由来する言語と混同することは、バークの美学理論の生理学的前提と抵触することであるにもかかわらず、そこでは身体の感覚知覚と言語表現のもたらす効果との区別はなされていない。だが、バークが自己矛盾の危険を冒してまで、言語と慣習を自分の美学体系に組み込もうとしたという事実は残る。この段階でわれわれが言えることは、バークの『崇高と美の起源』においては美学的効果の決定要因として、(1) 人間の身体の生理学的メカニズムと、(2) 社会的慣習に支えられた言語という理論的に通約不可能な二つのシステムが存在しているということである。この二つのシステムの共存を確認することは、バークの美学イデオロギーを理解する上で重要である。そして、イデオロギーという観点からバークの美学理論を掘り下げてゆくためには、彼の『フランス革命の省察』を読む必要がある。なぜなら、『崇高と美の起源』において陰に隠れていた慣習と言語というシステムが、『フランス革命の省察』においては、前面に現れるからである。

バークのフランス革命論

よく知られていることだが、バークの『フランス革命の省察』は、シャルル・ジャン・フランソワ・デュポンという名のフランス人貴族による、彼のフランス革命に対する考え方についての問いかけへの返答として書き始められた。当時バークは、アメリカ植民地の独立を支持し、ウォーレン・ヘイスティングズのインド支配の不正を弾劾するホイッグ派の政治家として知られていた。このデュポンという革命派のフランス人貴族は、彼が自由の擁護者と見なすバークが、フランス革命に対してかならずや支持を表明すると期待していたらしい。しかし、バークの返答は、彼のみならず多くの人々の予想に反して、フランス革命を徹底的に批判するものだった[5]。彼は革命によって獲得された「フランスの新しい自由」は、じつは本当の意味での自由を破壊するという主張を展開する（R 90）[6]。『フランス革命の省察』における中心的論点は、市民に対して自由を保証する制度とは何かということである。バークは自由を実現することも、政府をつくることもかんたんであり、むずかしいのは「自由な政府をつくる」ことだと言う。

政府をつくるのに大きな慎重さはいらない。権力の座を定め、服従を教えれば仕事は終わりである。自由を与えるのはもっとかんたんだ。指導する必要はなく、支配を緩めるだけでいい。だが、自由な政府をつくることは、つまり自由と抑制という相反する要素をひとつの一貫した作品の中に融合させることは、大きな思慮と、深い反省と、賢明で力強く統合的な精神を必要とする。（R 373–374）

つまり、自由な政府とは、自由と制限という矛盾する要素を精緻に組み合わせてつくり上げるものであり、それにはもっとも大きな知恵と努力が必要となる。さらに彼は自然権としての自由と、社会で市民が享受すべき自由を区別する。

人間は未開状態における権利と市民社会の一員としての権利の両方を享受することはできない。正義を獲得するために、人間は自分にとってもっとも大切なことを自分で決定する権利を放棄するのである。いくばくかの自由を確保するために、自由のすべてを委譲するのである。政府は自然権のためにつくられるのではない。自然権は政府とはまったく独立して存在しうるし、存在している。自然権ははるかに明確に、非常に抽象的な完全性として存在する。だが、その抽象的完全性は実践的な欠陥となる。すべてに対する権利をもつことによってすべてを欠くことになる。政府とは人間の欠乏をおぎなう人間の知恵である。人間は、そうした欠乏を知恵でおぎなう権利をもつ。(R 150–151)

バークによれば、市民的自由と自然権としての自由とはまったく異なるものであり、むしろ自然権としての自由を放棄することによって市民的自由が可能となる。そして、彼の見るところでは、革命後のフランスに生まれつつある法と制度が自由な政府を実現する気配はなかった。彼が革命フランスに見るのは、「人間の権利」という形而上学的な理論に基づいて、従来とはまったくちがった社会制度を一から建設しようとする無謀なこころみであり、それは破綻するしかない。バークにとって現実の政治とは複雑に絡みあった利害の調整であり、それは抽象的な理論によって遂行できるものではない。あらゆる政治的問題は長い歴史の中でつくられたものであり、それをひとつの時代の人間がつくった理論によって解決することは不可能なのだ。

『フランス革命の省察』の多くのページは、革命フランスと現行のイギリスの政治体制を比較し、後者の正統性を擁護することに割かれている。彼がそうした議論を展開したのは、フランス革命の政治理論がイギリスに輸入され、イギリスの既存の秩序を脅かす危険があると判断したからだ。彼によれば、イギリスの国家構造こそ自由と制限の理想的なバランスを実現した本当の意味で自由な国家であるわけだから、もし、フランス人が自由を手に入れたければ、隣国の制度を学んで模倣するだけでよかったのだ。バークの見解によれば、イギリスの政治制度の特徴はその継続性にある。イギリスは既存の制度を廃止することなく、たえざる改良を加えることで古い制度に新しい活力を注入してきた。それが顕著に現れたのが名誉革命である。バークの名誉革命解釈によれば、国王ジェイムズを廃位しメアリとウィリアムを迎えた一六八八年の革命においてもっとも配慮された点は、ステュアート朝の継承順位を最大限に尊重しながら国難を回避することであった。名誉革命当時のイギリス国民は、選挙によって国王を選ぶ可能性を自ら封印し、制度の継続性を選んだ。つまり、名誉革命の原理は制度の変更ではなく、制度の内部での改革なのである。そして、継続性の中での改革こそ、もっとも大きな政治的叡智を必要とする。継続性の原理に基づいた現行のイギリスの国家構造こそもっともよく市民の自由を保証する政治体制であると主張するバークが、名誉革命こそ人民による民主的な国王の選任を目指すフランス革命のモデルであるとするリチャード・プライスを徹底的に批判するのは当然だろう。彼の名誉革命の解釈には、自分こそホイッグ本流に位置するというバークの自負がうかがえる。ここで注目するのはバークのテクストに見られるイギリスの国家構造の正統化の戦略であり、その戦略の中心で機能しているものが政治の美学化である。では、美学化とは何か、あるいはそもそも美学とは何か。それを説明するために、『フランス革命の省察』の中でバークの議論の中心で機能しているある二項対立に注目したい。

バークの反形而上学

バークはフランス革命の理論を「政治的形而上学」(R 149)あるいは「抽象的原理」(E 97)と呼び、そうした理論を奉じる指導者たちを「政治的形而上学者」(R 370)あるいは「空論家」(R 149)と呼んでいる。つまり、彼らはじっさいの政治状況やその歴史的背景に関心をもつことなく、抽象的な原理原則をそのまま政策として実現しようとする世間知らずで頭でっかちな「空想的形而上学者」(R 300)なのだ。彼らは理論的な整合性と政治的な実効性の区別がつかない。彼らは抽象的な思考には長けているが、実践的な政治手腕はまったくない。革命フランスの政策の特徴は、いわば「裸の理性」(R 183)の暴走なのである。そして、それに対置されるイギリスの国家構造を構成するのは、古くから存在し、長い歴史によってその有効性が検証された伝統的な制度や慣習である。彼はそれらの諸制度を支えるイギリス国民の合意をあえて「偏見」(R 183)と呼ぶのだが、それはそれらの多くが法による厳密な裏づけをもたず、たんなる慣習によって支えられているからである。伝統的な制度や慣習の多くは法としての厳格さをもたない。だが、それらは法を補い、柔和な仕方で社会秩序を維持する。法によってのみ社会を統制することは不可能なのである。こうして『フランス革命の省察』におけるバークの議論は、空虚な合理主義と、慣習と伝統を重んじる健全な経験主義的叡智の対立という図式に基づいて展開される。

バークは、旧体制下のフランスにおいても伝統的な礼儀作法は息づいていたが、それは革命によって死に絶えてしまったと嘆く。彼は、後にメアリー・ウルストンクラフトによって揶揄されることになる芝居がかった文体で一七八九年一〇月六日のベルサイユ宮殿の襲撃事件を記述し、「ほとんど裸」で夫の部屋に逃げ込んだ王妃マリー・アントワネットを登場させる。彼はこの事件を、ヨーロッパ文明を育んだ騎士道精神に基づく礼儀作法の衰退を示すものとして嘆き、つぎのように言う。

> しかし、いまやすべてが変わろうとしている。権力を柔和にし、服従を自発的なものとし、人生のさまざまな色彩を調和させる幻想、穏やかな同化によって私的社交を美しく柔和にするあの感情を政治に組み込む快い幻想が、光と理性の新しい征服帝国によって消し去られようとしている。人生の上品な掛け布は乱暴に引きちぎられようとしている。道徳的想像力という衣裳部屋から取り出された付加的な観念、われわれの震える裸の自然の欠点を覆い、人間の自己評価を尊厳あるものとするために必要と心が認め悟性が是認する付加的な観念が、滑稽でばかばかしく古臭いものとして、打破されようとしている。(R 171)

しばしば引用されるこの一節は、バークの政治的議論がその重要な部分として美学的言説を含んでいることをあきらかにする。バークが政治的自由を保証する重要な原理としてフランス革命の「理論」に対置する礼儀作法は、「想像力」によってつくられたものであり、合理的な根拠をもたないという意味で「偏見」であり「幻想」である。

もともと合理的なものではない以上、革命フランスの指導者たちが信奉する「政治的形而上学」とちがって、礼儀作法は理性によって正統化することはできない。だが、その幻想は人々の「感情」に作用することで社会にある服従関係を「自発的なもの」にし、社会を「柔和にし」かつ「美しくする」。革命の原理である人間の権利は「裸の自然」あるいは「裸の理性」と表現され、それに対して、伝統的な礼儀作法はそれを覆う飾り布もしくは衣服として表現される。バークによれば、裸の自然もしくは自然の権利だけでは市民社会は成立しない。それを包み込む文明あるいは礼儀作法が必要なのである。慣習や伝統という衣服を脱ぎ捨てた「裸の理性」は暴力と無秩序しか生み出さないことを、フランス革命は示している。そうした暴力と無秩序を防ぎ、市民的自由を維持するものこそ、世代から世代へと受け継がれる伝統的な慣習と礼儀作法である。裸のマリー・アントワネットは革命的暴力によって文明という衣服を剝ぎ取られた社会の象徴なのだ。ここで中心的に機能しているのは、「衣服」の隠喩であり「裸の理性」と「偏見の上着」（R 183）という二項対立である。『フランス革命の省察』におけるバークの目論見とは、国家と社会の秩序を維持する原理として洗練された礼儀作法の重要性を訴えることであり、それは国家を美学化するこころみとして理解できる。なぜなら、礼儀作法を正当化するのは理性ではなく、伝統と慣習に対する国民の愛着だからだ。国民がある礼儀作法を好み、それを存続させるのは、それらに合理的な根拠があるからではなく、彼らにとって「快い」からである。礼儀作法の洗練は理性の問題ではなく、感情、趣味、想像力の問題である。バークが形而上学者と呼ぶ革命フランスの指導者たちは、自由を文明に先立つものと考えているが、バークにとって自由は制度と文明の産物でしかない。文明という「衣服」が野蛮な人間を自由な市民に変えるのだ。換言するなら、バークにおける自由とは、長い歴史の中でつくられ維持されてきた制度を自然なものとして受け入れ、それにしたがうことで実現する正義――すなわち身体や財産の保護――を意味している。それが「自由」と呼ばれるのはそうした制度があまりに自然化したために、服従に対する強制力が感じられないからである。上の引用中の「服従を自発的なものとする」という言葉はバークの自由の理念をよく表している。[7]

さらに、バークは「詩は美しいだけでは不十分である。詩は心を魅了しなければならない」というホラティウスの言葉を引用して、詩と国家を類比的に同一化する。

しかし、情動を追放したその種の理性は、その穴を埋めることはできない。礼儀作法と結びついたそれらの公共的な情動は、ときに法に対する補足として、ときに法を矯正するものとして、そしてつねに法を助けるものとして必要である。偉大な批評家でもあるひとりの賢人が詩作について述べた格言は、同様に国家にも当てはまる。「詩は美しいだけでは不十分である。詩は心を魅了しなければならない」。どんな国にも適切な教育を受けた人なら好きになるような体系的な礼儀作法がなければならない。国が愛されるためには、国は愛らしいものでなければならない。(R 172)

国家が人々をよりよく統治するためには法の運用だけでは不十分であり、人々が国家に対して愛着をもつ必要がある。国家はその美によって人々を魅了しなければならない。もしもそれが理想的に実現されれば、美の快楽を追求することと共同体の掟にしたがうことの区別がつかなくなるだろう。ある対象が「愛らしい」かどうかを判断するのは合理的な推論ではなく、感受性に基づく趣味判断にほかならない。つまり、ここでは趣味判断が、国家の正統化の原理として機能している。『フランス革命の省察』の議論は、情動や想像力に基づく趣味判断を近代国家の正統化原理として導入する点で、政治の美学化と言える。こうしてバークは礼儀作法によって育まれた洗練された情動が、市民社会の秩序の維持において重要な役割を果たすことを強調するわけだが、重要なことは、情動という言葉に「公共的」という形容詞がつけられていることである。ここで言及される情動は私的なものではなく、国家に関わる公共的なものである。つまり、一見私的なものに見える趣味という判断能力に、公共的な役割が付与されているのだ。そうしたことが可能となるのは、そもそも趣味判断が普遍性をもつと考えられているからである。したがって美学と政治の関係を考察するときには、趣味判断の普遍性が重要な問題として浮かび上がってくることになる。すでにわれわれは『崇高と美の起源』の分析をとおして、彼の美学は人間の身体に基づく身体論的な美学であることを確認した。もし、バークのフランス革命論が美学化された政治学であるなら、そこで身体はどのような役割を果たしているのであろうか。

想像された身体

『フランス革命の省察』における身体の位置は見えづらいが、それは、そこでの身体が、彼の崇高論におけるような物質的な身体ではなく、想像的な身体であるからだ。その想像的な身体は、バークのテクストの中で、巧妙な修辞的な操作によってつくり出されてゆく。したがって、バークの修辞法に着目することが、彼の美学と政治学の関係を解き明かす糸口を与えてくれるのである。たとえば、バークは自然な感情を大切にするイギリス人の国民性について論じているが、そこで彼は鳥の剥製の隠喩を用いて感情と身体の関係を表現している。

われわれイングランド人は、自然に備わった内臓をまだ完全には抜き取られてはいない。われわれはまだ体の内部で感じているし、忠実な後見人、われわれの義務の積極的な監視者、自由で男性的な道徳の支持者であるあの生まれもった感情を大切に育んでいる。われわれは博物館の剥製の鳥のように、籾殻やぼろきれや人間の権利が書かれた、くだらない汚れた紙くずを詰め込まれるために、内臓を抜かれたり手足を縛られたりはしていない……なぜか？　そうした観念を眼前にするとき、そう感じることが自然だからである。それ以外の感情はまちがっており、虚偽であり、人の心を堕落させ、根本的な道徳を損ない、われわれを理性的な自由に対し

て不適合にするからである……。（R 182–183）

バークによれば、イギリス人が下す政治的・道徳的判断の基盤には身体がある。イギリス人が政治の分野においても感情に基づいた判断に信頼を置くのは、イギリス人がいまだに剝製の鳥のように「内臓を抜き取られてはいない」からである。この比喩は、フランス人は内臓を抜き取られて自然な身体を失うことによって、自然な感情を失ってしまっているという含みがある。つまり、身体がなければ感情をもつことができない。それに対して、イギリス人は内臓を備えた自然な身体をもつがゆえに自然な感情を捨てきれないのである。ここでも「基本的な道徳」を裏づける自然な感情の基盤には身体が存在するという主張が読み取れる。感情をもつためには、感じる身体が必要なのである。そのことが、形而上学的な推論と情動に基づく判断を区別する。だが、この文の主語が「われわれ」となっていることからわかるように、この身体はバークの『崇高と美の起源』における趣味論の基盤になっていた個人の身体ではなく、イギリス国民が共有する想像的かつ公共的な身体なのである。こうして、空虚な形而上学に対する健全な経験主義の優位性の主張は、イギリス国民の自由を言祝ぐナショナリズム的な言説とつながってゆく。『フランス革命の省察』には国家を身体に喩える隠喩が頻出するが、そうした隠喩は国家と身体を同一視する機能を果たしている。たとえば、バークはイギリスの世襲制度は国家構造に「家族関係のイメージ」を与え、「それによって国家構造を家族的な絆で結びつける」と主張する。

このような仕方で、こうした原則に基づいて自分たちの祖先にしたがうことで、われわれは好古趣味の迷信ではなく哲学的類比によって導かれる。こうした相続を選択するわれわれは、国家構造（constitution）の枠組みに血縁関係のイメージを与える。すなわち、わが国の構造を愛すべき家族の絆で結びあわせ、基本的な法を家族的な情愛で満たされた胸中へと受け入れ、われわれの国家、暖炉、墓所、祭壇を、結びあい交流する慈善の

温かみで不可分につなぎあわせ、慈しむのである。（R 120）

この一節では、世襲という社会的制度が血液という身体的な要素と不可分に結びつけられている。バークは政治問題とそれを解決するための政策の関係を、しばしば病気と治療の隠喩で表現するが、それは国家と身体を同一化する修辞法がテクスト全体に浸透しているからである。たとえば、つぎにあげる一節では、革命や改革による国家構造の改変を頻繁に軽々しく論じることの害を、激しい効果のある薬物を頻繁に投与することに喩えている。

> 告白させていただくが、抵抗や革命についてつねに話すこと、もしくは、体（constitution）にとって強烈な効き目のある薬剤を日々の糧とすることは好きではない。それは社会の習慣を危険なまでに虚弱にする。それは自由への愛を育むために昇華水銀を定期的に服用し、カンタリスからつくった興奮剤をくり返し飲み込むことに等しい。（R 154）

どちらの例においても、国家と身体を類比する鍵となるのは、国家構造と身体構造の両方を意味する“constitution”という言葉である。この言葉を軸にして個人の身体と国家の類比が強められてゆく。こうした一連の隠喩をとおして、国家と身体はしっかりと結びつけられ、イギリスの国家や社会制度が国民の自然な感情を引き受ける想像的な身体として類比的に描かれる。その結果として、国民が共通にもつ感情、あるいは共通感覚を引き受ける身体としての国家が浮かび上がってくる。抽象的な理念とちがい、感情は身体的な感受性の存在を前提としなければ考えられない。バークのテクストにおいては、公共的な感情を抱く公共的な身体とでも言うべきものが“constitution”という言葉を軸にした隠喩の体系によってつくり出されるのだ。上で見たように、『崇高と美の起源』において身体はあらゆる美学的認識の乗り越え不可能な地平として提示されていた。だが、『フランス革命の省察』にいたってバークは「時効」によって社会に確立される慣習を、彼の美学的な政治学に明確に組み入れる。そこにバークの美学のパラダイムの変化を見ることができる。だが、そのことが可能であるのは、すでに『崇高と美の起源』の段階でバークの理論が機械的決定論に基づく身体のシステムと慣習に基づく言語のシステムの両方を、感情のエコノミーの決定要因として内在させていたからにほかならない。『崇高と美の起源』においては陰に隠れていた言語と慣習は、『フランス革命の省察』においては前面に現れる。だが、この二つは最初からバークの美学イデオロギーの両輪であったのだ。

政治の美学化

ここまで、伝統的な社会制度を擁護する『フランス革命の省察』のテクストにおいては、理性に基づく合理的判断ではなく感受性に基づく趣味判断をより妥当で有効なものとして政治の領域に導入するという意味での政治の美学化がおこなわれていることを見てきた。政治の美学化は、厳格な法の運用よりもむしろ、伝統的な慣習による柔和な社会統治を重視する立場とつながっており、そこにバークが考える自由な社会の理念を見ることができる。そして、こうした国家の美学化の核心には、人々の共通な感情のよりどころとして、国家や共同体を公共的な身体として想像するこころみがあることを確認した。フランス革命をめぐるバークの議論においては、感情のいわば容器としての身体が導入されているが、それは個人の生理学的な身体ではなく、国家や共同体といった想像的な身体である。だが、問題は国家という身体は想像力によってつくり出されねばならないということである。そこに政治の美学化の問題を解明する鍵がある。これまでの章においてわれわれは、理性ではなく洗練された感受性や趣味に市民社会の基盤を置く理論を構築しようとするヒューム、スミス、バークらの理論的こころみを跡づけてきた。彼らの社会理論には美学的なものが大きな役割を果たしているが、それは全体的調和の構築を志向する美学的なヴィジョンが、彼らの理論が内包する認識論的な不安定性を解決してくれるように見えるからなのだ。こうした社会理論の美学化という十八世紀イギリスを特徴づける現象の中で、バークの崇高美学における身体の前景化は大きな意味をもっている。バークの『崇高と美の起源』の大きな特徴は、趣味判断の普遍性の基盤を、人間の身体構造の均一性の中に求めようとする姿勢である。バークの美学は、この時代の理論的言説において身体が中心的位置を占め始めるその分岐点を画するテクストなのである。『崇高と美の起源』においてバークが美学理論を生理学的な用語で基礎づけようとしたのは、ヒュームやスミスを悩ませた想像力の認識論的な不安定性を、人間の身体構造の共通性によって解消できると考えたからだった。だが、バークはそのために高い代償を払うことになった。というのは、もし趣味の微妙な差異が人間の身体構造の共通性によって塗り込められてしまうなら、洗練された趣味や鋭敏な感受性とは何かというそもそも美学的言説の出現を要請した問題が、ほとんど無意味なものに見えてしまうからである。十八世紀の崇高美学はバークにかぎらず、美の過剰がもたらす奢侈と怠惰への批判と、崇高と結びついた労働倫理の賞賛といったイデオロギー的含意をもっていた。そうした美学のイデオロギーが大土地所有に基づいた貴族階級のヘゲモニーに対抗する中産階級の言説的戦略として有効性をもったことは明白である。だが、バークのように趣味を身体構造という人間に普遍的に共通な属性の上に基礎づけるなら、市民社会の市民権の条件となる趣味や感受性に、労働者階級や下層階級が参画する可能性に道を開くことにつながってゆく。上で確認したように、『崇高と美の起源』には、美学的情緒の普遍性の原因として人間の身体構造の共通性を強調する生理学的な議論から、趣味の基盤として言語、慣習、教育といった後天的な要因を強調する議論へと逸れてゆくような矛盾した論理の錯綜が見られるが、それはバークがそうした危険に気づいていたからにほかならない。じっさい、十八世紀の末にフランス革命と連動したかたちで、イギリスでも急進的な政治運動が起こってくると、そうした問題が切迫したものになってくる。そして、それが崇高と美の関係に対するバークの態度を微妙に変化させることになったのである。

『フランス革命の省察』でバークが見せた立場の転回――中産階級的倫理と結びついた崇高よりもむしろ貴族的洗練と結びついた美を高く評価する立場への転回――は、そうした歴史的な文脈で考えられるべきであろう。次章で検討するトマス・ロバート・マルサスのテクストが示すように、十八世紀から十九世紀への変わり目の時期において、身体は社会理論における中心的パラダイムとして姿を現す。だが、マルサスの『人口論』に見られる身体はもはや個人の身体ではなく、国家の運営という問題機制の中で考察されるデータとしての身体なのである。

第7章　身体の「崇高な理論」

――マルサスの『人口論』における反美学主義

身体の登場

理論的な思想史研究は、これまでも十八世紀後半から十九世紀前半のイギリスの理論的言説において、人間の身体が中心的なパラダイムのひとつとして登場したことに注目してきた。たとえば、ミシェル・フーコーは『言葉と物』において、この時期の政治経済学の言説の内部で起こった「価値」の概念の大きな変動について記述している。そうした変動のひとつの端緒はアダム・スミスによる富の基盤としての「労働」の概念の導入に見られる。スミスによれば、富はその生産に費やされた労働の単位によって分解される。彼は、商品の価値は市場において交換される商品の量ではなく、それを生産するために必要な労働の量によって決定されると主張したのである(1)。フーコーによれば、スミスが労働を富の「還元不可能な、絶対的な尺度」として規定したことによって、富の分析は市場における交換のシステムの内部に留まることはできなくなり、市場の外部にある労働というものを考慮に入れざるをえなくなった。スミスの分析が発見したものとは、「交換されるものの性質と、それが分解される単位との間にある乖離(2)」なのだと、フーコーは言う。

しかし、この二重化の内部で、またその二重化の規則――単位と交換の尺度――を規制するために、スミスは表象の分析に還元できない秩序の原理を定式化することになった。つまり、彼は労働すなわち労苦と、時間と人間生活をパターン化すると同時に消費しつくす労働日というものを掘り出したのである。……人間が交換するのは彼らの身体がおなじ欠乏と欲望を経験するからである。……彼らが交換することができ、またそうした交換を命じることができるのは、彼らが時間と大きな外的必要性に従属しているからなのだ。[3]

スミスが発見したものとは「時間と大きな外的必要性に従属している」人間[4]、すなわち増大する人口の圧力のもとで、労働によって生命を維持している有限な物質的存在としての人間である。スミスは商品の価値の分析をとおして、市場という表象空間の外部にありながらも、その表象空間を支える有限な物質的存在としての人間の身体を発見したのだ。

だが、この時期に身体を発見したのは政治経済学だけではない。普遍的な原理を感覚的に経験する可能性に取り組んでいた美学の言説もまた、身体と知覚の問題に遭遇していた。最近の批評的な研究は、美学が人間の身体的経験を政治的・イデオロギー的な力学に組み込んでいった過程に関心を向けている。[5] マルクス主義的な観点から美学のイデオロギー的機能を歴史的に跡づけたテリー・イーグルトンは、美学はそもそも「理論的なものの専制に対する肉体の長きにわたる暗黙の反乱」として勃興したものだと言う。[6] イーグルトンによれば、美学は人間の感覚的な経験の中に普遍的な論理性が書き込まれる可能性を示唆することによって、「啓蒙主義的な超-合理主義」の言説が見落とし排除してきた人間の感覚的経験を理論化する語彙をもたらした。[7] 美学の語彙は普遍的な法の要素と日常生活の個別性の両方に参与することによって、社会秩序の基盤を法権力による強制から日常的な経験に基づく慣習や礼儀作法に移しかえるという、中産階級のイデオロギー的な企てを推進する効果をもったのである。

本章の目的は、トマス・ロバート・マルサスの『人口論』に焦点を当てることで、政治的な言説においていかに美学的なものが、抽象的原理と物質的身体を結びつける結節点として作用しているかを検討することである。[8] 人間の身体がもつ根源的な欲望や身体の物質的な限界性を最大限に強調するマルサスの『人口論』における身体の重要性を否定する者はいないだろう。キャサリン・ギャラガーはマルサスを「身体の権利の擁護者」[9] と呼んでいる。美学の歴史という観点から見た場合、マルサスの『人口論』は興味ぶかい研究対象には見えないかもしれない。たしかに、このテクストほど美学的な神秘化に反対する立場から、功利主義的な前提に基づいて社会問題を探究したものはないように思われる。しかも、マルサスの合理主義は、表面上はあきらかに反美学主義的な傾向と結びついている。しかし、以下の議論で示すように、マルサスの『人口論』において美学的なものは、抽象的論理とその経験的現実への適用可能性を媒介するカテゴリーとして、決定的に重要な役割を果たしているのである。

政治論争の中の『人口論』

マルサス自身が『人口論』の冒頭で明言しているように、このテクストはフランス革命をきっかけに起こったイギリスにおける一連の政治的な論争への介入として書かれている。マルサスが『人口論』を執筆する直接のきっかけとなったのは、ニコラ・ド・コンドルセやウィリアム・ゴドウィンの政治的急進主義に反論する必要を感じたことである。これらの政治的な論争の根底にあるもっとも重要な問題は、人間と社会は無限に進歩してゆくと考えるゴドウィンらの「完全可能性」の概念が妥当なものかどうかということであった（EP 16）。[10] マルサスによれば、この論争において「人間と社会の完成可能性の擁護者」である急進的改革論者たちは、歴史をユートピア的平等社会に向かう過程として考えるが、他方、「現在の秩序の擁護者」である保守主義者たちは、社会的進歩の物語を「馬鹿げた空論」として退ける（EP 17）。注目すべきことは、人間の進歩の可能性をめぐるこの政治論争が美学の問題と結びついていることである。たとえば、ロナルド・ポールソンはフランス革命をめぐるこの政治的論争の中心にあるのは、じつは美学的な表象の問題であると指摘している。ポールソンによれば、この論争で賭けられているのは、フランス革命という前代未聞の出来事を、いかに理解可能なかたちで表象するかということなのである。この論争においてはフランス革命とそれがもたらした出来事を描くのに、美、崇高、グロテスクといった既存の美学的表象の枠組みが用いられた[11]。だが、興味深いのは、このフランス革命後の政治論争においては、美学的な要素はとくに保守思想の特徴として理解されることが多かったことである。じっさい、トマス・ペインやメアリー・ウルストンクラフトといった急進主義の論客たちは、抑圧的な旧体制のもつ矛盾を隠蔽するために修辞的で美学的な言語を操っているという批判を、エドマンド・バークに向けている。デイヴィッド・シンプソンが言うように、伝統的な体制の神秘化に反対する反美学的な「理論的語彙」こそ、急進主義の特徴と見なされていたのである[12]。マルサスの論敵であるゴドウィンの議論も、「明晰さ」と「論理」を特徴とする合理主義の一形態と見なされていた[13]。しかし、驚くべきことに、マルサスがゴドウィンの急進主義的政治思想の言説に見出すものは、救いがたいまでに現実と遊離した美学的な想像力の働きなのである。逆に、マルサスの基本的な態度は、社会理論の分野から想像力の産物である幻想を退け、原因と結果の連鎖の上に理論を構築しようとする反美学主義を特徴としている。それゆえ、政治的に保守的なマルサスが合理主義を標榜するゴドウィンの過剰な美学性を批判するということは、注目に値する事実なのである。

ゴドウィンの完成可能性

マルサス-ゴドウィン論争の検討に先立って注意しておくべきことは、マルサスとゴドウィンの方法論的な前提には、多くの共通点があるということである。彼らはともにアイザック・ニュートンの実験的な自然哲学を模範としている。彼らが発見しようとするのは、道徳と政治を支配する普遍的法則なのだ。彼らは、物質的世界が自然法則に支配されているように、道徳的・政治的世界を支配する普遍的な法則が存在するはずだと考える。彼らは、人間精神は生得観念をもたないがゆえに、人間の道徳的な性格は外界からの印象の連鎖によって決定されるという経験論的な前提から出発する。そして、彼らは経験論に基づく観念連合の法則によって、人間の精神と行動を自然科学的な必然論の語彙で記述することが可能になると信じる。だが、彼らはそうした共通する前提から、相対立する歴史のモデルを導き出す。以下で見るように、マルサスとゴドウィンの対立の根底には、精神と物質のどちらに優位性を与えるべきかという問題が存在している。つまり、ゴドウィンは精神の物質に対する最終的な勝利を信じるが、マルサスが主張するのは物質の克服不可能性なのである。『人口論』におけるマルサスの議論の多くの部分はゴドウィンに対する反駁に割かれているので、ここでゴドウィンの政治・道徳思想の中心に位置する「完成可能性」の観念を概観する必要があるだろう。

ゴドウィンによれば、精神と物質は対照的な性質をもっている。精神はかぎりなく進歩しつづけるという属性をもつが、物質はおなじ状態にとどまろうとする性質をもっている。人間の精神は「蓄積する観察と経験の印象をすばやく受け入れる」(PJ 604)[14]能力によってかぎりなく向上してゆくが、物質的な制度はそれを押しとどめてしまう傾向をもっているのである。

人間精神のもっともたしかな特徴のひとつは、その前進的な性質であるように思われる。さて、他方、実体的な制度のもつ明白な傾向は、それがなじんだものを、いつまでもおなじ状態に保持しようとすることである。(PJ 567)

ここから進歩を阻害する原因をすべて社会的制度へと帰するゴドウィンの思想が生まれる。ゴドウィンのテクストの価値設定においては、精神的なものが進歩をうながす力としてつねに優位に置かれ、物質的なものは進歩を押しとどめる障害としてたえず貶められることになる。だが、同時にゴドウィンは、真理は全能であり「十分に伝達された真理に対して抵抗することは不可能」（PJ 143）であるがゆえに、精神は必然的に物質を克服するという信念をもっている。そうした物質に対する精神の優位性という前提から出発するゴドウィンは、テクノロジーの進歩と教育による知識の普及が、いつの日にか完全に幸福で平等な理想社会を可能にすると主張する。つまり、精神が物質を支配すればそれだけ人間は進歩するのである。こうした精神による物質の支配への願望は、ゴドウィンにおいては、最終的には人間の身体的な制限の克服への期待にまで高まる。

ここでわれわれは、外的な宇宙に精通し、けっして法外な瞑想に陥る傾向をもたなかった人物であるフランクリンの、「精神はいつの日にか物質に対して全能になるだろう」という崇高な推測に立ち返ろうではないか。……だが、もし知的な力が他のすべての物質に対して優位に立つのであれば、われわれの肉体という物質に対してもそうでないことがあるだろうかと、かならずや問うてみたくなるのではないだろうか。もし遠く離れた物質に対して優位性が確立されるなら、たとえ肉体と思考原理のつながりについてわれわれが無知であるにしても、われわれがつねにもち歩いており、われわれと外界との交流の媒体になっているこの肉体に対して、そうでないことがあるだろうかと。（PJ 771）

ゴドウィンのユートピアは、精神が肉体を完全に支配することによって実現する。もし人間がそうした究極的な完成の域に達すれば、理性と科学によって人間は不死を獲得することすらできるだろう。また、精神的な快楽を身体的な快楽よりも優先する段階に到達した人間は、「感覚的な満足を軽蔑する」ようになり「おそらく増殖することを止めてしまうだろう」（PJ 776–777）。ゴドウィンは、完成の域に達した人間は性的な欲望をコントロールして、人口を自由に調整するようになるだろうと言う。啓蒙的合理主義者の末裔としてのゴドウィンの言説において浮かび上がってくる願望とは、人間における肉体の物質的な制限を取り除こうという願望にほかならない。

限界としての身体

マルサスがゴドウィンの合理主義の批判から自分の社会理論の構築を始めるのは、身体の生物学的制限こそ人間の歴史的な変化を説明する最終的な地平だと彼が考えているからにほかならない。マルサスによれば、人間の身体的な制限から目をそむけようとしたことにこそ、ゴドウィンの社会理論の最大の死角がある。そのためにゴドウィンの社会理論は、たんなる空論になってしまったのである。ゴドウィンの社会理論は、人間の身体の性質という現実の法に触れるならもろくも崩れてしまうだろう。ここで重要なことは、精神と物質のどちらに優越性をもたせるべきなのかという問題が、美学的な表象の問題と結びつけられていることである。マルサスのゴドウィン批判の核心は、ゴドウィンの議論は、その科学的な見せかけにもかかわらず、じつは科学がもつべき合理性を欠いているということにある。ジェイムズ・ボールトンは、ゴドウィンは言語の想像的な使用と「修辞的技法に対して強い猜疑心をもっていた[15]」と言う。しかし、注目すべきことに、マルサスはゴドウィンの議論の説得力が美学的な想像力に依存していることを指摘することによって、ゴドウィンのユートピア的な急進思想に反駁を加えるのである。マルサスによれば、ゴドウィンが描く理想的な社会は「考えうるかぎりもっとも美しいもの」（EP 75）だが、それは身体の生物学的な制限という「人間本性に内在する法」（EP 70）を無視することによってのみ可能となる「想像的な絵画」（EP 67）でしかない。想像力の産物であるゴドウィンのユートピア論は、美学的な美しさは備えていても社会理論としての妥当性はもたないのだ。

ゴドウィン氏が提案する平等のシステムは、これまで現れたものの中でもっとも美しく魅力あるものであることに疑問の余地はない。……しかし、ああ、その瞬間はけっして訪れないのである。その全体はひとつの夢、想像力の幻影でしかない。（EP 65-66）

美学的な想像力によって描かれたゴドウィンのユートピア的「絵画」が危険であるのは、それが魅惑的に感覚に訴えかけることによって、合理的科学が占めるべき地位を簒奪してしまうからである。そういう意味において、マルサスはゴドウィンの思想の中に見られる美学的なものを、厳密な科学によって発見されるべき真実を覆い隠してしまうもの、すなわちイデオロギーと見なしていると言ってもよいだろう。ゴドウィンの美学的な表象は現実から遊離してしまっているのだ。マルサスは社会と歴史に関する言説を、想像的な幻想ではなく「人間科学」にしようとする。そうするためには、その言説は「原因から結果へとつながる鎖の全体」（EP 61）をたどってゆく合理的なものでなければならないし、また、その合理性は身体に内在する自然法則の普遍性を正しく認識することによってのみ達成される。ゴドウィンの「美しい想像力の織物は厳しい真理に触れることで」（EP 70）消滅してしまうであろう。政治経済学を科学の地位に押し上げようとするマルサスの企ての中心にあるものこそ、ゴドウィンが最小化しようとした人間の身体の物質性の復権であると言ってよいだろう。

人口に関する議論を開始するにあたって、マルサスは食欲と性欲という人間の身体がもつ二つの生物学的欲望の優越性を、自分の理論がよって立つ「公準」として設定する。


私は正当なかたちで、二つの公準を立てることができるだろう。

ひとつは、人間の生存のためには、食糧が必要であるということ。

二つめは、両性間の情念は必然であり、また現在とほとんどおなじ状態でとどまるだろうということである。

（EP 19）

マルサスによれば、人口が増えようとする力が地球のもつ食糧生産力よりはるかに大きいことと、食糧が養える範囲内に人口が抑制されることは必然であり、これらの必然性が歴史の方向性を決定する。そこから引き出される「不変の法則」とは、周知のように「人口は制限されなければ等比数列的に増大するが、食糧は等差数列的にしか増大しない」(EP 20) という命題である。この人口の原理によれば、人口は生産しえる食糧の総量によって不可避的に制限されるのであり、その制限から社会における「悲惨と悪」と呼ばれるものが必然的な結果として生じる。ゴドウィンは人間の身体的欲望を極小化することで理想社会を実現するというヴィジョンを提示するが、人間の身体構造が変化することはマルサスにとってはありえないことなのだ。

人間生活には、さまざまな原因による大きな変化があるけれども、この世界が始まって以来、人間の身体構造に何らかの改善があきらかにあったことを確認できるかどうかは疑わしい。(EP 64)

人間の身体に内在する不変の欲望が歴史の方向性を決定するということは、身体こそが歴史的な変化をもたらす諸力の乗り越え不可能な地平であることを意味する。マルサスにとっては、身体こそがすべての社会的な分析の究極の規準である。それゆえ、マルサスの政治経済学において国家の富が人間の身体という尺度から測られるのは自然なことである。

『人口論』でマルサスはイングランドの救貧法を批判するが、それは身体を養う食糧の実質的な増産をともなわない貨幣のたんなる再配分は食糧価格の高騰を招くだけであり、国民の富を増やすこともないし国民の生活を改善することもないという彼の考えに基づいている。「イングランドの教区法は食糧の価格を引き上げ、労働の実質賃金を引き下げることに貢献してきた」(EP 40) とマルサスは言う。国家の大部分を占める貧しい労働者の安楽は、食糧の貯蔵の総量という「共通の資材」(EP 38) にかかっている。身体を養う食糧の総量が変わらなければ、救貧法による貧民層への貨幣の配分の増大がもたらすものは、食糧の名目価格の高騰でしかない。彼によれば、国民の真の富と貧民の安楽の唯一の規準は、人口と食糧の比率である。したがって、なによりも「農業とくに牧畜以上に農耕にたいして、あらゆる奨励が提供されるべき」(EP 43) なのである。マルサスの政治経済学における重農主義的な主張は、彼の人口の理論という基盤の上に立っている。[16] マルサスによれば、絹、綿、レースのような工業製品の生産は、国家の富の本質的な部分を増大させることはない。レースの生産に投入された労働が「非生産的」であるのは、そうした工業労働は、労働人口を養う食糧を生産しないからである。

〔レースの生産者は〕国土の総生産に何ものをもつけ加えないだろう。彼は総生産の一部を消費し、その代わりに一片のレースを残したのである……。(EP 111)

人間の身体を価値の究極的な地平と考えるマルサスの政治経済学のシステムにおいては、貨幣や工業産品の供給は、食糧の増加を伴わないがゆえに、国民の富の増加をもたらすことはないし、貧民の生活を向上させることもない。工業製品も貨幣も、その価値を根源で支えているものは人間の物理的な身体であり、しかもその身体は欲望によってたえず増えつづけるのである。

マルサスは、人間は精神的な側面と肉体的な側面を併せもつ「複合的存在」であるがゆえに、精神と肉体が相矛盾する命令を自己に与える場合があることを認める。だが彼の一貫した主張は、「身体が精神におよぼす力は、精神が身体におよぼす力よりも大きい」(EP 81) ということである。身体的な欲望を精神が最終的にコントロールすることはできないという彼の立場が揺らぐことはない。

飢えから来る渇望、酒への愛、美しい女性を所有したいという欲望は、たとえ彼がその行動が社会全体の利害へ与える致命的な結果を、その行動の瞬間に意識しているときでさえ、人をその行動へと駆り立てる。肉体的渇望がなければ、彼は躊躇なくその行動に反対する決定をするだろう。べつな人間がその行動をすることについて彼に意見を聞くなら、彼は即座にその行動を批判するだろう。しかし、自分のこととなると、どんな状況下でもその肉体的渇望があるかぎり、複合的存在である人間の決定は理性的存在がもつ確信とはちがったものとなるのだ。(EP 88-89)

ゴドウィンが誤謬に陥ったのは、抽象のまやかしによって人間の行動を決定する感覚的欲求の力を過小評価してしまったからにほかならない。すべての価値の根源が身体である以上、身体の制限を最小化しようとするゴドウィンの理論が誤るのは当然なのである。

統計学という修辞法

マルサスとゴドウィンは、社会的変化の力学をニュートン的な必然論の語彙で説明するというおなじモデルから出発して、正反対の結論に到達する。ゴドウィンは精神が身体を支配することによってユートピア的社会が実現すると論じたが、マルサスによれば、理性によって身体的欲望を抑制することは不可能であるがゆえに人間が無限に進歩することなどはありえない。だが、興味深いことに、身体に対する理性の無力を主張するマルサスが『人口論』で企てることは、非合理的な身体的欲望を「原因と結果をたどる」(EP 61) 理性的な言語で説明するということなのだ。逆説的なことだが、非合理的な身体がもたらす歴史的な結果をもっともよく記述するための手段は、合理的な数字と統計資料なのである。マルサスは人口の原理を形式的な数列に翻訳するが、それが可能となるのは、彼が「両性間の情熱」は不変であり、それは代数学で言うところの「所与の量」(EP 52) であるという前提を立てるからである。彼は、人口の原理の根底にある出生率と食糧増産率の齟齬を二つの数列で表現する。

世界の人口を、どんな数でもいいが、たとえば一〇億人としよう。人間は一、二、四、八、一六、三二、六四、一二八、二五六、五一二という割合で増加し、食糧は一、二、三、四、五、六、七、八、九、一〇という割合で増加するだろう。二世紀と四分の一が経過したなら、人口と食糧の割合は五一二対一〇となり、三世紀後には四〇九六対一三、そして二千年後にはその差はほとんど計算不可能となるだろう……。(EP 23)

マルサスの数字の重視は『人口論』のいたるところに見られる。たとえば、『人口論』の第七章でマルサスは、ドイツの牧師で統計学の祖と呼ばれるペーター・ズースミルヒが作成した出生と埋葬の数を比較した統計表から、くり返される同一の歴史的パターンを読みとっている。彼によれば「出生」、「埋葬」、「結婚」の数を並べたズースミルヒの統計表が示すものは、住民の数が食糧や住居よりもはやく増えることは住居の過密性と食糧の欠乏をもたらすということ、そしてそうした生活の困難は「周期的な疫病の流行」(EP 50)をもたらすということである。こうした社会的な不幸の原因は「深淵、隠微、神妙なものではなく」(EP 52)、たんに二つの種類の数列の増加率のちがいに起因するものでしかない。こうして、肉体がもつ欲望を数字という純粋形式に翻訳することによって、歴史の力学をニュートン的な合理主義的の言語で語るというマルサスの目論見が達成される。それはゴドウィンの理論を損なったような美学的言語の汚染をのがれた合理主義的な社会理論の構築を意味する。マルサスの理論は、身体の非合理的な欲望を形式的な厳密さによって分析する。身体のもつ非理性的な欲望を強調する彼の言説を特徴づけるものが、数式のもつ明晰性と形式性であるということは興味深い。マルサスによれば、物質的な身体こそが歴史理解の最終的な地平であるわけだから、彼の言説の信憑性は、数式の形式性に頼った彼の理論がじっさいに人間の身体を基盤としたものであるかどうかにかかってくる。だが、マルサスの言説における形式化への執着と身体への執着という二つの傾向のあいだには、じつは微妙な齟齬が存在している。

『人口論』で提示されたマルサスの人口理論が真に普遍的な社会理論であることが証明されるためには、形式的な人口原理が物質的な次元における個別的な社会的変化を包括的に説明できなければならない。だが、形式的な数式としての人口の原理と、物質的な社会変化の事実がかならずしも完全に重なるわけではないことは、マルサスも認めている。マルサスは、等比数列的な人口の増加がゴドウィンのユートピアを崩壊させる過程をシミュレーションしながら、つぎのように言う。

もしわれわれがこの憂鬱な絵画の真実性を信じることができないなら、しばしつぎの二五年間だけを見てみよう。そうするなら、われわれはそれを支える食糧をもたない二八〇〇万人を見ることになる。そして、最初の世紀の終わり前には人口は一億二千万人となるが、食糧は三五〇〇万人分しかなく、残りの七七〇〇万人は食糧なしで放置されることになる。……

私は、上で言及した残りの二八〇〇万人や七七〇〇万人は、存在できなかったはずだということに十分気づいている。「人間社会には、人口は生存手段の水準以下にとどめられるという原理がある」というゴドウィン氏の発言は完全に正しいのである。(EP 70–71)

人口の原理を表す数列は無制限に増えつづけるが、じっさいの人口は身体的な制限ゆえに無限に増えつづけることはけっしてない。数学的形式としての人口原理は、物質的な身体から構成される社会の現実を直接的に反映するわけではない。人口の原理は、その形式性ゆえに、すべての時代すべての地域における疫病、飢饉といった不幸や社会的階級の発生を説明できる普遍的な原理となる。しかし、彼の理論の抽象性は、個別的な事実と乖離する危険性をつねにはらんでいる。たとえば、マルサスによれば、ひとりの男性がひとりの女性に向ける愛着は徳にかなうものである。そうした愛情こそ健全で幸福な家庭の礎となる。だがその徳にかなう愛情という情念こそが、社会における悪や悲惨を生み出す究極的な原因なのである。個人の徳が必然的に人類の破局につながるメカニズムは、人口という抽象的な原理を経由しなければ理解できない。マルサスのテクストを読むということは、この個別と普遍、具体と形式の間を絶え間なく往復することなのである。だが、この普遍的な法則とその物質的な次元における具現化との関係を理解するさいに要請されるものは、ある種の美学的な想像力なのである。たとえば、イギリスにあるような階級社会が人口の原理によって必然的に生み出されたものであることを主張するとき、マルサスは論理的な推論ではなく、あからさまに美学的な隠喩に頼らざるをえなくなる。

たったひとつの太陽によって暖められ、照らされた世界には、物事の法則によって、永遠の霜によって凍てついた部分と、永遠の熱で焦げついた部分が存在するのはやむをえない。表面に横たわったどんな物体にも上下があり、すべての部分が中間に位置することはできない。材木商にとってもっとも貴重な樫の木の部分は根でも枝でもないが、それらは求められる部分である中間部つまり幹が存在するためには、不可欠な部分なのである。(EP 122)

下層階級が不幸を背負わなければならない伝統的な階級社会を正当化するためにマルサスが導入するのは、ロマン主義的な有機体の隠喩なのである。『人口論』においては、抽象的論理と物質的現実を合致させるために、厳密な論理というよりも巧みな修辞的比喩が用いられる場面は少なくない。

マルサスの美学的戦略という点でさらにわれわれの注意を引くのは、『人口論』のテクストの中をうろつくグロテスクな怪物たちの姿である。マルサスは肉体の変化の可能性を示唆するゴドウィンやコンドルセに反論するために、ダチョウに変身する人間(EP 19)、頭と脚がねずみほど小さい羊(EP 62–63)、四つの目と四本の手をもつ人間

（EP 82）といった不気味なイメージを導入する。ゴドウィンのユートピアは、こうした隠喩によって悪夢に転化する。精神の優越によって肉体を変化させるというゴドウィンの思想に対する嫌悪感をかき立てるために用いられた修辞的な戦略であるこうしたイメージのもつグロテスクさは、数式のもつ明晰さとは異なり、読者の感覚に直接的に訴えかける。(17) こうした修辞的な言語の導入は、マルサスの議論がある種の美学的な表象戦略によって構成されているのではないかという疑いを呼び起こすが、その疑いは、マルサス自身が自分の議論を「絵画」と呼ぶことからも裏づけられる。抽象的な人口原理と社会的な現実との関係は知覚可能な「絵画」として描かれているのである。マルサスは、自分の絵画とゴドウィンの絵画のちがいはその色合いにあると言う。ゴドウィンのそれは美しいが自分のそれは「憂鬱な絵画」（EP 70）である。マルサスは、自分の憂鬱な絵画はより正確に現実を映していると主張するが、それが絵画であることにかわりはない。

人口という崇高な対象

十八世紀の人口論争において注目すべきことは、人口という抽象的な概念は、それがマルサスにおいて無限性の概念と結びついたときに初めて、破局のイメージに転化したということである。キャサリン・ギャラガーやフランシス・ファーガソンが指摘しているように、十八世紀の社会理論の文脈においては、巨大な人口は国家の繁栄や軍事的強大さという肯定的イメージと結びつけられていた。(18) 人口が否定的で陰鬱なイメージをもち始めるきっかけとなったものこそマルサスのテクストなのである。マルサスの議論は、人口の潜在的な無限性が恐怖や不安を呼び起こすような表象のパターンに基づいて構築されている。マルサスが描く人間は二重の特徴をもっている。人間は一方で身体の有限性によって縛られている。物理的な身体のもつ限界が、人間の歴史の基盤である。だが他方、その有限な肉体は人口を増大させつづけるという無限性を潜在的に内包している。この対照的な、しかしともに身体にその起源をもつ人間の二つの特徴の相互作用が、人間の歴史の決定要因となる。マルサスのテクストが内包する憂鬱は、人口の原理が内包する無限の概念にその起源をもっている。ファーガソンはつぎのように言う。

つまりマルサスは、ひとりの人間は（肉体としてさえ）ひとりの人間ではないという知覚に基づいて、人間の指数的な増加を投影したのである。ひとりの人間はときには単数であるが、ときには一組の男女の一部であり、ときには家族の一部であり家族の生産者である（マルサスの数列にとりついている論理は、バートランド・ラッセルの数学論理の中においても、一国の人口はいかなる所与の時点においてさえ無限定であると主張する例示のかたちでくり返し現れる）。(19)

マルサスが描く世界においては、増加する人口の圧力は飢饉、疫病、戦争といったものをとおして、個人の身体の苦痛として感じられる。人口と個人、形式的論理と身体的経験というこの二つの次元は、どちらも人間の身体の生物学的性質にその起源をもつがゆえに、分かちがたく結びついている。マルサスのシステムにおいては、身体は人口という抽象的形式と具体的経験の結節点として特権的な意味をもっている。そして、上で示唆したように、マルサスのテクストにおいて、この二つの次元を結合する役割を果たしているのが美学的なカテゴリーなのである。知の歴史におけるマルサスの人口理論の社会的・政治的含意を理解するためには、マルサス自身が自分の理論をゴドウィンの美しく魅惑的な完成可能性の理論と区別して、「注意深く、反復された実験に基づくもっとも正当で崇高な理論」（EP 61）と呼んでいることを想起するべきだろう。恐怖と不安の感情と結びついた無限の観念の表象を、十八世紀の理論家たちは「崇高」と呼んだ。マルサスが描く人口増加の力はあまりに巨大であるので、「戦争」、「恐ろしい疫病」、「火山の噴火」、「地震」といった災禍も「どんな国家の平均的な人口に対しても些細な影響しかもたない」（EP 47）。バークの『崇高と美の起源』によれば、「力」、「欠乏」、「巨大さ」、「無限」といったカテゴリ

——マルサスのテクストで大きな役割を果たしているカテゴリー——はすべて崇高なものの起源である。マルサスの『人口論』をバークの崇高美学と関連づけて読解することは、悲惨と不幸が「おもに社会の下層階級に限定されている」(EP 36) 既存の社会体制を擁護するマルサスのイデオロギーの構造を理解するのに役立つだろう。

神義論的な議論を展開する『人口論』の最後の二章でマルサスは、人口の圧力がもたらす身体的な欠乏は、じっさいは人間の文明と文化を維持し増進する役割を果たしていると主張する。もし、『人口論』がバークの崇高美学とおなじ修辞的構造をもっているなら、マルサスが描く巨大で恐ろしい人口の社会的な機能が、バークが描く崇高の社会的機能と似かよっているとしても、驚くにはあたらないだろう。マルサスとバークを併置して読解することであきらかになるのは、美学理論と政治経済学のある種の共犯関係である。バークによれば、崇高は安楽と怠惰に耽溺しがちになる人間を労働に仕向ける機能をもっている。バークの生理学的な美学理論によれば、美が与える快は身体機構の弛緩と結びついており、「愛」、「甘さ」、「小ささ」といった身体を弛緩させる特徴をもつ対象が美という情緒の原因となる。[20] 身体的弛緩としての美がもたらす感覚的な快楽が過剰になった場合、それは人間の活力と行動力を損なう。なぜなら美しいものの麻酔的な力は、人間に活力を忘却させ「休息と不活発な状態」[21]をもたらすからである。他方、崇高はそれ自体、死や恐怖を呼び起こす破壊的な力と結びついている。だが、恐怖と結びついた崇高は、美の過剰がもたらす不健康な怠惰と自己満足から健全な精神を呼び覚ますという、積極的な社会的機能をもっているのだ。バークはつぎのように言う。

〔美がもたらす〕こうしたすべての弊害に対する最良の治療薬は運動もしくは労働である。労働とは困難を克服することであり、筋肉の収縮力を行使することである。そして、そういうものとして労働は、程度がちがうだけで、緊張と収縮からなる苦痛にあらゆる点で似かよっている。[22]

苦痛と破壊という概念と結びついているにもかかわらず、崇高は市民の身体と精神に刺激を与えることによって、社会的秩序を強化する機能を果たす。テリー・イーグルトンは「崇高はすべての社会性の反社会的条件[23]」であると言うが、それはマルサスが論じる人口原理の社会的な機能についても言える。というのは、マルサスの『人口論』の最後の二章における神義論的な議論によれば、人口の圧力こそが人間の文明の前提条件だからである。マルサスは「もし人口と食糧がおなじ比率で増加するなら、おそらく人間は野蛮状態から脱却することはなかっただろう」と言う。「身体的欠乏」は、精神が働き始めるための必要条件なのだ。

人間の精神の構造について経験が教えてくれるすべてのことから、つぎのことが言える。もし、身体の欠乏から生じる活動への刺激が人間大衆から取り除かれるなら、彼らは余暇の所有によって哲学者の水準に向上するだろうと考えるよりもむしろ、刺激の欠乏によって動物の水準へと堕落するだろうと考えることの方に、より大きな理由があるのだ。(EP 119)

人口の圧力が生みだす不幸を人間の知恵によって制御することができないのは、人間の知的活動そのものが身体的欠乏によって生み出されるものだからである。身体の満足は、知的な活動を停止させてしまう。人間の精神活動が身体的欠乏によってもたらされるものであるかぎり、精神が身体をコントロールすることはできない。人間の知性と文明は身体の欠乏を母としている。もしそうだとするなら、人間を野蛮状態から脱出させるための「神の摂理」としての人口原理がつねに苦痛や恐怖と結びついているのも当然のことであろう。人間の進歩を保証する摂理としての人口原理は、飢饉、疫病、残酷な習慣という恐ろしく破壊的な現象としてのみ具現化する。それは、「力」、「無限性」、「欠如」といった破壊的な力の知覚をとおして人間を圧倒する崇高とおなじ社会的効果をもっている。もしそうであるなら、マルサスにおける人口の原理は、崇高美学のレジスターをとおしてのみ、構想可能なものとなると言えるのではないだろうか。

『人口論』と美学イデオロギー

十八世紀に美学によって言説空間に導入された身体は、マルサスによって、すべての歴史的変化を規定する乗り越え不可能な地平として導入されるにいたった。ヴィクトリア朝時代の統計学に見られるように、身体は十九世紀以降の社会科学における中心的パラダイムとして機能するようになる。身体は美学とともに言説空間に登場した。だが、知の歴史の観点から見て注目すべきことは、マルサスにおいては身体と数学的形式を結びつけることで、身体を形式的な論理の中に取り込もうとする傾向が見られることである。『人口論』は、身体の根源的に非合理的な力を強調しながらも、統計表と数値で埋め尽くされてゆく傾向をもっている。とくにそれは『人口論』の第二版以降に顕著であり、マイケル・メイソンは社会統計学の起源をそこに見ている。(24)だが、一七九八年の初版から、マルサスが数学的・形式的論理に頼る傾向性ははっきりと現れている。こうしたマルサスのテクストから浮かび上がる身体の地位はアンビヴァレントなものである。一方で、彼は身体の物質性を徹底して強調する。だが他方で、彼は具体的な経験がはらむ曖昧性と偶発性を排除する形式的な論理を構築しようとする。こうした一つの一見相容れない方向性を結びつけているのが、美学的な表象のメカニズムである。マルサスの合理主義的な社会理論の中に見出せる想像的で美学的な言語の使用法は、物質的な現実を形式的な論理に取り込もうとする社会理論が、美学と不即不離の関係にあることを示唆しているのだ。

第8章　市民社会と家庭

――メアリー・ウルストンクラフトの『女性の権利の擁護』

フェミニズム、急進主義、反美学主義

本章では、フェミニズムの先駆者のひとりとして有名なメアリー・ウルストンクラフトの『女性の権利の擁護』を考察する。これまで論じてきた作家たちの多くは、何らかのかたちで想像力を市民社会の統合原理として構想する可能性――社会や国家を美学化する可能性――を探究していた。だが、ウルストンクラフトを特徴づけるのは、その徹底した反美学的な態度である。『女性の権利の擁護』においてウルストンクラフトの反美学主義は、想像力批判というかたちをとる。想像力はとくに若い女性にとって危険なのだが、それは想像力が彼女たちに恋愛に関する妄想を植えつけ、結果的に女性を男性の快楽の具にしてしまうからである。

こうした活発なかたちの想像力は、実体のないものに存在感を与え、影のような夢想に実在感を与える。そして、現実が味気ないものに見えるときに、そうした夢想に陥りがちになる。人の心は愛を恍惚的な魅力をもって描き、この大いなる理想に耽溺してしまう……。(RW 74)[1]

ウルストンクラフトにとって想像力は、「ロマンチックでふわふわした感情」を育てることで若い女性たちを堕落させる危険な力にほかならない。注目すべきは、想像力の危険性から若い女性を守る手段として、女性たちに教育

を施して職業を与えることをウルストンクラフトが提案することである。「真面目な仕事」に取り組むことによってのみ、「彼女たちの感情を鎮める」ことが可能となる（RW 75）。労働による道徳心の強化というウルストンクラフトの発想が、中産階級的な労働倫理と結びついていることは明白である。『女性の権利の擁護』の中心的な論点は、女性が市民社会において市民権を剝奪され家庭という私的な空間に閉じ込められていることへの批判だが、ウルストンクラフトのフェミニズム的主張が、一方で反美学的な合理主義、他方で中産階級的な労働倫理と結びついていることは興味深い事実である[2]。

ウルストンクラフトの『女性の権利の擁護』は、十八世紀後半のイギリスにおける中産階級の政治的言説の一部として理解されねばならないということは、これまでも研究者たちによって指摘されてきた[3]。じっさい、普遍的な人間性に基づく「権利」の配分という観点から、市民社会における女性の自然権の剝奪を告発するこのテクストは、フランス革命後の政治論争におけるいわゆる急進主義の言説の一部として読まれてきた。イギリスの政治的急進主義は十七〜十八世紀をとおして、おもに非国教徒の政治理論家たち（そこにはウルストンクラフトの助言者だったリチャード・プライスも、もっとも重要なひとりとして含まれる）によって形成された。『女性の権利の擁護』で中心的な役割を果たす「理性」、「自然権」、「義務の履行」、「社会契約」といった語彙は、ウルストンクラフトの思想の中産階級的出自を物語っている。十八世紀後半から十九世紀前半における中産階級の政治的・経済的な力の拡大は、家庭的情愛、洗練された趣味、自由な意見交換といった概念に基礎を置く理想的市民像の確立とその社会への浸透という中産階級の文化的なヘゲモニーの確立と密接に関連している。そのことは、中産階級のイデオロギーにおける女性の地位の問題ともつながってゆく。たとえば、マイケル・マッケオンは『家庭生活の隠された歴史』において、近代的市民社会の形成における私的領域と公共的領域の区別の重要性を指摘している。女性が支配する家庭という空間について理解することなしには、近代的市民社会のあり方を理解することはできない[4]。家庭の理念と女性の役割は中産階級のイデオロギーにおけるもっとも重要な要素のひとつなのである。だが、『女性の権利の擁護』においてこころみられた中産階級的な政治的急進主義とフェミニズムの接合は、彼女の議論に説得力をもたらすと同時に、その自己矛盾と一貫性の欠如の原因となっているように思われる。以下で見るように、このテクストの内部においては、性に関わる問題と階級に関わる問題が不可分に絡みあい、相互に補完しあうと同時に、ウルストンクラフトの議論を錯綜したものにしてゆく。(5) このテクストが内包している性と階級の問題に関する重要な洞察を見きわめるためには、まずこのテクストで展開される議論の修辞的構造を分析しなければならない。なぜなら、フェミニズムの主張を政治的急進主義と結びつけるためには複雑な戦略が必要であり、その戦略のなかにウルストンクラフトの洞察と同時に死角も見出されるからである。

本質主義の批判

『女性の権利の擁護』でウルストンクラフトが問題としているのは、女性が市民社会における自然権を剥奪され、家庭という私的な領域に押し込められていることである。ウルストンクラフトは一貫してこの事態に異議を唱える。彼女はこのテクストの冒頭で、女性は十分に理性的ではないという誤った思い込みが流布しているために、女性が自然権を剥奪され、不自然に従属的な地位に追いやられていると訴える。「人間の半分をすべての参政権から除外することは、抽象的な原理に基づいて説明することのできない現象である」(RW 6)。それだけではない。強制によって女性を家庭的な関心に押し込める不自然な制度こそが、女性の堕落をもたらしているのだ。『女性の権利の擁護』をとおしてウルストンクラフトは、現在の女性たちの意識の低さを嘆き、道徳的堕落をむしろ女性的な徳として誇る女性たちの姿を列挙してゆく。男性に隷属して媚を売り保護を求める女性、虚弱な身体と食欲のなさを繊細さとして誇る女性、家庭の義務をなおざりにして想像力を飛翔させ刹那的な恋愛を求める女性など。だが、彼女によれば、そうした理性と徳の欠如を理由として社会における女性の権利を奪うのは、原因と結果を取りちがえているのである。女性たちを道徳的に堕落させている原因はむしろ、彼女たちが政治的・経済的な活動を制限され、家庭という私的な空間に強制的に追いやられていることにある。真に道徳的な女性を育てるためには、彼女たちに社会における活動を認めることが必要になる。こうして、ウルストンクラフトの議論はいかにして女性に自然権を回復し、女性を自然な地位に戻すかということに向けられてゆく。このテクストで執拗にくり返される「自然」という概念は、『女性の権利の擁護』を理解する上で決定的に重要である。社会を家庭という私的領域と政治的・経済的活動の領域に分割し、後者から女性を締め出すことに対するウルストンクラフトの異議申し立ての中心で機能しているのは、自然／不自然という二項対立なのだ。

ウルストンクラフトのテクストの価値設定のシステムは、つねに自然なものに優位性を与える。彼女によれば、人間を幸福にするために必要なことは自然な状態を回復することだけであり、また逆に、社会における悪や堕落はつねに自然から遊離することによって起こる。しかし、ここで確認しておかなければならないことは、そうした自然の優位の主張は、彼女の場合は本質主義的な立場には結びつかないということである。それどころか、『女性の権利の擁護』におけるもっとも注目すべき洞察は、性差に関する本質論的な議論を拒絶し、それをあくまでも制度の問題としてとらえようとする視点である。『女性の権利の擁護』における自然の概念が明確になるのは、ジャン・ジャック・ルソーに対する批判をとおしてであり、そこで『女性の権利の擁護』を貫く二つの論点があきらかになる。ひとつは、人間は徹頭徹尾社会的な存在であり、社会の外部に人間にとっての自然な状態はありえないということである。もうひとつの論点は、社会の内部においては、男女の身体的差異は政治的権利を差別する根拠にはなりえないということである。ルソーは自然状態を賛美し文明社会を批判したが、ウルストンクラフトによれば、自然状態／市民社会というルソーの議論の基盤にある二項対立は誤解を招くものでしかない。なぜなら、自然と社会は対立するものであるどころか、社会はまさに神が人間に与えた知恵と完全可能性に基づいて形成されたものだからである。ルソーのように社会を呪うことは人間本性を呪うことにほかならず、きわめて「不健全」なのだ。

誤った仮説に基づいて立てられた、自然状態を擁護するルソーの議論はもっともらしく見えるが、不健全である。不健全というのは、あらゆる可能な完全性を含む文明よりも自然状態が好ましいと主張するのは、言い換えるなら、神の知恵を非難することにほかならないからだ。(RW 14)

したがって、ウルストンクラフトの社会・政治理論において中心問題となるのは、文明社会か自然状態かの二者択一ではなく、いかにして人間本性にかなった社会——自然な社会——を実現するのかということになる。
さらにウルストンクラフトの批判の対象となるのは、女性の自然な役割をその身体的な特徴から引き出そうとするルソーの本質主義的な態度である。

こうしてルソーは、女性の身体が男性よりも弱いことを理由にして、女性は弱く受け身であるべきだと証明しようとする。そこから彼は、女性は男性を喜ばせ男性に従属するようにつくられていると推論し、さらに、女性の義務は主人にとって心地よい存在となることだと推論する。それが女性の究極の存在意義だと言うのだ。(RW 78)

ウルストンクラフトも男女間には体力的な差異があることをくり返し認める。「物理的世界の法則の支配下にあっては、女性は体力面で男性に劣ることが観察されるし、それは自然の法である」(RW 8)。しかし、彼女はこうした身体的な差異が社会における男女それぞれの徳や能力の差異をもたらす可能性をきっぱりと否定する。というのは、人間は社会的な存在であり、社会における徳の基盤は男女がともにもっている理性にほかならないからである。

肉体的な弱さを理由に女性は依存的な性質をもつと断定する教育者たちは、女性を「おとなしく、家庭的な家畜」(RW 21)の地位に貶めようとする。だが、ひとたび理性が市民社会における徳の基盤であることが正しく認識されれば、身体的差異は社会で女性が活動することを退ける理由とはならない。

だが、それでも私は、自然においては徳だけでなく知識も、程度の差はあろうとも男女間で等しいと主張する。また、女性は道徳的な存在としてだけでなく理性的な存在として、男性とおなじ手段によって人間的な徳(もしくは完全性)を目指して努力すべきであると主張する。女性は空想的な種類の半端な存在——ルソーがつくり出した突拍子もない怪物——のように教育されてはならないのだ。(RW 39)

ウルストンクラフトによれば、自然な性差と考えられているものは教育と環境によってつくり出された習慣にすぎないものがほとんどである。たとえば、『女性の権利の擁護』におけるおもな論敵であるジョン・グレゴリー(6)とルソーはともに、服装への愛着は女性にとって「自然」なものであると言う(RW 28)。だが、ウルストンクラフトによれば、それは往々にして家の中に閉じ込められることが多い女の子が、母親や叔母の服や化粧をまねているだけなのであり、それを根拠にして女性は生まれながらに媚を売ることが性質になっていると結論するほど馬鹿げたことはない。

階級と性の問題

こうして見てくると、『女性の権利の擁護』における中心的な二項対立は自然/社会ではなく、自然な社会/不自然な社会であることがわかる。人は人間本性に基づいて社会をつくるわけだから、社会それ自体はそもそも自然なものだが、社会は慣習や法律によって不自然なかたちにねじ曲げられてしまうことがある。そうした不自然な慣習や制度が、悪と悲惨を生み出すのであり、ウルストンクラフトが批判の対象とする女性からの市民権の剝奪もそうした不自然な制度のひとつにほかならない。ここで彼女の議論に説得力を与えるのは、彼女が性差に基づく差別と階級に基づく差別が近代的な市民社会の中で不可分に絡みあっていることを見抜いたことである。『女性の権利の擁護』の第一章で彼女が「時効」によって成立した伝統を理由に女性から自然権を奪うのは非合理だと告発するとき、『フランス革命の省察』においてエドマンド・バークが展開した時効の概念に基づく伝統社会の擁護論を念頭に置いていることはあきらかだ。ウルストンクラフトにとって、政治的急進主義とフェミニズムは、伝統的な社会制度に基づく階層社会とそれを支える貴族的な価値観という共通の敵をもっている。制度による差別と抑圧を論じるとき、彼女がくり返し主張するのは、君主制において少数者が多数者を抑圧する論理と、男性が女性を抑圧する論理が同一だということである。

女性を押さえつけてきた従属に関する議論について言うなら、それは男性にもはね返ることになる。多数者はつねに少数者に隷属させられてきた。人間的な卓越性をほとんど見せることのない怪物たちが、何千という同胞を専制的に支配してきた。……男性は咎められずにその場かぎりの快楽を享受するために目上の者にしたがってきた——女性はおなじことをしてきただけなのだ。だから、生まれもった人間の権利を奴隷のようにすてる宮廷人は道徳的人間でないことが証明されなければ、女性がつねに服従させられてきたからといって女性が本質的に男性に劣っているとは証明できない。(RW 37)

女性に対する差別と抑圧を、男女の身体の構造や先天的な性差といった本質論から切り離し、それをあくまで社会的・文化的制度の問題とすることによって、ウルストンクラフトは性による差別と階級による差別を同一の地平で論じることが可能となる。このことは彼女の議論に大きな力を与える。というのは、そのことは、十八世紀の非国教徒の政治的急進主義が研ぎすました君主制や世襲的な特権に対する批判理論を、性に基づく抑圧の制度を批判するための理論的装置として利用できることを意味するからである。ウルストンクラフトが女性の解放をテーマとする『女性の権利の擁護』において、軍隊や国教会の聖職者、最終的には君主制そのものに対する批判をくり返すのは、旧体制の支配の論理を打破することと女性を抑圧する論理を打破することが同一のことだという前提があるからである。貴族制度と国教会の覇権のもとで、審査法と地方自治体法によって原則的に公職から締め出されていた非国教徒を代表するプライスやジョウゼフ・プリーストリーといった政治理論家たちは、公共的領域における活動の権利の制限を自然権の剝奪として批判しつづけた。ウルストンクラフトも同様に、女性の政治的・経済的領域からの締め出しの原因を、伝統的な階層社会の制度の中に見出そうとする。こうして、旧制度が内包する封建的特権を批判し、非国教徒中産階級への公職の開放を求める中産階級の急進主義の言説と、おなじく政治的・経済的な活動への女性の参加を求めるウルストンクラフトのフェミニズムの言説が『女性の権利の擁護』のテクストの中で共鳴しあうのは、ごく自然なことに思われる。(7)

ウルストンクラフトによれば、貴族階級が道徳的に堕落するのは、能力と徳だけが受けるにふさわしい尊敬を財産と地位によって何の努力もせずに得ているからである。「世襲財産と爵位が生み出すのは、習慣的な怠惰でなくして何であろうか」(RW 141)。ウルストンクラフトがここで攻撃しているのは、フランス革命後の保守反動的な政治的雰囲気の中でバーク的な時効の理論から新たな力を得た世襲財産に基づく徳という考え方である。彼女は、世襲財産は徳どころか退廃をもたらすと主張する。彼女の議論の背後にあるのは、義務の履行としての労働こそが徳をもたらすという中産階級プロテスタントの職業倫理にほかならない。彼女が「徳は義務の履行によってのみ獲得できる」(RW 141)と言うとき、土地財産に基づく徳の概念と商業活動に基づく徳の概念の対立という十八世紀イギリス思想史における重要な論争に関与しているのである。(8) だが、ここで注目すべきことは、彼女が中産階級の労働倫理をフェミニズムの論点とたくみに結びつけていることである。彼女は一貫して貴族階級の道徳的堕落と女性の道徳的堕落がおなじメカニズムによって発生することを示唆しつづける。女性が社会のメンバーとして義務を果たせないのは彼女たちの「心の狭さ」(RW 54) ゆえなのだが、それは彼女たちが社会の制度のおかげで、義務の履行を免除されていることの結果にほかならない。女性の進歩を妨げている障害と、貴族階級の道徳的向上を妨げている原因はおなじものなのだ。

人間の性格は個人もしくは階級が従事している職業によって形成される。もし必要によって能力が研ぎすまされなければ、それは鈍いままにとどまらざるをえない。この理屈はそのまま女性にも適用できる。なぜなら、まじめな仕事にめったに携わらなければ、女性の性格はつまらないものになってしまうからだ。そのつまらなさは、社会的地位の高い人たちとの交際を味気なくするあのつまらなさとおなじである。(RW 51)

女性は社会制度と教育のせいで、道徳的水準を低められており、その結果、家庭に閉じ込められている。もし女性の道徳的意識の低さをもたらしている制度と、貴族階級に道徳的退廃をもたらしている制度がおなじものであるなら、貴族階級に対して道徳のレベルで戦いを挑む中産階級のイデオロギーが、ウルストンクラフトのフェミニズムに組み込まれることに何の不思議もない。

家庭と徳

『女性の権利の擁護』における政治的急進主義とフェミニズムとの並行関係を確認すれば、彼女が中産階級の倫理的卓越性を評価し、中産階級こそがもっとも自然な、つまりもっとも徳の高い階級であると断定するのも当然だろう。中産階級が有徳であるのは、彼らが世襲財産に頼ることができず、したがって個人の能力を絶えず行使することによる。この考え方を支えているのは中産階級の労働倫理である。「強さと有用性が美のために犠牲にされている」上流階級の女性と異なり、「中産階級の女性がもっとも自然な状態にある」(RW 9)のはもっともな理由がある。『女性の権利の擁護』が目指すのは、義務の履行や「行動の計画性」(RW 68)を女性全体に浸透させることをとおして女性に市民権を回復すること、換言するなら、中産階級の倫理によって女性を解放することなのだ。もし、徳が労働すなわち義務の履行によってのみ育まれるものであるなら、女性を「立派な社会の構成員にする」(RW 62)ためには、彼女たちに自然権を回復させ、職業をもつ権利を保障することが必要になってくる。なぜなら、「自然権がないところには義務もない」(RW 146)からである。女性も職業をもつべきというウルストンクラフトの主張には一見したところ曖昧さはない。彼女は「女性は医療技術を学んで医師になるのもよいだろうし」、また「政治を学んでもよい」(RW 148)と言う。

もし女性たちがもっときちんとした教育を受けるようになれば、女性は男性と同様にさまざまな種類の仕事に携わるようになり、彼女たちの多くを合法もしくは違法な売春から救うだろう。そうなれば女性は生活のために結婚することはなくなるだろう。生活のための結婚とは、男性が政府の職を得ておきながらしかるべき義務を果たさないことに似ている……。(RW 148)

ウルストンクラフトは「〔女性の〕私的な徳を公共的な利益にするためには、彼女が国家の中で市民としての存在を確立する必要がある」(RW 148–149)と主張する。徳と能力を有する女性が、市民としての地位につけないのは政治制度の欠陥にほかならない。もし、女性が自然権を回復するために必要なことが、義務を履行することによって徳を育むことであるなら、義務を履行する能力を養う女子教育が決定的に重要となる。彼女がその経歴をとおして女子教育に大きな関心を払いつづけたのは当然のことである。だが、教育の問題を論じ始めるとき、彼女の議論は奇妙に混乱し錯綜したものとなってゆく。
　上で述べたように、『女性の権利の擁護』における議論の中心にあるのは、家庭を社会から孤立させ、家庭に女性を閉じ込めることに対する批判である。だが、女性に市民権を与えよと主張するその一方で、彼女がくり返し女性に固有な義務が家庭にあると示唆しつづけることに、われわれは注目する必要がある。彼女は教育によって健全な肉体と健全な理性を育てることが女性にとって重要であると言うが、彼女の議論の中で女性の能力は家庭的な義務とつねに結びつけられている。彼女は女性に浸透している誤った洗練の概念を批判するが、それはもっぱら家庭的な義務の履行と両立しないからなのである。男性の関心を引くために、堅固な徳と引き換えに表面的な優美さや病的な繊細さを獲得した貴族階級の怠惰な女性たちが批判されるときに問題となるのは、妻や母親としての適性の欠如である。女性の義務が「娘、妻、母としての義務」(RW 29)、「家政を管理し子供を教育するのに十分な性格」(RW 35)、「[家庭という] 小さな領地を統括することを許された副官」(RW 48) といった言葉とともに語られるとき、ウルストンクラフトの目的が、そこから女性を解放するはずだった家庭空間に女性が依然として縛られているという印象を読者に与えずにはおかない。そして、ウルストンクラフト自身の言葉がその疑いを裏書きしているように見える。

私が女性に固有な義務について語るのを聞くなら、私が市民もしくは父親に固有な義務について語るときと同様、大多数の者に関しては、私が彼女たちを家庭から引き離そうとしているのではないということがわかるだろう。(RW 63)

ここで語られている「女性に固有な義務」とは何であろうか。彼女は女性の美を保つために乳児に対する授乳の義務を放棄する貴族階級の慣習を批判しながら、貴族階級の女性の不幸と堕落の原因は、男性の賞賛を勝ち取るために美を磨くという「不自然な義務が自然な義務と齟齬をきたす」(RW 142)ところにあると指摘している。女性は授乳のような「自然な義務」を果たすことによって、自分自身を有用かつ幸福にできるだけではない。女性が自然な義務を果たすことによって、「家庭的な情愛」が育つのである。

真の幸福つまりこうした不完全な状態の中で得られるすべての満足と有徳な充足感は、抑制された情愛つまり義務と結びついた情愛に由来する。……理性的な女性の母親らしい気づかいはたいへんに興味深いものである。そして、その地位がもたらすより重要な義務を果たしている父親が彼女と子供に与える愛撫に応える彼女の純潔な威厳は尊敬に値するだけでなく、美しい光景である。(RW 142)

彼女が家庭的情愛と結びついた義務の履行という名のもとに、貴族階級の性と育児に関する倫理を批判するとき浮かび上がる疑念は、彼女のフェミニズムがその基盤を置いている中産階級の倫理は、それ独自の性と家族に関するイデオロギーをもっており、それと彼女のフェミニズムが矛盾をきたしているのではないかということである。それは、彼女が国家による教育のプログラムを提示するとき、さらにあきらかになってゆく。

女子教育という問題

『女性の権利の擁護』の第一二章でウルストンクラフトは、個人教育の利点と寄宿学校がもつ利点を結びつけた理想的な形態の教育を提案する。その理想的な教育環境とは家庭から通える公共的な学校である。彼女によれば、個人教育も寄宿学校もともに有害な面が多い。個人教育が有害であるのは、家庭においては子供が召使たちにかしずかれて育つために、彼らに対して専制的になり、高慢な人間になってしまうからだ。他方、寄宿学校においては少年たちの間に支配と隷属の関係が成立し、彼らの徳性を損ねるだけではない。さらに恐ろしいのは寄宿学校がもたらす性的な堕落である。男子の寄宿学校も女子の寄宿学校も、マスターベーションや同性愛的な行為をはじめとする、彼らの心身を蝕む悪しき性的習慣を彼らの間に蔓延させる。かくして、教育においても堕落と悪は、支配と隷属の関係や性的な堕落といった中産階級のイデオローグたち（そこにウルストンクラフトその人も含まれる）が貴族階級と結びつける慣習や制度から発するのである。「世襲財産」や「時効に基づく財産所有権」といった貴族的な制度は、義務の履行をなおざりにする風潮を育て、教育の改革を不可能にする。彼女は、理想的な教育においては「家庭的な情愛」（RW 158）と子供たちが平等につきあう環境という二つの条件が結びつけられねばならないと主張する。家庭的な情愛が重要であるのは、それが市民としての徳の基本だからである。

どんな名前で呼ばれようと、公共的教育は市民を育てることを目標とすべきである。だが、よき市民になるためには、まず息子としてそして兄弟としての情愛を発揮しなければならない……。最初に両親、兄弟姉妹、そして彼らが最初に遊んだ家庭の動物をすら愛さなかった人間が、人類に対する愛をもつことはほとんどないと私は信じる。（RW 162）

ウルストンクラフトが市民を育てる基盤として描く家族は、夫婦と親子が愛情で結ばれることを理想とする、歴史学者のローレンス・ストーンが「友愛家族」と呼ぶ家族類型であり、そうした家庭空間こそが理想的市民――理性的であり、独立し、義務を履行し、計画性をもって人生を考える市民――を育む場なのである。[9] もし、有能な女性によって管理される理想的な中産階級的家庭が、市民社会を建設する上で必要不可欠なものであるなら、中産階級のイデオロギーが定義する女性の「自然な役割」は、ますます家庭という空間と切り離せなくなってくるのではないだろうか。こうして『女性の権利の擁護』のテクストの中に相矛盾する二つの主張――女性の自然な義務は家庭にあるという主張と、女性に「市民としての存在」（RW 178）を獲得させ職業を与えるべきだという主張

——が読み取られるようになってくる。ウルストンクラフトは、世襲財産による労働意欲の減退、夫婦間の性的モラルの堕落、さらには母乳育児の拒否といった現象を、中産階級の急進主義の立場から、貴族階級の慣習に根をもつ不自然な制度として告発する。彼女の言説が約束することは、こうした不自然な制度を撤廃すれば「自然な社会」が実現するということである。だが、彼女がそうした自然な社会のヴィジョンを語るとき、彼女が駆逐したはずの本質論的な議論がいつの間にか回帰してくるように思われる。

ウルストンクラフトが強調するのは、女性が男女共学の学校で教育を受けて独立した市民になることは、彼女たちが家庭で「性に固有な義務」を果たすことと矛盾するどころか、その前提条件であるということだ。女性を「家庭的にする」ために、男性は「女性の肉体を弱め、精神を束縛しようとしてきた」(RW 54)。だが、女性の無知と隷属状態は、家庭の有能な管理者としての「自然が彼女たちに与えた義務」(RW 169) を果たす能力を奪ってしまう。ウルストンクラフトは、女性がこれまで剝奪されてきた自然権——政治的あるいは経済的活動に参与する権利——を女性に返すことで女性の地位を自然に戻せと主張する。だが、逆説的なことに、女性が自然権を回復することは、女性をますます家庭という私的な空間にとどめる結果となるように思われる。

あらゆる国の歴史から明白なことだが、女性をたんなる家庭的な仕事に閉じ込めておくことはできない。なぜなら、彼女たちの心が広い関心をもっていなければ、家庭的な義務を果たすことはできないだろうし、彼女たちが無知にとどめ置かれればその分だけ、男性の奴隷となり同様に快楽の奴隷となるからだ。……つまり、どのような観点からこの問題を見ようとも、女性に固有な義務を果たすように女性たちを導く唯一の方法は、彼女たちに人類が本来もっている権利に与ることを許すことで、あらゆる束縛から解放することだと、私は理性と経験によって信じている。(RW 174–175)

女性の本来の義務が家庭の管理であり、自然な社会を実現すれば人間はそれぞれ自然な位置に収まるとするなら、彼女が『女性の権利の擁護』のテーマとして追求した自然な社会においては、女性は性に固有な義務を履行する場としての家庭にとどまることになるだろう。しかも、この場合は強制によってではなく自然で自発的な選択の結果である。もし、女性の自然な選択として彼女たちが家庭という場にとどまるのであれば、家庭と政治的・経済的領域の分割は、それが自然なものであるだけに、いっそう強固なものとなるだろう。つまり、中産階級のイデオローグたちが不自然な伝統的制度に代わるべきものとして構想した自然な社会は、その構成要素として家庭という私的領域をもっているのである。家庭という領域は、市民を育て市民の徳を守る神聖な空間として市民社会の不可欠な一部なのである。

社会契約と性的契約

『女性の権利の擁護』に見られる女性の自然な義務に関する議論の錯綜は、「自然」という言葉が内包する複雑な含意の反映にほかならない。ウルストンクラフトの議論では、女性の本性（nature）の擁護論は、最初は女性の市民権の主張と結びついていた。だが、議論の過程で女性の自然な義務という言葉は、それが駆逐したはずの本質論的・自然主義的な道徳観と共犯関係にある「性に固有な義務」を再導入してしまう。つまり、このテクストは「自然」という言葉を蝶番として、二つの相容れない性差に関する概念を結びつけてしまっている。その結果、『女性の権利の擁護』は、女性が市民権を獲得する必要性を訴えながら、他方では「女性に固有な義務」の場として家庭を指定するのである。そうした相反する主張が共存する結果として、『女性の権利の擁護』は女性にとっての理想的なあり方を具体的に提案することができなくなってしまう。ロナルド・ポールソンが指摘しているように、『女性の権利の擁護』が提示する女性にとっての唯一の理想的選択肢は未亡人になることであり、それ以外の場合は、女性が徳と能力を身につけるほど、彼女は女性に固有な場としての家庭に回帰する運命にある。[10] このテクストが陥る困難な状況は、ウルストンクラフトが女性の解放のよりどころにしようとした中産階級の政治的信条それ自体が、性差に基づく排除のメカニズムを内包しているのではないかという疑念を呼びさます。彼女は中産階級の倫理を女子教育によって女性に浸透させることで女性を解放するという自分の企画を「社会契約を真に公平なものにする」(RW 173) という言い方で表現している。ジョン・ロック以来、自由な個人からなる市民社会は社会契約によって成立されるとされてきた。伝統と慣習の力を無効とする社会契約の理論は、中産階級の政治的急進主義の中核に位置してきた。だが、社会契約を公平にし、女性も市民社会に参与させることを目的としたウルストンクラフトは、急進主義とフェミニズムを接合した結果、市民社会は家庭とその外部との分割——それは女性を社会的活動から追放することを意味する——によって成立するという事実をあぶり出してしまう。社会契約に内在する性差の問題を考察したキャロル・ペイトマンは、ロック以降「市民社会」の理念の基盤となってきた社会契約の思想は、財産を所有する家長としての男性のみを契約の当事者すなわち「市民」として認め、女性を市民社会から排除する「性的契約」(sexual contract) としても機能してきたと指摘している。[11] ロックの語る社会契約に参加し、その契約によって政治に参加する権利を得る市民は大きな財産を所有する中産階級以上の男性だけであり、そこに女性や労働者は存在しない。女性の活動の場は、市民が活動する社会的領域の外部——家庭の中——に割り当てられる。社会を自然なものとすることを訴える『女性の権利の擁護』のテクストは、自然な社会のヴィジョンを説明するために「社会契約」、「市民権」、「義務」といった中産階級の政治理論の語彙を一貫して使用しつづける。だが、こうした語彙と理論がいつもすでに性差に基づく排除と抑圧の論理を内包しているとしたなら、そうした言語によって構築された「自然な社会」のヴィジョンの中に、性的差別が忍び込んでしまうことに不思議はないだろう。社会を家庭という私的領域とその外部に分割し、家庭の管理を女性の自然な義務として指定することが市民社会の成立の条件であるとしたなら、社会契約を女性にとって公平なものにしようという目論見は、その出発点において大きな困難を含んでいるのである。

だが、『女性の権利の擁護』において読者が発見するのは、ウルストンクラフトの政治理論のもつ死角だけではない。このテクストは市民社会における女性の地位の二重性を明るみに出しているのだ。中産階級のイデオロギーは家庭を社会から切り離し、女性に家庭における義務を割り当てた。そういう意味で、女性は子供や召使と同様に市民の資格は与えられていない。だが、重要なことは、家庭という空間は政治や経済の領域に劣らず市民社会を維持するための制度として不可欠と考えられていたことである。家庭は、家長としての男性が安らぎ次世代の市民を教育する場として市民社会の再生産になくてはならない役割を果たす。だが、それだけではない。『女性の権利の擁護』におけるウルストンクラフトのテクストの議論に見られるように、貴族階級の家庭の道徳的堕落をきわだたせ、中産階級の家庭を理想化するために、母乳で子供を育て自らの手で家政を切り盛りする家庭的女性像がしばしば理想化される。そうした意味で家庭的女性は、近代的市民社会の理想のひとつの側面を体現している。そこでは前近代的な封建的特権や世襲財産、古い封建的な徳の観念には否定的な価値づけがおこなわれ、平等で自由な対話と柔和で女性的なふるまいがよいものとされる。十八世紀イギリスの家庭小説に見られるように、貴族階級の武闘的で封建的な徳の概念の対極にある近代的市民の柔和な徳は、しばしば家庭的な女性の姿で表現される。貴族階級とのヘゲモニーをめぐる闘争の中で、中産階級は自らを平和な社会を望む柔和で女性的な階級として表象した。それゆえ、制度の革新と教育によって女性を家庭という領域から解放しようとするウルストンクラフトが、貴族階級に対する中産階級の徳の優位を主張し始めるとき、女性の家庭的義務を強調せずにはおれなくなるのだ。言うなれば、『女性の権利の擁護』のテクストは、階級的な解放の言説とジェンダーに関する解放の言説が接合される瞬間を表している。その瞬間に彼女の言説における矛盾が露呈する結果となる。だが、このテクストが見せる錯綜や矛盾は彼女の合理主義的思考がもつ分析力の証でもあるのだ。読者はこのテクストから、おそらく作家自身が意図していなかった洞察を得ることができる。第II部における家庭小説の分析であらためて論じるが、十八世紀イギリスの中産階級の政治的言説は、一方では市民社会から女性を排除しながら、他方で女性的な感受性や礼儀作法を市民社会における市民のふるまいの理想的モデルとして称揚するという複雑で矛盾に満ちたイデオロギー的離れ技を演じる。そこで機能するのは、繊細な感受性を社会のゆるやかな統合原理にしようとする美学的なヴィジョンである。ウルストンクラフトのテクストは政治的急進主義とフェミニズムという異なるレベルの解放の言説を導入し、その接合の可能性を粘り強く分析することによって、中産階級の美学的なイデオロギーが内包する性的な抑圧の契機という問題を明るみに出す。それは彼女のテクストの透徹した分析力なしではとらえられない洞察であり、そうした意味において『女性の権利の擁護』は現代においても再読されなければならないテクストなのである。

第II部　文学における政治・法・商業

第9章　家庭小説の政治学
――リチャードソンの『パミラ』

家庭小説と女性の徳

ジェイン・オースティンの作品に典型的に見られるような、若い女性の恋愛と結婚を描く「家庭小説」は、十八〜十九世紀イギリス小説の中心的ジャンルのひとつであった。また、「幸福な家庭」あるいは「家庭をまもる天使のような女性」というイメージは、イギリス小説にくり返し登場するモチーフであり、とくに家庭小説と呼べない小説においても、政治的・経済的な世界では得られない幸福と安らぎを与えてくれる場所として、幸福な家庭がしばしば物語の内部に描き込まれる。「幸福な家庭」というイメージを、ひとつの「トポス」と見なすこともできるだろう。しかし、このトポスは、たとえばE・R・クルティウスが研究したような中世ラテン文学におけるトポスと異なり、とても新しく歴史的な起源もはっきりしている。[1] それは、十八世紀イギリスで成立した近代的な市民社会が生み出したものである。すでに何人もの研究者たちが指摘しているように、家庭という理想の誕生と小説という文学ジャンルの勃興には深い関係がある。それらの研究の中でもとりわけ重要なのは、ナンシー・アームストロングの『欲望と家庭小説』であろう。「近代的個人は何よりもまず女性であった」という有名なテーゼで始まる彼女の研究は、家庭小説の成立を社会階級の問題と関連させて説明している。[2] 彼女は、サミュエル・リチャードソンの『パミラ』を、家庭小説の嚆矢として取り上げ、『パミラ』をはじめとする家庭小説全般を、階級闘争の置き換えられた物語であると見る。つまり、『パミラ』で描かれる、カントリーハウスを舞台とする、若く美しい召使パミラと青年貴族B氏の愛と結婚をめぐる物語は、貴族階級と中産階級の間のヘゲモニーをめぐる政治的な闘争のアレゴリーであり、最終的にパミラが貴族の屋敷の女主人となり幸福な家庭を築くという物語は、自由な言論と説得を武器とする中産階級の柔和な文化が、名誉と英雄的行為を重視する貴族階級の伝統的価値観に勝利することを意味していると言うのだ。こうした視点は、小説の勃興を中産階級の勃興、さらには所有的個人主義やピューリタン的道徳性と結びつけて論じたイアン・ワットと共通だが[3]、女性を主人公とする家庭小説に焦点を当てることで、階級の問題に加えてジェンダーの問題を重要な論点として浮かび上がらせたことが、アームストロングの大きな功績である。家庭小説を階級闘争のアレゴリーとして見ることには一定の説得力がある。だが、なぜ中産階級がジェンダー的に女性として表象されるのかという問題は、さらなる考察に値すると思われる。家庭小説における階級とジェンダーのつながりを理解するためには、十八世紀イギリス社会のいわゆる「女性化」に関する論争、そしてその論争で焦点となった「徳」の概念を理解する必要がある。じっさい、家庭小説の嚆矢とされる『パミラ』の副題が「美徳の報い」であるわけだから、徳の概念がこの作品――ひいてはジャンルとしての家庭小説――を理解する鍵となることは容易に予想される。

十八世紀における徳の問題については、すでに第5章でも言及したように、J・G・A・ポーコックが重要な議論を展開している。ポーコックによれば、十七〜十八世紀のイギリスにはシヴィック・ヒューマニズムという影響力の強い政治的思想があった。アリストテレスに起源をもち、マキアヴェリを経由してイギリスに入ってきたとされるこの思想は、商業と奢侈を排して、質実剛健な古典古代のポリスの市民の徳を近代に復活させようとする立場をとった。これを代表するのがジェイムズ・ハリントンと、シャフツベリーやアンドリュー・マーヴェルらのネオ・ハリントニアンと呼ばれる人々である。彼らから見れば、商業とそれがもたらす奢侈・贅沢は社会の堕落の兆候であり、その堕落のありさまは「女々しさ」と呼ばれ批判された。シヴィック・ヒューマニズムは、このように、起源において古典的であり、階級において貴族的であり、ジェンダー的には男性的であり、イデオロギー的には反近代・反商業の立場であった。それに対抗して商業を肯定的に考える作家・思想家たちは、商業社会を「徳」あるいは「道徳性」という観点から擁護する必要に迫られた。そして、ダニエル・デフォー、リチャードソン、ジョウゼフ・アディソン、リチャード・スティール、デイヴィッド・ヒューム、アダム・スミスといった作家たちが、商業と両立し、また商業によって育まれる新しい徳の概念を提示した。彼らは、商業社会がもたらす物質的な豊かさや礼儀作法の洗練は、人々の徳を損なうどころか、むしろ新しいかたちの徳を育むことを証明しようとした。この新時代の徳は、古典教育や大土地所有と結びついた貴族的な徳ではなく、豊かな生活（奢侈）、洗練された礼儀作法、自由な討論に基づく合意形成を基盤としたものであり、それは何よりも柔和で女性的な徳であった。

ここで注目すべきことは、近代的な商業社会がジェンダー的に女性として表象されていたということである。たとえばデフォーやアディソンが、近代的な商業社会の要である公債を女性として表象していることは有名である。以下に引用するのは、アディソンが『スペクテイター』誌に掲載した英国銀行を描いたドリーム・ヴィジョン仕立てのエッセイの中で公債を描いている場面である。

私は昨日の朝にいたイングランド銀行のグレート・ホールに戻ったようだった。しかし、驚いたことに、私が目にしたのは、私が後にしていった人たちではなく、ホールの上手の端の金の玉座に座った乙女だった。（彼らの言うところによれば）彼女の名前は「公債」だった。ホールの壁には、絵や地図のかわりに、金文字で書かれた議会の法案が掛けられていた。(4)

ここではイングランド銀行の設立によって可能となった公債が女性として描かれている。公債が女性として表象されることには理由がある。古典的なシヴィック・ヒューマニズムによれば、国家と政治に関する公的な世界（ポリス）が男性市民の活動の場であり、それ以外の経済的な領域（オイコス）は女性や召使の活動領域であるわけだから、経済が女性のイメージと結びつくのは不思議ではない。また、経済活動にかぎらず、商業社会がもたらす洗練された社交もすぐれて女性的なものとされた。たとえば、ヒュームは、「エッセイを書くことについて」と題されたエッセイにおいて、洗練された会話・社交・文学を正しく理解し鑑賞する能力を女性的な能力として描いている。

女性つまり良識と教育ある女性（というのは、そうした人々にだけ向けて私は書いているからだ）は、おなじくらいの判断力をもつ男性よりもすべての文学的作品についてのはるかに優れた判断者であるというのが私の意見である。……世間をよく知る良識ある男性たちは、彼女たちの知識の範囲内にある書物に対する彼女たちの判断に敬意を払い、衒学者と注釈者たちのすべてのつまらない仕事よりも、彼女たちの規則によらない趣味の繊細さに対して大きな信頼を置いているということを、公平なる読者諸氏は確信するであろう。(5)

このように、富裕化し洗練されてゆく商業社会を、女性化というジェンダーの比喩で描くことが十八世紀イギリスにおいて広くおこなわれていた。もちろん、テリー・イーグルトンが言うように、十八世紀のイギリスの「女性化」が、現実社会における女性の地位向上を意味するわけではない。それは、女性を抑圧する装置が新しく洗練されたものになったということを意味するにすぎない。(6)だが、社会の大きな歴史的変化を人々が理解しようとするさいに、ジェンダーによるカテゴリー化が重要な役割を果たすということは興味深い事実である。伝統的に女性にあてがわれた領域は国家と政治という公的な領域ではなく、私的で日常的な領域であったわけだから、女性化した社会とは日常生活に対して大きな重要性を付与する社会を意味する。哲学者のチャールズ・テイラーは、近代の特徴は国家や教会といった公共的な領域から離れた日常生活の重要性が増していったことだと指摘している。(7)十八世紀には日常生活をいかに送るのかということが人々の関心となり、日常生活を描くことを使命とする小説やエッセイ、あるいは日常生活におけるふるまいや礼儀作法の指南書であるコンダクトブックといった新しいジャンルの書物が登場した。だが、公的な領域に対立するものとしての私的な領域——日常生活と呼ばれる領域——は、さらに商業活動と家庭生活という二つの領域——言うなれば、ロビンソン・クルーソーの世界とパミラの世界——から構成される。そして、この二つの領域における徳もしくは倫理的行動の基準はかなりちがうように見える。

本章で検討したいのは、家庭小説が表現する女性的徳——パミラが体現する「徳」——は、商業活動もしくは市場経済とどのような関係をもつのか、ということである。ワット以来、小説というジャンルは中産階級と資本主義の勃興と関係づけられてきた。たえず新しい企画にとり組み、自分の財産や利得を計算しながら増やしてゆくロビンソン・クルーソーのような人物像は、近代的経済人の原型として理解されてきた。しかし、パミラに見られる女性的な徳は、経済的な利益獲得を目的とする市場経済の論理とまったく相容れないように見える。パミラの行動指針は自らの女性的な徳もしくは貞節をまもることであって、彼女はそれを利益と交換することを徹底して拒否する。たとえば、パミラに惚れ込んだB氏は、パミラを愛人とするためにさまざまな交換条件を文書として提示する。B氏がつくる提案書は、B氏が近代的な契約という慣行にすでになじんでいることを示す例として考えれば興味深いが、パミラは断固としてそれを拒否する。

第二の提案に関しては、断固お断り申し上げます。お金は私の主たる幸せではありません。もしそうなったら、また、お金のために、私を支えている祝福への希望を受け取る資格を捨て去るなら、神様、私をお見捨てください。莫大な財産があっても、過去の過ちを悔いることになれば、ほんのひとときの幸福も手に入れることはできなくなるでしょうから。(P 228)(8)

ここで彼女が拒否しているのは、自分の女性的魅力に交換価値を設定して商品として売ることである。周知のように、パミラは自らを商品化することを徹底して拒絶することで、結果的にB氏の正妻としての地位を手に入れ、理想的家庭婦人の鑑となる。こうした行動原則に見られるように、パミラは中産階級的な禁欲主義を体現する人物像であることはまちがいないが、彼女の禁欲的な道徳意識と商業社会あるいは市場経済との関係は明白ではない。そこには何か捻れた逆説的な関係がある。その逆説にこそ、家庭小説のもつ政治性・イデオロギー性を解き明かす鍵がある。

女性の徳と交換価値

家庭的女性と市場経済の関係を考察する一助として、同時代の小説で描かれた家庭的とは言えない女性像を分析することが有効であるように思われる。ここでは、デフォーの『モル・フランダーズ』の女主人公モル・フランダーズを取り上げて、パミラと比較してみたい。まったく共通点のないように見える二人の女性だが、じつはモルとパミラが物語の中で置かれる境遇は驚くほどよく似ている。彼女たちは若く美しく才能豊かで女性的な魅力を溢れるほどもちながら、しかし財産も家柄も後援者ももたない女性として裕福な家庭に住み、その家の若い息子たちに誘惑される。有力な後援者をもたない彼女たちは個人として判断しながら事態に対処しなければならない。そして、周知のように彼女たちは正反対の決定を下す。

ニューゲートの監獄で生まれたモルは、偶然の成りゆきから、裕福な家庭に引きとられるが、美しく成人したモルはその家の長男から誘惑される。モルは彼の熱烈な愛の言葉と彼が与えてくれる金貨に目がくらんで、長男に自分の身をまかせる。過去を回想する語り手としてのモルは、そのさいの自分の判断のまちがいについてつぎのように語る。

財布を見て、そして彼の火のように熱い求愛を受けて、私の顔色はくるくると変わりました。そして、言葉も出なくなりました。彼はそれをすぐに見てとりました。財布を胸に抱いて、それ以上の抵抗をせず、彼に好きなことを、好きなだけさせたのです。こうして、私は一気に自分の破滅の仕上げをしました。この日から、自分の徳と慎みを捨て去ったことで、私は神の祝福や人の助けに値するだけの価値を失ってしまったのです。(MF 25)(9)

この誘惑の場面に、あからさまに貨幣が介在するということは象徴的である。モルは自分を誘惑する男が与えてくれる金貨に目がくらんで、自分の身を相手にまかせる。しかし、彼女はその場面を回想して、自分の身体を貨幣と交換したことで、結果的に自分の価値を失ったと言う。この場面で、「徳」という言葉とともに「価値」という言葉が用いられていることは意味深長である。金貨に目がくらんで判断力を失い、相手に身をまかせたということは、自らを商品化したことを意味する。一般的な商品は、交換過程に組み込まれることによって初めて商品になる、つまり交換価値を付与される。しかし、逆説的なことに、この女性という商品は、貨幣と交換することで価値を失うのである。ここでモルの言う価値とは一般的な商品がもつ交換価値とは異なる何かであり、商品化することで消滅するような価値である。

だが、女性もしくは女性的なものがもつ価値は、商品交換の論理とまったく無関係なわけではない。むしろ女性は特殊な商品なのである。モルは自分のまちがいについて、つぎのように言う。

こうして私は自ら進んで、たいした考えもなしに、破滅に身をゆだねたのです。私は、虚栄心が徳を圧倒している若い女性への教訓となるでしょう。私たちは両方ともこの上なく愚かでした。もし私が、自分にふさわしくふるまい、徳と名誉が要求する抵抗をしていたら、この紳士はたくらみを遂行する余地がないことを知って言い寄ってくることをやめるか、もしくは公正で名誉ある結婚の申し込みをしたでしょう。そうなれば、彼を責める人はあっても、だれも私を責めることはなかったでしょう。(MF 22)

徳と慎みにふさわしいふるまいをして、貞操を守りとおせば最終的には正式な妻の座という最大の報酬（美徳の報い）を得ることができたかもしれないというこの一節は、彼女よりも賢明に行動したパミラの成功例を想起させる。女性は自らの交換価値を徹底して拒絶することで、最大の「価値」を獲得するのである。このことは、パミラがよく理解していることである。

話を『パミラ』にもどすと、上で見たように、パミラは自分を財産と交換する契約を拒否し、さらに、契約が成立した一二カ月後に正式に妻とするかどうかを判断するという項目についても、つぎのようにはっきりと拒絶する。

もし、私のよいふるまいに満足したなら一二カ月以内に私と結婚するかもしれないというご提案に対するお答えとして言わせていただきます。それは、その他のお申し出以上に、私にとって何の意味もありません。なぜなら、第一に、そのご提案にしたがった瞬間に、私の美点やよいふるまいのすべて（かりにいま私がそんなものをもっているとしてですが）が、意味を失うからです。私は、そうした名誉――言わせていただけるなら、私はそれを受けるのにふさわしくはありませんが――をもっとも期待できない者となるのです。ご主人さま、何と、売春婦と結婚するのか？　と世間は言うでしょう。ご主人さまのようなご身分の方がパミラのような生まれの卑しい者と結婚するまでに身を落とすというだけではありません。生まれの卑しい売春婦と結婚することになるのです。(P 230–231)

くり返すが、パミラはまるでモルの助言にしたがって行動しているかのようである。ひとたび自分の身と引き換えに金銭的な報酬を受け取るなら――つまり、自らに交換価値を設定するなら――、そのことによって女性としての「価値」がなくなってしまうのであり、逆に、交換価値を拒否することによって最大限の「価値」が生ずるという逆説がここにも見られる。ここでも、徳の価値は、交換価値もしくは商品価値とまったく相容れないカテゴリーとして想定されているように見える。(10)

最終的に、パミラの手紙と日記を読んだB氏はパミラのもつ内面的な徳を認識し、パミラを正式に妻とするわけだが、重要なのは、パミラがB氏と結婚するのは、それによって物質的な利益を得るためではないということである。つまり、自分自身に設定した交換価値と引き換えに貴族の正妻としての地位を手に入れるわけではない。それはパミラの自発的な愛に基づく行為であり、損得勘定とはまったくべつの動機づけによっておこなわれる行為なのである。パミラの判断と行為を正当化するのは愛である。両親に宛てた手紙の中で彼女は言う。

親愛なるご両親様、お許しください。私は、悲しいことに、ご主人さまをとてもお慕いしていることに気づいたのです。あれほど率直に、愛情豊かに、ご立派になれることを知って、私は打ちのめされたのです。しかし、これは期待する理由のなかった幸運です。でも、たしかに、ご主人さま以外のだれも考えることができない、と告白しなければなりません。思い上がり、とおっしゃるでしょうし、そのとおりです。しかし、思うに、愛は意のままになるものではありません。愛がやって来た、と言いました。でも、私が落ち着きをなくすほどにはならないとよいと思います。というのも、愛はどのように来たのか、いつ始まったかがわからず、それは、盗人のように私に忍び寄り、何ごとかがわからないうちに、愛の姿をとったのです。(P 283)

ここからわかるのは、家庭という新しい空間が形成されるさいに鍵となるのは愛と、その愛のみに基づいた結婚だということである。パミラは結局、自分に対してレイプまがいの行為を働いた無礼なB氏と結婚するが、それは結婚による身分上昇や財産の獲得を目的とするものではなく、純粋な愛に基づく行動なのだ（少なくとも、パミラ本人はそう主張している）。損得勘定をまったく含まない純粋に愛のみに基づく結婚によって初めて、市場経済の論理とは無縁な女性的な徳によって支配される場所としての家庭という領域が成立する。

比較のために、もう一度、『モル・フランダーズ』に描かれている結婚観を見ることにする。自分の結婚相手を探すモルは、財産をもたないために、ロンドンの結婚市場で不利な立場に置かれている状況を以下のように描写する。

私は経験からつぎのことを学びました。つまり、結婚に関して状況が変化していたのです。田舎で知ったことはロンドンでは通用しなかったのです。結婚は利益を生み、ビジネスをおこなうための政治的計略の結果であって、愛はまったくあるいはほとんど関係がなかったのです。

コルチェスターの義姉がいったように、美しさ、機知、分別、性格のよさ、よいふるまい、教育、徳、信仰その他の性質は、身体に関するものであれ心に関するものであれ、女性を望ましいものにはしなかったのです。お金だけが女を望ましいものにしたのです。（MF 57）

ここでモルは、結婚を完全に取引という観点から分析し、分別や徳や信仰といった女性の内面的な価値は、結婚市場において交換価値をもたないと嘆いている。だが、十八世紀の家庭小説においては、モルのように結婚を交換価値という観点から見る女性には幸福な結婚という報酬は与えられない。(11)『パミラ』をはじめとする家庭小説のジャンルの目的は、女性の内面的な徳が支配原理となるような家庭という領域を近代の市民社会の中に創造することだった。だが家庭空間は、女性的な徳を商品化することではけっして手に入れることはできない。パミラはまさに、自らの身体を商品化することを徹底して拒否することで、市場原理から自由な家庭空間を切りひらいたのである。

愛の不随意性

家庭空間の創造の鍵は愛という感情なのだ。愛は――パミラやその他の家庭小説の女主人公たちの言葉を信じるなら――随意的に操作されえないものであり、それゆえに、彼女たちの結婚が合理的な功利計算とはまったく無縁で純粋なものであるということが保証される。したがって、愛はイデオロギー的に大きな意味をもつことになり、平凡な若い女性の内面に宿る愛という感情を記述し分析することが、それまでの文学では考えられないほど、文化的・政治的に重要な実践となったのである。そして、家庭小説という文学ジャンルは、若い女性の心理・内面に焦点を当てることによって、まったくもって不随意的である愛が若い女性の胸中に生まれ、育ってゆく不可思議なプロセスを描くことを自らの使命とする。この愛という不随意的な感情の微妙な生成過程は、『パミラ』の中で周到に描かれる。上の引用で、パミラは自分がB氏をいつの間にか愛し始めていたことを告白しているが、その愛は突然に生じるわけではない。パミラのB氏に対する感情は、彼女が軟禁状態に置かれている間にも微妙に変化してゆく。たとえば、B氏が危険な目にあったが無事だったという話を聞くと、パミラはうれしく思う。

いましがた聞いたことだが、数日前、狩の獲物を追って川を渡ろうとしたさいに、ご主人さまは溺れかけたそうだ。なんということだろう、彼のひどいあつかいにもかかわらず、私がご主人さまを嫌いになれないとは。きっと私は他の人たちとちがうのだろう。彼は嫌いになってよいほどに、酷いことをしている。けれども、彼が陥ったとても大きな危険のことを聞くと、彼が助かったことを喜ばずにはいられない。ご主人さまが亡くなれば、私は自由になれるというのに。（P 218）

また、パミラはB氏の姿を見ると、魅力的な男性であると感じてしまう。そして、パミラ自身、そうした自分の気もちの変化を説明できないのである。

私は窓の外のご主人さまの姿を目で追いました。素敵な服装をしていました。たしかに美男子ですばらしい紳士です。その見かけほどご立派でないのは残念なことです。なぜ私は彼を嫌いになれないのでしょう。でも、それを知っても不安になる必要はありません。私が彼を愛することはありえませんから。言ってみれば、彼の悪徳が彼全体を醜くしているのです。(P 235)

これらの部分では、自分を虐待するB氏をどうしても憎むことができず、むしろ彼に魅力を感じてしまうパミラの気もちの揺れが描かれている。これはB氏に対する愛の芽生えである。重要なのは、パミラ自身が自分の感情を理解できていないということである。愛は本人も気づかないうちに芽生え、成長し、いつの間にか本人を支配する。愛が意識的にコントロールすることができないものであるなら、それが功利的な計算から生じることはありえない。それは理性的な利益獲得とはまったく別種の、純粋で没利害的なものである。愛は不随意的なものであるというまさにこの事実こそが、家庭小説の女主人公たちの行動原理を、市場経済の原理から切り離す。家庭小説の使命とは、若い女性の胸中で本人が知らない間に成長する愛という神秘的な感情のかたちとその生成過程を描くことなのである。[12]

こうして、すべてを商品化してゆく無慈悲な市場経済と区別された空間、すなわち損得勘定抜きの愛が支配する「親密な領域」としての家庭という領域が立ち現れる。家庭と市場経済の切り離しには大きなものが賭けられている。だが、ユルゲン・ハーバーマスが指摘しているように、商品化を拒否することで立ち上がってくる家庭という領域は、それをとり囲む市場経済と無関係ではありえない。家庭は、市民が帰る場所、あるいは市民を産み育てる場所として、政治的・経済的領域とともに市民社会を構成する二つの場所なのである。[13]だが、この二つをべつな領域として想像することに、市民社会の成立の可能性がかかっている。ハーバーマスは家庭という「親密な領域」について、つぎのように言う。

この空間は、政治・経済的な空間に対立する心理的な解放の場であった。家族の領域を独立し、すべての社会的関係性から切り離されたものと見なしたい、あるいは純粋な人間性の領域と見なしたいという欲望があったかもしれないが、家族の領域はもちろん労働と商品交換の領域に依存しているのだ。……こうして、経済的起源を否定する私的なものの自律性（つまり、自分を自律的と信じる市場のプレイヤーの行動領域の外部に存在する自律性）こそが、ブルジョア家族に自意識を与えたのである。(14)

家庭という領域は、近代的市民の道徳的な自律を支えるものなのである。マックス・ヴェーバーが指摘しているように、資本主義とは禁欲的なまでの宗教的倫理観が生み出したものであり、市場経済に参加する市民の道徳性を前提としている。市場のプレイヤーが有徳であるという前提こそ、信用に基づく近代的な市場経済を可能とする条件にほかならない。市場はすべてを無慈悲なまでに商品化してゆくメカニズムをもっているが、そこに参加する市民が倫理観を忘れて利益の追求に終始すれば、市場自体が立ちゆかなくなることは、スミスのような資本主義の初期段階の解説者たちも知っていた。それは、なぜスミスが『国富論』とともに、『道徳感情論』という道徳哲学に関する書物を書かなければならなかったのかという問題と直結する。

市場に参加する市民は倫理的な存在でなければならないが、そうした倫理観をもった市民を育てる場所こそ家庭である。家庭という領域なしに近代的な商業社会は成立しない。家庭を支配するのは女性的な徳であり、女性的な徳は表面的には市場経済の原理に抵抗するが、同時に市場経済を下支えする。家庭と市場経済の関係は複雑である。家庭はあからさまな市場経済の原理に支配されてはならない（それゆえ、自らを商品化し、市場の論理に身をまかせる女性は忌み嫌われるのである）。市場経済を拒絶する禁欲的な女性的原理によって、市場経済における健全なプレイヤーが育成される。パミラとモル・フランダーズの徳あるいは倫理観に大きな差をもたらした要因として、パミラは貧しいが信仰深い両親から厳格な教育を受けたのに対し、孤児のモル・フランダーズはついに理想的な家庭での教育を受けなかったという事実をあげることは可能だろう。それゆえ、近代的市民社会は、女性が市場のプレイヤーとなることに対して警戒感をもつ。逆に、若い女性は市場における損得勘定とは無縁であることによって信頼を得る。パミラに代表される家庭小説の女主人公たちの多くが、財産に無関心であるのはそうした理由からである。彼女たちはとくに財産をもつ必要はなく、財産が邪魔になることさえある。たとえば、オースティンの女主人公たちの何人かは財産らしい財産をもたない。たとえば『分別と多感』のダッシュウッド姉妹、『高慢と偏見』のエリザベス・ベネット、『ノーサンガー・アビー』のキャサリン・モーランドたちは、十分な財産をもたないという理由で、結婚市場において不利な立場に置かれる。しかし、物語の中ではむしろ、彼女たちは財産をもたないからこそ、女性的な徳を代表する存在として、理想的で望ましい女性となる。逆に、祖父から大きな財産を遺贈されたリチャードソンの『クラリッサ』の女主人公クラリッサは、そのために家庭から排除される。また、ファニー・バーニーの『カミラ』の女主人公カミラが幸福な結婚に到達するまでに、彼女が相続した莫大な遺産をつぎつぎと剝ぎとられてしまうこと――つまり、幸せな結婚をするためには文字通り裸一貫にならなければならなかったこと――は、そうした事情と関連している。また、そうした理想的な女性たちに対立する人物として、自分の女性的な魅力を利用して有利に結婚しようとする狡猾な女性が描かれることがあるが、そうした女性たちは忌み嫌われる。たとえば、『分別と多感』のルーシー・スティールや『ノーサンガー・アビー』のイザベラ・ソープや『マンスフィールド・パーク』のメアリー・クロフォードなどがそうした例である。彼女たちが嫌われるのは、自分をあからさまに結婚市場での商品とする彼女たちが、自分の胸中に自然発露的に生まれる愛に身をまかせることなく、有利な結果を求めて理性的かつ功利的な行動をするからである。

家庭小説の役割

問題は、没利害的な愛に忠実な女性と功利計算に基づいて行動する女性を、外形的に区別するのはむずかしいということである。その曖昧さは、彼女たちの動機に対する疑念を生み出す。たとえば、パミラの動機はじつは不純なものではないのかという疑念は、出版直後からくり返し表明されてきた[15]。たとえば、ヘンリー・フィールディングの作とされる『パミラ』のパロディー作品『シャミラ』において、小間使シャミラ（偽のパミラ）は、自分の貞節を売り物にし、手練手管を用いて自分に惚れ込んだ青年貴族ブービー氏とまんまと結婚する。だが、じつはシャミラは結婚前にすでに牧師ウィリアムズの愛人であり、貴族の正妻となった後でも牧師ウィリアムズと愛人関係をつづける。『シャミラ』においても、若主人ブービー氏はシャミラに対して気前のいい条件を提示し、自分の愛人になるように提案するが、シャミラは徳を守るという口実で彼を焦らす。だが、徳を大切にする貞淑な乙女という見せかけの下で、彼女はブービー氏の正妻の地位を手に入れることを計算高く目論むのである。

翌朝、ご主人さまは私を呼びだし、私にキスし、私に書付けを渡してそれを読むように言った。私はそれを読んだ。それは、お金や物品といった私に有利ないくつかの贈物に加えて、年収二五〇ポンドの財産を与えるという提案であった。彼は言った。「さあ、パミラ、この提案に対してお前はどう答えるのだ」。私は言った。「ご主人さま、私は全世界よりも自分の徳を大事にしています。大金持ちの情婦になるくらいなら、ひどく貧乏な男の妻になります」。「お前は馬鹿だ」と彼は言った。「そうかもしれませんが、私はだれかさんとおなじくらいの知恵はもっています」と、私は叫んだ。「私のことを言っているのだな」と彼は言った。「だれでも、自分のことは自分が知っています」と私。「あばずれ女め、この部屋から出てゆけ。その仏頂面を二度と見せるな。私はお前よりももっと大きな危険にさらされている。だから、できるだけお前を避けなければならない」。「では、私はできるだけあなたに出会うようにしましょう」と私は考えた。こうして私は部屋を出たが、わかれぎわに、彼がため息をついて「私は魅せられてしまった」と言うのが聞こえた。

それからジュークスさんが私と一緒にいたが、彼女は、私がきっとこの家の女主人になると言い、あたかも私がすでに女主人であるかのようにふるまった。私はそれを狙うことに決めた。私は自分の体を使ってちょっとした財産つくることを考えていた。私は今や自分の徳を利用して大きな財産をつくるつもりだ。(16)

『シャミラ』は『パミラ』の悪意をもったパロディーであるが、じっさい、パミラは召使時代から家政という意味でのエコノミーに優れた能力を発揮している。その彼女が自らの利得の計算という意味でのエコノミーにまったく無関心ということは考えにくい。もしかするとパミラは計算高く狡猾で抜け目のない女性なのかもしれない。『シャミラ』をはじめとする『パミラ』のパロディーの作者たちは、そうした疑いを表明している。それは、『高慢と偏見』のエリザベス・ベネットがダーシー氏との結婚を望んだのは、ペンバリーの女主人になりたいという欲得ずくの計算が働いたからかもしれないという疑いに直結する。エコノミー（家政・経済）を自らの行動原理とするという点で、モルとパミラは姉妹なのかもしれないし、シャミラは彼女たちの三人目の姉妹であるのかもしれない。あるいはカマトトぶったキャサリン・モーランドは、じつはイザベラ・ソープと五十歩百歩の同類なのかもしれない。

もちろん、重要なことは、こうした問題に結論を出すことではなく、不随意的に生まれる愛の描写と分析に、家庭小説が莫大な労力を費やしてきたという文化史的な事実である。没利害的な愛に基づく結婚と、功利的な計算に基づく結婚を、外形的に区別することはもともと困難である。だからこそ、家庭小説は、若い女性の胸中に愛が芽生え、成長する過程を、緻密かつ説得力豊かに描かなければならないのである。たしかに、ルネサンスのソネット作者たちも貴婦人たちの心の不可解さについての思索をテクスト化した。しかし、その表現は心理描写と言うにはあまりに定型的であったし、その彼らにしても貴婦人に使える小間使の心の中を覗き込むなどということは、およそ考えもつかなかった。けっして身分の高くない若い娘の心理を描写するのに、これほどまでに膨大なページ数を費やすというのは、家庭小説が西洋の文学史において最初に始めたことであった。それは近代の市民社会において、若い女性の胸中に宿る不随意的で没利害的な愛というものに大きなイデオロギー的意味が付与されたからである。上で述べたように、若い女性の愛こそ、家庭を市場経済から切り離す原動力である。もしそうだとすれば、平凡な娘の胸中に宿る愛こそ、近代の市民社会の存立を可能にする条件であり、それを説得力豊かに描く家庭小説に託されたイデオロギー的使命は、非常に重要なものであった。もちろん、家庭小説に先立ってそうした愛という感情が存在していたと考える必要はない。家庭小説という言説が、没利害的で純粋な愛という概念を作り出したのだと考えるほうが自然であろう。しかし、家庭という親密な領域と経済活動の領域が不可分であり、背後でつながっているからこそ、多くの家庭小説に見られるように、社会的・経済的な分野での解決不可能な葛藤が、家庭や家族の問題に翻訳されて、想像的解決が与えられるという戦略が可能となるのである。この想像的解決がイデオロギー的な効力をもつのは、市場経済と家庭が、じつはおなじもの——近代的市民社会——のもつ二つの側面であるからにほかならない。

第10章　徳と法のあいだ

——リチャードソンの『クラリッサ』

女性的な徳

ここまで跡づけてきたように、商業化が急速に進展した十八世紀のイギリスにおいては、商業活動への積極的な参加と矛盾せず、むしろ商業活動によって育まれるような徳の概念の構築が、商業社会の擁護者たちによってこころみられた。彼らがとった戦略は、商業活動の駆動力である情念や空想といった想像的な能力それ自体の中に、人間性を洗練させ社会に調和と安定をもたらす、自己規制的な力が内在していることを証明することであった。つまり、近代的な商業社会における徳は、社会全体の利益と合致するようなかたちに個人の感情や情念を安定化させてゆく能力——それは「洗練された趣味」や「繊細な感受性」と呼ばれていた——と結びつけられていったのである。これまで確認してきたように、想像力や情念の洗練の中に徳すなわち社会の道徳的統制原理を発見しようとする姿勢は、十八世紀においては女性的なものと見なされていた。そうした意味で、十八世紀イギリスの道徳哲学は、女性的原理の優越した社会理論を構築したのであり、彼らが描く市民や経済人は、情念や空想に支配されているという意味で女性化した市民なのである(1)。だが、洗練された感受性といった女性的な基準が、たんに家庭的で私的な領域においてだけではなく公共的な領域における人格の基準として作用し始めるためには、本来女性的で私的なものであった趣味や感受性が公共的な意味をもつものとして書き換えられる必要がある。この点にこそ、デイヴィッド・ヒュームやアダム・スミスといった道徳哲学者だけでなく、サミュエル・リチャードソンのような小説家の努力が向けられたのである。リチャードソンやヒュームは、感受性の洗練と共感の作用という女性的な原理によって秩序が維持される市民社会を構想したという点で、共通性をもつ。小説と道徳哲学という二つの言説はともに、近代化と世俗化が急速に進行する十八世紀のイギリスにおいて、神学的な権威や伝統的な価値観が力を失った近代的な商業社会に住む人間はいかにして徳ある存在でありえるのか、また商業社会はいかにして調和ある全体でありえるのか、という問題を探究したのであり、その企画の中心に「女性的な徳」という概念が存在している(2)。

十八世紀の小説と道徳哲学を、感受性の洗練という女性的徳の中に市民社会の安定化原理を発見しようとするこころみとして見るとき、これらの倫理学的な言説と法権力あるいは法学的規範との関係は興味深い問題を提示する。十八世紀イギリスにおける家庭空間や女性的な徳の理念の創出は、政治的な手段ではなくむしろ文化的なヘゲモニーによって支配権を確立しようとする中産階級のイデオロギー的な戦略の一部であったことはまちがいない。だが、問題はこうした女性的な徳の概念は、外的な拘束力によって社会秩序を確立しようとする法学的な発想と相容れないように見えることだ。洗練された想像力や感受性といった柔らかな（女性的な）力による社会秩序の維持は、法による支配を補完しときに法を覆い隠す。だが、文化的ヘゲモニーと法による支配の関係はときに問題含みとなる。J・G・A・ポーコックが指摘するように、初期近代以降のイギリスにおいては、徳の概念を中心に社会の統治と市民の義務の問題を考えるシヴィック・ヒューマニズムの言説とならんで、人間の事物に対する「権利」の発生とその配分という概念を軸に社会の起源や統治権の問題を考えてゆく法学的言語が、政治理論の主要な語彙として存在していた(3)。有徳で自由な市民による政治参加という前提から理想的な国家を構想するシヴィック・ヒューマニズムと異なり、法の言語は社会秩序を個人の事物に対する権利という問題から出発し、権利の配分と義務の発生という観点から社会秩序と統治の問題を考察する。法の支配する世界においては、人間相互の関係は、事物に対する権利によって媒介されたものとなる。ポーコックによれば、トマス・ホッブズやジョン・ロックは社会と統治の問題を法学的な言語で語ったのであり、ジェイムズ・ハリントンやヒュームは同様の問題を倫理学的な徳の言語で語ったのである。ポーコックが強調するのは、法を中心に社会秩序を構想する言説と、徳を中心に社会秩序を構想する言説は異なる前提と目的をもち、異なる問題に取り組んだ相互に異質で不連続な言説だということである。法学の言語と徳の言語の通約不可能性は、これらの言語がおなじ文脈でおなじ問題に当てはめられたときに浮かび上がる。法中心の言語と道徳中心の言語は、どちらも十八世紀小説の中に見出すことができる。たとえば、家庭における社交や結婚の問題を中心的にあつかうリチャードソンやジェイン・オースティンは、徳と礼儀作法をパラダイムとする作家であり、法律家や監獄を頻繁に登場させるダニエル・デフォーやヘンリー・フィールディングは、法を中心に社会秩序を構想する作家であると言えるだろう。[4] だが、以下で見るように、道徳規範と法権力の緊張関係は、公的な法権力に頼ることなく市民社会の理想を構想しようとしているように見えるリチャードソンのような作家のテクストの内部にも発見できる。本章の目的は、女性的な徳や洗練された礼儀作法が支配的な原理になっているリチャードソンの『クラリッサ』の小説世界に法的な権力が入り込み、女性的な原理に基づく道徳的規範と不協和音を立てながらも、ある種の奇妙な共犯関係を取り結ぶそのあり方を考察することである。以下、『クラリッサ』[5] のテクストに即して分析を進めてゆこう。

『クラリッサ』における法と倫理

ロバート・ラヴレイスの叔母と従妹であるレイディー・ベティーとシャーロット・モンタギューの偽者に誘い出されてシンクレア夫人の売春宿に戻ったクラリッサは、薬物を飲まされてレイプされる。彼女がいく分回復したあと、ラヴレイスは召使のドーカスにクラリッサの信頼を得させて自分のスパイに仕立てようとする。その目的のためにラヴレイスや売春宿の女たちがわざとらしい芝居をしていると、彼らの前にペンナイフを手にしたクラリッサが現れ、彼らは動転する。慌てふためく彼らに対してクラリッサは「法だけが自分のよりどころです」と言い放ち、ラヴレイスたちは震え上がる。

驚いたことに彼女は先端を自分自身の胸に向けたペンナイフを手にもっていて、取手をしっかり握っていたので、それを彼女から取り上げようとすることはできなかった。「私は自分以外のだれも傷つけるつもりはありません。あなた、そして女たち、あなた方は私から危害を加えられることはありません。私が頼みとするのは法だけです」。彼女は「法」という言葉に力を込めたので、この手の人間たちに当然のように恐怖をもたらし、彼らは慌てふためいた。それは無理もなかった。というのは、この世で安楽と贅沢を手に入れるために自分自身を地獄落ちにした人間たちは、その安楽と贅沢を手に入れた手段を脅かすようなものに対しては震え上がるものなのだ。「法だけが私のよりどころです」。あの不埒な女将は「あの変なご婦人と話をつけて、出てってもらったほうがいいかもしれないよ」と私にささやいた。(C 950)[6]

自分の置かれた現実に対して絶望したクラリッサが言うこの「法」という言葉には、たとえば後でクラリッサが使う「父の家」といった言葉と同様に、宗教的な意味が込められていることはあきらかである。しかし、この小説の最初から最後まで法律問題——祖父からクラリッサが相続した財産の所有権に関する問題とレイプに対する訴訟の問題——が大きな問題として物語の背景に存在しつづけることを考慮するなら、クラリッサが最後に頼った「法」を、世俗的な法律の問題と関連させて考察する必要があるだろう。リチャードソンの作品に登場する宗教的な用語には、当時の社会的・政治的な問題と結びついたイデオロギー的な意味が込められているのである。

女性を主人公にするリチャードソンの作品でも、たとえば『パミラ』においては『クラリッサ』とは対照的に、法律の問題はほとんど出てこない。わずかな例としては、第一巻の終わりのほうでパミラが自分の手紙をB氏に渡すところで、パミラが、自分が拘束されているのは「違法」であると言う場面がある。

私は言いました。「私があなたに言った嘘に関して罪に問われることを恐れてはいません。私は書いたことすべてを覚えているわけではありませんが、でも、私はそのとき心にあったことを書いたのです。それに嘘はありません。私は違法な拘束から逃れようとすることの正当性をいつも口に出していたということを、どうか心にとどめておいてください。だから、そうできる場合にそうしようとしたことに関して、お怒りになるのは止めてほしいのです」。(P 266)[7]

この少し後でもパミラは、自分に対して「違法に」権力がふるわれていると言うが、これらの言葉はレトリック以上のものではありえない。小間使の少女パミラが法的な権利を主張することで、B氏と対等に渡りあえるわけがないのである。パミラが自分の武器とするのは手紙に込められた自分の内的心情であり、女性的な徳なのである。それは法や政治に関わる公共的な言語ではなく私的で親密な内面的言語である。もちろん貴族的な名誉に拘泥するB氏は、最初パミラの徳の何たるかを理解できない。しかし、B氏が手紙というかたちでパミラの内面的な徳に直接触れたとき、彼はそうした新しい価値に対してかえって無防備となってしまうのである。パミラの貞節という宗教的な装いをもった女性的で家庭的な徳は、B氏の内面に入り込み、彼を文字どおり「飼いならして」しまうのである。女性的な徳という一点でB氏に立ち向かうパミラの戦略において、法律は何の役にも立たない。むしろそれは家庭的で女性的な価値の世界から彼女を引き離しかねないという点で危険ですらある。パミラはB氏の屋敷という家庭空間の内部にとどまることによってのみ、「美徳の報酬」を得ることができる。もちろんB氏のリンカーンシャーの屋敷は『パミラ』の前半部において悪夢的な様相を帯びる。しかし、家庭的な徳が唯一の武器であるパミラにとって、家庭空間の外部——法律と政治が支配する公共的な空間——に出るという選択肢は存在しない。公共的な権力をまったくもたないパミラは、むしろその無力さゆえに、ロマンス的な願望充足のプロットの中で最終的な勝利を収める。たとえ家庭空間がどれほど悪夢的な様相を帯びようとも、パミラが勝利できる可能性があるのは家庭という空間の内部だけである。パミラが屋敷の壁を越えて外に逃げ出すことができないのは、壁の高さや彼女の身体能力の不足のせいではなく、物語のロジックがそれを許さないからなのである。そのことは、自分の意思とはうらはらに屋敷の壁を越え出てしまったクラリッサと対比するとき、よりいっそう明確となる。

『クラリッサ』と『パミラ』の大きなちがいは、『クラリッサ』においては家庭的な徳の鑑であるはずの女主人公が、文字どおり家庭空間の外部へと排除されることである。クラリッサに対する家族の残酷な態度と、それがもたらす家庭空間からのクラリッサの排除という運命の大きな前提となっているのは、クラリッサが祖父から財産を受け継いだという事実である。この財産はテクストの冒頭に置かれたクラリッサの親友アンナ・ハウの手紙から物語の終結にいたるまで、まるで通奏低音のようにくり返し言及される。クラリッサは財産相続によって、自分の意思とは無関係に公共的な社会関係の中に引き出されてしまったと言ってもよい。祖父から財産を受け継ぐまで、クラリッサは叔父や叔母を含めた家族たちの家庭的愛情を一身に集める存在であった。しかし、いまやクラリッサと家族の関係は純粋に内面的で細やかな感情に媒介されたものではなく、祖父の財産に対する法的な権利を媒介としたものになってしまう。内面的で女性的な徳に自分の存在を賭けようとするクラリッサにとって、この財産は余分なものである。クラリッサが祖父から引き継いだ財産の所有権の放棄をくり返し申し出るのは、彼女がもつ法的な権利と彼女の内面的で女性的な徳（それは彼女が財産を相続するまでハーロー家を結びつける絆となっていた）がまったく異なる前提の上に立つものであるからである。クラリッサが祖父の財産を受け継いだことによって、家族たちがその財産に対する潜在的な権利という観点から、クラリッサと関係をもつようになったのである。それは、キャロル・ケイの言い方を借りるなら、事物に対する未決の占有権を争う個人たちからなる「ホッブズ的世界」が、ハーロー家の内部に現れたことを意味する。(8) クラリッサの遺書によって祖父の財産が彼女の父親の子に渡るとき、父親は息子ジェイムズと娘アラベラをなじるように「おお、息子よ、息子よ。おお、娘よ、娘よ」(C 1421)と叫ぶが、これはクラリッサに対する家族の過酷なふるまいの原因が、基本的に財産問題であったことを示している。大きな財産の所有者になったクラリッサは、彼女の意思とは無関係に彼女の家族たちと法的な所有権を媒介とした関係に入ってしまい、その結果、家族たちとの私的で親密な関係を取り戻すことはできなくなってしまったのである。クラリッサはラヴレイスの巧みな計略によって、自分の意思とは関係なく家庭の外に誘い出されてしまうが、それは彼女がすでに家庭空間の中に占める場を失ってしまっていたという事実の確認にほかならない。このことは、屋敷の外に出たくても出られないパミラと対照的である。いまや財産の所有者として家庭の外部に押し出されたクラリッサがとりうる唯一の手段は、財産に対する法的な権利を主張することであるとするアンナ・ハウの意見はまさに的を射た助言である。しかし、クラリッサは家庭空間の外部においても自らの女性的な徳の力を維持しようとする。それは女性的で内面的な徳が、家庭の外部の公共的な空間においても意味あるものであることを証明しようとするリチャードソンの大きなイデオロギー的実験なのである。

だが、洗練された感受性という女性的な徳によって人間的な絆を回復しようとするクラリッサの企ては、大きな困難に直面することになる。財産に対する欲望に端を発するハーロー家の家族たちの激しい情念は、もちろん粗野なものであるが、それが理性よりは感情に基づくかぎり、クラリッサの洗練された感受性と最終的な区別をするのはむずかしい。自分の召使のハンナが首になったことを告げに来た姉の召使ベティー・バーンズに、「彼ら〔自分の家族〕は私の胸を押しつぶすつもりなのだわ」とクラリッサは言う。しかし、それに対してベティーは「おたがいさま」と平然と言い放つ。

「あの正直者に会って給金を払うこともできないの。たぶんあの娘に二度と会えないのね。それというのもあの人たちが私の胸を押しつぶすつもりだからだわ」。

「みなさまは、お嬢さまこそみなさまの胸を押しつぶすつもりだとお考えですわ。だからおたがいさまなのです、お嬢さま」。（C 119）

こうしたやり取りの中に垣間見えるのは、粗野な情念も洗練された感受性も、それらが情緒的なものであるという点では同断であり、洗練された想像力を欠いた人間にその区別を伝達することは不可能だという事実である。粗野な情念に駆り立てられたハーロー家の人々に決定的に欠けているのは、クラリッサの繊細な感受性を思いやる想像力なのだ。もちろん、彼女がラヴレイスに惹かれてゆくのは、彼にそうした洗練された想像力があると彼女が考えたからにほかならない。

道徳と想像力

ラヴレイスの行動原理は、つねに相手の反応を計算に入れて、それに先回りすることである。それがある面ではクラリッサの繊細な感受性と大きな共通性をもつものであることはあきらかだ。そうした洗練された想像力に基づく人間関係という発想は、アダム・スミスが後に『道徳感情論』において展開した道徳理論と通底するものである。スミスは法の強制力ではなく、道徳的な共感によって調和を達成する市民社会のヴィジョンを構築した。スミスによれば道徳的な共感の根底にあるものこそ想像力である。だが、市民社会の秩序を保つ上でもっとも重要であるとスミスが考えるのは、他人の痛みを正確に察知する観察者の共感の能力ではなく、周囲の観察者の共感の度合いを察知して自分の痛みの表現を調節する、被害者の側の克己と自己表現の能力なのである。第5章で見たように、市民一人ひとりが自分に対する他人の共感の程度をたえず推し量りながら自分の感情表現を調節するスミスの市民社会は、まさに劇場的な構造をもっている。つまり、市民社会の市民が身につけるべきであるとスミスが主張する能力とは、劇場的で想像的な能力であり、結果として、この市民社会という劇場は虚構的な言語によって支配されることになる。そして、ラヴレイスがもっとも得意とするのは、相手の反応を織り込んだ上で巧みに虚構世界を構築することなのだ。そうした意味で、一方で貴族的な価値を体現しているラヴレイスは、他方では洗練された近代的市民社会の市民にふさわしい想像力のもち主なのである。

劇場的な想像力という点で『クラリッサ』には、一見些細ではあるが、興味深いエピソードがある。ラヴレイスとじつはシンクレア夫人の売春宿の売春婦のひとりであるポリー・ホートンは、クラリッサをトマス・オトウェイの『守られたヴェニス』という芝居に連れ出す。そこでクラリッサは二人が芝居のしかるべき箇所で感動していたという事実によって、この二人の人格を信用する気になるのである。

私は昨晩ラヴレイスさんとホートン嬢と芝居を見に行きました。ご存知のとおり、読むと深みがあって心を揺さぶる悲劇です。私のコメントはあなたが主要な劇に関して私にコメントを書かせたあの小さな本の中にあります。ラヴレイスさん自身がもっとも感動的な場面のいくつかでとても鋭敏に感動していた――そのことを報告できることは私の喜びです――わけですから、ホートン嬢が私とおなじように上演に対して大いに心を動かされていたと言っても、あなたは驚かないでしょう。(C 640)

しかし、じつはラヴレイスは芝居のどの部分で泣くべきかをあらかじめポリー・ホートンに指示していたのである。このエピソードは感情表現の調節によって市民社会の秩序を確立するというスミスの議論を先取りしているだけでなく、その根本的な問題点――すなわち想像力と虚構に支えられる劇場的な市民社会の秩序は、虚構の巧みな操作によって虚構と現実が遊離してしまうことで崩壊する危険性をもっているということ——をあらわにしている。じっさいにラヴレイスの過剰なまでに洗練された想像力が生み出す虚構の世界は、その結果に対する彼の功利的な計算による制御すら受けつけないものとなって暴走してゆく。ラヴレイスは友人ジョン・ベルフォードに宛てた手紙の中で、自分が張り巡らした陰謀の中で自分自身が身動きとれない状況に陥ってしまったことを告白している。

私は生きていたいので、今この手紙を書いている時点では、言うも愚かな陰謀家であったせいで、私が正直者になるための力を失ってしまったらしいということを残念に感じている。私はどんなかたちであれ、強制は嫌いだ。たとえ自分の選んだことのせいで悪党にならざるをえないということでさえも、だ。だがいまや、ベルフォードよ、私は自由な行為者ではなく、ついに機械になってしまった。ジャックよ、気概のある男が非道の極みを尽くしたせいで、前に進むことを止められず、自分自身を助けられず、そのくせ自分の勝利が自分の破滅になることをほとんど確信しているなんて、何て馬鹿げたことだろう。(C 848)

これもすでに論じたことだが、スミスの劇場的な市民社会の問題点は、理性から切り離された想像力が自律的な力を帯びて暴走を始めることに対する究極的な歯止めを欠いているということであった。ある意味で『クラリッサ』のテクストは、アダム・スミスの道徳感情論の議論の内容を先取りしているだけでなく、その理論的な限界点とジレンマをも、あかるみに出していると言えるだろう。

クラリッサの悲劇は、ハーロー家の人々の洗練を欠いた粗野な情念と、ラヴレイスの過剰で歯止めがきかない想像力という、両極端の選択肢しか与えられなかったことである。洗練された感情の交流に基づく理想的な社交の世界は、クラリッサが最後に身を寄せるロンドンの片隅に住む小売商スミス夫妻の家という、周縁的な場所でしか可能とはならない。アンナ・ハウはくり返しクラリッサに対して法的な手段をとることを勧める(最初はハーロー家に対して財産権を主張すること、つぎにラヴレイスの罪を訴えること）。しかし、クラリッサはそれにけっして同意することはない。それは、上で触れたように、権利に基づいた法的な権力関係の世界に入るということは、女性的で家庭的な徳をよりどころにするクラリッサにとって自滅行為だからである。法権力が支配する公的な世界に入ることを徹底して拒絶するクラリッサが最終的にとる手段は、自分の物語をテクストというかたちで公表することで、世論の判断を仰ぐということである。こうした戦略は、道徳哲学者たちが重要視する世論の判断という概念を想起させる。たとえば、趣味判断の妥当性の問題を論じたヒュームによれば、個々の人間が下す価値判断にはかならず誤謬の可能性が含まれるが、多くの人々の判断を経由して長い時間をかけて醸成された判断が誤るということはありえない。クラリッサは法廷ではなく世論を信頼し、世論に最終的な判断を委ねるという点で、ヒュームのような道徳哲学者とおなじ価値観を有しているのだ。ここにクラリッサが「自分の唯一のよりどころ」とした「法」のひとつの具体的な現れがあるといってよい。彼女が頼るのは制度として制定された個々の法ではなく、あらゆる個別的な判断の上位にあり、またあらゆる法の基盤となるような、道徳的な法なのである。クラリッサの死後、ラヴレイスは叔父のM卿と従姉妹たちに対して、ハーロー家の人々が自分の罪を公開したとしても、自分はクラリッサの死に対して法的な責任はないということを証明できると嘯き、あたかも法廷でおこなうような自己弁護の弁論を演じてみせる（C 1438–1439）。紳士としての教育と明晰な頭脳をもっているだけでなく、ロンドンの裏世界とも通じているラヴレイスにとって法の論理を操るのはお手のものなのである。クラリッサは、法の言語が支配する場において自分に勝ち目がないことを十分承知している。彼女が訴える法は法廷で問題となる法ではなく、すべての法の上位にある道徳的な法である。クラリッサはラヴレイスが操るような実定法よりも上位の法にしたがうことを示すために、訴訟の世界に入ることを徹底して拒絶する。死後ラヴレイスに手渡された手紙の中でクラリッサが宣言するように、実定法の世界に関わらないことによってのみ、クラリッサはラヴレイスよりも上位に位置することができるのである。

しかし、ほんとうに私はずっと長い間あなたよりも優位に立っていたのです。というのも、あなたがどんな類の人間なのかを知って以来、私は心からあなたとあなたのやり方を軽蔑していたからです。（C 1427）

こうしたクラリッサの言葉には、道徳的な法を実定法よりも上位に置こうとする意図がはっきりと読み取れる。公的な法権力がクラリッサと相容れないものであることは、彼女が債務者監獄に入れられて彼女が急激に衰弱するエピソードにおいても象徴的なかたちで示される。だが、公的な法の介入を徹底して忌避する『クラリッサ』の小説世界の中に、法権力は意外なところから侵入してくる。

『クラリッサ』における法の介入

自分の死期が近いことを悟ったクラリッサは、ラヴレイスの友人であり、また彼女の感化によって放蕩から足を洗ったジョン・ベルフォードに、自分の遺言執行人になることを依頼する。

そのときには、私の人格を正当にあつかうことができる資質をもっている私の知る唯一の紳士に、つぎのことをお願いします。私に恩義をほどこす勇気と、自立と、能力をもった紳士に、言うなれば私の記憶の擁護者になってほしいのです。そして、私の遺言執行者になり、わたしの遺言が執行されることを確認してほしいのです（彼は自分のやり方と流儀と時間ですべてをおこなってかまいませんが、必要に応じて私の親愛なる友人アンナ・ハウ嬢に相談してください）。私はこのお願いが受け入れてもらえるだろうということを信じています。（C 1176）

彼女は自分の遺言が適切に執行されることと、自分の物語が適切にまとめられ伝えられることをベルフォードに依頼する。ベルフォードが法律に通じている人物であることは、ラヴレイスの手紙であきらかにされている（C 1439）。じっさいに、ベルフォードによってクラリッサの遺言は見事に執行され、彼女の物語も一貫したテクストのかたちをとる。だが、こうしたことが可能となったのは、クラリッサが自分の意思を遺書というかたちで法的に拘束力のあるものとし、さらにその拘束力を実効性のあるものとするために、社会的地位と法律知識を兼ね備えたベルフォードという人物にその執行を託したからである。クラリッサの女性的な徳は、こうして法的拘束力という外面的な強制力に依存することによってのみ、信憑性のある物語として保存されることが可能となる。皮肉なことは、クラリッサの悲劇的な物語は、ラヴレイスや彼女の兄と姉といった重要な人物たちに対して、道徳的な感化の力をもたないことである。ラヴレイスは改心の予告をベルフォードに残しながらも、クラリッサの従兄モーデンとの決闘で死に、兄と姉はその貪欲さと虚栄心という粗野な情念に支配されたまま、それにふさわしい惨めな人生をおくることになる（兄ジェイムズの人生を苦々しいものにするのが、彼の妻の財産相続に関する、えんえんとつづく訴訟であるということは、意味深長である）。公的な法権力に訴えることを徹底して拒絶することで、女性的な徳を守ろうとしたクラリッサは、公的な法権力に支えられることによってのみ、内面的で女性的な徳の物語を世論に対して伝達することが可能となったのである。

女性的な徳と公的な法権力を、十八世紀イギリスのブルジョア・イデオロギーの対立的でありながらも相互補完的な二本の柱としてみた場合、アンナ・ハウとクラリッサはまさに相補的な関係にあると言える。アンナ・ハウは物語の最初から最後まで、クラリッサに法的な手段をとることをうながしつづける。彼女は公的な法の有効性を信じるという意味で十八世紀のブルジョア・イデオロギーの一方の代表者なのであり、女性も独立した市民として公的な法に基づく社会的関係の主体となりうるし、なるべきであると考えている点で、メアリー・ウルウストンクラフトの先駆者であると言える。だが、『クラリッサ』の小説世界においては、家庭的な徳の主体であることと公的法関係の主体であることが両立できないものである以上、彼女が法的な力の信奉者である間は、結婚して家庭に入ることは、物語のロジックによって禁止されることになる。だが、女性的な徳の信奉者であるクラリッサが、自らの徳を守り抜くために最終的に法の拘束力に頼ったのと対照的に、クラリッサの死後六カ月間喪に服したアンナ・ハウはヒックマン氏と結婚し、貧民に対する慈善活動という女性的な徳に基づく活動を、クラリッサからその仕事を引き継いだノートン夫人からさらに引き継ぐことになる。そして、彼女はクラリッサの女性的な徳を語り伝えることになる。つまり、彼女は最終的に家庭的で女性的な徳を体現する人物に変容するのである。『クラリッサ』のテクストにおいてわれわれが目にするのは、十八世紀の市民社会のイデオロギーの構築の二つの柱となった女性的な徳と公的な法権力が、対立しながらも共犯関係にあるという複雑な構図にほかならない。

のちにジェレミー・ベンサムは、シャフツベリー、フランシス・ハチソン、ジェイムズ・ビーティーらの、感情の上に道徳を基礎づけようとする道徳哲学を批判し、計算可能な「功利性」の概念に基づいた立法原理を市民社会の統制原理とすることを提案する。(9) ベンサムの議論は、市民社会の秩序に関するイデオロギー的な言説の中心が、感情や感受性に基礎を置く道徳哲学から、客観的で計算可能な原理に基づく法学に移る節目をなすテクストであると考えられる。つまり、十八世紀に中産階級のイデオロギー的な支柱となった道徳哲学は、十九世紀に入ると法学的な原理に席を譲るのであり、それは政治経済学が道徳哲学と切り離されることと同時的に進行する。そうした展開を考慮するなら、リチャードソンの『クラリッサ』という小説は、ヒュームやスミスをはじめとする感情に基礎を置く道徳哲学の教義だけでなく、その限界点に関する洞察をもすでに内包しているテクストであると言えるのである。

第11章　商業社会の英雄譚

――『序曲』におけるワーズワスの記憶術

個人的叙事詩という逆説

ウィリアム・ワーズワスの『序曲』の叙事詩的特徴に関してはすでに、ハーバート・リンデンバーガー、ブライアン・ウィルキー、ステュアート・カランらが詳しく論じている。[1] 詩神への呼び掛け、叙事詩的比喩、冥府下りのモチーフといった明確な叙事詩のジャンル的指標をもち、また『失楽園』を中心とするミルトンの作品への引喩が網の目のように張り巡らされたこの作品を、ワーズワスが叙事詩として構想したことはまちがいない。しかし、英雄的な戦闘行為や建国伝説といった公共的な主題ではなく、詩人の精神的な成長という私的な主題をあつかっているという点で、『序曲』は反叙事詩的叙事詩と言えるかもしれない。しかし、注目すべき点は、ワーズワスがこうした私的な主題に、叙事詩にふさわしい公共的な意義をもたせたということである。詩人が、自らの成長過程の回想が「英雄的な主題」(3 : 182)[2] であると明言している事実は、ワーズワス自身が、私的な記憶が公共的な意味をもちうると考えていたことを示している。そして、『序曲』が一八五〇年の出版以降、若干の評価の変遷はありながらも、イギリス文学史上のカノンの地位を保ちつづけているという事実は、自己の内面的成長という主題が、近代の市民社会が抱え込んだ政治的、イデオロギー的問題に対するアクチュアリティーをもったひとつの回答になっていたことを意味している。結論を先取りして言うなら、『序曲』は、十八世紀の政治経済学や道徳哲学といったイデオロギー的言説において袋小路に入ってしまっていた問題——つまり、偶然性が支配する世俗化した商業社会において、人間はいかにして徳ある存在でありうるのかという問題——への説得力ある回答を提示したのだ。そして、その回答の中心にある概念は、近代的な意味における「文学」による市民のリベラルな教育の有効性である。

第I部でも見たように、商業と徳の関係は十八世紀イギリスにおける社会理論の中心的問題であった。[3] 欲望や虚栄心といった情念の拡大を助長し、またそれらの情念に依存して自らも拡大する商業はかならずや個人と社会の両方に道徳的な堕落をもたらすという、シヴィック・ヒューマニズムと呼ばれる公共的な徳の思想の立場からなされる批判に、商業はつねにさらされていた。こうした批判の中心にあったものは、商業システムを拡大させる駆動力である情念と想像力に対する不信感である。ダニエル・デフォーからジョウゼフ・プリーストリーにいたる商業の擁護者たちの課題は、商業と徳の両立を証明する理論を構築することであった。そうした商業の擁護論をもっとも実り豊かなかたちで示したのは、言うまでもなくアダム・スミスやデイヴィッド・ヒュームといったスコットランドの理論家たちであった。彼らは、情念は商業を活性化させるのに必要な駆動力であるがゆえに、人間が情念に支配されるという事態は国家が繁栄するためには不可避であると考えたが、同時に欲望や虚栄心といった情念が限度を超えて暴走すると、商業社会それ自体が危機に瀕するであろうという認識ももっていた。ヒュームやスミスはそうした危険に対して、理性の介入ではなく、感受性を洗練させることで対処することを考えた。[4] 彼らの理論的主張を一言で要約するなら、商業を拡大させる力である想像力はそれ自体の中に自らの暴走を抑止するメカニズムを内包しているということである。スミスの「道徳感情」の理論もヒュームの「趣味」の理論も、不安定に移ろってゆくように見える人間の感情と想像力の中に、社会秩序の安定を保証する原理を発見しようとするこころみにほかならない。本章の目的は『序曲』において展開される想像力論のイデオロギー的意義を、商業と徳の関係をめぐる争論の文脈から考察することである。『序曲』は、市民社会の道徳的原理としての想像力の有効性を主張するという点においては、ヒュームやスミスの道徳哲学のプロジェクトを受け継ぐテクストであると言える。だが、以下で見るように、ワーズワスは商業と徳の関係という問題に対して、社会的教育者としての詩人の使命という観点から新たな回答を与えようとするのであり、そこに彼の想像力論のロマン主義的な特徴がある。

商業の問題

『序曲』において商業の問題は、巨大な商業都市ロンドンと結びついたかたちで現れる。第七巻におけるロンドンの描写は、ジェフリー・ハートマンが指摘しているように、この叙事詩の「冥府下り」に相当する部分であるが、そこで描かれるのは商業によって人間の想像力と欲望が極限まで拡大されている様子である[5]。第七巻の初めの方で詩人は「人とうごめく物のはてしない流れ」、「富」、「ざわめきと熱心さ」といった商業都市ロンドンの活気に満ちた光景を、叙事詩の約束事にしたがってカタログ的に列挙する（7：155–204）。ワーズワスのロンドン描写の注目すべき点は、商業活動の過剰なまでのエネルギーが、おびただしい数の「商標」、「看板」、「アレゴリー的な像」、「バラッド売りの広告」といった記号もしくは表象の羅列として表現されていることである。その中では人間の「顔」までが記号となるのだが、問題はそれらの記号が過剰なまでに氾濫するために、意味が不明になってしまうということである。ロンドンの通りを歩く詩人は「私の側を通りすぎる人の顔はみな謎だ」（7：593–599）と独白する。ロンドンのまさに耳目を圧倒する群集と商品の氾濫が、崇高な効果を生み出していることは言うまでもない。それは数えきれないほど多数の人間と無限の多様性をもった商品のカタログが生み出す「地獄的」な崇高であり、それが典型的に表現されているのが聖バーソロミューの市の描写である。

目と耳に対する、

何たる地獄、何たる野蛮で地獄のような
無秩序と喧騒——それは
色と動きとかたちと外見と音における怪物的な夢。
その下の広場では、広い空間のすみずみまで
きらめいて、人の頭がうごめいている。
中間の領域とさらにその上には、驚くべき見世物を無言のうちに宣伝する
けばけばしい絵や巨大な目録が溢れている。
ポールからぶら下がって動き回る猿や
回転木馬に乗って旋回する子供たち。
首を伸ばし、目を見はって、群集を誘うために、
競争して声をはり上げる者たち。
道化たちは道化たちに対して顔をしかめ、身悶えし、
叫び声をあげる。ハーディーガーディーを鳴らしている男は
ヴァイオリンにあわせて行きつ戻りつし
塩の箱をがたがた鳴らし、ケトルドラムをどしどし鳴らす。
そして、トランペットを口にして頬を膨らませる男や
銀色の襟をつけタンバリンをもった黒人、
馬に乗る者たち、宙返りをする者たち、女たち、少女たち、少年たち
青い半ズボンをはいた者、ピンクのベストを着た者、大きな羽飾りを着けた者もいる。（7：659–679）

詩人がこの市に見出すものは、商業を促進する原理としての想像力が歯止めなく暴走し、人間の欲望が抑制なく解き放たれているさまである。構造言語学と精神分析の枠組みを用いてロマン主義的崇高のあり方を分析したトマス・ワイスケルは、崇高という美学的な現象は人間の精神と外的な世界との均衡が失われることが発端となると論じる。ワイスケルは、精神と外的世界との均衡の喪失は言語的な見地からはシニフィエとシニフィアンの齟齬として記述できると指摘し、その齟齬はシニフィエに対するシニフィアンの過剰によって起こる場合と、シニフィアンに対してシニフィエが過剰になることによって起こる場合に分類できると言う。[6] ここでワイスケルの図式を適用するなら、おびただしい数の雑踏と見世物と商品が生み出す崇高は、シニフィアンの過剰が生み出す崇高の典型的な例である。そこに溢れる商品や見世物は、空虚な想像力によって生み出されたものであるがゆえに、実体のない意味不明なシニフィアンとして浮遊するのである。そのシニフィアンの無限とも思える数が、詩人を圧倒するのだ。

詩人はこうした商業都市の「人ごみの中の生活の醜さ」(8 : 465) をはっきりと認識しているが、ここで注目すべきことは、一方で詩人が都市と商業がもたらす人間を堕落させる力を強調していながら、他方で自分はそういった悪影響から免れていると主張することである。聖バーソロミューの市の地獄的な雑踏を描写したあとで、詩人はつぎのように言う。

おお、空虚な混乱、それは、
そこかしこにいる放浪者をのぞくすべての者たち、
この街の大勢の住人たちにとって、
この街そのものの、まちがいのない象徴なのである。
奴隷のように卑しい仕事に休む間もなく縛られている者たちにとって、

それは曖昧模糊とした世界である。
彼らは、変わることのない些細な事物の
絶えることのない流れの中で暮らしながら、
法則も意味も目的もない差異によって
ひとつの同一性へと溶解し、引き下げられてしまうのだ。
それは、もっとも気高い精神のもち主でさえ、
その下で呻吟せざるえない重圧であり、
もっとも強き者もそこから逃れることはできない。
だが、このありさまは元来御しがたい視覚としての
人間の目を疲れ果てさせるものではあるけれども、
確固とした姿勢でものを見、
とりわけあの大いなる潜在的感覚をもち、
取るに足りない事物の間にあっても、部分を部分として見ながらも、全体性の感覚をもっている、
そうした者にとっては、事態はかならずしもそうではないのだ。（7：696–713）

巨大都市ロンドンが生み出す法則も意味も目的もない「些細な事物の絶えることのない流れ」は、気高い精神をも圧倒する力をもっている。だが、詩人はそうした人の目を眩ませる光景に動じない道徳的抵抗力をもっていることを誇る。その力は、はてしない「部分」の彼方に「全体」を見とおす「潜在的感覚」に由来するわけだが、詩人は、その「潜在的感覚」の起源は自分が自然の中で育ったという事実にあると言う。詩人によれば、人間の想像力はそ

もそも気まぐれなものであるが、「現実的で確実なイメージの世界」と深く触れあうことによってのみ、人は空想や想像力が作り出す「奇想」を制御する能力を身につけることができる。だから、空虚な記号が氾濫する都会では、空想や想像力は必然的に「病的」なものにならざるをえないが、詩人は子供時代における自然との触れあいと交流によって道徳的な能力を身につけたがゆえに、大都市の些細な事物の無限の移ろいの中でも自分を失わないでいることができるのである。

だが、こうした変転の中にあって、
——かくも壮大で愛すべき地方で育ったという、
私が無駄にすることがなかった偶然をとおして——
私が力に恵まれた眼差しをもっていたおかげで、
私は自分を落ち着かせる明瞭な形態をもつことができたのだ。
こうした思考はしばしば、
思考を動かし制御する
触知可能な中心の周りを回る。
だから、空想の発作がどんなかたちをとろうとも、
どこからそれがやって来ようとも、
私はつねに自分の周りに実体のある確固とした
イメージの世界をもつことができ、
都市で育った人間がそうするように、

思い煩うことはなかったのだ。
——ちょうどあなたが、愛する友よ、偉大な精神をもちながらも
思い煩ったと語ったように——終わることのない病んだ夢の中で
知識の光がないまま
物事をばらばらにしたり、つなげたりしながら。（8：594–610）

もちろん、自然はそれだけでは無機的で物理的な存在であり、自然が人間に道徳的に有益な影響を与えるためには、想像力を介して内面化される必要がある。『序曲』が描くのは、詩人と自然の出会いの経験であり、またそれらの経験をとおして自然が内面化されることで彼の人格が形成されてゆく過程である。

内面化された過去の経験が人間の性格を形成するという発想は、経験論的なものである。M・H・エイブラムズをはじめとする多くの批評家によって指摘されているとおり、ワーズワスの詩論は十八世紀の経験論にその根をもっている。(7) だが、個人の経験というものは不可避的に偶然性に支配されるがゆえに、後天的な経験が自己を形成するという経験論的立場から自己同一性を証明しようとする企てには、多くの困難がつきまとう。もし、時間とともに転変してゆく偶然的な経験が人間の自己を形成するのであれば、ヒュームが言うように、自己は「知覚の束」でしかなくなるだろう。(8) 偶然性と時間は、自己同一性をつねに脅かす。だが、注目すべきことは、ワーズワスは、自分の人生が偶然性によって左右されてきたという事実を十分に認識していることである。たとえば、彼が自然豊かな湖水地方で生まれ育ったという彼の人格形成にとって決定的に重要な事実もまた「偶然事」（8：596）にほかならない。彼はむしろテクストを書くという行為をとおして、人生を特徴づける偶然性を受けとめようとしているように見える。彼は自分の大学時代の回想の中で、当時まだ出会っていないサミュエル・テイラー・コールリッジに言

及しながらつぎのように言う。

私自身の大学時代の回想の中で
おなじ場所に後であなたが滞在した様子を
私の現前に描き、
(私は思考の個人的な機能について語っているのだ)、
私は時間と偶然性をもて遊んでいるのだが、
それはちょうど、子供がカードで遊ぶような、
あるいは大人が家を建ててしまい、
木と石で枠組みを固めてしまった後で、
それでもなお暖炉の側でとりとめもなく頭の中で
自分の好きなようにそれを建て直すようなものなのだ。 (6 : 296–305)

詩人は子供がカードで遊ぶように、また大人が一度建ててしまった家を想像の中で建てかえるように、記憶の中の出来事を自由に組みかえ新たに組織化する特権をもつ。そうした想像力の行為の遊戯性はそれ自体快をもたらすが、それだけではない。有機的な統一性をもつ詩のテクストを創造する行為が、偶然性がもたらす人生の脈絡のなさの感覚を克服するのだ。世俗化した商業社会においては、人間は偶然性に完全に支配される存在になってしまう恐れがある。そうなれば自己は脈絡のない記憶の集合体でしかなくなってしまうだろう。商業社会の擁護者であるヒュームが人間の自己とは「知覚の束」であると言ったとき、彼は商業社会の市民は人生の脈絡のなさという事態を潔く受け入れるべきだと宣告したのである。ヒュームと同様に、ワーズワスは人生が偶然事によって構成されるとい

う可能性を認める。だが、ヒュームとちがうのは、彼が自己が統一性をもつ可能性をけっして放棄しない点である。彼はむしろ自ら偶然の出会いを求め、それに意味を与えようとする。ワーズワスの詩が「出会いの詩」であることは広く知られている。[9] 彼が湖畔に咲く水仙の大群に出会うのも、スコットランドの旅の途中でひとり麦を刈る乙女に出会うのも、すべて偶然の出会いである。また、詩人は「若い頃から夜に公道を歩くことが好きだった」と言うが（4：364–368）、公道とは人間や商品が往来する場所であり、夜にそこを歩き回ることが好きだということは、自ら偶然の出来事を求めることにほかならない。『序曲』は、人物や自然物との偶然の出会いを有機的な統一体としてのテクスト／自己へとまとめ上げてゆく過程そのものである。ワーズワスが目論むのは、偶然性から目をそらすことなく、しかも統一性のある自己を構築することであり、そのこころみの中心にあるものが、いわば彼独自の記憶術なのだ。「すべての人間は自分自身の記憶である」（3：189）という言葉が示唆するように、『序曲』のテーマである詩人の自己の形成過程は記憶の問題と切り離して考えることはできない。ワーズワスの記憶術の特徴が端的に現れるのは、彼が「時の点」と呼ぶ契機においてである。[10]

過去の再記述

ワーズワスは『序曲』の第一一巻で「時の点」について語る。時の点とは、日常の生活の中でさまざまな理由から憂鬱に押しつぶされそうになる人間の精神を回復させる治癒力をもった子供時代の記憶のことである。詩人によれば、この「時の点」こそが人間の道徳性の根拠となる。

われわれの存在には、
あきらかにはっきりと

人を回復させる力をもった、時の点がある。
まちがった意見や争いを好む思考によって、
あるいは些細な仕事や日常の交わりにおいて
心に重く苦しくのしかかるものによって、
憂鬱な気分に陥ったとき、われわれの精神は、
その時の点によって滋養を与えられ、目に見えないかたちで回復するのである――
それは、快を増進し、
浸透し、われわれが高みにあるときにはさらに高く押し上げ、
落ち込んでいるときにはもち上げてくれる力なのである。（11：257-267）

こうした「時の点」は『序曲』のいたるところに見出すことができるが、詩人は第一一巻で「時の点」の例としてとくに二つの記憶をあげている。ひとつは、彼が子供の頃に馬に乗って遠出したさいに、従者とはぐれてひとりぼっちで迷ったときに偶然出くわした、絞首台の跡地、人気のない池、風の中で水汲みをしている少女といった風景の記憶であり（11：278-327）、もうひとつは彼が寄宿学校からクリスマス休暇で帰るため迎えの馬車を待っていたときに見た、雨の中のサンザシや羊といった荒涼とした風景の記憶である（11：344-388）。ここで注目したいのは、こうした「時の点」が、詩人自身が言うように「ありきたりの光景」（11：308）の記憶であるという事実である。これらの「ありきたりの光景」の中に固有の意味を探ろうとしてもあまり意味はないだろう。というのは、ワーズワスの記憶術の秘密は個別的な風景そのものの中に隠されているわけではなく、だれの人生にでもあるような偶然の出来事の中に自己の「起源」を発見してゆく、彼のテクスト的な自己形成のメカニズムそのものの中にあるのだ

から。[11]

ワーズワスは、自分の人生が時間と偶然性の所産であることを知っている。だが、彼にとって、人間が時間と偶然性に支配されているということは、人間が道徳的な存在であることと矛盾しない。彼は記憶の中のある非常に具体的かつ個別的な状況や人物が、人間の道徳的な基盤になるのだと主張する。ワーズワスにおいて、偶然性は「自然」というかたちで現れる。偶然に出会う自然は「生命をもたない」存在である。生命のない自然には脈絡も意味もない。しかし、そうした自然が人間の内面に刻印され、時間を経て回想されるとき、道徳的な意味を帯びるようになるのだ。

大地と
自然のありふれた相貌は私に
忘れがたいことがらを語った。たしかに、
それは偶然の出会いと不思議な偶発事――
いたずらな心をもった妖精によって仕組まれた
奇妙な組みあわせのようなもの――
ではあったが、付随する対象や外観を心に刻みつけたとしたなら
それは無駄でも無益でもなかった。
それらは当初は命がなく眠っているが、
機が熟すなら、精神を豊かにし高めるために
呼び出されるのである。(1:614-624)

彼の記憶術は自然の偶然性と「生命のなさ」を克服することで、人生に統一的な意味を与えるメカニズムであると言ってよい。自然が「顔」をもって人間に話しかけるというワーズワスに頻出する比喩は、自然の脈絡のなさが克服され、自然が人間的な属性――精神性や内面性――をもつ可能性を示唆している。回想とは自分に起こった出来事の印象を「再記述」し、テクスト化することにほかならない。この再記述の行為によって、過去の偶然的な出来事の中に自分の道徳性の起源を探り当て、自分の記憶を首尾一貫した脈絡のある物語として構成することができる。つまり、過去を回想し、自己の物語を語ることで自己同一性の感覚を築き上げることが可能となるのである。[12]もしそうであるなら、私的な記憶を統一された物語につくり上げるという行為はきわめて倫理的な行為であり、それを可能にする想像力も同様に倫理的な能力である。また、近代における文学の倫理性の基盤もそこに見出せるだろう。『序曲』というテクストが示しているのは、偶然性を受け入れた上で人生の意味ある全体像を創造しようとする積極的な意思と能力の中に、人間の倫理性の基盤を見出す思想である。もしそうであるなら、人間の記憶の「深み」にこそ人間の道徳性の基盤は求められるべきであろう。

おお、人間の神秘よ。どんな深みから
おまえの栄誉はやってくるのか。私は迷っているけれども、
子供時代の中に、人間の偉大さがよって立つ
その基盤を見ている。――だが、私はこう感じている。
おまえ自身がまず与えなければならないのであり、
そうでなければけっして受け取ることはできないのだと。（11：328–333）

商業社会の市民は偶然的な出来事から自己の意味ある全体像を創造する積極的な精神的能力によってのみ、自己を

倫理的な主体として組織化することができるのである。もちろん、想像力によって偶然性を囲い込み、飼い馴らすことで形成される自己の統一性は暫定的なものであり、けっして最終的な安定に達することはない。というのは、そうした統一性は新たな偶然性に遭遇することでたえず揺れ動くからである。ワーズワスが自分のテクストの改訂をやめることができず、彼のテクストが最終形態にけっして達することがないのは、そうした理由からなのである。

文学の社会的使命

こうした視点から見て初めて、ワーズワスが『序曲』で示唆したロマン主義的想像力のイデオロギー的意味を理解できるようになる。彼は偶然性が支配する近代の商業社会において、人はいかにして徳ある存在でありうるのかという問題に対して、ひとつの説得力ある回答を提示したのである。自分の記憶の中の「ありきたりの風景」に自己の倫理性の根拠を探り当てるこうしたモデルは、古典教育や宗教的献身を前提としないという点で、市民社会の強力なイデオロギー装置となりうる。ロマン主義的想像力の理論は文学を、市民を啓蒙し教化する強力な手段に変えたのである。じっさい、ロマン主義以降の「文人たち」の使命は、商業社会に生きる市民に人生の意味を教える「預言者」となることであった[13]。ワーズワスは、自分も特権的な力と使命をもった「預言者」としての詩人の一員であるという矜持を『序曲』の中で何度か語っている。たとえばつぎのような一節である。

親愛なる友よ、
私が長らくつぎのような考えを抱いていたことを
どうか許してほしい。
預言者でもある詩人は、みな巨大な

真理の枠組みの中でおたがいにつながっているのだが、
各々はまた自身の天賦の才として
それまで見えなかったものを感じる感覚を
もっているのだと。——友よ、
詩人としては卑しい存在である私が
こう考えたとしても許してほしい。
私にもかの霊感が与えられていて、
私もある種のとくべつな力をもっており、
教えられたことのない、永遠で創造的な事物の
奥底から発した私の作品は
自然の力によく似た力となるであろう、と。（12：298–312）

こうして、ロマン主義的な自己形成の理論は、文学によるリベラルな教育の理想と結びついてゆく。たとえば、ワーズワスは『抒情民謡集』の「序文」の中で、詩人の社会的使命について語っている。

というのは、かつては存在しなかった多くの理由が結びついて、いまや精神の識別力を鈍化させ、その自発的な能力の発揮を妨げ、その識別力をほとんど野蛮なまでの無感覚の状態に退化させてしまったからである。そうした理由の中でももっとも大きな力を発揮したのは、日々起こる大きな国民的事件であり、また都市への人口集中である。都市では職業の均一化によって、異常な事件への渇望が生み出され、また情報の迅速な伝達がその渇望を満たすのである。……人を堕落させるこの常軌を逸した刺激への渇望を考慮するとき、それに対抗

すべく私がこの書物でなした努力を語ることは、ほとんどお恥ずかしいものである。もし私が人間の精神に内在する不滅の力を信じることなく、また人間の精神に働きかける巨大で不滅な対象のもつ同様に内在的で不滅の力の存在を信じていなかったなら、社会に流布した悪の大きさを考えたとき、私が憂鬱に押しつぶされたとしても、それは不名誉なことではなかっただろう……。(Prose 284)[14]

彼の診断によれば、都市への人口集中と生活様式の単調化のせいで人々の感受性は鈍化し、「常軌を逸した刺激」をたえず渇望するようになってしまっている。感受性と想像力を堕落させ、粗野なものにするものとして商業をとらえる発想は十八世紀の社会理論の中では常套的であるが、ワーズワスの独自性は、商業の道徳的悪影響に対する解毒剤として、詩の社会的役割を強調することである。詩人の使命とは、都市化と商業化と奢侈がもたらす堕落に対して、詩という手段で抵抗することにほかならない。詩人が生み出す「力強い感情の自発的な発露としての」詩は、感情と言語もしくは実体と表象をふたたびしっかりと結びつけることによって、商業主義がもたらす「粗野で乱暴な刺激」(Prose 283) に対する解毒剤となるのだ。『抒情民謡集』への「序文」の中で、文学による感受性の教育という観点からとくに注目すべきなのはワーズワスの韻律論である。

『抒情民謡集』は日常の出来事を人々がじっさいに使っている言葉を用いて書いたとワーズワスは主張しているが、同時に彼は詩人の仕事として言葉の「選択」と「韻律」の付加という二つの作業をあげている。日常言語を詩に変容させる過程では、「日常生活の野卑さと卑しさから詩を完全に切り離す」(Prose 287) ために、言葉を選択することが必要となるのは当然である。だが、詩が感受性の洗練によって読者を道徳的に教化するという目的を果たすために決定的に重要なのは韻律である。ワーズワスによれば、「詩の目的は興奮と、興奮にまさる快を与えることである」。興奮とは異常で不規則な精神状態であり、もし興奮をもたらす言葉それ自体が均整を欠いているなら、興奮が限度を超えてしまうことがある。だが、詩に表現された「情念や思考や感情」が多くの読者と共有可能なものとなるためには、それらが「一般的」(Prose 294)なものでなければならない。韻律は詩の中の情念に規則性を織り交ぜることによって、暴走しかねない激しい情念を洗練し、抑制するのである。詩人や読者が自ら進んで韻律にしたがうのは、韻律がけっして情念を妨げることがないからである。むしろ韻律はその抑制効果によって、かえって「情念にともなう快を高め、向上させる」(Prose 294–295)。こうした点を確認するなら、ワーズワスのイデオロギー的企てとは、洗練された想像力によって粗野な想像力の暴走を抑制するというヒュームやスミスの道徳哲学の目的を、詩的言語がもつ特権的な力によって実現することであることがわかる。

大都会に氾濫する「常軌を逸した刺激」を与える堕落した芸術とすぐれた詩を区別する標識は、後者は一定の興奮と快を読者に与えながらも、その興奮が一定の枠を超えて異常なものとならないような規律性をその内部に備えているという点である。よき詩人は人々の情緒を動かしながら、情緒が過剰なものとならないように読者の感受性に訓練を与える。想像力に規律を与える詩人という発想が、大きなイデオロギー的含意をもっていることは明白である。詩人は人々の感受性を洗練させることで、法的な強制なしに趣味と礼儀作法によって商業化された市民社会の秩序が保たれることを可能にする。そう考えるなら、なぜ「詩人」が近代社会における「英雄」たりうるかもまた明瞭になってくる。詩人はまさに市民社会の教師であり市民社会の秩序を支える者であるのだ。

> 彼〔詩人〕は人間性の守りの岩である。人間同士の関係と愛をどこへでも運ぶ彼は、人間性の支えであり守り手である。社会と気候、言語と習慣、法と慣習のちがいにもかかわらず、また静かに忘れ去られる事物や乱暴に破壊される事物にもかかわらず、詩人は情念と知識によって、世界中に広がりいつの時代にも存在する、人間社会という巨大な帝国をまとめ上げるのである。(Prose 292)

詩人の使命は「情念と知識によって人間社会という巨大な帝国をまとめ上げる」ことであると宣言する彼は、「詩人は世界の承認されざる立法者だ」と高らかに宣言したパーシー・ビッシュ・シェリーにおとらず詩人の社会的使命を重く考えていたと言ってよいだろう。詩人の役割がそうしたものであるなら、これ以上「公共的」で「英雄的」な存在を想像することはむずかしい。注意すべきことは、詩による市民のリベラルな教育は、社会の商業化と対立するものではなく、むしろ市民に対して商業がもたらす堕落に対する抵抗力を与え、商業社会を健やかに保つ原理であるということである。スミスやヒュームは、商業社会にこそ想像力に基礎を置く道徳原理が必要であると考えていた。ワーズワスは詩人という社会的指導者と、文学というイデオロギー的教育装置を導入することによって、スミスやヒュームの道徳哲学のプロジェクトを完成させようとした。そうした意味で、ワーズワスはイギリスにおける啓蒙のプロジェクトの後継者なのであり、また、文学と商業はともに栄えるものなのである。

第12章　ワーズワスと崇高

ピクチャレスクと崇高

これまでの章でも、政治経済学的な言説における崇高美学のイデオロギー的な役割に触れきた。そこで崇高は、想像力によって支えられている政治的・経済的なシステムを統制する力として機能していた。日常的な知識の限界の外側にある表象不可能なものとしての崇高は、畏怖や恐怖の感情を呼びさますことによって想像力を鍛錬し、文化や市場経済における想像力の暴走や堕落を抑えるための、ある種の統治原理として作用する。だが、エドマンド・バークが指摘するように、崇高は本来的には道徳哲学や政治経済学においてよりも、言語芸術すなわち文学においてもっともその力を発揮するものであり、言語がもつ崇高な力を最大限に利用したのがロマン主義文学である。本章はウィリアム・ワーズワスと崇高の問題――とくに彼の詩における浮浪者（vagrant）の表象における崇高という問題――を論じる。ワーズワスは崇高な自然風景を描写した自然詩人として知られている。しかし、ワーズワスにおいて崇高は自然描写の中だけに現れるわけではない。ワーズワスの詩には、多くの乞食や行商人やジプシーといったいわゆる浮浪者が登場する。(1) そして、これらの浮浪者たちがしばしば崇高なものとして表象されているという事実が、かねてから批評家たちの注目を集めてきた。これは説明がむずかしい文学的現象である。なぜなら崇高とは、巨大なものや偉大なものが見る者に与える圧倒的な印象のことだからだ。乞食や行商人やジプシーといった浮浪する貧民たちは巨大でも偉大でもなく、むしろ卑小で虚弱なものとして描かれるのが通常だろう。では、なぜそうした社会の底辺で生きる者たちがワーズワスの詩の中で崇高な対象に転化するのだろうか。また、それらは詩的にあるいは政治的にどういう意味が付与されているのだろうか。本章ではそうした問題を考察する。その入り口となるのはピクチャレスクの概念である。なぜならピクチャレスクこそが、日常世界で生きる無名の平凡な人間を、美学的な対象としてとらえる契機を切りひらいたからである[2]。

十八世紀イギリス文学の大きな特徴のひとつが、自然美に対する認識の増大であることは、美学理論の歴史的研究によっても確認されてきた。たとえばサミュエル・マンクやマージョリー・ニコルソンは、十八世紀において詩人たちの関心が、古典文学の模倣や宗教的教義からしだいに視覚的な自然美へと移ってゆく過程を描いている[3]。こうした感受性の変化において鍵となるのは崇高の概念である。崇高概念の起源とされるロンギノスの『崇高論』は、もともと弁論において聴衆を熱狂させる技術を論じた修辞学の書物であったが、マンクによればイギリスではシャフツベリー、ジョン・デニス、ジョウゼフ・アディソン、バークらの論考をとおして、崇高は自然の圧倒的な巨大さを目の前にした人間が感じる、恐怖と悦びの入り混じった強い情緒を意味する美学的な概念に変貌していった。これはマンクの考え方にしたがうなら、修辞学的崇高から自然的崇高への関心の移行にほかならない。この自然的崇高への関心がロマン主義文学の誕生を準備したというのがイギリス文学史上の定説であり、また、アルバート・レックの研究に見られるように、自然的崇高のひとつの到達点がワーズワスであるということも定説になっている[4]。こうした文学史理解が意味しているのは、ロマン主義の勃興にともなって、文学的感受性のパラダイムが言語に基づいた修辞学的なものから感覚に基づいた美学的なものへと移行したということにほかならない。だが、崇高美学からロマン主義の美学への文学史的発展という図式を考えるさいに、浮かび上がってくるのはピクチャレスクの問題である。ピクチャレスクとは十八世紀後半からイギリスで幅広く流行した風俗であり、ひと言でいうなら風景の鑑賞を趣味とすることである。それは風景スケッチの嗜みや風景鑑賞を目的とする旅行や造園など広範囲な文化現象を含み、出版界においては風景画を挿絵としてあしらった旅行記が数多く出版されるという現象を生み出した。そうした旅行記としてはウィリアム・ギルピンのものが有名であり、それらは旅行者のための観光案内としても使われた。ピクチャレスクは風景を商品化して市場に流通させたと言ってもよい。ピクチャレスクは風景美の重要性が広範囲に認識される大きな契機となり、文学にも大きな影響を与えた。ワーズワスも最初はピクチャレスクから大きな影響を受けたが、のちにピクチャレスクに批判的になったと言われている。彼は『序曲』の第一一巻の中で、ピクチャレスクを「すべての人為性を超越した事物に対して／模倣芸術の法則を適用する」(1：154-155)[5]ものとして批判している。さらにワーズワスは、そうした誤謬は「視覚」が専制的にふるまうことから発生すると言う。もし、ワーズワスの言葉を額面どおり受け取るなら、ピクチャレスクは人為的な法則を自然に当てはめる、遊び心には富んではいるが空虚な企てであり、それは視覚という感覚によって人間の精神が支配されることから生じる。それに対して、ロマン主義はそうした表面的で感覚的な快楽を超えた、自然と無媒介に交流しようとする崇高なこころみであるということになるだろう。もしそうだとすれば、ピクチャレスクと崇高を区別することが、ロマン主義文学の特徴を理解するための決定的な鍵になると考えられる。

これまでも、とくにワーズワスを中心としたロマン主義の自然詩とピクチャレスクの関係を論じた研究が数多くなされているが、崇高とピクチャレスクの関係という問題を考察するさいに出発点となるべき重要な研究は、「ピクチャレスク・モーメント」と題されたマーティン・プライスの論文だろう[6]。プライスの論点は、ワーズワスに見られるような自然観すなわち自然の中に道徳や宗教といった精神的なものを支える基盤としての崇高を見出そうとする態度が誕生するための準備段階として、ピクチャレスクが存在しているということである。彼はジョン・ラスキンが『近代画家論』において、ギルピンらの「表面的ピクチャレスク」が道徳的な心情を無視した、たんなる形式的なものに堕していると批判したことに言及している。たとえば、ギルピンは『湖水地方旅行記』の中で「道徳とピクチャレスクはかならずしも一致しない」と言い、絵画表現に最適な人物像（figure）は「勤勉な職工」ではなく、むしろ怠惰な「牛飼」や「ジプシー」や「山賊」であると主張している。

道徳とピクチャレスクはかならずしも一致しない。道徳的観点から見ると、土地の耕作はあらゆる点で好ましい。生垣、畝、波打つ麦畑、熟した麦の束。しかし、崇高と美を求めるピクチャレスクな目は嫌悪感をもってそれらを見る。……それは人物像の導入においても言える。道徳的観点から言うと、勤勉な職工はぶらぶらしている農夫よりも好ましい。しかしピクチャレスクな観点から言うとそうではない。勤勉な技術は拒否されるのだ。こう言っていいなら、怠惰さえも〔人物の〕性格に威厳を与える。杖によりかかる怠惰な牛飼あるいは岩にもたれかかる農夫はもっとも崇高な風景の中に導入してもかまわない。だが、仕事の道具をもった職工は排除されるのだ。(7)

つまり、審美的な態度としてのピクチャレスクとは、宗教的、道徳的といったあらゆる先入見から自由となって形態と色彩が生み出す構図の統一性を楽しむことなのである。もしそうであるなら、宗教的・道徳的な教訓や意味づけから自由なものとしての美学的カテゴリーとしての人物像の創造は、感受性の歴史の中でピクチャレスクが果たした重要な役割のひとつと言える。マーティン・プライスによれば、ロマン主義はそこからさらに大きな歩を進めた。彼によれば、ロマン主義の成果とは、自然の中に発見されたピクチャレスクという美学的対象を、その感覚的な喜びを残したまま、ふたたび宗教的・道徳的な観念を伝達するための媒体に変えたことである。つまり、ピクチャレスクは美的な形態への表面的な関心にとどまるが、崇高は美的な形態の背後にある「意味」への関心なのである。たんに形式的なだけの美学的対象がふたたび宗教的・倫理的意味をおびた崇高なものになるとき、ロマン主義的美学が誕生する。ロマン主義とは自然を美的な対象としてとらえながら、同時に自然の中に宗教的、道徳的な深い意味を見出そうとする美的な感受性なのである。マーティン・プライスは「ピクチャレスク・モーメントとは美学的なカテゴリーが自足的となる思索の――私が示唆してきたように、くり返し現れる――段階である。ひとたびピクチャレスクな魅力に道徳的・宗教的基盤が与えられるなら、それは崇高へと移行する」と言う。[8] こうしたピクチャレスクから崇高への移行が可能となるのは、ピクチャレスクがそもそも精神的な「エネルギー」と共鳴するような「複雑さや遊びの要素」を自然対象の中に見出すという特質をもっていたからにほかならない。[9] マーティン・プライスは、こうした複雑さや遊びの要素を求める態度は十八世紀の「ウィット」に近いものであると言う。つまり、ピクチャレスクは十八世紀的ウィットとロマン主義的想像力の中間に位置するものなのだ。ピクチャレスクが自然の細部に対する人間の意識を高め、自然の細部の中に「深く目に見えないエネルギー」を読み込み始める瞬間に、ピクチャレスクが崇高へ移行する決定的契機が存在する。

もし、このピクチャレスク的統一をスターンの表現法における身体と精神の奇妙で遊び心に満ちた融合に対応するものであると考えるなら、芸術と自然の相互浸透を探究する、いくぶん冷徹な好奇心というものがあることがわかる。そして、人がしだいにこのゆるやかで本能的な動きを人物内部の深く目に見えないエネルギーの劇的な表現と見なしてゆくにつれて、崇高への道が、すなわちこれらの深みと深部あるいはそれらを把握するために必要な敬虔さに対するラスキンに見られるような道徳的尊敬への道がひらかれるのである。この深みは目に見えないので、崇高は境界線を解消し無限なものを呼び出そうとする傾向をもつ。ピクチャレスクは可視的なものの領域の内部にしっかりとどまろうとする。しかし、可視的なものに集中し、それを因習的な連想から切り離すことが、可視的なものを新しい劇的な統一性の一要素、あるいは変化の過程の中の一要素として見ることへの道を準備するのである。[10]

彼によれば、この表層的で可視的な形態から深淵で不可視的な精神への関心の移行――彼の言葉を借りれば「テクスチャー」から「観相学」への移行――を文学史上で決定的に印づけるのはワーズワスである。ピクチャレスクは自然的対象を宗教、道徳といった伝統的な価値観から切り離すことで、自然の色彩や形態を純粋に感覚的な喜びの対象として知覚することを可能にした。こうして自然の中に切り出された美学的カテゴリーと、精神的・道徳的・宗教的価値観を結合することで、ロマン主義的感受性が誕生する。マーティン・プライスの議論が正しいなら、ピクチャレスクは美学の歴史の中で、ロマン主義の不可欠な前段階として位置づけられることになるだろう。

上でも触れたように、ピクチャレスクがもっとも伝統的な道徳観を排除するように見えるのは、ピクチャレスクが人物像を導入する場面である。ギルピンとならぶもうひとりの重要なピクチャレスクの理論家であるユヴデイル・プライスは、ピクチャレスクな人物像についてつぎのように言う。

われわれの種である人間について言うなら、ただたんにピクチャレスクであるような対象はジプシーや乞食といった放浪する人々において見出される。彼らはピクチャレスクな性質という点において、野生の獣や疲れ果てた馬車馬、さらには古い水車小屋、あばら屋、その他の似かよった種類の無生物と強い類似性をもっている。[11]

ユヴデイル・プライスはピクチャレスクを「粗さ」、「突然の変化」、「老朽」といった特徴をもつものとして、純粋に形式的に定義している。彼によれば、美は時を経て滑らかさやみずみずしさを失ってゆくことによってピクチャレスクなものとなってゆく。廃墟や疲れ果てた馬車馬は、形態的な粗さや老朽といった特徴をもつものとして典型的にピクチャレスクなものとされるが、彼がジプシーや乞食をピクチャレスクな対象としてあげるのはまったくおなじ理由である。つまり、ジプシーや乞食は人間の廃墟であり、彼らの姿がもっている形態的に不規則でガサガサあるいはゴツゴツした手触りを感じさせる形態が、美学的な感興を呼び起こすのだ。そこでは美的対象としての人物像がもっているかもしれない内面性や精神性といったものは、まったく問題にされない。

ここでわれわれは、ギルピンの旅行記の挿絵にしばしば描き込まれている小さな人物像を想起すべきだろう。ピクチャレスクなスケッチの中の人物について、ギルピンはつぎのように言う。

スケッチに彩色をほどこすさいに、ひとつふたつのフィギュアを適切に導入することはかまわない。フィギュアという言葉で私が意味しているのは、荷車、ボート、家畜、人といった動く対象物である。しかし、それらはまばらに導入されるべきである。それらの数が多いとわざとらしくなる。それらの主な役割は道の場所を示す、前景を分割する、海の風景において水平線を示す、あるいはそれほど離れてはいない場所に置かれた暗い帆との対照によって後方に退いてゆく水の遠景の距離感を出す、といったことである。しかし、彩色スケッチのためのこうしたフィギュアは軽いタッチで十分である。それに仕上げを加えようとすると、見る者に不快感を与える。(12)

この記述の中で人間は荷車やボートといった無生物と同列の、たんなる形態の地位に甘んじており、画面の中に構図を作り出すという純粋に形式的な機能しか付与されていない。人物像は無生物と同列に、その形式的な特徴のみによってピクチャレスクな対象となる。だが、そうすることで初めて、社会の下層で生活する庶民や貧民が芸術的表象の対象となる。こうしてピクチャレスクは、風景の中で生活する匿名の庶民を美的な対象として芸術作品に取り込む契機となった。

ワーズワスと崇高

ワーズワスの自然詩の中には絵のような風景だけでなく、乞食やジプシーや行商人といったまさにピクチャレスクなカテゴリーに属するように見える人物たちが数多く登場する。しかし、彼の詩において、これらの貧しく定まった住居をもたない人々は、しばしば崇高な対象として描かれる。つまり、これらの人物像こそ、ワーズワスにおけるピクチャレスクと崇高の分岐点を印づけるのだ。ピクチャレスクから崇高への移行という点からもっとも興味深い例のひとつは、貧しい蛭取り老人との偶然の出会いを描いた「決意と自立」であろう。この詩の冒頭で、詩人は雨上がりの明るい朝の風景の中を歩いている。美しい自然に影響された詩人の気分は高揚するが、やがて彼は詩人として華々しいスタートを切りながら、やがて世間に見捨てられ狂気に陥り夭逝した先輩詩人たちの運命や、詩人としての自らの行末を思い深い憂鬱にとらえられる。そうしたとき、彼は長年の貧苦のために腰が深く曲がってしまった蛭取り老人に偶然出会う。詩人は彼をつぎのように描く。

巨大な石がときどき、横たわっていることがある、
禿げた山の頂に。
それは見る者みなの驚異。
どうやってそれはそこまで来たのか、そしてどこから。
かくして、それは感覚を授けられたものに見えるのだ。
ちょうど岩棚や砂の上に這い出して来て、
日の光を浴びるために横たわる海獣のように。
そのようにその男は見えた。まったく生きているようでも死んでいるようでも、

眠っているようでもない。非常に高齢だ。
彼の体は、足と頭がくっつくように、
人生の行路の中で、折れ曲がってしまっている。
それはあたかも、すさまじい苦痛や
はるか過去における病の発作が、
人間の重み以上のものを、彼の身体の上に投げかけているかのようだ。（57–70）[13]

興味深いことは、「決意と自立」がまさにピクチャレスクな詩として始まることである。この詩は雨上がりの晴れた早朝の草原の風景描写で始まるが、草原やその中で動く動物たちの様子はまさに「絵のような」鮮やかさで描かれる。しかし、詩人の気もちが落ち込むにつれて詩の調子は暗いものとなってゆく。そのとき非常に高齢で貧しい蛭取り老人が詩人の目の前に現れる。腰が曲がり、杖にもたれた彼の姿は、ユヴデイル・プライスの説明にしたがえば、まさに典型的にピクチャレスクな人物像である。たしかに、この老人の姿は、詩人が相互主観的な関係をうち立てるべき他者というよりは、むしろ自然風景の一部のように見える。そのことは、彼が登場するとすぐに岩や海の動物といった自然物に喩えられることからもあきらかである。自然に溶け込んでいるということはピクチャレスクな対象の特徴でもある。しかし、この老人は、この詩の比喩の連鎖の中で崇高な対象へと変換されてゆく。この老人がむしろ崇高な対象にほかならないことは、まず老人が「巨大な石」に喩えられることによって示唆される。この石が見る者すべてに「驚異」を与えるという表現は、老人が崇高な対象であることを強調する。言うまでもなく、十八世紀の美学理論においては、巨大であること、そして見る者に驚きを与えることは、崇高なものの典型的な条件である。そして、この老人は崇高な対象にふさわしく、それに直面する詩人の精神を圧倒し、彼の心をかき乱す。「老人がこう語るあいだ、さびしいその場所も、／老人の姿も、その声も、私の心をかき乱した」(127–128)。こうして見てゆくと、この蛭取り老人が崇高の条件をみたす十分な条件を備えていることがわかる。では、なぜ、社会の底辺に存在し、貧しく老齢で虚弱な人物が崇高な対象となりえるのだろうか。

上で触れたように、「決意と自立」の詩で本来ピクチャレスクなカテゴリーに属するはずのこの老人が崇高な対象となる契機は、彼が岩や海の動物といった自然的対象と同一化されることである。しかし、この岩はたんなる無感覚な岩ではなく「感覚を授けられた」事物であることに注意すべきだろう。ピクチャレスクな人物像はたんなる表面的な形態でなければならないが、この老人は語るべき物語をもっている。言うなれば、この「雲のように動かない」(75) 老人は、個性をもった人間というよりはむしろ言葉を語る自然物なのである。彼が「まったく生きているようでも死んでいるようでも、／眠っているようでもない」ように見えるのは、彼が個別的な人間存在の枠に収まらないからである。この詩のテクストの一連の比喩の連鎖によって、ピクチャレスクな人物像は個別性を超えた自然の一部へと同化してゆくわけだが、その過程の中で蛭取り老人の言葉は、まるで自然そのものが話す言葉として聞こえ始める。上述したように、「決意と自立」の冒頭の雨上がりの朝の描写には視覚的で鮮やかなイメージがふんだんに盛り込まれている。しかし、蛭取り老人という崇高な対象が登場するやいなや、視覚的イメージは後退してゆき、老人が語る言葉が支配的となり、詩人はその言葉に圧倒される。だが、詩人は老人の語る話の具体的な内容に圧倒されるのではないということは、老人の言葉がはっきりとは聞き取れないことからもわかる。なぜなら、老人の話は「ほとんど聞き取れない小川のせせらぎのようであって、／私は一語一語を聞き分けることもできなかった」(107–108) のだから。この極貧の老人の言葉がワーズワスの心を乱し、圧倒するのは、それが自然そのものからの語りかけのように思われるからだ。ワーズワスは『序曲』の第五巻で自分と自然の交流を「大地と空が顔をもって言葉を話し始める」(5 : 12) というイメージを用いて表現しているが、「決意と自立」に登場する蛭取り老人は、彼のテクストにしばしば登場する死者や死者にまつわる遺物と同様に、自然と人間世界の境界線上に位置し、自然が詩人に語りかけるさいの媒体となっている。こうして、一見ピクチャレスクな対象と見える蛭取り老人は、その表面的な姿からは読み取れない深遠なメッセージを携えた崇高な対象に転化する。

蛭取り老人における崇高と労働

ここまでで、われわれは「決意と自立」の蛭取り老人が崇高な対象に転化する契機は、比喩の力によって彼が巨大な自然と同一視されることだと確認した。しかし、一見それと矛盾するが、他方で蛭取り老人は社会的存在でもある。なぜなら、彼は完全に自然と同一化しているわけではないからだ。当時、蛭は悪い血を吸い取るためのある種の医療用品として売買されていた。彼が蛭を取るのはそれを商品として売るためであり、彼は市場経済とつながっているのだ。だが、老人が言うように、イギリス社会の近代化にともなう農村部の変化によって蛭の数は減少し、彼の商売は苦しいものとなっている。彼は蛭のいる沼地を求めて放浪するが、まさにそれは「危険で疲れ果てる生業」(101)である。彼は市場経済の周辺部を放浪し、蛭を取ることで何とか生計を立てている。デイヴィッド・シンプソンは、たえずさまよい続けるこの老人は市場を移動し流通してゆく商品そのものの表象として解釈できると主張している。もしそうであるなら、彼は市場経済の他者としての自然であるどころか市場経済そのものの表象ということになる。[14] しかし、蛭取り老人の表象を分析するなら、彼は商品というよりもむしろ商品を生産する労働者の身体の表象に見えてくる。なぜなら、詩人の注意を引きつけるのは老人の身体そのものにほかならないからだ。老人が登場する初めから、詩人の注意を引くのは老人の折れ曲がった身体そのものである。そして、老人は自分の生業について語るが、詩人はその話の内容を理解してはいない。彼は老人の話には耳を傾けずに、自分の心に浮かぶ放浪する老人の姿に心を奪われてしまう。

こう彼が話しているあいだ、その寂しい場所、
老人の姿、そして彼の話――これらすべてが私を悩ませた。
私の心の目には、彼がうんざりするような荒地を
たったひとりでさ迷いながら静かに
とぼとぼと歩きつづけている姿を見たような気がした。（127-131）

老人が語る彼の人生に関する具体的な内容は、詩人にとって意味をもたない。意味をもつのは、長く過酷な労働で歪んだ老人の身体と、彼が孤独にさ迷っているという事実だけである。アダム・スミスは『国富論』において、商品の価値の唯一の根拠はそれを生産する人間の労働量であると主張した[15]。労働こそ市場の中心にあってあらゆる商品の価値を支える基盤である。労働する人間の身体にこそ、市場経済の起源があるのだ。だが、スミスが描く市場において、労働する者の身体は交換価値の陰に隠れてしまい不可視なものとなってしまう。しかし、ワーズワスの詩的想像力は、市場経済の周縁をさまよっている老人の歪んだ肢体の中に労働する人間の身体――それこそあらゆる商品の価値の起源である――を発見する。商業化した社会の中で不可視となっているものを、ワーズワスの詩的想像力は明るみに出す。こうした無名の労働する身体の表象可能性を切りひらいた美学的契機がピクチャレスクであった。そしてワーズワスの詩的言語が、表層的にはピクチャレスクに見える身体的形象の背後に存在する労働という意味を掘り起こすとき、それは読者を圧倒する崇高なものとして立ち現れる。それが崇高であるのは、市場経済という社会的関係性の中で不可視となった身体――養われなければ滅んでしまう生物学的な身体――を畏怖すべきものとして表現するからである。

問題は、ワーズワスによる身体表象がどういった政治的イデオロギーと手を結んでいるかということである。あ

る面でワーズワスが、蛭取り老人の人物像を現状肯定的で保守主義的なイデオロギーの中に封じ込めようとしていることは否定できない。なぜなら、この蛭取り老人という崇高な対象は、骨の折れる仕事を黙々と実直につづけてゆく労働倫理を体現しているからである。バークは『崇高と美の起源』の中で、恐怖に起源をもつ崇高がもたらす美的な情緒は苦痛に近いものであるが、崇高が精神に引き起こす緊張は労働が身体に与える緊張と同様に、人間個人と社会の健全さを維持するために必要不可欠なものであると主張している(16)。十八世紀の美学理論において崇高は、美と洗練の過剰が社会にもたらす堕落を防止する倫理的な機能を与えられていた。この蛭取り老人は崇高な対象にふさわしく、自意識の過剰がもたらす憂鬱の深淵に落ち込みそうになる詩人を戒め、彼に健全な詩人としての倫理的な基盤を与える。この詩の冒頭で語り手は、詩人としての成功を夢見ながら、商業的文学市場における敗北者となり自滅していった過去の天才詩人たちの運命を想起して自分の将来を悲観し、鬱状態に陥る。しかし、詩人は蛭取り老人に、困窮の中でも黙々と労働を続ける堅忍不抜な精神を見て、将来の不安によって麻痺してしまう自分の心の弱さを恥じ、詩人としての使命をあらためて確認する。つまり、「決意と自立」では市場経済の中で生きる詩人の覚悟と労働倫理の重要性が確認されるのだ。重要なのは労働倫理を伝える蛭取り老人が自然と一体化されることによって、労働倫理に関する「戒め」が自然からのメッセージのように聞こえるということである。蛭取り老人の言葉に個別的な内容がないのは、それが個別的な人間からのメッセージではなく、自然からのメッセージだからである。ワーズワスの崇高美学においては、近代的な市民社会の道徳が自然化され普遍化されていると言ってもよい。そこに、ワーズワスの美学イデオロギーの一端がある。しかし、ワーズワスの崇高を単純な政治的メッセージに還元してしまうことはできない。なぜなら、ジェローム・マガンが指摘するように、ロマン主義に見られるイデオロギー的自然化の典型的な戦略は、具象的な事実を捨象する普遍化・抽象化というかたちをとるが(17)、ワーズワスの崇高は個別的で物質的な身体表象と結びついているからである。注目すべきことは、労働する人間の身体を、ワーズワスの詩的想像力が明るみに出すことである。それは商業社会がもつ冷酷さを暴露することでもある。蛭取り老人は蛭という商品を売る者として市場経済とつながっているが、同時に彼は時代遅れな商売に携わる者として市場から見放され市場経済から脱落しかかっている。彼が完全に市場経済から脱落すれば、彼は生活できなくなり滅んでゆく――自然に帰ってゆく――だけである。言わば彼は人間社会と自然の境界線上に立っている。そのことが、彼がもつ自然な身体――労働する者の物質的な身体、もしくは養われなければ生存できない身体――をあらわにする。つまり、「決意と自立」における自然は二重構造になっているのだ。ひとつめの自然は市場経済における労働倫理の自然化・普遍化のための修辞法として現れる。だがその自然化の戦略は、あらゆる修辞法を無効化してしまうような生物学的自然としての人間の身体性を暴露する結果をもたらす。ワーズワスの崇高は、一方で文学作品を商品に変えてしまう市場経済を肯定するように見えながらも、そうした近代社会を肯定する教訓的メッセージを空疎に見せてしまうような自然観をもまた内包しているのである。

盲目の乞食

浮浪者の中に崇高な性質を見出すワーズワス的詩学のもうひとつの興味深い例となるのは、『序曲』の第七巻に登場する「盲目の乞食」だろう。この盲目の乞食の描写においても、「蛭取り老人」の場合と同様に、社会の最底辺の人間に重要な詩的意味が付与されている。詩人が盲目の乞食に出会うのはロンドンの雑踏の中である。大都会ロンドンになじめない若き詩人は、疎外感と孤独を感じながらロンドンの雑踏の中をさ迷い歩く。そのとき、彼は偶然に盲目の乞食に出会う。

……慣れ親しんだ生活のすべての重し――

現在、過去、希望、恐怖、すべての支え、
行動し、思考し、話す人間のすべての掟——が
私から失われてしまい、私が知る者も、私を知る者もいない。
あるとき、こんな気分のまま、
見慣れたものがなくなるまで遠くへと歩きつづけ、
うごめく虚飾の街で道に迷った。そのとき偶然にも、
突然、盲目の乞食の姿に、
私は打たれた。彼は顔を立て、
壁にもたれ、胸には
彼の物語を、彼がだれであるかを説明する
紙をつけていた。
私はその光景を見て、目眩を感じた、
あたかも水の力に打たれたように。
私には、その張り紙に、
人間と宇宙についてわれわれが知りうるかぎり最大のことについての
文字あるいはエンブレムが記されているように思われた。
この動かない男を、
彼の動かない顔と視力のない目を、私は見ていた。
あたかも、べつの世界から戒められたかのように。　(7 : 609-622)

詩人は目が眩むほどあふれかえる商品と、それを売る無数の人間たちがいる市場のまっただ中で盲目の乞食に出会う。彼が偶然目にしたその盲目の乞食は、自分の身の上を説明する「物語」を書いた紙を胸につけて立っていた。その紙の上の文字はワーズワスにとって、「人間と宇宙についてわれわれが知りうる最大のことを書いた文字あるいはエンブレム」のように思われ、彼の心はかき乱される。なぜならこの乞食は、「人間と宇宙についてわれわれが知りうるかぎり最大のこと」についてのメッセージを携えて詩人を「戒める」ために「べつな世界」からやってきた存在のように見えたからである。「戒める」という言葉からは、この乞食が発するメッセージが倫理的なものであることがわかる。貧窮の極みにある浮浪者が憂鬱で孤独な状態に陥った詩人を戒め、勇気を与えるという状況は「決意と自立」と共通の設定である。では、なぜ偉大でも巨大でもない盲目の乞食は、詩人を圧倒する崇高で倫理的な対象に転化するのだろうか。

重要なのは、この乞食が出現する場所がロンドンの商店街の雑踏——そこはすべてのものが商品に転化する市場そのものである——の中だということである。そして、考察すべきことは、彼が周囲の市民社会もしくは市場経済と取り結ぶ関係である。彼は、ロンドンの市場の雑踏というまさに市場経済の場の中では、「べつの世界」からやってきたような、場ちがいの存在に見える。「決意と自立」の蛭取り老人はかろうじて市場経済の中で商品取引をおこなっているが、視力が損なわれたこの乞食は市場経済において売るべき商品をもたないからだ。彼は自分の命をつなぐために施しに頼るしかない。この身動きせず、顔を動かすこともない盲目の乞食は、彼を取り巻く社会的関係性から完全に切り離されているように見える。だが、身動きしない彼は生きのびるために養わなければならない身体をもっている。彼は生命をつなぐための糧を得るために、人々が往来する市場の雑踏の中にいる。そういう意味で、彼は養われなければならない生物学的身体そのものとして現れるのだ。先に検討したマルサスの政治経済学はこうした貧困階級の身体を抽象的な統計学的数値の中に取り込もうとしたが、ワーズワスの詩的想像力は人間の身体の物質性そのものを明るみに出す。だが、身体性の表現がすべて崇高性を帯びるわけではない。この盲目の乞食が崇高な対象に転化するには、もうひとつの契機が必要となっている。それが言語的契機である。

乞食の「物語」と言語的崇高

この「動かない顔と視力のない目を」もつ乞食は、周囲の人々との関わりをまったく拒絶しているわけではない。それは、彼が、自分が何者であるかを説明するための「物語」を書いた紙を胸につけていることからもわかる。たしかに、その物語はバラッド売りが売っているバラッドのような商品ではないし、おそらく読む者の関心を引くような個別的内容をもってはいない。しかも、彼は盲目であるのだから、その物語は彼自身が書いたものではない。そういう意味でその物語は真正なものではないかもしれない。だが、その「物語」は市場経済が生み出す利益の一部を施しとして受け取るために、自分が何者であるかを主張するための手段なのである。それは彼の自己同一性の保証であると言ってもよい[18]。彼が市場のただ中にいるのは、市場が利益もしくは剰余価値を生み出す場所であり、彼はその一部を施しとして得たいからである。彼はその「物語」をとおして市場あるいは市民社会と接点をもつ。生きる糧を得るために市場経済の周縁部にしがみついている点では、彼も蛭取り老人と同様である。また、乞食が言葉で自分の身の上を表現する点でも蛭取り老人と同様である。蛭取り老人は自分の物語を語り、盲目の乞食は自分の物語を書いた紙を携えている。そして、乞食が身につけている「文字」は、人知を超える真理を指し示す「エンブレム」に転化するが、それはその文字が語る内容とは無関係だ。なぜなら、詩人によれば、その「エンブレム」が指し示すのは個別的な人間の人生ではなく、普遍的な真理だからである。では、あらゆる人間に共通した普遍的真理とは何だろうか。上で述べたように、彼は商品交換と市民生活の過程から脱落している存在である。市民的な属性が剝ぎ取られたそうした状況下であらわになるのは、最低限の施しによってようやく維持される身体的な存在者としての人間である。それは文化や文明に先立って存在するものという意味で自然と言ってもよい。ワーズワスの詩的想像力は人間の身体——交換価値に先立つ生物学的な身体——を露出させる。盲目の乞食は文明と自然の境界線上に立って、その彼方にある自然を垣間見せる。しかし、その自然とはピクチャレスクな自然——規格化され商品化された自然——ではなく、食糧によって養われなければ滅びるしかない物質的身体としての自然である。彼はそうした自分の状況を物語化し、その物語が詩人を、そして読者を圧倒する。盲目の乞食が身につけている「物語」は、彼を市場が生み出す利益と結びつける唯一の絆である。その物語の内容が語られないのは、それを言語で表現することが無意味であると同時に不可能だからである。しかし、生きるための糧を必要とする身体に自分自身の「物語」を貼りつけて、市民社会に——交換価値の世界——に参入するということは、商業社会に生きる人間すべてに共通なあり方である。人はそれぞれ自分が何者かを説明する物語を創作し、それに支えられて社会的関係に入ってゆく。この乞食は、そうした人間存在のありようをミニマルなかたちで示しているのだ。それゆえ、盲目の乞食は近代社会における人間のあり方に関する普遍的な真理をわれわれに突きつけるのであり、われわれは普段は隠されている真理を目の前にして目眩を感じるのである。彼の姿が垣間見せるのは、交換価値に先立つ身体的存在者としての人間の姿である。彼が身につけている「物語」は、「文字」もしくは「エンブレム」でありながら、言語が表現できる内容をはるかに超えているのだ。

ピクチャレスク絵画は風光明媚な田舎の風景を描くさいに、風景の中に匿名的な小さな人物像を描き込む。それは人間の姿を純粋に形態的な絵画的要素に還元するということである。美術史的に言うなら、それは歴史的な偉人でもなく、聖書中の人物でもなく、神話に登場する異教の神でもない平凡な田舎の人物を絵画の題材にするという点で、近代的絵画の特徴を示している。ピクチャレスクはそうした無名の人物たち——社会の底辺にいる人物たち——を美的な対象として客体化した。ピクチャレスクは、風景を商品化すると同時に風景の中で生活する人々を商品に変えたのである。それは人間そのものの美学化と商品化が取り結ぶ共犯関係の一例である。だが、ワーズワスはピクチャレスクが導入した無名の人物像を崇高な対象に転化した。ワーズワスは、市場経済が交換価値の中に埋没させてしまった社会の底辺に位置する無名の者たちの身体を可視的なものにする。注目すべきことは、そのようにして表象された物質的な身体は言葉を与えられることで崇高な対象に転化することである。蛭取り老人は自分の物語を語りつづけ、盲目の乞食は自分の物語を書いたテクストを身につけている。だが、物質的身体と言語の結びつきが崇高を生み出すという興味深い現象は、ひとりワーズワスだけに見られるものではない。それはロマン主義的崇高のひとつの典型的なかたちなのである。次章では、メアリー・シェリーの『フランケンシュタイン』における崇高の問題を、物質的身体と言語の結びつきという観点から検討する。

第13章　『フランケンシュタイン』と言語的崇高

アレゴリー化できないもの

十八世紀イギリスの美学の中で、「崇高」は鍵となる概念である。この時代の崇高の理論家たちはきまって崇高を物理的な巨大さと結びつけてきた。人間の知覚の限界を超えるほど巨大な対象は、人間の理解能力を超える実体の存在を示唆することによって、人間を圧倒し、畏怖の感情を喚起するのである。これまでの章でも、洗練された想像力や感受性による国家と社会の柔軟な統治という思想において、厳しく倫理的な威厳を帯びる崇高の概念が重要な役割を果たしたことに言及してきた。たしかに、優しく社交的な性質である美は、人と人を結びつけるために不可欠な役割を果たす。しかし、人が、美がもたらす身体的な安楽や快楽にひたすら耽溺するなら、社会の調和と秩序は最終的には崩壊してしまう。人間の感覚の埒外にある表象不可能な実体である崇高からの呼びかけは、身近な快楽や利得のはるか彼方に存在する「大いなるもの」の存在を人に確信させ、克己と自己犠牲の尊さを認識させるのである。しかし、言うまでもないことだが、美学的カテゴリーとしての崇高は、特定の価値設定のシステムの枠内にとどめておくことはできない。崇高が特定のイデオロギーと結びつくことはあるが、崇高はそうして結びついたイデオロギーを脱構築してしまうのだ。なぜなら、イデオロギーとはある種の表象システムにほかならないが、表象不可能なものの表象である崇高は、あらゆる表象システムによる囲い込みを無効とするからである。崇高は、特定のイデオロギーと結びついたときでも、そのイデオロギーの彼方にある「何か」を指し示すことをやめないのだ。こうした崇高を構造論的に解明することは、美学イデオロギーの研究において必要な手続きとなるだろう。本章では、特定の文学テクストの分析をとおして、崇高という美学的カテゴリーの修辞的構造をあきらかにすることをこころみる。用いるテクストはメアリー・シェリーの『フランケンシュタイン』である。その分析のなかで、これまでの章でも問題になった崇高と身体表象の結びつき、あるいは崇高における言語の役割もあきらかになるだろう。

メアリー・シェリーの『フランケンシュタイン』に登場する怪物は、「私はだれだったのか」という、彼自身もついに答えることのできない問いを発する（F 128）[1]。この怪物の問いかけに対して、現代の文学批評はじつに懇切丁寧な答えを用意している。精神分析批評、フェミニズム批評、マルクス主義批評などが、怪物の正体に関するさまざまな答えを提供している。これらの答えはすでに十分すぎるほど多様であるが、新しいタイプの答えは今後もさらに登場してくるだろう。だが、怪物の正体に関する新しい答えが登場すればするほど、怪物の正体はとらえがたくなってゆくように思われる。すでに一九八一年の段階でポール・シャーウィンは、怪物は「ある種の浮遊するシニフィアン」なのであって、ほとんどのあらゆるシニフィエと結びつきうるのだと指摘している。怪物の正体を名指ししようとするアレゴリー的な読解には、アレゴリー化しきれない剰余がつねにつきまとい、それがそうした答えを脱構築してしまうのである。シャーウィンは言う。

もし怪物が、正統的フロイト主義者にとってある種の無意識であり、ユング派にとって影であり、ラカン派にとって「対象a」であり、あるロマン主義者にとってブレイク的「霊」であり、べつなロマン主義者にとってブレイク的「流出」であるとしたら、彼はまた、ルソー的自然人、ワーズワス的自然の子、孤立したロマン主義的反逆者、誤解された革命的衝動、メアリー・シェリー自身の捨てられた子供時代、彼女の流産した子供、逸脱するシニフィアン、「差延」として、あるいは神なき世界の本質、神なき自然の怪物性、分析的理性、疎外された労働、としても読める。怪物自らが語るアダムと悪魔の奇形的混合物としての自分自身の神話的な姿と同様、これらのアレゴリー化はテクストそのものによって論駁されてしまうのだ。(2)

文学研究に携わる多くの者が理解しているように、あらゆる批評的読解は原理的にアレゴリー化のこころみにならざるをえない。だが、『フランケンシュタイン』のようにすでに多くの解釈がなされている作品を読解する場合、たんにもうひとつのアレゴリー的読解を提示するだけでは不十分であろう。もし、これまでに積み重ねられた読解に加えて『フランケンシュタイン』に関する新たな論考が書かれうるとしたなら、それはこのテクストがなぜ際限もなく新たな解釈(もしくは新たなシニフィエ)を生産しつづけるのかという問題に、部分的にせよ回答するものでなければならないだろう。本章は、十八世紀の崇高美学との関連で『フランケンシュタイン』を読解するこころみである。本章もこのテクストのある種のアレゴリー化のこころみであることは避けえない。だが、もし本章の議論に何らかの存在意義があるとしたなら、『フランケンシュタイン』がなぜ際限のない解釈を生み出すと同時に、それらの解釈を脱構築し無効化するようなテクストであるのかという問題への回答(少なくともそのこころみ)を含んでいるということであろう。

『フランケンシュタイン』と崇高美学

『フランケンシュタイン』の第一〇章において、ヴィクター・フランケンシュタインは、弟ウィリアムとウィリアムの殺害という無実の罪を背負って処刑された少女ジュスティーヌの二人の死を嘆きながら、アルプスの山中をさ迷う。そこで彼は、自分が創造した怪物と再会することになるのだが、注目すべきことは、彼らの遭遇に先立って、アルプスの自然風景が詳細に描かれることである。その自然描写の中で「崇高な恍惚感」（F 97）という用語を用いるメアリー・シェリーが、十八世紀イギリスで流行した崇高美学の伝統を強く意識していたことはまちがいない。(3) 怪物が姿を現す直前の風景描写は、つぎのようなものである。

正面の山は垂直なむき出しの岩であった。私が立っているところから横に一リーグほどのところにモンタンベールが正面にあり、その上には荘厳なモンブランがそびえていた。私は岩の奥まったところにとどまって、この驚くべき途方もない風景を見つめていた。氷の海あるいは巨大な河がそれに付随する山々の間をうねり、それらの連なる頂が奥まった場所に見えた。山々の凍って光る頂は雲の上で陽の光の中で輝いていた。悲しみに沈んでいた私の心は、今や喜びに似た感情で膨れ上がった。私は叫んだ。「さ迷える霊よ、もしお前が本当にさ迷い、お前の狭いベッドで休息することができないなら、私にこのささやかな幸福を許したまえ。さもなくば私をお前の道連れとして、生命の喜びから連れ去りたまえ」。（F 98）

これは典型的に崇高な自然描写である。この直後に怪物がフランケンシュタインの目前に姿を現し、彼に自分の話を聞くように命じるのだが、この状況は、あきらかに怪物が崇高な自然と共通性をもっているということ、あるいは怪物自体が崇高な対象であることを強く示唆している。十八世紀やロマン主義の崇高に関する言説の中では、アルプスは崇高と強く結びついていた。高い山々や悠久な時間の中で山肌を削り取ってゆく氷河といった、人間を寄せつけない厳しく荒涼としたアルプスの自然は、エドマンド・バークのいわゆる「悦ばしい恐怖」を具体化した風景なのである（*Enquiry* 73）。(4) フランケンシュタインは、こうした崇高な自然の中に、自分の絶望的な気もちを慰めてくれるものを発見する。「悲しみに沈んでいた私の心は、今や喜びに似た感情で膨れ上がった」という彼の言葉は、苦痛や恐怖と結びつくことで喚起される崇高な感情を示唆している(5)。

こうした崇高な自然を背景に姿を現す怪物それ自体が崇高な対象であることには、議論の余地はないだろう。人並み外れた大きな身体をもち、通常の人間が注意深く迂回する氷河の裂け目を飛び越しながら、「超人間的な速度」(F 98) で進むこの怪物は、巨大さ、力、危険、恐怖といった典型的に崇高な属性をもっている。こうしたことを考慮するならば、崇高美学は、この怪物が何者であるのかという問題を理解する手がかりを与えてくれることが予想される。だが、この怪物の表面的な崇高性があからさまであるだけに、怪物の崇高性を深い意味で理解することは、じつはとてもむずかしいのである。この怪物のもっとも大きな特徴は、「この世のものとは思えない醜さ」(F 99) であり、身体の「不自然なまでのおぞましさ」(F 132) である。一見すると、この醜さという視覚的特徴にこそ怪物がもたらす恐怖と崇高性の本質があるように思われる。たしかに、怪物自身が語るように、怪物はこの醜さゆえに、他の人間たちから迫害され、彼が密かに恩恵を施したフランス人亡命貴族の一家 (ド・ラセー一家) から拒絶され、絶望のどん底に陥ることになったのである。しかし、問題は、怪物の「醜さ」に関する具体的な描写は作品中でほとんどなされないということである。怪物が生命を帯びる直前の場面で、彼の眼の色や皮膚に関する描写がなされるし、彼の身体の特徴に関して断片的な情報は提供される。しかし、怪物の具体的な外見に関する詳細な描写はなされない。このことは、怪物を崇高という観点から考察する場合に、大きな問題となる。なぜなら、バークをはじめとする十八世紀の崇高美学の理論家たちは、崇高とは主として視覚的なものであるという点で意見を一致させているからである。たしかに、バークは触覚や臭覚を含む人間のあらゆる感覚において、崇高と美が存在しうると主張している。しかし、彼がじっさいに列挙する崇高な対象の属性のほとんどは、視覚的なものなのである。怪物の視覚的特徴に関する情報がほとんどない中で、われわれは怪物の崇高性をどのように理解すべきなのだろうか。

記述されない視覚的特徴という点以外に、この怪物について注目すべきことは、彼が多弁かつ雄弁であるということである。自分の創造者であるフランケンシュタインの前に姿を現した怪物は、彼に対して執拗に自分の話を聞くように命じる。彼は「私の話を聞け……。だが、聞いてくれ……。私の言うことを聞け……」(F 101) とフランケンシュタインにくり返し訴える。そして、フランケンシュタインの眼を遮って、言う。

「では、こうしてあげましょう、私の創造主よ」、彼はそう言って私の目の前に彼の手をかざしたが、私はそれを乱暴に払いのけた。「あなたが嫌う私の姿を見なくてすむようにしてさしあげるのです。それでもあなたは私の話を聞いて、憐れみをかけることができないのですか……」。(F 101)

自分の姿を見せないためにフランケンシュタインの眼を遮りながら「私の言うことを聞け」と言う怪物のふるまいが暗示しているのは、この怪物の正体は、彼の視覚的特徴にあるのではなく、彼が言葉を話すという事実にあるのだということである。怪物がもたらす恐怖は、言語の問題と結びついている。そして、言語の問題と結びついた恐怖という問題を考察するための入り口となるのが、やはり十八世紀の崇高美学なのである。なぜなら、以下で見るように、十八世紀の崇高に関する理論的言説は、一方で、視覚を重視し、崇高を自然物や芸術のもつ視覚的な属性であると定義しながらも、他方では、視覚に還元できない詩や雄弁という言語芸術がもつ崇高性について考察することを止めないからである。『フランケンシュタイン』については、本章の後半でさらに考察するが、その前に十八世紀の崇高美学の文脈の中で、崇高における視覚と言語の関係がどのように論じられたかを概観しなければならない。なぜなら、崇高における視覚と言語の関係という問題は、『フランケンシュタイン』において突然現れたものではなく、十八世紀の崇高美学の言説の中で、すでにくり返し論じられたものであるからである。

十八世紀イギリスの崇高美学

言語と崇高の問題を論じたもっとも有名な美学書は、言うまでもなくバークの『崇高と美の起源』であるが、バーク以外にも、多くの理論家がこの問題に出会っている。ジョウゼフ・アディソンはバークに先立って、「想像力の快」と題された一連のエッセイの中で、この問題を論じている。アディソンにとって、「想像力の快」とは、そもそも視覚から生まれるものであり、それは、目の前にある事物の視覚的な知覚による「第一の快」と、じっさいには目の前には存在しないものや虚構的なものを心の中で想像することから生まれる「第二の快」の二種類に分類される（PI 369）(6)。アディソンによれば、視覚的対象によって直接に喚起される想像力の第一の快は、「大きいもの」、「新奇なもの」、「美しいもの」という三つのカテゴリーに分類される。それらはすべて、視覚対象がもつ属性に由来する快である。この三つのカテゴリーの中でも「大きいもの」――すなわち崇高――は、第一の快と第二の快あるいは自然と芸術を区別するさいに、とりわけ重要である。アディソンは、「想像力に与える快という点から自然の作品と芸術作品を考察するなら、前者に比べて後者はとても欠点が多い」（PI 377）と断言する。アディソンが自然を芸術よりも上位に置くのは、彼の美学理論の経験論的枠組みを考えれば、当然なことである。美的な快の源泉にはつねに視覚による知覚があるということは、外的対象こそ、あらゆる意味で想像力の快の一次的起源であることを意味する。芸術は二次的な模倣であり、従属的な存在である。芸術の二次性と従属性はとくに崇高においてあらわになる。なぜなら、新奇さや美を人工的につくることは可能であるが、巨大さの人工的な模倣は自然に遠くおよばないからである。もしそうであるなら、自然の巨大さあるいは崇高性こそ、美的な快における自然の一次性という概念を基礎づけるものであるということになる。

巨大さや広大さが自然に特有の属性であるなら、言葉によって崇高の観念を伝えることは絶望的であるように思われる。なぜなら、アディソンによれば、もっとも自然に近い模倣は彫刻、つぎに絵画であり、言葉による記述はもっとも原型としての自然から離れているからである。だが、驚くべきことにアディソンは、文学における二次的な快を論じる過程で、詩はじっさいの自然よりも生き生きとしたかたちで自然を描くことができると主張し始める。なぜなら、詩人はありのままの自然よりも複雑な観念を伝達することができるからである。

読者はじっさいの場面を観察する場合よりも、言葉の助けによってより強い色彩と真に迫った場面が想像力の中で描かれていることを見出す。この場合、詩人は自然に勝っているのだ。……その理由はおそらくこういうことだろう。どんな対象でも、それをじっさいに観察する場合には、想像力の中には目に入ってきたそのままが描かれる。しかし言葉で記述する場合には、詩人は自分が好むように自由に景色を描くことができる。そしてわれわれが気づかなかった、あるいはわれわれが最初に観察したさいには視野の外だった部分を、われわれに示してくれるのだ。(PI 387)

言語記述がもたらす快を、自然そのものが与える快よりも上位に置くこの議論は、想像力の快はすべて視覚的なものであるとする彼の前提と、どう折りあうのだろうか。経験論的な美学は、芸術が与える快を、模倣が与える快という点から説明する。その理論の枠内にあるかぎり、模倣が与える二次的な快は、当然ながら自然が与える一次的な快よりも「欠点が多い」はずなのである。言語がもつこの力を、想像力の快の起源を視覚に置く彼の経験論的な前提から説明することはできない。自然を超える言語の力を論じるアディソンは、彼自身の経験論的な感覚知覚のモデルの枠組みに縛られない理論を導入しているのである。ここでのアディソンの議論は、経験論的な美学というよりは、むしろ、言語がもつ説得力を論じる修辞学の議論に近づいている。崇高を自然的対象がもつ視覚的な性質であるという前提から出発しながらも、議論の過程で、もっとも崇高なものは言語芸術であるという結論に帰着するこの捻れ現象は、十八世紀の美学理論において、けっして珍しいものではない。

たとえば、スコットランドの法学者・哲学者のケイムズは、有名な『批評の原理』の中で崇高を論じているが、彼もまた、崇高は視覚的なものであるという前提から出発しながら、最終的に言語芸術のもつ崇高性を視覚的な崇高性よりも上位に置く。ケイムズによれば、人間は生まれつき大きなもの、高いものへ愛着をもっている（EC 1: 210）[7]。壮大な対象や崇高な対象は、大きさと高さという視覚的な属性をもっており、その属性が、壮大さや崇高の印象を精神の中に生み出すのである。ケイムズによれば、本来視覚的な対象がもつ属性である壮大さや崇高の概念を、視覚対象以外に適用することも可能である。それを可能にするのは、たとえば、寛大な心を「気高い気もち」と言ったりする言葉の比喩的用法である。こうした崇高の比喩的用法から、詩における崇高が可能となる。だが、彼自身が言うように、崇高の字義的な意味は本来「視覚対象にのみ適用できる」ものであり、そして、「言葉の比喩的な意味は字義的な意味から派生する」（EC 1: 222）ものである以上、視覚的崇高すなわち字義的な崇高が、比喩的な言語的崇高よりも根源的であり、優位にあるはずである。だが、アディソンと同様に、ケイムズは言語芸術を論じ始めるとき、崇高の表現において言語芸術が、じっさいの自然に勝るという議論を展開し始める。崇高なものは人間の精神を高める効果をもつのだが、ケイムズによれば、そうした精神的な効果を最大限に与えることができるのが詩なのである。つまり、崇高においては、自然そのものよりも言語の方が大きな効果を発揮できるのだ。

その法則に関して言うなら、どんな美術も詩歌ほど広大な領域を与えてくれる分野はない。詩歌は言語という手段によって対象と出来事に壮大な雰囲気を与える目覚ましい力をもっている。われわれが目で観察する場合、あらゆる細部はその順序のまま目に入る。しかし、間接的に記述する場合には、そうした細部を脇に置いて主要部分を目の前に置くことができる。もっとも興味深い出来事を選択し、それらに統一された効果を与える適切な趣味こそ、あらゆる事情を含めて出来事そのものを観察するよりも生き生きした物語を間接的に聞いた方

が感銘を受けるという、この驚くべき事実の説明となるのだ。(EC 1 : 232–233)

こうして、崇高に関するケイムズの議論は、もともと視覚対象に限定されていたはずの崇高が、言語においてもっともその効果を発揮するという「驚くべき」結論に帰着するのである。この結論は、言語による崇高の表現は「派生的」であり、劣位にあるというケイムズ自身の前提とあきらかに齟齬をきたしている。だが、この言語のもつ「驚くべき」力の根拠に関して、ケイムズは十分な議論を展開していない。言語的崇高の根拠に関するより深い議論に関しては、われわれはバークを参照しなければならない。

『美と崇高の起源』においてバークは美と崇高を、快と苦という人間がもつ究極的な一つの感覚に基づいて説明している。バークによれば、崇高の情緒は恐怖がもたらす身体組織の収縮によって生み出され、美の情緒は愛がもたらす身体組織の弛緩によって生み出される。美と崇高の情緒を喚起する外的な対象は、どちらも知覚可能な特定の物理的特徴をもっている。たとえば、美しい対象は「小ささ」、「滑らかさ」、「漸進的変化」といった特徴をもち、崇高な対象は「巨大さ」、「欠如」、「曖昧さ」といった特徴をもつのである。美的な対象がもつこうした知覚可能な属性が、崇高や美といった情緒の原因となるのだ。バークの美学理論の根底には感覚知覚のモデルがあり、それは、バークの美学理論が基本的に経験論の枠内で構想されていることを示している。だが、感覚知覚に美的趣味の基盤を置こうとするバークの企ては、崇高を言語芸術との関係で論じるとき、奇妙な矛盾に陥ってしまうのである。

バークは、崇高な対象の属性として「巨大さ」、「無限性」、「暗闇」といった視覚的な特徴を列挙するわけだから、彼がもっとも重視する崇高な対象は自然風景や絵画といった視覚対象であることが予想される。しかし、驚くべきことに、バークがもっとも崇高であると認めるのは、自然風景でも絵画でもなく、言語芸術なのである。自然や絵画は明確なイメージを伝えることで、見る者の情念に作用する。だが、明確なイメージは、バークが崇高の重要な要件として考える「曖昧さ」の余地を奪ってしまうのである。それに対して、生き生きした言語表現は、最良の絵画よりもずっと「強力な情緒を喚起する」(*Enquiry* 60) ことができるのであるが、それは、言語は視覚対象とまったくちがったかたちで、人間の精神に働きかけるからである。バークによれば、自然物や絵画や建築といった視覚的な対象は、精神の中に観念を生み出すことによってわれわれに働きかける。たしかに、言葉も視覚的対象と同様に、それが表象する観念を精神に呼び起こすのだという見解が流布している。しかし、比較的単純な概念を表す言葉ですら、精神の中に明確なイメージを喚起することはほとんどないとバークは言う。言葉はもともと外的な事物や出来事を指し示すものとして生まれる。しかし、言葉はくり返し使われる結果、それらがもともと指し示していた事物や出来事と無関係に、精神に作用するようになるのである (*Enquiry* 165)。人は精神の中で言葉からイメージをつくり出すことができるが、日常会話でそうしたことが行われることはほとんどない。だから、詩や修辞学は、描写という点では絵画にかなわない。詩や修辞学の仕事は、模倣ではなく共感によって情念を伝達することにある。「それゆえ、もっとも一般的な意味での詩は、厳密には模倣芸術と呼ぶことはできない」(*Enquiry* 172) とバークが言うのは、そうした理由からなのである。

バークによれば、言葉は観念を精神に提示することがないがゆえに、力が小さいと考えるのは誤りである。むしろ、詩や雄弁は、明確なイメージを精神の中に呼び出さないがゆえに、他の芸術形式よりも力強いのだ。崇高な表現の不可欠の条件は「曖昧さ」である。明確なイメージを提供することは、崇高の条件である曖昧さを取り除いてしまうのである。言語は、明確なイメージを提供しないがゆえに、かえって強力な情念を伝達し、結果として大いなる崇高をつくり出す。

情念を力強く伝達するというすでに説明した手段によって、言葉はその他のあらゆる弱点を十分に埋めあわせる。すぐれた明晰さや明瞭さによって賞賛されているあらゆる洗練された言語は、力強さという点では一般に劣っていると言ってもよいだろう。(*Enquiry* 176)

崇高な言語はこうして、明晰な観念もイメージももたないまま、強い情緒を伝達する。だが、注意すべきことは、こうした彼の主張は、彼自身の美学理論の前提と齟齬をきたす危険をはらんでいるということである。彼の美学理論の根底にあるのは、経験論的な知覚のモデルである。それによれば、対象が精神の中に生み出す美的な情緒は、その対象がもつ外形的な特徴から説明できる。だが、言語の美的な効果は、この基本的なモデルから大きく外れてしまう。『崇高と美の起源』の第二版に付された「趣味に関する序論」の中でバークが宣言しているように、彼の崇高論の目的は、万人に共通な原理である感覚知覚に基づいて、市民社会の秩序と調和を保証する「趣味」の理論を構築することであった。だが、言語が感覚知覚のモデルをすり抜けるようなかたちで人間の精神に働きかけるとしたなら、言語がもたらす崇高な効果は、彼の美学理論の枠内では説明できなくなってしまう。言語は経験論的な感覚知覚の枠組みに縛られることなく、大きな力をふるうのである。もし崇高が趣味に関する美学的規準で制御できないものであるなら、それは市民社会の秩序と調和にとっての脅威となるだろう。上で見たように、言語がもつ特殊な力に関しては、アディソンやケイムズといった他の美学理論家たちも気づいていたが、バークは彼らよりも鋭敏な分析能力を備えていたがゆえに、経験論のモデルからはみ出してしまう言語の力をより際立たせる結果となったのである。言語は美学的な理論や規則で制御することがきわめて困難なのであり、そうした意味で、言語は不気味で恐ろしい力をもつ。もしそうであるなら、言語がもっとも崇高な対象となるのも当然のことであろう。

言語がもたらす崇高

すでに述べたように、『フランケンシュタイン』の怪物が十八世紀の崇高美学と関係をもっていることは明白である。怪物は巨大さ、危険、曖昧さ、恐怖といったバークが列挙する崇高な対象の外形的特徴をほとんどすべて備えている。だが、怪物と崇高美学の関係をその外形的なレベルでのみ理解するのは、皮相である。以下で見るように『フランケンシュタイン』は、十八世紀の崇高美学において未解決だった問題への応答として理解すべきなのだ。その未解決の問題とは、言語的崇高の問題である。怪物は見る者に恐怖をもたらすような外見をもっているように設定されている。だがこの怪物の最大の特徴は、彼が多弁かつ雄弁であるということである。怪物は大いに語る。しかも説得力をもって語るのである。彼はフランケンシュタインに対して、誕生から現在までの自分の経験について語り、自分の創造主であるフランケンシュタインに対する恨みと自分の犯した殺人を率直に告白し、そしてフランケンシュタインに自分のパートナーとしての女怪物をつくるように命じる。彼の語りは、フランケンシュタインを説得するのに十分なだけ雄弁である。怪物の話を聞いたフランケンシュタインは考える。

私はしばらくの間、彼が語ったすべてのことや、彼が用いたさまざまな議論について思いを巡らした。彼が誕生したさいに示された美徳への約束、その後で彼の庇護者たちが彼に向けた嫌悪と軽蔑によってあらゆる優しい気もちが枯れ果ててしまったことなどを考えた。……長い時間考えた後、彼と人類の両方に対する正義として彼の要求に応じるべきだという結論に達したのだ。（F 147-148）

怪物の語る言葉は、こうして大いなる説得力を発揮する。だが、その説得力は永続的なものではない。ひとたびは怪物に説得されて、フランケンシュタインは女怪物をつくり始める。だが、彼は、女怪物の創造が結果として人類全体にもたらすかもしれない災禍を想像することで不安になり、彼は最終的に怪物の言葉を信じられなくなるのである。

私はそれまで私の創造物の詭弁に動かされていた。私は彼の悪魔のような脅しによって分別を失っていた。だが、このとき初めて、私の約束の邪悪さが突然に見えてきたのだ。私は、未来の世代が、人類全体の破滅と引きかえに自分だけの平安を手に入れることをためらわなかった利己的な人間と私を見なし、彼らにとっての悪疫として私を呪うだろうと考え身震いした。(F 165-166)

フランケンシュタインは怪物の話す言葉を「詭弁」と呼ぶ。それは、表面的な説得力を備えてはいるが、真実を語る言葉ではない。このように、怪物の言葉は、雄弁であり説得力があると同時に、根源的な信頼性を欠いているのである。怪物の言葉の信頼性のなさの原因を考察するときに、言語の物質性の問題が浮かび上がってくる。

怪物は、もともと生命のない死体を継ぎ合わせてつくられた素材に、フランケンシュタインが生命を吹き込んだものである。怪物のおぞましさ、恐ろしさは、人間が死体にもつ生理的な嫌悪感と関係がある。死体とは物質化した人間であり、その物質性は生命や精神といった人間的なものと切り離されている。それゆえ、われわれはひとたび生命を失って物質化した身体に対する根源的な嫌悪感と恐怖をもつ。だが、『フランケンシュタイン』の怪物がもつおぞましさは、たんに死体に対して人間が感じるおぞましさだけではない。この作品に登場する物質としての死体は意識をもち、言語を習得するのである。そして、怪物がもつおぞましさは、じつは言語の問題と不可分なのだ。怪物は自らが知性を獲得した過程をフランケンシュタインに語るが、それは言語の習得過程にほかならない。怪物は言わば、言葉を話す物質あるいは「もの」なのである。きわめて人間的なものであるはずの言語が、命なき「もの」と結合するという事態が、読者に大きな不安と恐怖を与えるのである。言葉を話す「もの」としての怪物が恐怖をもたらすのは、それが、言語と物質の結びつきを前景化し、あらわにするからである。われわれは、言葉は精神にその起源があると考えている。精神によって言葉に意味が吹き込まれると考えるのである。だから、命なき物質が言葉を話すとき、その言葉は正しい起源をもたない、制御不可能で不気味な何かとしてわれわれの前に姿を現す。生きた精神に起源をもたない言葉は、必然的な意味をもたない恣意的で信頼の置けないものとなる。フランケンシュタインが怪物の言葉を信じられないのは、そうした理由からである。

だが、怪物がもつ恐ろしさは、言葉と物質の結びつきがもたらす信頼性のなさだけではない。『フランケンシュタイン』というテクストがもたらす恐怖の根源にあるのは、恣意的で信頼できない怪物の言語が、強制的な法となって、主人公の運命を拘束するという事実である。一方で、信頼性を欠いた怪物の言葉は、他方で、フランケンシュタインの運命を予言し、支配するのである。彼は怪物の予言はかならず実現する、動かしがたい法であることを認識している。恣意的な言語あるいは記号が動かしがたい法の性質を帯びて人間の運命を支配するというテーマを象徴的に表しているのは、ジュスティーヌの裁判と処刑である。怪物はフランケンシュタインの弟ウィリアムを殺害した後、彼が身につけていた母親の肖像画を奪い、それをこっそりとフランケンシュタイン家の召使の少女ジュスティーヌの服に入れる。ジュスティーヌの服に怪物が忍び込ませた肖像画は、彼女が犯していない殺人行為の法廷での証拠となり、その証拠が彼女の有罪を確定する。つまり、肖像画という記号が殺人という出来事を指し示す記号となるのである。肖像画と殺人行為の結びつきは恣意的で根拠のないものである。しかし、その結びつきの恣意性にもかかわらず、記号としての肖像画は、ジュスティーヌの処刑を決定する法の根拠となる。この肖像画という記号の恣意性と暴力的な法の拘束力の結びつきは、怪物という存在の特徴を象徴的に表している。怪物という「もの」あるいは物質の語る言葉は、精神という起源をもたないがゆえに、つねに恣意的で信憑性をもたない。だが、皮肉なことに、その恣意的で信憑性をもたない言葉が、フランケンシュタインや彼に関係する人々の運命を、動かしがたいかたちで決定してしまうのである。完成直前の女の怪物を破壊したフランケンシュタインに対して怪物は、「お前の婚礼の晩にきっと行くぞ」(F 168) と予言する。フランケンシュタインは、この怪物の言葉が自分の動かしがたい運命を定めるものであると認識している。彼は「聞かされた脅迫は心にかかっていたが、自分から何かをすればそれが防げるものだとは思わなかった」(F 170-171) と言う。逆説的なことであるが、生きた精神という根拠をもたないがゆえに信頼性を欠く怪物の言葉は、変更不可能な運命を決定する言葉となるのだ。

だが、恣意的であると同時に必然的な言語の力は、じつは、怪物の登場以前からその力を発揮している。『フランケンシュタイン』の物語の展開においてもっとも顕著な事柄のひとつは、主人公フランケンシュタインの行動が、つねに偶然性に支配されていることである。怪物の創造につながる彼の行動は、すべて偶然の出来事の連鎖によって動機づけられており、そこに因果関係に支配された必然性を発見することはむずかしい。たとえば、フランケンシュタインに自然哲学への関心を抱かせたのは、錬金術師コルネリウス・アグリッパの著作である。彼は家族で出かけた旅行先の宿で、まったくの偶然にアグリッパの著作と出会い、錬金術の世界に引き込まれていったのである。「その家で、私は偶然にコルネリウス・アグリッパの本を見つけた」(F 38-39)。だが、フランケンシュタインと錬金術を結びつける必然性は何もない。父親は彼にアグリッパの著作を読むことは時間の無駄であると助言する。「ああ、コルネリウス・アグリッパか。ヴィクターよ、そんなもので時間を浪費するのはお止め。それはつまらない駄作だ」(F 39)。しかし、フランケンシュタインによれば、逆にこの父親の言葉が彼を錬金術の探究に駆り立てたのである。なぜなら、父の様子から、父がその本の内容を知らないと彼が判断したからである。アグリッパを読まないようにという父親の言葉は、その意図に反してフランケンシュタインにアグリッパに対する関心を喚起してしまう。こうして『フランケンシュタイン』の中で話される言葉は、しばしば話し手の意図とは無関係な意味を帯びる。しかも、その恣意的な意味が、主人公の運命を決定づけてしまうのである。

恣意的に結合した記号と意味が、主人公の行動を決定するということは、べつなレベルでも反復される。フランケンシュタインは、自分の進路を方向づけた決定的な出来事として、自分の別荘の近くの樹木に雷が落ちて、樹木が木っ端みじんに破壊されたという事件をあげる。この出来事が、電気の力に関する彼の関心をかき立てたのである。こうした偶然の出来事による人生の方向づけを、彼は「運命」と呼ぶ。「運命の力はあまりに強く、その不変の法は、私の完全な破滅を定めていたのです」（F 42）。アグリッパの作品との出会いや落雷といった彼の行動を動機づけたこれらの出来事は、まったくの偶然であり因果的な必然性をもっていないというだけではない。それらの出来事は相互に矛盾すらしているのである。なぜならば、落雷によって彼の中に喚起された電気の理論に関する関心は、彼が錬金術に専心することを妨げるような種類のものだったからである。だが、ここで重要なことは、怪物の創造という破滅的な行為へ向かうフランケンシュタインの一連の行為は必然的な動機づけを欠いている、換言するなら、偶然性に支配されているということである。これらの偶然の出来事の間にある因果関係については何も説明されていない。彼が「運命」と呼ぶのは、必然的な因果関係がないままに、何か恣意的な力によって自分の行動が方向づけられているという感覚である。こうした因果性や脈絡のないままに人を駆り立てる力が、フランケンシュタインを怪物の創造へと向かわせた。怪物は、こうした脈絡のない強制力の産物にふさわしく、恣意的でありながら強制力をもった言葉を発するようになるのである。怪物の言葉は精神をもたない物質から発せられるがゆえに、信憑性をもちえない恣意的なものであるにもかかわらず、フランケンシュタインの運命を動かしがたいかたちで拘束する。それは精神に起源をもたない言語もしくは記号が、暴力的なまでの強制力をもつという意味で、恐ろしいものである。バークによれば、恐怖を喚起するものはすべて崇高の源泉となりうる。そうした意味で、怪物はあきらかに崇高な対象である。だが、怪物の崇高性は、視覚的な巨大さや身体的な力に根拠をもつものではない。その崇高性は言語的なものなのである。(8)

言語的崇高と物質性の問題

十八世紀の崇高美学によれば、崇高という情緒の起源は、巨大さや高さといった、視覚的な対象がもつ知覚可能な属性である。それらの属性が精神の中に観念を生み出し、その観念がさらに崇高という情動を喚起する。この経験論的な枠組みの内部にあるかぎり、崇高の情緒は美学的な趣味の規準で測ることができる。しかし、バークが言うように、言語のもつ崇高性はこの経験論的な美学の枠組みをすり抜けてしまう。それは外的対象の性質やその性質が生み出す観念に起源をもたずに、恐怖という強烈な情念を直接喚起するのである。崇高な言葉のもつ力は、それゆえに制御がむずかしく、つねに暴走する危険性をもっている。『フランケンシュタイン』の怪物は、大いに語り、大いに説得する。フランケンシュタインが死の直前に残す言葉は、怪物の弁舌の巧みさについての警告である。「あいつは雄弁で説得的だ。ひとたびは、あいつの言葉は私の心をつかんだ。しかし、あいつを信用してはいけない」（F 209）。怪物は言葉を話す「もの」であり、精神という起源から切り離された言語がもつ制御不可能な力そのものである。その言葉は説得的であるが、意味の起源をもたない危険きわまりない言葉なのである。怪物は十八世紀の崇高美学の理論家たちが説明しようとして十分に説明できなかった言語がもつ崇高な——すなわち危険で恐ろしい——力が具現化したものであり、言語が潜在的にもつ制御不可能性そのものを示しているのである。

信頼できる起源をもたない恣意的な記号や言葉が、無慈悲な法の性質を帯びて暴力的な拘束力をもつという事態は、怪物が話す言語だけの特殊な性質ではない。言うまでもなく、言語は、内的独白を除いて、それが他者とのコミュニケーションの媒体として機能するためには、物質と結合する必要がある(9)。紙とインク、空気振動、デジタル記号などの言語的媒体は、みな物質的基底をもっている。だが、われわれは日常生活の中で、言語がもつ非人間的で、物質的な次元を忘却し、言語の意味をもたらすものは精神や意識といった「心的」なものと思い込むようになる。しかし、言語が物質的な基底をもつものであるかぎり、言語は「心的」な起源を離れて独り歩きする危険をつねにもっている。われわれは、『フランケンシュタイン』の怪物の中に、もっとも人間的なものであるはずの言語がもつ、非人間的な物質性を垣間見て、おぞましさを覚えるのである。怪物の正体を記述しようとする現代の批評家たちのこころみは、言葉を話す「もの」としての怪物を理論的な言語で囲い込むことによって、そのおぞましさに対処しようとする行為である。十八世紀の崇高美学の理論家たちが、言語的な崇高の正体を突き止め、それを記述することで制御しようとしたのと同様に、現代の文学批評家たちは『フランケンシュタイン』の怪物を記述し分析することで、それを制御しようとしている。だが、怪物が、言語がもつ制御不可能性を示す存在である以上、批評的な言語によって彼を定義し制御することは、そもそも不可能なのである。彼は、人間精神に起源をもたない信頼できない浮遊するシニフィアンでありつづける。それは精神分析批評、フェミニズム批評、マルクス主義批評、文化研究などの用語とも自在に結びつくが、それらによって完全に説明されることはない。怪物の言葉あるいは『フランケンシュタイン』のテクストは、理論的なメタ言語によって制御することが不可能な「崇高な対象」でありつづけるのである。

第14章　コールリッジの『文学的自叙伝』
——商業、文学、イデオロギー

はじめに

ここからの三つの章ではイギリス・ロマン主義の詩人・批評家サミュエル・テイラー・コールリッジの後期散文作品を論じる。コールリッジは、文学史的には詩的想像力の理論を展開したことで有名である。だが、彼は政治、経済、宗教、文化論といった幅広い主題を論じる「文人」もしくは「批評家」の先駆け的存在であった。コールリッジの批評で想像力理論と並んでもっとも注目に値するのは彼の文化理論である。彼は、近代社会における文化と知識人の役割を社会変化の分析とともに論じた。彼は近代的市民社会における文学と批評の重要性を論じてやまなかったが、彼の社会分析の中心にはつねに商業の問題があった。彼の商業論の特徴は、文学それ自体の商品化を問題にした点である。彼は文学と宗教を中心とする文化こそ、商業化による国家の堕落に対する防波堤であると考えた。それだからこそ、彼にとってもっとも深刻な問題は、文化それ自体が商業化による深刻な影響を受け始めていることだった。大衆読者の勃興と文学の商業化にともなう堕落した文学作品と批評の跋扈は、文化と教養の防波堤としての文学の役割を内部から切り崩すものだった。以下で論じるように、社会批評家としてのコールリッジは、商業それ自体をむしろ肯定的にとらえている。商業は物質的な領域にのみとどまるなら、国家と社会の文明化というよい影響をもたらす。彼が危険視するのは文化の領域への商業精神の侵入であり、それが国家の道徳的基盤を掘り崩すと彼は考えた。批評家としてのコールリッジの企ては、精神的価値の領域としての文化への商業精神の侵入を防ぐための、新しい制度と価値観の創出のこころみと見なすことができる。コールリッジの批評のきわだった特徴は、言語に対する徹底した執着である。彼は歴史と政治の問題を言語の次元で、詩学と修辞学の問題機制に書き換えて論じようとする。以下で見るように、そこにコールリッジの美学イデオロギーの特徴がある。最初に検討するのは、彼が文学論と自伝的エピソードを織り交ぜて書いた『文学的自叙伝』である。

『文学的自叙伝』と断片性の問題

コールリッジの代表作である『文学的自叙伝』に関する研究は、このテクストの形式の特異性という問題に注目してきたが、それには大きな理由がある。『文学的自叙伝』はロマン主義の特徴とされる有機体論的な詩学を展開したもっとも重要な理論的テクストのひとつと見なされてきたが、同時に、断片的で不連続なテクスト形式をもっていることでも知られている。文学作品の有機的統一性の重要性を主張するテクストが、それ自体断片的で不連続な形式をもっているという事実が、研究者たちを困惑させてきた。もし、『文学的自叙伝』が形式と内容の関係において、あからさまな矛盾を含んでいるテクストであるなら、コールリッジの有機体論的な美学理論の権威にも、また理論家としてのコールリッジの権威にも、疑問符がつけられることになるだろう。『文学的自叙伝』の形式とその統一性に関して、多くの注釈と説明がこころみられてきたことは不思議ではない(1)。

『文学的自叙伝』の形式や文体に注目する研究においてくり返し強調されてきたのは、このテクストにおいて読者が果たす役割の重要性である。テクストと読者の関係の重要性を、コールリッジ自身が強調していることはたびたび指摘されてきた。現代の読者論批評の影響を受けたコールリッジ研究はさらに進んで、読者の役割は『文学的自叙伝』のテクストの内部に意図的かつ構造的に組み込まれていると主張している(2)。そうした読者論的な方向性をもつ解釈の代表的なものとしては、キャサリン・ウィーラーのものとキャサリン・ウォレスのものがあげられる。彼女らは『文学的自叙伝』のテクストにおいては、読者の役割がテーマと修辞的構造の両方のレベルにおいて、はっきりと構造化されていると主張する。(3) 彼女たちの解釈によれば、『文学的自叙伝』のテクストを特徴づける曖昧性と不連続性は、読者の積極的な参加を要請するための巧妙な仕掛けであり、読者はテクストの不連続性を自ら補うことで、テクストの全体的統一を美的に経験できる。(4) 彼女たちの議論の特徴は、自分たちの読者論的な解釈の正当性の根拠を、コールリッジ自身の美学理論から引き出そうとする態度である。(5) そして、読者論的解釈をもっともよく正当化するように見える部分は、コールリッジの象徴的言語の理論に見出せる。象徴についてコールリッジはつぎのように言う。

他方、象徴は……個別において特殊が、特殊において一般が、一般において普遍が、透けて見えるという点にある。とりわけ、時間的なものの中に永遠なるものが透けて見えるという点にある。象徴はつねにそれが理解可能なものにしようとする実在に参入し、全体をあきらかにしながら、それが表現する統一性の生きた一部としてその中に住まうのだ。(6)

たしかに、部分が全体を表す象徴の提喩的構造は、『文学的自叙伝』の不連続的な構造を理解するさいに、大いに役立つように見える。もし、『文学的自叙伝』の言語が部分によって全体を表す文彩である象徴的言語で書かれているなら、そのテクストの形式的断片性は、有機体的全体性を表現するための巧妙かつ意図的な修辞的手段であることになる。そうであるなら、コールリッジの象徴理論と『文学的自叙伝』の形式は見事に対応していると言える。『文学的自叙伝』の形式と文体がコールリッジ自身の象徴的言語の理論を実践したものであるなら、有機的統一性の美学とテクストの断片性の共存はもはや矛盾ではない。そう考えるなら、テクストの空隙を埋める読者の役割を強調する現代の読者論批評とコールリッジの象徴の理論が、『文学的自叙伝』の研究において結合することは自然なことであろう。

さらに、『文学的自叙伝』の読者論的解釈をいっそう説得力あるものにしているのは、上で触れたように、コールリッジ自身がしばしば読者の役割を強調していたという事実である。たとえば、コールリッジ自身が編集・発行していた雑誌『友人』に掲載したエッセイにおいて、彼は自分の作品の理想的な読者とは、「仕事の道連れ」として知的な努力をしてくれる読者であると言う。(7)

こうした衝動にうながされて、筆者は以下のエッセイにおいて、たんに知識を与えるのではなく根本的な知識を与えたいと願っている。つまり、私の読者にあれやこれやの事実を示すのではなく、彼の松明に灯かりを燈した上で、その光で彼が吟味したい特定の対象を、彼自身に選ばせたいのだ。(8)

こうしたコールリッジ自身の読者観を考慮に入れるなら、コールリッジ自身の権威を自らの味方につけたウィーラーやウォレスの『文学的自叙伝』の読者論的解釈は、このテクストの修辞的形式と理論的内容の齟齬という問題を見事に解決する、決定的な解釈であるように思われる。

読者と市場原理

読者の役割という視点の導入によって、『文学的自叙伝』の形式の問題に関する議論は前進した。しかし、ウィーラーやウォレスの読者論的な解釈は、その有効性にもかかわらず、べつな問題の所在を示唆する結果になっている。読者の役割を強調する批評の功績は、『文学的自叙伝』の形式的な特異性を理解するためには、読者という視点を導入することが不可欠であることを示したことである。だが、彼女たちの読者論批評における読者は、依然として抽象的で非歴史的なものにとどまっていることは否定できない。ここで注意すべきことは、コールリッジが論じる読者の役割には、社会的で歴史的な背景——すなわち、中産階級読者層の増大に支えられた出版システムの商業化という現象——があるということだ。『友人』においてコールリッジは、読者に作者の「仕事の道連れ」としての労苦を要求する自分の文体は「いわゆる読者大衆と呼ばれる大多数の人々にとって『友人』を快適なものにすることはない」だろうと書いている。[9] コールリッジの理想的読者に関する発言は、彼が自分の作品の市場における受容に関して不安を抱かざるをえなかったという歴史的事実に照らして解釈すべきなのだ。読者大衆の勃興や文学における商業精神の跋扈に対する彼の反感は、『文学的自叙伝』においては巡回図書館と小説を読む習慣の普及に対する批判として現れる（BL 1 : 48-49）。[10] だが、読書と出版をめぐる社会的圧力は『文学的自叙伝』の内容面だけでなく、その修辞的・文体的次元にも影響を与えているのである。テクストの構造的な論理に、読書をめぐる市場経済の論理が侵入する契機のひとつは、『文学的自叙伝』の第一三章に挿入された「ある友人からの手紙」である。

「ある友人からの手紙」は、じつはコールリッジ自身によって書かれたものなのだが、『文学的自叙伝』の読書体験を虚構というかたちでテクストそのものの中に導入している点で興味深い。この手紙は、彼の詩の分野での代表作「クブラ・カーン」の序文に登場する「ポーロックからの訪問者」と同様に、想像力に関する形而上学的な議論の中に突然侵入し、コールリッジの議論を中断させる。[11] この『文学的自叙伝』に登場する虚構の「友人」は、コールリッジの想像力論が説得力豊かであることを認めながらも、当の議論を削除することを薦める。注目すべきことに、この「友人」が作者に干渉して議論の中断をうながすその理由は哲学的なものでも理論的なものでもなく、長い抽象的議論に対して一般読者がもつだろう不満への懸念なのだ。「友人」は、イタリック体で印刷されて他の本文から区別された「手紙」の中でつぎのように言う。

この章は、印刷されれば百ページほどになるでしょうが、必然的に作品の費用を増やします。そして、読者はみな、私と同様に、これほどまでに抽象的なテーマをこれほどまでに抽象的にあつかった論考に対して準備も予想もしていないわけですから、上で示唆したように、彼らは騙されたと言ってあなたを批判する権利をもつことになるでしょう。（BL 1：303）

共感的な読者の役割を演じる「友人」はさらに、長大な哲学的な議論を含んだかたちで『文学的自叙伝』が出版された場合に予想される経済的損失という「金銭的動機」にも言及する。「実際的な判断力」（BL 1：300）を備えたこの「友人」が配慮しているのは、『文学的自叙伝』を売れる商品にするということなのである。換言するなら、この「友人」は市場経済の論理をテクストの中にもち込み、その結果として『文学的自叙伝』の大きな部分を占めるはずであった哲学的議論が削除されたのだ。この「友人」は、市場経済の論理が侵入するための通路としての亀裂をテクストに入れたと言ってもよい。その結果、『文学的自叙伝』は断片的なテクストになったのである。この「友人」はテクストに内在する構成原理と、テクストの外部にある市場経済の原理をつなぐ媒介項なのだ。この二つの原理の矛盾と葛藤が、『文学的自叙伝』のテクストの複雑な動きを決定づける。(12)

同時代の文学に対するコールリッジの態度を特徴づけるのは、商業主義の勃興に対する敵意である。彼は小説の堕落を嘆き、新聞や雑誌の匿名批評のセンセーショナリズムを批判する。しかし、コールリッジの伝記に親しんだ者は、文人としての経歴の大きな部分において、彼が商業的ジャーナリズムと深く関わっていたことを知っている。(13)彼はジャーナリズムをとおして発言しつづけた。彼はダニエル・ステュアートの『モーニング・ポスト』紙やJ・T・ストリートの『クーリエ』紙といった新聞に大量の時事的な論説を寄稿しただけでなく、自らも『ウォッチマン』や『友人』といった雑誌を発行した。たしかに、コールリッジには時事的な動きから離れた静かな瞑想を求める姿勢もあった。しかし、「商売として文学を追求してはならない」（BL 1 : 223）という彼自身の若い作家に対する助言にもかかわらず、コールリッジは金銭的な動機でものを書く世界に対して背を向けたことけなかった。そうしたことを考慮に入れるなら、市場の原理（ジャーナリスム）と永遠性への憧れ（形而上学）という相反する力が彼の「文学的な自伝」の中で、緊張関係を見せることは自然なことである。

コールリッジの読者大衆に対する態度は、複雑で捻れたものである。一方で彼は読者大衆によって自作が好意的に受容されることを望んでいたが、他方で彼は読者大衆の知的水準に対しては懐疑的でありつづけた。レイモンド・ウィリアムズが『文化と社会』において論じているように、読者大衆への不信と不満というのはコールリッジにかぎった現象ではない。文学市場と文化概念の複雑に絡みあった形成過程を跡づけたウィリアムズは、文学生産の様式が十八世紀をとおしてパトロン制から商業出版に変化するにつれて、詩人や作家は知的水準が疑わしい匿名的な読者大衆に向きあわざるをえなくなった事情を論じている。芸術家と大衆の関係は複雑である。文学市場の形成は職業作家の経済的自立を可能にしたが、それは他方で読者大衆が作家に対して絶対的な権威をもつことを意味した。ウィリアムズによれば、「より優れた実体」が支配し、市場経済の論理に汚染されることのない領域としての「文化」の理念も、功利的な世界の法則から自由な存在としての「天才」の理念も、ともに「文学市場」の圧力を前にしたロマン主義時代の作家たちが、文学の自律性を確保するための戦略としてつくり上げた概念にほかならない。[14]『文学的自叙伝』というテクストは、作家の自己の統一性を脅かすように見える社会的・経済的な圧力に対抗して、自律的な自己を形成するための言説空間を確保しようとする、ロマン主義の作家の修辞的な努力として理解すべきである。哲学、政治、宗教、文学批評といった雑多な主題から構成される『文学的自叙伝』の形式的な特異性は、作家としての自由な創造性を防御する戦略という観点から、もっともよく理解される。そして、まさにそうした観点から、読者論批評が明るみに出した『文学的自叙伝』におけるテクストと読者の関係という問題を歴史化することができるのだ。

商業主義への批判

自律的な自己を構築するという『文学的自叙伝』の企ては、コールリッジの作品の悪意に満ちた読者である匿名批評家に対する自己防御から始まる。皮肉に満ちた調子で、自分の文学的「名声」は「一七年間にわたって」(BL 1 : 50) 彼に向けられた批評家たちの罵倒のおかげだと言いながら、彼は自分に向けられた批判は根拠のない中傷であると主張する。コールリッジによれば、匿名批評家たちは読者大衆を喜ばせるためだけに中傷を書きつづけているのだ。「なぜなら、中傷を喜ぶ読者がいるかぎり、中傷を書く批評家は存在するからだ」(BL 1 : 57)。コールリッジが自分の人格に対する脅威として恐れているのは、堕落した読者層を喜ばせるために批評家がでっち上げた誤った自分のイメージが流布してゆくことなのである。批評家によってつくられた彼の「名声」は、彼の自己とは関係のないものであり、それゆえ彼の自己同一性を大いに損なってしまう。『文学的自叙伝』はまさに、批評家たちによる彼の人格のまちがった表象に対抗して、作家としての自己同一性を確認するために書かれたテクストなのである。

しかし、もし私の個人的生活に不当に踏み込まれて、私の人格がくり返し攻撃されることがなかったなら、これらの動機のどのひとつも、あるいはその全部でさえも、自分自身の感情にとって不愉快なこうした言明を私に書かせることはなかったろう。そうした攻撃によれば、私は救いがたいほどに怠惰で、大きな才能だけでなくそれを改善するまれな機会に恵まれていたにもかかわらず、自分自身の利益のためにも同胞たちの利益のためにもそれを十分に発揮することなく、その才能を腐らせてしまったというのである。(BL 1 : 219–220)

作家のまちがったイメージをでっち上げ、それを流布させる匿名批評家たちは世論に対して大きな影響力をもつので、「彼らの決定は読者大衆にとって神託となる」（BL 1 : 52）。コールリッジは匿名批評家たちが登場し、読者層に専制的な権威をふるうようになる社会的・歴史的過程を描いている。

詩人と哲学者は、彼らの数に対して気後れして、「学識ある読者」に語りかけ、「公平な読者」の好意を得ようとした。そして、ついには、作家の地位が低くなるにしたがって批評家の地位が向上し、文学の素人たちが集団で裁判官の自治都市をつくり、また「自治都市」として呼びかけられるようになった。いまやすべての人間は読むことができるし、すべての読者は判断できると想定されているので、抽象の魔法で人格的統一性へと統合された無数の公衆が、批評の王座に名前だけの専制君主としてすわっているのである。（BL 1 : 59）

匿名批評家たちは、言わば言語の真理価値を無視して「自分たちの意味」を作者の言葉にかってに刻印し、「誹謗と饒舌の市場の貨幣として流通させる」（BL 1 : 54）。この貨幣の流通の隠喩が暗示しているのは、批評家たちの言説実践が市場原理によって支配されているという事態である。事実に根拠をもたない「文学的誹謗と道徳的中傷」（BL 1 : 42）の言語は文学の「市場」に貨幣として流通し、「詩人や哲学者」の権威を切り崩す。コールリッジは『文学的自叙伝』において、文学の堕落の原因を突き止めるだけでなく、それを治療する解毒剤を提案しようとする。彼が処方する解毒剤とは、言語と実体、シニフィアンとシニフィエの関係が一枚岩的に統一された権威ある言語である。彼の『文学的自叙伝』において言語が大きな問題として論じられているのは、そうした理由からなのだ。『文学的自叙伝』をとおしてくり返される警告は、機械的に反復された言語は必然的に本来的な意味との乖離を引き起こすということである。このテーマは『文学的自叙伝』の冒頭で紹介されるクライストホスピタル時代のコールリッジの恩師ボウヤーによる「アレグザンダーとクリタス」といった常套的なテーマの反復の禁止というかたちで現れる。機械的に反復される言語はその固有の価値を失い、結局は無意味なものとなる。コールリッジは、近代の印刷術の普及と書物の流通システムによって可能となった機械的な言語生産は、「無数の本と文献の一般的な普及」をもたらし「文芸の世界に嘆かわしい結果をもたらした」と論じる。つぎにあげる彼の有名な「手回しオルガン」の比喩は、印刷機の普及、一般読者層の勃興、文学における市場関係の形成といった大きな社会的変化によってもたらされた言語の機械的生産を指し示している。

しかし今や、ひとつには一連の詩人たちの労働によって、またひとつには社会と社交のより人為的な状態によって、いわば手回しオルガンのように機械化された言語が、楽器と旋律の両方を同時に与えてくれるのである。こうして聾者ですら、多くの人間を楽しませるために、楽器演奏をすることができるのだ。ときどき（というのは、比喩というものは、酒席での冗談と同じように、かならずべつなことを示唆してしまうからなのだが）私は、文学との関係における現代のわれわれの言語の状態を、大小のステロ版を備えた印刷室に喩えることで説明しようとしてきた。最近の英仏流の切れぎれで警句的な文章の場合、それを漠然と変更し、意味とは言わないまでも、なんとか意味として通るくらいのものをつくり出すためには、平凡な才能が少々あるだけで十分なのである。（BL 1 : 38–39）

言語の機械化によって、文学的才能のない詩人やジャーナリストが、商品としての大量の作品を生産することが可能となる。そのもっとも「嘆かわしい結果」のひとつが、匿名批評家たちの登場である。彼らは「追従のもっとも強力なもの、つまり人類の悪意に満ちた情念への訴えかけによって、大衆の中での一時的な評判と名声を得ている」（BL 1 : 41）。しかし、コールリッジによれば、中傷的な言語を生産することが習慣化した匿名批評家たちは、結果的自らの人格を損ない、自己同一性を失う。なぜなら、誹謗的な批評を書くことで名声を得た批評家たちは、結果的に「自分で自分自身に対する変節者になる」(BL 1 : 38) からだ。言語と実体の乖離という特徴をもつ機械的言語の生産者は、自分自身の人格の堕落という結果を招くのである。

象徴の役割

コールリッジによれば、現代の文学において広範囲に見られる機械論的な言語は、「すべての真実で男らしい形而上学的研究のまがいもの」(BL 1 : 292) である機械論的哲学と共犯関係にあり、そうした機械論的哲学の中でも、とくに大衆文学に堕落的な原理を提供しているのがデイヴィッド・ハートリーに代表される心理学的な観念連合理論なのである。コールリッジは、「機械的であることが美質である」と標榜するハートリーの観念連合理論は、必然的に人格の崩壊につながってゆくと示唆する。観念連合理論は、すべての観念の起源を、感覚をとおして得られた外界の知覚であると考える経験論哲学の究極のかたちである。コールリッジ自身も一時は、心理学的現象を物質的な法則で説明し尽くそうとするハートリーの哲学によって、デカルト以来西洋の哲学を悩ませてきた心身二元論を、唯物論的な方向から克服することができると考えたことがあった。しかし、『文学的自叙伝』執筆時点のコールリッジは、人間の積極的な精神活動の可能性を否定する観念連合の理論は、結局袋小路に入り込むしかないと考えていた。というのは、もし観念連合のメカニズムが自由意志や理性といった精神の自発的な能力によって規制されていないならば、人間の精神は現実世界との正常な関係をたもてない完全な錯乱状態に陥るはずだからである。

それゆえ、もしわれわれが意思、理性、判断力が介在しないと考えるなら、つぎの二つのうちのどちらかが必然的な結果となるはずである。ひとつは、観念(すなわち印象の遺物)が印象それ自体の順序を正確に模倣するだろうということだが、それは完全な譫妄状態である。もうひとつの可能性としては、印象のどの部分も、あらゆる他の部分を呼び起こすのかもしれない。そして……いかなる印象のいかなる部分も、いかなる他の印象のいかなる部分でも呼び起こすかもしれない。だが、呼び起こされるものが何であるべきかを決定する理由は不在なままである。（BL 1：111–112）

この一説が主張しているのは、観念連合の機械的法則が説明できるのは、病的な人格喪失の状態だけだということである。『文学的自叙伝』の第六章に紹介されるゲッティンゲンの気の狂った少女の逸話は、観念連合の法則が完全に当てはまるケースである。その逸話とはつぎのようなものだ。熱病性の譫妄状態に陥ったゲッティンゲンのある少女が「たいへん明瞭な発音で」（BL 1：112）ギリシャ語、ヘブライ語、ラテン語の章句を話し始めた。彼女は、最初は、「学識のある悪魔」に取りつかれたと考えられた。だがある若い有能な医師が、彼女の養父のノートに彼女が話す章句があることを突き止めた。彼女の養父はプロテスタントの牧師で、「好きな本を大声で読み上げる」習慣をもっていたのである。少女は彼女の精神に蓄積した章句を機械的に反復していたのだ。ここで注意すべきことは、この少女の学術的な章句の反復という行為が、「もっともらしく見かけのいいものなら何でも取り上げ、思考を一切行使することなしに意味のありそうな言葉なら何でも選ぶ」（BL 1：292）匿名批評家や二流の詩人たちの言語実践と重なりあうことだ。ゲッティンゲンの少女の逸話は、言語の機械化とその結果としての自己同一性の崩壊のアレゴリーなのである。

もし、コールリッジの教師のボウヤーが示唆するように、機械的な文章作法が言語と実体の乖離をもたらすのなら、「大衆的な哲学の優勢」がもたらす「癒しがたい病」（BL 1：292）に対する処方箋が、言語記号と真理を統合する修辞的文彩としての象徴を創造する力である想像力の理論であることは納得のゆくことである。「天才」とは象徴的な言語を操る卓越した作家に与えられる名称である。それゆえ、『文学的自叙伝』そのものが象徴的言語で書かれているならば、コールリッジは自らの天才としての権威を確立することができる。上で述べたように、現代のコールリッジ批評は、『文学的自叙伝』のテクストそれ自体が象徴的言語で書かれていることを証明しようとするものが主流である。だが、もしコールリッジの象徴理論が作家に対する社会的・歴史的な圧力に対抗するための戦略として考案されたものであるなら、象徴とは歴史的な条件の産物であり、それが歴史を超越する特権をもつという主張も疑わしいものとなる。じっさい『文学的自叙伝』には、象徴の超越論的な特権性の信憑性を揺るがすような記述が見出されるのである。そうした症候的な部分は、コールリッジがイマヌエル・カントを読んだ経験を記した『文学的自叙伝』の自伝的な記述の中に現れる。

歴史と時間性を超越する文彩という彼自身の象徴の定義にもかかわらず、コールリッジは議論の過程で、象徴的言語の使用は特定の歴史的状況に条件づけられていることを指摘する。彼は自分がカントを読んだきいに、カントの文章にある矛盾や曖昧さは、カントが慎重さゆえに明瞭に公言しなかった理念への「暗示とほのめかし」であることに気づいたと言う。カントがそうした書き方をした背景には、政治的な状況があった。

> 彼は、無法な放蕩と聖職者に支配された迷信が奇妙に混じりあった先のプロシャ王の治世の間、差し迫った迫害の危険の中にあった。そして、老境にあった彼がヴォルフのような運命と危機一髪の脱出をくり返したいと思わなかったということは、ありそうなことである。(BL 1: 154)

コールリッジはこう言った後、「理念の媒体」としての象徴的言語という概念を導入する。

> 言葉のもっとも高度な意味における理念は、象徴によって以外に伝達されることはない。そして、幾何学における以外、象徴は必然的に見かけ上の矛盾を含むのである。……真実性は話すことにあるのではなく、真理を

伝達する意図にある。虚偽を伝達することなしに、また同時に悪意に満ちた情念を喚起することなしに、真理全体を発言することができない哲学者は、自分自身を神秘的にあるいは曖昧に表現せざるをえないのである。(BL 1 : 156–157)

ここでコールリッジが示唆していることは、カントによる象徴的言語の使用は、彼の超越論的哲学の内在的な要請というよりもむしろ、彼が置かれていた特定の政治的状況に由来するということである。

さらにコールリッジは、象徴的言語を使用することの妥当性を決定する条件について論じる。彼によれば、神秘的で曖昧な象徴的言語が真理の伝達に成功するためには、あらかじめ「学識ある人々の間の秘密で暗黙の契約」(BL 1 : 148) があることが必要である。スティーヴン・バイグレーヴが指摘するように、暗黙の契約という考え方は知識人による知識の「ギルド的独占を意味するようになる」[15]。読者大衆の大部分がこの知識のギルドから排除されることになるのは当然だろう。というのは、「すべての人間あるいは多くの人間が哲学者になることは可能でもないし、必要でもない」(BL 1 : 236) からだ。象徴的言語の特権的な地位の主張は、象徴による秘儀的な意味伝達を理解する能力をもったエリート知識人の共同体への願望と表裏一体なのである。キャサリン・ウォレスは最近の論文で、シェイクスピア、ミルトン、ライプニッツ、シェリングといった古今の偉大な作家たちへのコールリッジの頻繁な引用と言及は、「伝統」という名の共同体に彼自身が所属していることの主張であると論じている[16]。コールリッジの「学識ある人々の間の契約」という概念とレイモンド・ウィリアムズの言う「文化」の概念は、ともに実利的な世界の圧力から芸術家や知識人の自律性を守る空間であるという点で、共通性がある。こうした事情を考慮するなら、象徴の理論は特定の歴史的条件の産物であることになる。もし、象徴の理論が、その歴史的性格にもかかわらずそれ自身の超歴史的な性格と普遍性を主張するのであれば、それは現代の批評理論がイデオロギーと呼ぶものとして理解すべきだろう。[17]

ロマン主義のイデオロギー

これまでの議論によってわれわれは「友人からの手紙」をよりよく理解することができる。「手紙」の中で「友人」は、コールリッジの形而上学的議論の形態は古いゴシック様式の大聖堂の廃墟を思い起こさせると言う。

あなたは圧縮の必要性から多くの連関を削除せざるをえなかったので、残った部分は（さっき使った例をくり返すなら）古い塔の廃墟の螺旋階段の断片のように見えます。（BL 1 : 302–303）

この「友人」はあきらかに理想的読者の役割を果たしている。イタリック体で本文から区別された虚構の友人の声は、中断した形而上学的な議論の権威を維持するために、『文学的自叙伝』のテクストそれ自体の象徴としての地位を、客観的な視点から裏書きしようとしている。[18] テクストの外部に存在する読者の声を模しながら、「友人」は『文学的自叙伝』の権威を補強するような自己言及的な隠喩を導入する。「螺旋階段の断片」という隠喩は『文学的自叙伝』のテクストの言語の象徴的特性を示唆している。つまり断片性と不連続性にもかかわらずその提喩的な「半透明性」によって、あたかも螺旋階段の断片が建物の全体を暗示するように、『文学的自叙伝』は全体的な真理を伝達しているということを主張しているのだ。テクストの中断がもたらす権威の失墜を防ぐために導入された虚構の読者という戦術は、表面的には成功しているように見える。だが、この一見効果的な修辞的戦略はじつはテクストの権威を切り崩している。というのは、この「友人」の自己言及的な声は、テクストの中に、テクストが超越をこころみている歴史と時間性を導入しているからである。

この「友人」は、『文学的自叙伝』の形態を記述するために「螺旋階段の断片」という隠喩を用いる。だが、注意すべきことは、この自己言及的な隠喩は象徴的な言語を特徴づけるシニフィエとシニフィアンの一枚岩的な統一を実現していないということだ。というのは、「古い塔」を破壊し断片化したのは歴史と時間にほかならないからである。われわれは「古い」という形容詞が必然的に時間性を含んでいることに注意を払うべきだろう。塔の全体像（シニフィエ）とその断片（シニフィアン）の間に存在するのは、歴史的な時間の経過である。物質的な存在である塔を侵食し、断片化するのは恐るべき時間の力である。もし「断片」が不可逆的な時間の産物なら、それが歴史を超越する特権的な力をもつと主張することはできない。しかし、ここで強調されるべきことは、象徴の地位を獲得することに失敗している「友人」の建築学的な隠喩は、むしろその失敗をとおして『文学的自叙伝』のテクストが断片化したその歴史的・社会的過程を、正確に記述しているという逆説的な事実である。

虚構の「友人」は、想像力に関するコールリッジの形而上学的な議論の草稿の全体を読んだと主張している。彼によれば、その草稿は『文学的自叙伝』のテクストに含まれているものよりもずっと大規模なものであった。だがその議論の中心的な部分は、上述したように、市場の論理という力によって削除されてしまったのである。『文学的自叙伝』のテクストが全体像をとどめることを不可能にしたのは、読者大衆の勃興や文学の商業化という社会的・物質的条件である。もしそうなら『文学的自叙伝』のテクストの断片化は、徹頭徹尾社会的・歴史的な状況によって決定されているのだ。換言するなら『文学的自叙伝』のテクストは、「古い塔」と同様に、歴史と時間の力によって切断されてしまったのである。

われわれが『文学的自叙伝』に見出すものは、歴史を超越しようとする身振りであり、それはジェローム・マガンがロマン主義のイデオロギーと呼んだものである。マガンはロマン主義の詩と詩論の両方の中に、物質的な現実を「さまざまな理念化された場[19]」へと置き換える機能をもつある種のイデオロギーを発見した。彼によれば、「ロマン主義の基本的な幻想のひとつは、詩人とその作品だけが「政治と貨幣の世界」に取り込まれて堕落することをで超越できる」[20]という幻想なのである。もしそうなら、コールリッジの象徴的言語の美学的な力に訴えかけることで歴史の力を回避しようとするウォレスやウィーラーの読者論的批評は、コールリッジの自己防御のイデオロギーを正確に反復していることになる。もし、『文学的自叙伝』がそうしたイデオロギーを具現化したテクストであるなら、このテクストの権威と統一性を支持する「理想的読者」は、「学識ある人々の契約」に自ら参加しようとする「イデオロギー的読者」にほかならないだろう。従来のロマン主義研究に詩的言語の有機体的統一性や自律性といったロマン主義的な概念を追認する傾向が強かったとするなら、それはロマン主義のイデオロギーが現代の批評においても根強く存続していることの証拠だろう。[21]だが、ここで強調すべきことは、『文学的自叙伝』のイデオロギー的構造をあかるみに出すきっかけを与えてくれたのは、読者論的な批評の力だということである。逆説的なことだが、読者論批評のもっとも価値ある洞察は、そのイデオロギー的な盲目性の中にこそ発見できるのだ。

第15章　コールリッジの政治的象徴主義
――『政治家必携』における修辞法とイデオロギー

美学、政治、ロマン主義

ロマン主義に内在する政治的・イデオロギー的要素は、文学研究における大きな問題でありつづけている。ロマン主義の言説における美学とイデオロギーの関係は、十分に解明されているとは言いがたい。コールリッジの散文テクストは、ロマン主義における美学と政治の謎めいた関係という問題に研究者を直面させる種類のテクストである。しかし、彼の作品のテーマが文学理論、政治、宗教、哲学といった多様な分野におよんでいるために研究者の関心が分散し、結果として彼の美学理論の政治性には十分な解明の努力が向けられてこなかった。コールリッジの後期の散文作品である『政治家必携』において展開された象徴の理論は、文学史の観点からはすでに多くの説明と注釈が与えられている。コールリッジが主張した機械的なアレゴリーに対する有機体的な象徴の特権性と優越性は、伝統的なロマン主義理解の重要なパラダイムのひとつとして受け入れられてきた。そうした見解にしたがうなら、文学運動としてのロマン主義の意義は、アレゴリー的な様式から象徴的な様式への移行、あるいはM・H・エイブラムズの用語を借りるなら「鏡」の隠喩で表現される模倣理論から、「ランプ」の隠喩で表現される表出理論への移行として理解される。(1)だが、ポール・ド・マンが、コールリッジのテクストに見られる象徴とアレゴリーの二項対立を脱構築し、アレゴリーに対する象徴の優位を主張するコールリッジの言説の中にアレゴリーが不可欠な要素として根強く存在していることを明るみに出して以降、[2] 多くの批評家たちが、コールリッジのテクストの奇妙に自己解体的な構造に注目するようになっている。[3] 以下で見るように、コールリッジの象徴理論がもっとも詳しく展開されている『政治家必携』のテクストもまた、象徴の優位性を主張するテクストの主張の信憑性が、テクストのアレゴリー的な修辞的構造によって切り崩されてしまうような、典型的に自己解体的なテクストである。

だが、『政治家必携』とその象徴理論の政治的な背景を考慮した場合、伝統的な人文主義と脱構築批評という相対立するロマン主義解釈の両方が、意識的にか無意識的にか、コールリッジの美学理論の政治的含意を正面から論じることを避けてきたように見えるのは興味深いことである。「政治的練達と洞察への最良の手引きとしての聖書」という副題をもつ『政治家必携』のあからさまに政治的な目的を考慮に入れるなら、このテクストに関する批評的議論は、テクストの形式的もしくは言語的次元にとどまることはできないはずなのである。『政治家必携』の著者自身によって宣言された目的は、同時代の社会的・政治的混乱を解決する処方箋を提示することである。それゆえ、このテクストの言語が見せる奇妙に自己解体的な動きと論理的アポリアは、このテクストが書かれた時代の社会的・政治的な問題と不可分に結びついていると考えられる。『政治家必携』のテクストが内包する政治性の分析は、彼の作品のみならず、ロマン主義という文学運動が内包するイデオロギーの問題の考察の糸口としても大きな意義をもっている。

コールリッジの『政治家必携』は、上流階級、中産階級、労働者階級のそれぞれに向けて彼が構想した三つの「俗人説教」の最初のひとつである（だが、労働者階級に向けられた第三の「俗人説教」はついに書かれることはなかった）。『政治家必携』の目的は、上流階級の人々、とくに政治家に対して政治的行動の原理を授けることである。その原理は、意外なことに聖書研究をとおして得られるのだ。コールリッジによれば、政治的な知識の源泉としての聖書の地位を保証するものは、その言語の象徴的な性質である。しかし、なぜ聖書の言語の象徴性が世俗的世界における政治的行動への指針としての意義をもつのかということは、ドロシー・ワーズワスやウィリアム・ハズリットといった同時代の読者にとってと同様、われわれにとっても理解することはむずかしい。(4)『政治家必携』の中には、一見すると政治的というよりは純粋に美学的あるいは神学的な議論が多く含まれており、政治的背景を離れてそれらを分析することも可能だろう。じっさい、コールリッジの象徴理論に関するこれまでの研究の多くは、非政治的なものであった。しかし、くり返すが、『政治家必携』というテクストの明白に政治的な意図を考えるとき、象徴とアレゴリーをめぐる彼の議論が政治的な動機づけをもっていることはあきらかだ。本章がこころみるのは、『政治家必携』のテクストをイデオロギーという観点から分析することによって、コールリッジの象徴理論がいかに、あるいはどの程度まで、政治的に決定されたものであるかを解明することである。

二項対立の機能不全

「コールリッジとカントの二つの世界」と題された影響力の大きな論文でアーサー・ラヴジョイが論じているように、成熟期のコールリッジの哲学的システムは基本的にカントの「二つの世界」という考え方に基づいている。(5)この二元論は理性／悟性、模倣／模写、産出する自然／産出された自然、象徴／アレゴリーといったさまざまな二項対立を生み出す。前者はつねに包括的で普遍的なものに関係し、後者は個別的で経験的なものに関わる。これらの二項対立においては、前者が後者に対して優越した価値設定がなされている。コールリッジがカントの二元論を受け入れた時期と彼が保守主義的な政治的立場に転換した時期は、ほぼ重なりあっている。コールリッジの象徴理論を歴史的に位置づけるために、われわれは彼の形而上学へと迂回する必要がある。というのは、形而上学はつねに彼のイデオロギー的問題が分節されるための媒体として機能しているからだ。彼の哲学的議論だけでなく政治的議論も、カント的な二元論の枠組みにしたがって構築されているわけだから、コールリッジの象徴理論のイデオロギー的含意の解明をこころみる前に、彼の形而上学的議論で何が問題になっているのかを検討することは有益だろう。

『政治家必携』に理性と悟性の区別に関する長い補遺が付されていることからもわかるように、『政治家必携』でもカント的な二元論が重要な役割を果たしている。コールリッジによれば、理性と悟性はともに正しい政治的な判断にとって必要な能力である。悟性とは「時間と空間の中にある個別なものの量、質、関係にのみ関わる」(LS 59)[6]能力である。他方、理性は「すべてをひとつとしてとらえる傾向性」(LS 60)をもった能力であり、宇宙の超越論的、普遍的法則に参与する能力である。『政治家必携』の目的は、この二つの能力をバランスよく統合する可能性を探究することである。コールリッジによれば、「美術」や「詩、音楽、絵画」においてと同様、政治においても理想となるのは「普遍的なものと個別的なものを統合すること」(LS 62)である。したがって、理性と悟性という二つの対照的な能力の理想的均衡が、正確な政治的洞察を生み出すことになる。この二つの能力の均衡が崩れるとき、政治的な錯誤と社会的な混乱がもたらされる。コールリッジによれば、彼が批判する同時代の二つの大きな社会的病弊であるジャコバン主義と商業主義はそれぞれ、理性と悟性という二つの能力のバランスを欠いた過剰にその起源をもっている。

普遍的な原理を理解する能力である理性は、正しい政治的な知識の基盤となる能力である。しかし、コールリッジによれば、理性が突出して過剰になると、かえって正確な政治的洞察が得られない。なぜなら理性の過剰は抽象的で急進的な政治理論を生み出してしまうからである。その好例が、フランス革命という怪物をもたらしたジャン・ジャック・ルソーの平等主義である。それが危険であるのは、理論というものは抽象的になればなるほど人々を扇動する力が強くなるからだ。

〔人間本性の立法者としての〕理性がもつ包括性、不偏性、先見性は、単独かつ排他的に取り出された場合には、知性においてはたんなる夢想、道徳においては怠惰と頑なさとなる。……というのは、ジャコバン主義は、ある部分では専制主義と、また他の部分では、本来は経験と悟性に属するはずの対象に誤って適応された抽象的理性からできあがった異種混合の怪物だからである。(LS 63–64)

他方、「現象の比較と配列を目的とし、分類する」ことしかできない悟性が過剰になると、功利主義的な「商業精神」と実験科学の支配が生み出されることになる。商業精神も実験科学も、感覚的なものに基づいた「価値」と「直接的功利性」を計量するという傾向性の産物である(LS 74)。コールリッジはこうして、理性の過剰から生まれる急進主義と悟性の過剰から生まれる功利主義的な商業精神の中に、彼の時代を特徴づける二つの社会的病弊を見出す。コールリッジの政治理論においては、純粋理性から導出された原理が普遍的妥当性をもつ政治理論を提供し、その一方で、伝統的社会制度を守ろうとする経験的悟性に裏づけられた「慎重さ」が理論の個別的適用の範囲を賢明に制限するような、バランスの取れた政体が望ましいものとされる。理想的な国家構造は、普遍的な原理と現実的な社会制度が調和的に結合したときにのみ実現される。こうして、カントの観念論の用語がコールリッジの政治理論を支える枠組みを提供することになる。

しかし、コールリッジの議論を精読するならば、やがて読者はその中にある論理的錯綜に気づくことになる。なぜなら、理性と悟性はしばしば相容れない命令を発するからである。そもそも理性と悟性の二項対立においては理性が悟性に優越するような価値設定がなされている。だが、政治的に保守化した後のコールリッジは、実践的政治の領域に裸の純粋理性を適用する可能性を否定する。つぎに引用するコールリッジの後期の散文作品のひとつである『友人』からの引用は、彼の政治理論の中に存在する微妙な矛盾をあきらかにする。そこでコールリッジは、理性と悟性の調和的な関係を説明しようとして、つぎのように言う。

それゆえ、完全に程度の問題であるものや、その内容が必然の法則にしたがわないものは純粋科学の対象となりえないし、たんなる理性によって決定されることはない。こうしたことがらに関しては、われわれは過去の経験と直接の観察によって啓発され、また便宜的な比較によって選択決定する悟性に依存しなければならない。したがって、人間の社会的権利と政府の唯一の正当な形態を理性の原理から引き出そうとする理論が選択するのは、民主的あるいは代議的な国家構造にちがいないと考えるのは、完全にまちがっている。(7)

ここに見られるのは、まさにバーク的な政治的保守主義的の思想である。コールリッジの言い方を借りるなら、政治的原理は「純粋理性の魔法陣」(8)の内部に留め置かれなければならず、経験と実践の領域に入り込むべきではない。コールリッジは、理性から導出された自然権の理論に基づいた国家体制を打ち立てる可能性を否定する。そうした理性にのみ基づく抽象的政治思想は、抽象的理論の領域という限定された領域の内部でのみ存在を許される。抽象的政治理論は現実社会においては実行不可能なだけでなく、もしそれが実践的政治の領域に侵入してくるなら、大きな社会的混乱をもたらさずにはおかない。コールリッジの政治的議論の中心にある問題は、普遍的規準とその個別的適用というなじみ深い哲学的・倫理学的問題である。しかし、保守主義的な立場に転向した後のコールリッジの議論に特徴的に見られるのは、経験的な慎重さが抽象的な原理よりも結果的に優先されることである。純粋理性の普遍的原理がじっさいの政治に適用不可能なのは、政治的な行動が悟性に支配されるべき個別的なもの——たとえば土地財産の制度——に深く関わるからだ。もしそうなら、個別的な便宜性が普遍的な原理の適用を制限していることになる。しかし、時代と状況の便宜性によって制限を受けている原理が、どうして普遍的な地位を主張できるのだろうか。コールリッジは超越論的な理性と経験論的な悟性の調和の必要をくり返し語るが、彼の議論が示しているのは、個別性と普遍性あるいは悟性と理性の間の揺れ動きである。そして、実際的な政治的判断においては、理性と悟性の調和的な相互作用は見られず、むしろ個別的な悟性が、普遍的な理性の地位を簒奪してしまうように見える。悟性に対する理性の優越性を主張するカントの観念論は、コールリッジの保守主義的な政治理論においては、理想的な説明装置としての機能を果たしえないのである。

象徴、時間、歴史

『政治家必携』の議論の中心部では、『友人』のテクストにおいて前面に出ていた理性や悟性といった形而上学的な用語はむしろ背景に隠れ、それに代わって象徴やアレゴリーといった修辞学的用語や神学的な概念が中心的な役割を果たすようになる。コールリッジは、当時のイギリスを悩ませていた社会的・政治的問題の解決の糸口が、聖書の言語分析の中に見出されるということを主張するわけだから、このテクストの中に散りばめられている神学的用語や美学的用語は、いわばコールリッジの政治思想の構成要素と考えてよい。[9] コールリッジによれば、聖書は「われわれの永遠の幸福の約束」を含んでいるだけでなく、「人間と国民の時間的な運命」(LS 8)に関しても有益な教えを含んでいる。永遠性と時間性の統合を実現している聖書の言語は、普遍的な原理と個別的な便宜を和解させる理想的な政治行動のモデルを提供してくれるのだ。ここで注意すべきことは、政治の領域において聖書に絶対的な権威を与えるものは、そこで語られる内容そのものというよりもむしろ、それが書かれている言語の象徴的構造だということである。普遍的な原理と個別的な便宜の和解は、コールリッジが理性と悟性のバランスの取れた結合として述べたこととおなじことである。しかし、コールリッジにおける象徴という修辞的な概念は、政治的な説明装置として、理性や悟性という形而上学的な概念よりも大きな有効性をもっていることが判明する。それは、象徴という概念が歴史と時間の問題を内包しているからにほかならない。

『政治家必携』において、コールリッジは古代ヘブライ人の立法の制度に言及する。ルソーにおける「自然状態」のように、コールリッジにおける古代ヘブライ人の国家は、現在の政治と社会の歪みを測定するための、ひとつの固定点あるいは規準を提供する。もちろん、古代ヘブライ人の国家は再現不可能という意味で、自然状態と同様に虚構としての意味しかもたない。コールリッジによれば、古代ヘブライ社会が理想的な状態を実現したのは「彼らの個別的な規則や規範が、泉から湧き出るように、普遍的な原理から直接、目に見えるかたちで湧き出ていたからである」(LS 17)。旧約の時代においては、神の言葉は啓示というかたちで預言者に直接に授けられており、個別の諸規則は神の権威によって直接に裏づけられていた。「統治者はけっして主たる源泉から離れることはなかった。というのは、預言者の言葉は字義的かつ哲学的に真実だったからである」(LS 17–18)。もちろん、古代ヘブライ社会を再現することはおろか模倣することも不可能である。それは人間の歴史が始まったことによって、権威の「源泉」である神と人間の統治者との間に、時間的な乖離と距離が存在するようになったからである。人間の知性が神の意志と直接の接触をもつことは不可能となってしまった。「この世界の幼児期には、人々を驚かせ、迷信、偶像崇拝、そして偶像崇拝の原因を破壊するために、兆しや奇蹟が必要であった」(LS 9)。だが、歴史が始まり人間の知性が進歩することによって、神の意志の直接介入が不必要になる。歴史は人間社会と神の意志との間に乖離をもたらすが、人間が理性と信仰をもつかぎり、人間と神の意志との通路が完全に絶たれることはない。そして、神の声の記録としての聖書以上に、普遍的な真理へ接近する通路を与えるものはない。まさに聖書が奇蹟を不必要なものとし、啓示の時代を終焉させたのだ。

しかし、そこでおこなわれた奇蹟とともに真理が啓示され、その真理はそれ以降、奇蹟の代行を務めることになった。……それゆえ、類似の状況がおなじ道徳的原因と共存するときにはどこでも、聖書の中で啓示された

真理と記録された事例が奇蹟を不必要なものとするのである……。(LS 9–10)

聖書が象徴的言語で書かれることを必然としたものが、歴史と時間であることがこうしてあきらかになる。象徴とは、かつては字義的であった真理を、歴史と時間を隔ててなお伝達するような特殊な力をもった言語なのだ。ここで重要となるのは聖書の言語の正しい読解と解釈の方法である。旧約の時代においては、正しい政治的原理を手に入れるためには字義的な読解法で十分だった。というのは、神の意志は直接に示されたからである。しかし、いまや人間が手に入れることができるのは聖書という啓示された真理の記録のみであり、啓示された神の意志とわれわれの間には時間的な乖離があるがゆえに、聖書の言語を正しく読解するための釈義が必要となる。究極のシニフィエとしての神の声と、シニフィアンとしての聖書の言語の間の乖離は、解釈行為を必要不可欠なものとする。つまり、聖書の言語の中に埋められている原理を正しく理解するためには、聖書の言語の特徴となっている象徴に関する知識が不可欠となるのだ。

政治学としての解釈学

こうしてコールリッジは聖書の言語がもつ政治的な意義を主張するわけだが、彼のなかば神学的でなかば美学的な象徴理論がイデオロギー的装置として効果的に機能するためには、彼の修辞的な戦略がさらに一歩推し進められることが必要となる。つまり彼の美学的な象徴理論がイギリス社会の物質的な現実としっかりと接合される必要があるのだ。この目的を達成するために用いられる戦略は、「書物としての世界」という伝統的なトポスである。(10) このトポスは、土地所有制に基づいた伝統的なイギリスの社会構造を正当化しようとする彼のイデオロギー的こころみにおいて、有効な機能を発揮する。コールリッジによれば、神の手で書かれた書物は聖書だけではない。自然すなわちこの政治的世界そのものも、神によって書かれた書物にほかならない。

ここで私がしばしのあいだ、おなじように神の啓示であるもうひとつの書物——つまり、神の僕である自然という書物——へと脱線しても、うんざりしないでほしい。自然がその明白で字義的な解釈において、全能なる父の存在と属性を宣言しているということをあえて否定するのは、心の底から愚かな者だけであろう。しかし、自然という書物は、あらゆる時代における優しく敬虔な心のもち主にとっての音楽であったし、また、それを比喩的に読解し、そこに霊的な世界との照応と象徴を見出す場合には、あらゆる人間性を表す詩であったのだ。(LS 70)

聖書と自然はともに神を作者とする書物であり、「神の知恵の言葉」(LS 18) として、人間によって書かれた他の諸々の書物から区別される。もしこの二つの書物が同一の作者をもつのであれば、聖書の言語構造を研究することは、現世的な世界の構造に関する知識を得るために大いに役立つにちがいない。というのは、どちらのテクストも象徴的構造をもっているがゆえに、「比喩的な意味」を探り当てるような読解法を要求するからである。

上にあげた引用でコールリッジは、世界というテクストを正しく読解するためには「字義的な解釈」では不十分であり、世界をそれがあたかも詩であるかのように読解する「比喩的」な解釈法が必要となることを示唆している。正しい政治的行動は正しい政治的知識によって裏づけられねばならない。歴史的世界が字義的でなく比喩的な言語で書かれたテクストであるなら、正しい政治的な知識が得られるかどうかは現実世界というテクストの正しい読解法を身につけているかどうかに左右される。コールリッジによれば、現実世界は象徴という言語的な構造をもっているわけだから、象徴の概念は正しい政治的行動の指針を得る上で格別な重要性をもつ。「だから、そこにこそ聖書の特権がある。……知識の原理は同様に、行動の源泉と原理でもあるのだ」(LS 20)。もし、現実世界に関するまちがった読解法が流布するなら、それは必然的に政治的混乱と悲惨な状況をもたらすことになる。こうしてコールリッジの有名な象徴とアレゴリーの区別と、同時代の政治的・社会的状況の関係があきらかとなる。

現代の悲惨さのひとつは、字義的と比喩的の中間を認めようとしないことである。信仰は死んだ文字の中に埋められてしまうか、その名前と栄光が、自己満足の盲目性のために象徴とアレゴリーを混同する機械的な悟性が生み出したまがいものによって、簒奪されてしまうかのいずれかなのである。(LS 30)

この一節はあきらかに、二つのまちがった世界の読解法に言及している。われわれはいまや、この謎めいた一節をコールリッジのイデオロギーという観点から正しく理解することができる。教会と国家の保守的な擁護者としてのコールリッジも、現実の世界は理想にはほど遠いと考えている。だが、現実に存在するイギリスの社会構造は神という作者によって権威づけられているがゆえに、それに対して急進的で人為的な改変をこころみることは許されない。コールリッジは急進主義者であった若き時代から、旧約の時代に啓示として預言者に与えられた神の意志の実現過程として人類史をとらえる考え方をもっていた。その発想は後期のコールリッジにおいては、物質世界には神の意志が偏在しているという保守主義的な思想に変貌したのである。

もし、コールリッジが論じるように、人間の歴史が神の啓示が実現されてゆく過程にほかならないのであれば、歴史のどの段階においても、神の意思としての原理はその現実世界の中に存在しているはずである。換言するなら、超越論的原理が歴史的世界の生きた一部としてその中に存在しているという意味で、世界の構造は字義的でもアレゴリー的でもなく、まさに象徴的な構造をもっている。超越論的なシニフィエとしての神の意志と、物質的なシニフィアンとしての現実の社会構造の一枚岩的な統一を主張するコールリッジの象徴理論は、土地財産に基づく伝統的なイギリスの社会構造を、言葉の十全な意味で「神聖化」するものであると言えるだろう。もし、伝統的な階級社会が神の意思を部分的にせよ表現するものであるなら、その急激な改変を求めるルソー的な急進主義は、愚かしいというよりもむしろ神を冒瀆するものである。伝統的な土地所有制度は、神の意思が漸進的に実現する歴史という過程における必要な一段階なのであり、そうしたものとして尊重されなければならない。もちろん、象徴的なシニフィアンとシニフィエの統一は、字義的な統一とは区別されなければならない。歴史的な世界においては神の声はもう聞こえないのだ。この世界には神の意思を直接伝える字義的なテクストはもはや存在せず、聖書もしくは自然世界という神の意志を間接的に伝える象徴としてのテクストしか存在しないからである。だから、現実世界の意味を読み取るための「比喩的解釈学」が必要不可欠なものとなる。抽象的原理という超越論的なシニフィエと現実世界というシニフィアンを短絡的に直接結びつけようとする字義的な解釈法は、歴史的な世界では妥当性をもちえない。普遍的原理と歴史的世界におけるその個別的な適用を短絡的に同一視するジャコバン主義的な急進主義は、まちがった「字義的」な読解法の産物なのである。それがまちがっているのは、政治的に正しい知識を獲得するために必要な象徴の理論を欠いているからにほかならない。

象徴の自己解体

いまや『政治家必携』における象徴の理論を、このテクストそのものの修辞的構造という観点から分析すべきときである。『政治家必携』における彼の政治的議論は、象徴的言語の理論をとおして構築されているわけだから、コールリッジ自身のテクストの言語的構造を理解することは、彼の政治理論の複雑で謎めいた構造を理解することにつながるはずである。すでに触れたように、ド・マンは、コールリッジの象徴理論自体が脱構築的な構造をもっていることを指摘している。その脱構築的動きをもたらすのは時間性である。コールリッジ自身による象徴の定義は、前章でも引いたつぎのような一節を含んでいる。

他方、象徴は……個別において特殊が、特殊において一般が、一般において普遍が、透けて見えるという点にある。とりわけ、時間的なものの中に永遠なるものが透けて見えるという点にある。象徴はつねにそれが理解可能なものにしようとする実在に参入し、全体をあきらかにしながら、それが表現する統一性の生きた一部としてその中に住まうのだ。(LS 30)

象徴もアレゴリーもともに、超越論的な真理を具体的なイメージで表象する文彩である。コールリッジがアレゴリーに対する象徴の優越性を断言するのは、象徴的言語が実体的構造をもっているからである。象徴の構造は部分が全体を表すという意味で提喩的あり、部分としてのシニフィアンは全体としてのシニフィエの生きた一部を成すがゆえに、象徴はシニフィエとシニフィアンが融合した一枚岩的構造をもっている。それに対して「抽象の空虚さ」の文彩であるアレゴリーは、シニフィエとシニフィアンの間に存在する時間的差異によって意味を生成する。ド・マンはそうした事情についてつぎのように言う。

象徴は同一性と同一化の可能性を前提とするが、他方、アレゴリーは第一にそれ自身の起源との距離を指し示す。そしてアレゴリーは、一致に対する郷愁と願望を拒絶しながら、時間的差異の虚空の中に、それ自身の言語を確立するのである。(11)

アレゴリーはシニフィエとシニフィアンの間にある時間的差異によって意味を紡ぎ出すのに対して、普遍的な真理を現象的な記号の中に顕現させようとする象徴は必然的に瞬間のエピファニーというかたちをとる。それによって、抽象的な真理が一瞬の美的経験として、感覚によって把捉可能なものとなるのである。コールリッジも、アレゴリーは理念を「指し示す」ことができるだけなのに対して、「真理と同一化する」(LS 28) 象徴は超越論的な真理を感覚の世界の中に具現化することができると言う。しかし、象徴に関する議論の中に時間性を導入することによって、コールリッジは自分の象徴論の権威を切り崩す結果になっている。彼の象徴の定義に見られるように、象徴においてシニフィアンはシニフィエの一部として提喩的に共存することで「同一化」を達成する。しかし、『政治家必携』においてコールリッジが象徴理論を彼の歴史理論の中心に位置づけるとき、シニフィエとシニフィアンの統一は時間性によって侵食されることになる。そうしたコールリッジの象徴の問題含みな性質は、彼が象徴を説明するために利用するひとつの隠喩の中に典型的に現れる。すでに何人かの批評家が指摘しているように、コールリッジが用いる隠喩は、しばしばテクストの陳述とテクストの修辞的構造との間の矛盾と緊張関係を露呈させ、テクストの脱構築的な動きのきっかけとなるのである。[12] この隠喩も例外ではない。

自然の太陽は、この点で霊的なものの象徴である。それが完全に昇る前に、そしてその光がいまだベールの下にあるとき、太陽は簒奪者である夜の靄を追い払うためにそよ風を呼び起こし、大気自体をそれ自身の純化の代理人とするのである。それは光を証明したり解明したりするためではなく、それを遮っていたものを取り除くためなのである。(LS 10)

象徴的言語の機能を説明するために、コールリッジはここで彼が好む太陽の隠喩を用いているが、じつはこの隠喩は彼自身の象徴理論と矛盾する論理を導入し、彼のテクストの内部に亀裂をもたらす。というのは、この隠喩においては、太陽で表される象徴の力は、夜から朝への時間の経過の中でのみあきらかになるからである。象徴の作用は出来事の継起としての物語に依存している。この物語の中で「大気」は「微風」によって究極的なシニフィエである太陽の使いもしくは「代理人」へと変化する。この時間的な過程の中で、物質的で現象的なシニフィアンは、超越論的なシニフィエに先立って現れ、その意味を生成する。コールリッジ的象徴においては、超越論的なものの光は啓示やエピファニーのかたちではなく、いくつかの出来事の時間的な継起の過程の中で実現されるのだ。

ここでコールリッジはあきらかに、超越論的な概念をイメージ化しようとしている。しかし、彼自身の象徴理論に照らしてみた場合、この言語は象徴的言語とは言えない。彼の言語はそれ自身の限界を超えて超越性と永遠性を具現化しようとしているが、それは結局、時間性に従属せざるをえない。彼の象徴の時間的な構造は、それをアレゴリーと区別しがたいものにしてしまう。コールリッジの象徴は、その理論においても修辞的構造においても、時間性という人間の言語の限界を超えようという願望と人間の言語の時間的な性質の認識という二つの相容れない契機を含んでいるがゆえに、ジレンマに陥ることになる。コールリッジの歴史理論を支えている象徴概念は二律背反的な構造をもっている。コールリッジは歴史的な時間の中に存在する現実世界と超越論的な原理を結びつける可能性を示すために、象徴という言語モデルを導入した。だが、コールリッジの議論が図らずも示しているのは、象徴的言語の必要性をもたらした時間性のために象徴的言語はその目的を果たすことができなくなるということなのだ。このコールリッジのテクストの構造的アポリアを理解することが、コールリッジの美学のイデオロギー的側面を理解するための不可欠な条件となる。

象徴と美学イデオロギー

コールリッジの美学的政治理論に対しては、政治的行動を麻痺させるものであるという批判が向けられてきた。だが、それは彼のイデオロギー的戦略の不可避的結果である。歴史的世界と物質的制度に超越論的な権威を付与しようとする彼のイデオロギー的こころみは、伝統的な社会体制をいかに正統化するかという問題に対して与えられた、ひとつの「象徴的解決」なのである。土地所有制度はあきらかに歴史の産物である。だが、ジャコバン主義的急進主義と商業精神の跋扈という二正面の敵に対抗するためには、土地財産に神聖な権威を与え正統化しなければならない。そうした一見不可能な企てを実現するためコールリッジが用いた戦略は、現実世界の構造と神の権威を帯びた聖書の言語の構造を、精妙な類比をとおして同一視するというテクスト的戦略であった。こうして聖書の言語は、普遍的原理とその個別的適用の理想的統一のモデルを提供することになる。

> それゆえ聖書においては、事実と人物は必然的に、過去と未来、時間と永遠、個別的適用と普遍的適用という二重の意義をもつのである。(LS 30)

コールリッジはこうした普遍と個別、永遠と時間性の理想的な統合が、象徴的言語において実現されるとくり返し主張する。歴史的な土地所有制度と普遍的な原理の統合は、象徴的言語における時間性と永遠性の統合に重ねあわされている。しかし、コールリッジ自身のテクストの修辞的構造を分析してわかることは、象徴的言語の理論においてもそのテクスト的実践においても、普遍的原理が個別的なものに依存しているという現象である。政治的原理の重要性を述べるコールリッジのテクストは、原理そのものを提示することはほとんどない。コールリッジは読者に対して、彼の断片的な陳述から経験的な「慎重さ」に基づいて原理を自ら再構築せよと命ずる。同様に、読者が正しい政治的行動とは何かを判断するさいには、既存の社会体制という神のテクストを基盤にして、神の摂理を再構築しなければならない。それは、テクストの言語構造においても、じっさいの政治的行動においても、個別的行動を規制するはずの普遍的原理は経験的個別性によって制限され、また生み出されてさえいるということを意味する。

コールリッジのテクストはシニフィアンとシニフィエ、物質的なものと霊的なものの統一を主張する。しかし、われわれがそこに見たのは、物質的なシニフィアンが究極的なシニフィエの地位を簒奪する様子である。象徴のアレゴリーに対する優越性を主張するコールリッジの象徴理論は、自らの権威を失ってしまう。それは、彼のテクストの修辞的な構造がその陳述の権威を切り崩してしまうからである。もしそうであるなら、象徴は真理と権威の文彩ではなく、神秘化と欺瞞の文彩である可能性がある。テクストのテーマ的陳述とその修辞的構造との間の乖離は、コールリッジの象徴理論の権威を切り崩す。だが、ここで重要なことは、彼のテクストの自己解体的な構造は純粋に言語的な現象ではなく、コールリッジが直面し、それに対して回答を与えようとしていた解決困難な社会的・政治的な問題によって決定されているということである。ド・マンが言うように、「イデオロギーとは言語的現実と自然的現実の混同」[13]であるならば、コールリッジの政治的なテクストがわれわれに見せるのは、ロマン主義におけるイデオロギーのあり方そのものにほかならない。もしそうであるなら、内在する矛盾にもかかわらず、イデオロギーと文学との関係を示すものとして、コールリッジの散文テクストは大きな重要性をもっているのである。

第16章　国家を美学化するということ

――コールリッジの後期作品における文化理論の形成

文化という問題

コールリッジは『教会と国家の構造について』において、「すでにある知識を洗練、拡大し、自然と道徳に関する学問の利益の番人となり、また大多数の人々が属するその他の階級を現在構成している人々、またこれから構成することになる人々の教師となる」(CS 43)[1] ことを任務とする「聖職者知識人」(clerisy) の理念を提示している。コールリッジのこうした言葉からわかるように、聖職者知識人とは、文明と精神的価値の守り手なのである。彼は聖職者知識人階級に社会的・経済的な基盤となる国家財産を授けて、文化を国家的な制度の中に組み込むことを提案している。レイモンド・ウィリアムズが『文化と社会』において論じているように、聖職者知識人の役割に関するコールリッジの議論は、十九世紀における文化の概念の形成において決定的な重要性をもっている。「コールリッジはすべての社会的な取り決めがしたがわねばならない法廷としての文化の理念をつくり上げた」のだ。[2] 注目すべきことは、彼は文化の問題を教会と国家というイギリスの社会的・政治的な制度との関連において考察していることである。したがって、文化に関する彼の議論を精読することによって、政治、経済、宗教といった諸制度と文化との関わりが明るみに出ることが期待される。もしそうだとするなら、彼の議論は、文化的な価値のもつ政治的・イデオロギー的な含意という複雑な問題を考えるさいの糸口となるにちがいない。以トの議論で示すように、コールリッジの後期の散文作品において展開された文化理論は、彼の詩的想像力の理論を社会的な制度の問題に適用したものとして、理解されるべきである。コールリッジにとって想像力とは「ひとつにまとめ上げる力[3]」にほかならないわけだから、彼の政治的な著作において企てられているものは、詩的想像力がもつ統一する力を、社会的・政治的な制度の問題と結びつける可能性を探求すること、すなわち「政治的第一原理としての想像力[4]」を構想することである。

美学化された国家

コールリッジの想像力の理論の政治的な含意を理解するためには、美的なものと政治的なものの接点を探り当てる必要がある。『文学的自叙伝』において展開された想像力論が、そもそも「詩語の真の性質に関する長くつづいた論争を決着させること[5]」を目的として書かれたことを考えるならば、コールリッジの政治的言説における言語の問題を検討することからわれわれの探究を始めることが有効だろう。コールリッジの著作においては、美学的な理論や修辞的な言語に関する議論が社会的・政治的議論の中心部分に出現することはめずらしいことではない。たとえば『教会と国家の構造について』において、彼は有機的な統一の原理としてのイギリスの国家構造は、「前進性」と「永遠性」の均衡にあると主張している（CS 24）。この対立する二つの力の相互作用はイギリス史における階級闘争の歴史と結びつけられている。彼によれば、前進性を支えるのは商業を基盤とする中産階級であり、永遠性を支えるのは土地財産を基盤とする貴族、ジェントリー階級である。この二つの階級の力の均衡が、イギリスの国家構造の原理の中心であり、イギリスの政治史もこの二つの力の均衡という点から説明される。ここでわれわれは対立する二つの力の相互作用に支えられた有機体の理念が、彼の美学理論の中心概念であることを想起すべきである。彼は、有機的な全体を構成する二つの対立する不滅の力の相互作用という概念から詩的想像力が演繹される仕方を、

『文学的自叙伝』の第一三章においてつぎのように記述している。

この想定された二つの力の相互作用は、反対方向からそれらが出会うことにあるのではない。それらの中に働いている力は不滅である。だから、それは尽きることなく湧き出る。ともに無限でともに不滅なこれらの力の結果として何かが残るはずであり、また静止や中立がその結果であるはずがないので、その産物は中間的なものか、もしくは有限な生成であると考える以外にない。そう考えるのが必然の結果である。さて、この中間的なものは、相反する力の両方に与かるような相互浸透以外ではありえない。(6)

「永遠性と前進性という対応し、支えあいかつ釣りあっている二つの大きな国家の利害の調和的な均衡」(CS 29)によって国家を有機的全体として統一する国家構造の原理というコールリッジのヴィジョンは、詩的想像力の原理と深い類縁性をもっていることがわかってくる。国家構造は文学作品とおなじ構造をもっていると言ってもよいだろう。

そもそもコールリッジの有機体論的な美学理論は、想像力と自然の生産的な力との類比に基づいているわけだから、コールリッジの社会理論において自然の隠喩が頻繁に使用されることは不思議ではない。(7) コールリッジによれば、成長しつつも内在する原理によってつねに統一性が保たれる国家の有機的構造を表現するための最良の隠喩は、肉体の隠喩としての「統治体」(body politic)(CS 23)である。社会の歴史的変化を、自然の循環や有機体の成長といった隠喩によって書き換え、自然化する彼のテクスト的戦略は、歴史的変化を自然の過程と同一視する基本的な類比から派生してくる。たとえば彼は、フランスとの戦争が終わった後でも維持された高い税率を擁護する議論において、税金の流れを自然界における水の循環に類比している。

だが、ありうる善悪両面の効果という点での課税の十分かつ公正な象徴は、地球の表面からの水の蒸発の中に見出せるだろう。太陽は川、沼地、大海から湿気を取り去り、それを恵みの雨というかたちで、庭、牧草地、穀物畑に返すこともあるが、また太陽は耕作された畑から湿気を奪い、それを淀んだ池や水浸しの湿地や利益を生まない砂漠へと落とすこともある。南ヨーロッパの庭はおそらく、正しく運営された財政システムに関して同様に適切な例を与えてくれる。そこでは、貯水槽や池が国民の資本を表すだろう。そして、庭師の鋤の下を刻々と進路と方向性を変えながら流れる何百という小川は、課税と商業の相互作用によってその資本が人口全体に散らばってゆくことの快適なイメージを提供する。というのは、課税は商業の一部であり、政府を共同経営者や監督者、造船業者、毛織物業者、製鉄業者等々の商売によってべつべつな場所で運営されている巨大な工場であると考えても、不当ではないからだ。(F 2 : 160)[8]

この一節においては、課税、財政、商工業という社会的な機構が、水の自然な循環を助ける造園術という隠喩によって論じられている。コールリッジの政治的な言説においては、比喩的な言語のイメージ化する力によって、普遍的な原理が個別的な法や具体的な制度の中でどう機能しているのかということが説明される。[9] 社会的な制度や歴史的な出来事が、国家の自然な生成過程の一部として正当化できるのか、あるいはそれらを異常成長や病と診断すべきなのかを判断する基準は、それが自然の過程に類比できるかどうかという可能性にかかっている。社会的・政治的な現象を隠喩という美的な言語を用いて自然の過程に翻訳することの中に、コールリッジのイデオロギー的企ての中心的なメカニズムがあると言ってもよいだろう。そして、そこに美学的言語の創造原理である想像力が、国家構造を支えるイデオロギーとして介入する瞬間を見出すことができる。

もしコールリッジが言うように、国家が生命をもつ有機体のように成長するものであるなら、国家の制度の変化も植物の成長のように、目に見えないほどゆっくりとした漸進的なものであるべきだろう。こうしたコールリッジの有機体論的な国家観が保守主義的な含意をもつのは当然であるし、彼の文化の理念を保守反動的なイデオロギー装置として理解する立場があるのも理由のないことではない。ジェローム・マガンは『ロマン主義のイデオロギー』の中で、「教会と国家」の擁護者としてのコールリッジを論じながら、コールリッジの弱点は、普遍的原理の名のもとに個別的な「文化的な事実」を無視する態度であると断じている。[10] マガンによれば、コールリッジのイデオロギー的な戦術とは、文化的事実の歴史的な意義を「中心的理念」に還元してしまうことなのだ。コールリッジが文人としての経歴をとおして主張しつづけたものは、政治的な問題の考察における普遍的・超越論的な原理としての「理念」の優越性であり、また彼の政治的なテクストにおいては、個別的なものを普遍的なものに包摂しようという傾向がいたるところに見うけられる。じっさいにコールリッジは個別的な事実に対する普遍的・超越論的な理念の重要性を主張し、歴史研究においては「個別を普遍的な法の下で考察する習慣」が重要であると説いている(LS 125)。[11] だが、コールリッジの政治的なテクストの特徴は、歴史的事実のたんなる捨象、あるいは歴史から形而上学的瞑想への逃避と理解されるべきではない。彼のイデオロギー的戦略の中心で機能しているものは、個別的事実を普遍的な法の中に包摂してゆく歴史理論の形成なのである。彼のイデオロギーが「イギリスとアメリカにおいて一五〇年間にわたって瞠目すべき勝利をおさめた」[12] のは、まさにその歴史的変化を説明する力のためにほかならない。彼の言説の大きな力は、物質的な歴史的事実を全体的な歴史の理念とたえず結びつけてゆく精妙な歴史理論の効力にその基盤をもっている。社会と政治の具体的変化と真剣に取り組まない理論が、強力なイデオロギーとして作用しえないことはあきらかである。コールリッジのイデオロギーの強力さを理解するためには、彼の言説が十九世紀前半のイギリスのどういった社会的・政治的な問題に対する解決策を提示しようとしていたのかを検討し、彼の言説を歴史的に位置づける必要がある。そのためには、彼の政治的著作における価値設定のシステムの中での商業の位置づけを確認する必要がある。

コールリッジの商業観

コールリッジは若き急進的な政治的活動家から、保守的な「教会と国家」の擁護者へと変貌した文人としての経歴をとおして、商業の問題を論じつづけた。前述のように、商業と徳の関係は、十八世紀イギリスの文人たちが取り組んだ大きな問題であった。そして、コールリッジもまた、「イギリス史を土地に基盤をもつ保守主義者と、商業に基盤をもつ革新者の継続する対話として[13]」構想した思想家のひとりであった。商業が与える倫理的・精神的影響に関する論争を背景として読むことによって、コールリッジの美学理論のイデオロギー的含意はあきらかになる。彼の文化理論が長きにわたってイデオロギー的効力を失わなかったとすれば、それは彼の文化に関する言説が、あらゆるものを商品化することによって社会を流動化させる商業の力と精神的な価値との折りあいをどうつけるのかという、政治思想上の大きな問題に対するひとつの有効な回答となったからなのである。

コールリッジが、十八世紀から十九世紀への変わり目の時期において、政治と道徳の改革を唱道する急進主義者から、教会と国家の伝統的な価値の保守的な擁護者へと政治的立場を大きく変化させたことは広く知られている[14]。注目すべきことは、彼の政治的立場の転回は彼の商業観の変化と重なりあっているということである。一七九〇年代の若きコールリッジの急進思想の大きな特徴は、楽観的進歩史観と商業に対する徹底した敵意であった。当時の彼は人間の歴史をユートピア的平等社会へいたる進歩の過程と考えていた。歴史を前進させるのは、個人の精神的・道徳的成長である。しかし、商業は人間の間の不平等を増幅することによって道徳的・社会的な悪を生み出し、千年王国へいたる歴史の前進を妨げる[15]。彼は言う。

われわれが貨幣を使うということは、われわれが個人的な財産と商工業をもっていることの証拠であり、こうした悪がつづく間は、人間自身がもつ悪が政府を必然のものにするし、また政府をもつことが人間に似つかわしいのだ。[16]

だが、結果的に若きコールリッジの急進主義は、商業の勃興と物質的な不平等の拡大という歴史的な事実と、ユートピア的な進歩史観を折りあわせることができなかった。そのため彼は、イギリスに起こっている現実的な社会問題に対して有効な対抗策を提案することができなかったのである。彼がパンティソクラシーという理想郷をイギリス社会の外部に構想せざるをえなかったことは、商業の拡大という社会の歴史的変化を包摂することができなかった彼の急進的な政治理論の脆弱さの現れにほかならない。彼が歴史的な現実を包括的に説明できる強力な歴史理論を構想するためには、社会的変化をもたらす力としての商業を彼の理論の内部に取り込む必要性が出てくる。

コールリッジの文化と社会の理論の再構築は、商業の利点を認めることから始まる。一八〇〇年の時点で彼はすでに商業を肯定的にとらえており、「商業はわが国の祝福であり、誇りである。それはわれわれを養う農業に刺激を与え、われわれを守る海軍を支える」と論じている。[17] また、彼はナポレオンのイギリス侵攻の失敗を論じた一八〇九年のエッセイの中で、ナポレオンの失敗の原因は「文明の源泉であり、キリスト教国における中産階級と社会の均衡の起源であり、国際法の生みの親であり、また普遍的な人間性の養い親である」(F 2: 151) 交易と商業を大陸において破壊したことであると主張している。一八〇〇年以降の彼の政治的な著作の中に頻繁に見られるようになる商業についての肯定的な発言は、商業に対する基本的な立場の変更を明確に示している。コールリッジが重視するのは、商業のもつ文明化の機能である。彼にとって商業とは、人間を野蛮状態から脱却させ、人間性を養い、文明を発展させる力である。商業の歴史的役割の重要性を認めることは、当然のことながらコールリッジの市場経済の倫理的な影響に対する考え方を変化させることになる。

商業と文学

コールリッジの著作においては、社会における商業の役割は、つねにそれと対立する力との関係で位置づけられていることにわれわれは注目しなければならない。コールリッジは一八一八年版の『友人』に加えられたエッセイ「方法の原理に関する試論」の中で、文明化した世界においては、国民性を構築し維持するという人間の主たる二つの活動領域があり、それは「商業と文学」であるとしている。商業は人間の身体的な欲望に、また文学は精神的な欲望にそれぞれ起源をもつ。

一方〔商業〕はその目的として、実体的なものであれ人為的なものであれ、身体の欲求をもっている。それに対する欲望は大部分が、というより商業の起源に関して言うならその全部が、外部から喚起される。おなじように、他方〔文学〕はその目的だけでなく起源として、精神の欲求をもっている。それを満足させることが文学の成長と健全さの自然かつ必然的な条件なのである。(F 1 : 507)

コールリッジが描く商業と文学の関係は、相互に排除するものではなく、むしろ相互補完的なものである。彼によれば、外面的な欲望に起源をもつ商業と、内面的な欲望に起源をもつ文学の緊張関係こそが歴史を形成する要素なのであり、それらの均衡が保たれるとき、国家の健康が保たれる。文学によって精神的・道徳的探求がなされるとき「商業は望ましい点まで発展する」(F 1 : 508) が、ひとたびこの均衡が崩れるなら、「統治体」としての国家は病の状態に陥るのである。彼は中産階級に向けて書いた『俗人説教』の中で、フランスとの戦争後のイギリスの社会問題に言及しながら、「現在の苦しみと混乱」の原因は「商業精神の過剰」による国家構造の微妙なバランスの崩れにあると論じている(LS 219)。商業はその活動が市場の中に限定されているかぎりは無害なものである。しかし、商業の「精神」が哲学、文学、宗教といった精神的な価値の領域に侵入してくる場合、それは致命的なものとなる。

『俗人説教』において、コールリッジは国家と身体を類比するエドマンド・バーク的な隠喩を用いて、現在のイギリスの社会体(social body)の病はとても深刻な状態なので、「適切な薬剤」(LS 142)を早急に処方すべきであると提案している。だが、「適切な薬剤」とは何であろうか。コールリッジは、ウィリアム・ハズリット、ウィリアム・コベット、リー・ハントといった急進主義者たちは、社会に対してまちがった薬を処方することで社会の病状をかえって悪化させているとして、彼らを批判している。コールリッジの診断によれば、現代のイギリス社会の問題を引き起こしているのは「適切な対抗物の欠如もしくは脆弱さの結果として、商業精神が均衡を欠くまでに過剰になっていること」(LS 169)である。それゆえ、イギリスという政体の健康にとって必要なものは、民衆による政治運動などではなく、学問と教育に携わる精神的エリートによる文明的な価値の維持と増進なのだ。彼によれば、「商業精神の過剰あるいは過少は、それに対する対抗力との関係できまる相関的なもの」(LS 195)であるわけだから、実用的な商業精神が過剰な時代にあっては、それに見あった対抗力としての精神的価値あるいは「文明」も強力なものとならなければならない。

だが、ここで注意すべきことは、コールリッジが批判の対象としているものは「商業精神」のバランスを欠いた過剰であって、商業そのものではないということだ。彼の商業精神の過剰に対する批判はとても激しいので、それが商業そのものに対して否定的であるかのように響くことがあるのはたしかである。しかし、彼が同時に商業の社会的意義をくり返し強調していることは見すごされるべきではない。『俗人説教』において、ナポレオン戦争後のイギリス社会のさまざまな問題点を分析したコールリッジは、それらの問題は商業の拡大の結果ではなく、商業に対抗すべき啓蒙の力の欠如の結果であることを強調している。

私はすでに、それらがわが国の商業の拡大の必然的な結果であることを否定しているし、その否定をここでもくり返す。それどころか、商業精神は、国家の精神によって対抗され啓蒙されることで、商業と国家の双方に利益をもたらすものになりうると私は確信している。しかし、イングランドのように商業が巨大なものへと拡大した場所においてはどこでも、商業精神が対抗も啓蒙もされなければそれらを必然的にもたらすのだということを私は主張する。(LS 223)

社会の混乱の原因は、商業の拡大にあるのではなく、商業に対して均衡を図るべき文化の貧困にあるというコールリッジの指摘は、彼の文化理論の政治的・イデオロギー的意味を理解する大きな手がかりとなる。

国家の理念

コールリッジによれば、伝統的なイギリス社会において商業精神の過剰を抑止する役目を果たしていた社会階級は、貴族とジェントリー階級である。彼らが所有する土地財産は、そもそも商品化の力に抵抗する性質をもっている。「商人が自分の財貨を、あるいは商店主が自分の在庫を見るのとおなじように、紳士たちは彼らの財産を見ることはできないという点で、農業は商業とは本質的にちがった原理を具現化しているのである」(LS 214-215)。しかし、コールリッジは同時に、それらの伝統的な支配階級が商業精神の侵食によってその機能を失いかけているという認識をもっている。「大土地所有階級の平衡力の方へ向いていた錘は、さまざまな出来事の過程で天秤の逆の側へと移動してしまった」(CS 29)のだ。コールリッジの診断によると、大土地所有制度はすでに市場経済によって深く侵食されており、その結果、伝統的な土地所有階級は倫理的・精神的な価値を支える社会階級たりえなくなっている。それゆえ、彼は少数の文化的エリートから構成される「第三階級」(CS 42) としての聖職者知識人に対して、近代社会における文化と精神的な価値の擁護という使命を託そうとする。

コールリッジが聖職者知識人に期待する役割を具体的に理解するためには、彼が「理念」と呼ぶものを理解しなければならない。『教会と国家の構造について』の冒頭で彼は、国家構造・憲法 (constitution) は書かれねばならないと言うトマス・ペインを批判しながら、国家構造は書かれた法典のかたちではなく、理念として存在するものであると主張する。[18] 理念としての国家構造に関するコールリッジの見解は重要である。

> だが、国家構造は国家の理念から発する理念である。そして、われわれの祖先たちの性格や公人としての職能、彼らが抵抗したものと主張したもの、彼らが設立した制度や国家組織の形態、成功不成功にかかわらず彼らが戦った相手などを見るなら、アルフレッド大王以来のわが国の全歴史は、そうした理念もしくは目的因が、われわれの祖先たちに影響を与えつづけてきたことを証明している。それゆえ……われわれは理念をじっさいに存在するもの、つまり原理として語る権利をもっているのである。それは、原理が存在しうる唯一のあり方で、つまり人間の精神と良心の中に、存在している。理念はその人間の義務を規定し、その権利を決定する。算術と幾何学といった学問や精神と生命そのものが実体をもっているのとおなじ意味で、国家構造は実在しているのであり、それが理念でありまた理念として存在しているからといって、それだけ現実の中に存在する度あいが低いわけではない。(CS 19)

この一節には理念としての国家構造のあり方と、国家構造と歴史との関係について、重要な見解が述べられている。コールリッジの政治理論において、国家構造の理念はあらゆる物質的かつ偶発的な条件に先立って政治的な義務と権利を制定するという意味で、超越論的な原理の地位を有している。だが、こうした見えないかたちで存在する理念は、じつはだれにでも把握できるものではない。彼によれば、「原理を把握できるのは少数者の特権」（CS 13）なのであり、この少数者の中核を占めるべき存在こそ、聖職者知識人にほかならない。注目すべきことは、コールリッジがとくに聖職者知識人たちに期待する学問分野が「歴史の学問」（CS 32）だということだ。政治的原理はイギリスの歴史の展開をとおしてのみ正しく把握される。というのは、国家の理念はそれ自体抽象的なものであるけれども、国家の歴史上に存在した法典や政治的制度の中に刻印を残すからである。上に引用した一節は、イギリス史の全過程を統合する国家構造の理念は個々の歴史的な法や制度の中に部分的に具体化されているというコールリッジの考え方を、よく表している。コールリッジ自身が主張するように、理念は個別的な事実に先立つ。だが、歴史的な存在である人間が理念を把握する唯一の方法は、歴史の中に理念の痕跡を跡づけることなのである。それゆえ、政治に関する学は「真に歴史的な感覚、歴史的国民がもつ不滅の生命、信仰や自由や紋章や先祖の名声によって結ばれた世代と世代」（CS 67）の上に基礎づけられなければならない。だから、歴史的事実に根をもたない政治理論は原理としての地位をもちえない。コールリッジがジャン・ジャック・ルソーの社会契約の理論を批判するのは、それが歴史的な事実に根拠をもたない「純粋な虚構」であるからにほかならない。記録にとどめられた過去の政治的な制度や歴史的な事例とまったく無関係なかたちで想定された社会契約理論は、あきらかに「偽りであると同時に馬鹿馬鹿しいもの」（CS 14）であり、道徳的な拘束力をもちえない。理念は具象的な法典や制度と結びついて初めて政治的な意味をもつのだ。

だが他方で、理念は個別的な歴史的事例や法典のたんなる集積と同一視することもできない。というのは歴史上の制度や出来事には、理念を曖昧にしてしまう偶発的な要素がかならず付随しているからである。それゆえ歴史から学ぼうとするときには、理念と偶発的な要素を区別することが必要となる。

どんな理念でもそれを展開し開示するさいに、理念がほとんど実現され、その正確で満足できる記録をわれわれがもっている歴史的事例に、われわれが助けと説明手段を求めるのは自然なことである。そうした望ましい条件を二つとも満たしているのは古代ヘブライの共和国の設立に見出せる。しかし、歴史の事例を利用する場合、真理への明確な洞察を得るための手段が真理を混乱させ歪め、その結果、われわれが使っている拡大鏡のひびその他の偶然的な不都合の結果でしかないものを、対象の属性と思い込んでしまう危険はつねに存在する。(CS 37)

ここで論じられているのはまさに解釈学の問題、すなわち歴史というテクストから普遍的な理念という意味を読み取る技術の問題である。歴史研究においては、歴史というテクストの正しい解釈法が重要となってくる。歴史的事例の中から原理を掘り起こすために必要となるのは、彼が「展開する神の意志として、哲学的に研究された歴史科学」(CS 32) と呼ぶものである。全体化の原理としての神の意志は、歴史の全過程に浸透しているわけだから、個別的な事例は摂理という究極のシニフィエを指し示すシニフィアンと考えられる。シニフィエとしての究極的な理念が物質的なシニフィアンそのものに内在するというこの注目すべき歴史の修辞的な構造は、コールリッジが「象徴」と呼ぶものにほかならない[19]。聖職者知識人とは、歴史研究をとおして理念と人間世界を結びつける解釈共同体なのである。聖職者知識人に求められる能力が世界を象徴的なテクストとして読み取る美学的な能力であることに不思議はない。換言するなら、聖職者知識人の使命とは美学的な想像力を政治化することなのだ。

政治学としての解釈学

歴史のテクストの正しい解釈を権威づける制度が必要とされるのは、誤った解釈学は国家構造に関する認識を混乱させ、ひいては社会を混乱させる原因となるからだ。コールリッジの後期の著作において浮上してくるのは、政治における解釈技術の重要性である。『政治家必携』において、コールリッジが「現代の悲惨のひとつは字義的と隠喩的の中間が認識されていないことである」と言うとき、彼はテクスト解釈の問題と政治の問題は不可分であるという主張をしている。コールリッジによれば、商業精神の過剰はこの歴史というテクストの修辞的な構造を誤読することから生じるのであり、その誤った歴史読解に陥っているものとして名指しされるのが、ユニテリアンやクエーカーといったプロテスタントの諸教派である。ユニテリアンをはじめとするプロテスタントの聖書解釈における直解主義に対する彼の批判は、その文脈で理解されるべきである。彼は「霊感をもたらす精神とそれを伝える言葉を混同することが、学問を欠いた、あるいは学はありながらも頑迷なプロテスタントの近年における過ちなのである」(CS 33) と嘆じる。聖書の言語を理解するためには「あらゆる言語批評の手段が必要である」(LS 178) にもかかわらず、彼らは聖書の言語の特徴を「平明さ」や「単純さ」であると信じ込むことによって、個別的な事例と普遍的な意味の神秘的な結合を実現している聖書の言葉の象徴的な構造を理解できなくなっているのである。彼らはキリストにおいて人間的な肉体と超越的な神が結合するということを受け入れることができないのと同様に、人類史としての聖書の言葉に実現されている物質的なものと霊的なものの神秘的な結びつきを理解しない。コールリッジによれば、「精神」と「言語」を混同するプロテスタントの直解主義は道徳的な堕落につながる。というのは、そうした直解主義は、歴史とは普遍的な理念の展開の過程であり、歴史的な制度の事例はそうした理念を指し示す記号となりうるという歴史のもつ象徴的な構造に対して、盲目になってしまうからなのだ。

というのは、すべての事物はその漸進的な顕現の一部であり形態であり、すべての新しい知識はすべてを包括する真理への新しい感覚器官と洞察にすぎないからである。それは、悟性の器をつねに満たしながら、べつなさらに大きな真理の能力へと拡張させる。そして魂に、その現在の大きさとそれが将来享受すべき富の巨大さを教えることで、自らの貧しさを感じさせる。(LS 179)

ここで注目すべきことは、こうした歴史に内在する「生きた原理」(LS 179) に対する無関心は、現世的な事象、とくに富の蓄積への強い関心を喚起するとコールリッジが考えていることである。

コールリッジはマックス・ヴェーバーを先取りするような議論の中で、プロテスタントの諸教派における信仰と商業活動への情熱の結合を発見し、彼らにおいて「キリスト教に商業的な貪欲さを混ぜあわせ、蓄財への情熱に聖水を振りかける」(LS 185) かのような現象が見られると指摘する。彼はユニテリアンやクエーカーが「勤勉で、有用で、かつ柔らかな物腰」(LS 188) といった徳をもっていることを認める。しかし、こうした現世的な徳は、精神的な価値という対抗的な錘がなければ、蓄財に対する過度の情熱と商業精神の過剰へと堕してしまう (LS 194)。彼らの字義的な精神が見失ってしまうものとは、功利性の原理と精神性の原理の区別である。コールリッジがユニテリアンとクエーカーに見出す宗教と商業精神の結びつきは、イギリスのように「繁忙で起業的で商業的な国」においてしばしば見られる市場価値と精神的価値の混同を示す症候なのだ。

この性格に付随する習慣は、それに対抗する十分な錘がない場合には、功利性、実践的な知識などのもっともらしい名前の下で、すべての事物を市場という媒体をとおして見るような方向に、またすべての活動と能力の価値を市場価値によって評価するような方向に、必然的にわれわれを導く。そこに商業の精神は存するのだ。(LS 189)

「移ろいゆく、個人的な対象への執着」に起源をもつ商業活動は、「永遠で、普遍的で、変わらない真理への愛情」

(LS 173) という対抗的な力によって均衡が保たれる必要がある。コールリッジによれば、永遠で普遍的なものへの愛着を育むのは哲学、詩、宗教であるが、なかでも宗教の重要性がもっとも高い。それは彼が「宗教は全人類にとっての詩と哲学である」(LS 197) と考えるからである。したがって、もし宗教がまちがった功利性の原理によって侵食されるなら、それはかならずや国家構造のバランスを破壊し、国家を病の状態に陥れる。ユニテリアンやクエーカーにおいて見られるキリスト教と商業的貪欲さの結合は、宗教の中に商業精神が侵入してしまっていることを示す徴候である。キリスト教徒の勤勉さという徳が、富の追求に安直に結びつかないようにするためには、哲学、詩、宗教といった領域において真理を探求することを社会的使命とする文化の指導者としての知識人階級が必要となる。こうしてコールリッジは聖職者知識人の社会的役割を定義し、その必要性を強調する。「永続的で国民のものである知識人階級、すなわち国民的な聖職者知識人もしくは教会は、正しい国家構造の不可欠な要素である。それなしでは国家の永続性も前進性もともに危ういものとなってしまう」(CS 69)。聖職者知識人とは、すべてを功利性と市場価値の観点から位置づけられてしまうような商業精神が文化の領域に侵入することを防止するための制度的な歯止めなのだ[20]。国家財産を授与されるべき知識人集団として、「大学」、「教区の牧師」といったものがあげられていることからわかるように、彼らの任務はたんに宗教的なものというよりは文化的なものであり、「けっしてキリスト教の聖職者とおなじものではない」(CS 52–53)。彼らは、そうした終わることのない仕事に専念し、また階級としての知識人を再生産するためにも、経済的な基盤としての国家財産をもつことが重要となる。

教会と国家の体制を維持しようとするコールリッジの文化理論が、保守主義的な色彩を帯びていることはもちろん否定できない。コールリッジは伝統的なイギリスの貴族階級のバーク的な擁護者、あるいは資本主義批判の伝統の中の主要な論客の一人と見なされてきた[21]。しかし、市場の圧力の下における後期のコールリッジの戦略は、彼の初期の急進主義を特徴づけていたような商業否定の姿勢ではなく、もっと複雑で機微に富んだものである。彼は、貨幣の利害（商業）と土地の利害（農業）という対立する二つの力が想像力によって和解するという美学的な国家構造のヴィジョンの中に商業を取り込むことによって、商業の恐るべき力を懐柔しようとする。コールリッジの政治理論の強みは、対立する力を和解させるその理論装置の中にある。換言するなら、彼はじっさいの政治的・経済的状況のもとでは解決不可能であった問題に対して、ある種の想像的解決を提示したのである。[22] 社会的・政治的な問題に想像的解決を与えるという戦略は、美学的なもののもつ「イメージ化」する力なしでは考えられない。そのイメージ化する力が、物質的・具体的な状況と普遍的な原理とをつなぐ媒介項をつくり出す。後期コールリッジの政治的テクストは、政治的な装置として美学的なものがどう機能するのかという点で、またそしてイデオロギーというものがどのように修辞的な言語に基づいて形成されるのかという点で、興味深い実例となっているのである。

あとがき

私事になるが、筆者が大学院に進学したのは一九八三年のことである。それは、研究者としての自己形成の時期と、いわゆる「批評理論」が日本に凄まじい勢いで入ってきた時期が重なっていたことを意味する。それゆえ、筆者と同世代の研究者たちはみな「理論」とのつきあい方を自覚的に決定することを迫られた。大学院生時代の筆者にとってもっとも魅力的に見えたのは、イェール大学を根城としていたポール・ド・マン、ヒリズ・ミラー、ジェフリー・ハートマン、ハロルド・ブルームといったいわゆるイェール学派の批評家たちだったが、それは修士論文のテーマがロマン主義の作家コールリッジだったことが大きい。彼らがロマン主義について書いたものは、とても刺激的で魅力的だった。テクストを徹底的に精読し、たったひとつの比喩、たったひとつの言葉がテクスト全体の意味を決定したり覆したりするさまを描く彼らの脱構築的「精読」は、文学研究を志す多くの若者を――アメリカでもヨーロッパでも、そして日本でも――惹きつけた。だが、筆者が修士論文を書き上げた一九八〇年代半ばにはすでに脱構築批評は盛りをすぎ、新歴史主義やマルクス主義といった「歴史」志向を標榜する方法論から、その非歴史性をきびしく批判されていた。そうした状況の中で、それまで脱構築的な精読を文学研究の到達点と考えていた者たちも、それぞれの流儀で「歴史」と向きあうことを余儀なくされた。それはアメリカでもイギリスでも日本でもおなじことだった。一九九〇年代には、方法論としては新歴史主義やマルクス主義やポストコロニアル批評が人口に膾炙し、批評家としてはフーコーやバフチンやサイードがもてはやされるようになったが、それは文学研究が歴史とどう取り組むのかが大きな問題となっていたからにほかならない。そうした中で筆者がとった方法は、まずは愚直に文学テクストの精読を遂行し、テクストの肌理に存在する矛盾や錯綜の中に歴史の痕跡を探り当てることだった。それは特定の理論や批評家をモデルにしたというよりも、ポスト脱構築批評世代の研究者たちの多くが共通して採用した実践的な方法だった。筆者の研究はコールリッジの想像力理論の研究から始まったが、研究を進めてゆくにつれて、想像力という概念が内包する歴史的・政治的な含意を理解するためには十八世紀イギリスの美学のテクストを読むことが必要であることがわかり、時代をさかのぼって研究を広げることになった。その過程で、文学とは縁遠く見える道徳哲学や政治経済学に関するテクストも読むことになり、さらには感傷小説や家庭小説やゴシック小説も読むことになった。それは、一見異なるジャンルに属するこれらのテクストの底流に美学が内包する政治性と歴史性を解き明かす鍵があると思われたからである。また、十八世紀イギリスの道徳哲学や経験論哲学における美学を問題とすることは、カントを主な参照点とすることが多い美学イデオロギーの研究に対する有意義な貢献になるだろうという考えもあった。何と言っても、カントの批判哲学そのものが、イギリス経験論が炙り出した表象と実体の関係という難問への回答のこころみにほかならないのだから。平成の時代に入ってすぐに山形大学に職を得ることができ、その数年後にジョンズ・ホプキンズ大学に研究員として滞在する機会を得たが、そこでも自分の関心と方法論がそれほどまちがっていないという確信を得ることができた。

そういうわけで、筆者はイギリスの長い十八世紀の思想や文学のテクストを読解しながら、一方では批評理論の問題に、他方ではイギリス十八世紀の文学と思想の問題に自分なりの答えを出そうと苦闘してきた。二〇〇七年には、それまでにまとめた研究を博士論文として東北大学文学研究科に提出し学位をいただいたが、本書はその博士論文を中心として、その前後に発表した関連論文を加えて書物のかたちにしたものである。各章のもとになった論文はかなり長い期間にわたって書き継いだものであり、ほとんどの部分が何らかのかたちですでに公表済みである。それぞれの初出は以下のとおりである。

第1章　「シャフツベリーにおける美学と批評」『未分化の母体——十八世紀文学論集』千葉豊・能口盾彦・干井洋一編、英宝社、二〇〇七年。
第2章　「趣味の政治学——十八世紀イギリスにおける美学の形成」『東北大学文学研究科研究年報』第六六号、二〇一七年。
第3章　“Of the Standard of Taste : David Hume's Aesthetic Ideology.”『試論』第四二集、二〇〇四年。
第4章　“David Hume's Theory of Fiction.”『東北大学文学研究科研究年報』第六七号、二〇一九年。
第5章　“Governing Imagination: The Aesthetic Moment in the Works of Hume, Adam Smith, and Burke.” *Poetica* (2000) No. 53.
第6章　「バーク、身体、美学イデオロギー」『英語青年』第一四六巻第二号、二〇〇〇年。
「エドマンド・バークの『フランス革命の省察』における美学とリベラリズム」『東北大学文学研究科研究年報』第六五号、二〇一六年。
第7章　“A Sublime Theory” of the Body : Thomas Malthus's Anti-aesthetics in his *Essay on the Principle of Population.*”『英文学研究』第七五巻第一号、一九九八年。
第8章　「Mary Wollstonecraft の *A Vindication of the Rights of Women* におけるフェミニズムとラディカリズム」『山形大学紀要（人文科学編）』第一三巻第三号、一九九六年。
第9章　「家庭小説の政治学」『東北大学文学研究科研究年報』第六四号、二〇一五年。
第10章　「リチャードソンと道徳哲学」『山形大学大学院社会文化システム研究科紀要』第三号、二〇〇六年。
第11章　「商業社会における「英雄的主題」——『序曲』におけるワーズワスの記憶術」『英文学研究』第八五巻、二〇〇八年
第12章　「崇高、ピクチャレスクと（不）可視性の美学」『ロマン派文学の姿Ⅱ』仙台イギリス・ロマン派研究会編、英宝

社、二〇〇四年。

第13章　「『フランケンシュタイン』と言語的崇高」『英文学研究』第八八巻、二〇一一年。

第14章　"Coleridge's Political Symbolism : Rhetoric and Ideology in *The Statesman's Manual.*"『英文学研究』第六八巻第二号、一九九二年。

第15章　"Coleridge's *Biographia Literaria* : Commerce, Literature, and Romantic Ideology."『英文学研究』第七二巻第一号、一九九五年。

第16章　"Aesthetizing the State, or the Formation of Cultural Theory in Coleridge's Later Political Works."『試論』第三六集、一九九七年。

言うまでもなく、今回、本のかたちにまとめるにあたっては、各章に加筆修正を加えた。ほとんど元論文のままの章もあるが、原型をとどめていない章もある。

この本が完成するまでには、数多くの先生方、学会の先輩後輩諸氏にお世話になった。なかでも、東北大学における学部・大学院時代をとおしての恩師であった鈴木善三先生、高田康成先生、グレアム・マックマスター先生から受けた学恩ははかり知れない。東北大学の教養部時代に英語の読書会を開いて英文学への道を示して下さった大友義勝先生、博士論文を審査してくださった原英一先生にもたいへんお世話になった。また、多くの先輩の中でも同じロマン主義を研究分野としている鈴木雅之氏には、さまざまなかたちで励ましを受けた。また、同窓の小澤博氏やかつての同僚だった岩田美喜氏、現在の同僚である大貫隆史氏からは、いまでも学問的刺激を受けている。東北大学の外国人教師であったピーター・ロビンソン先生には、本書に含まれる論文を英語で公表したさいに、英語のチェックをしていただき貴重な助言をいただいた。その他、研究者としても教師としても未熟だった筆者を温かく見守って下さった山形大学教養部英語科の先生方、直接間接にさまざまな刺激をいただいたイギリス・ロマン派学会の会員諸氏、そして何度となく一緒にお酒を飲みながら語り合った日本ジョンソン協会の仲間たちにもここに記して感謝する。

本書は、名古屋大学出版会の橘宗吾氏の適切な助言がなければ、こうしたかたちになることはなかった。もし、本書にそれなりの価値があるとすれば、それは多く橘氏のおかげであり、不備や欠点があるとしたなら、それはひとえに筆者の力量不足の故である。最後に、大学院生のころから筆者にさまざまな仕事の機会を与えてくださり、さらには橘氏との出会いのきっかけをつくってくださった富山太佳夫先生に感謝する。

なお、本書の刊行に当たっては、日本学術振興会令和元年度科学研究費補助金（研究成果公開促進費「学術図書」）の交付を受けた。関係各位に感謝したい。

二〇一九年初秋

著者識

《著者略歴》

大河内《おおこうち》　昌《しょう》

1959 年生
1983 年　東北大学文学部卒業
1987 年　東北大学文学研究科博士課程中退
東北大学文学部助手，山形大学人文学部教授などを経て
現　在　東北大学文学研究科教授，博士（文学）
訳　書　ポール・ド・マン『理論への抵抗』（共訳）国文社，1991 年
フレドリック・ジェイムソン『アドルノ——後期マルクス主義と弁証法』（共訳）論創社，2013 年
ジョージ・スタイナー『むずかしさについて』（共訳）みすず書房，2014 年ほか

美学イデオロギー

2019 年 10 月 30 日　初版第 1 刷発行

定価はカバーに
表示しています

著　者　大　河　内　　昌

発行者　金　山　弥　平

発行所　一般財団法人　名古屋大学出版会
〒 464-0814　名古屋市千種区不老町 1 名古屋大学構内
電話(052)781-5027/FAX(052)781-0697

印刷・製本 ㈱太洋社　ISBN978-4-8158-0966-9
乱丁・落丁はお取替えいたします。

索　引

ア　行

カ　行

サ　行

タ　行

ナ　行

ハ　行

マ　行

ラ 行

ワ 行

主要参考文献

Abrams, M. H. *The Mirror and the Lamp : Romantic Theory and the Critical Tradition*, New York : Oxford UP, 1953：M. H. エイブラムズ『鏡とランプ――ロマン主義理論と批評の伝統』水之江有一訳（研究社，1976 年）。

Addison, Joseph. "The Pleasures of the Imagination." *Selections from The Tatler and The Spectator*. Ed. Angus Ross. Harmondsworth : Penguin, 1982. 364–406.

Aers, David, et al. "Coleridge : Individual, Community and Social Agency." *Romanticism and Ideology : Studies in English Writing 1765–1830*. Ed. David Aers, Jonathan Cook and David Punter. London : Routledge, 1981. 82–102.

Althusser, Louis. *On the Reproduction of Capitalism : Ideology and Ideological State Apparatuses*. London : Verso, 2014：ルイ・アルチュセール『再生産について――イデオロギーと国家のイデオロギー諸装置』上・下，西川長夫・伊吹浩一・大中一彌・今野晃訳（平凡社，2010 年）。

Andrews, Malcolm. *The Search for the Picturesque*. Stanford : Stanford UP, 1989.

Armstrong, Nancy. *Desire and Domestic Fiction : A Political History of the Novel*. New York : Oxford UP, 1987.

Baier, Annette C. *A Progress of Sentiments : Reflections on Hume's* Treatise. Cambridge, Mass.: Harvard UP, 1991.

Baillie, James. *Hume on Morality*. London : Routledge, 2000.

Baillie, John. "An Essay on the Sublime." *The Sublime : A Reader in British Eighteenth-Century Aesthetic Theory*. Ed. Andrew Ashfield and Peter de Bolla. Cambridge : Cambridge UP, 1996. 87–100.

Bannet, Eve Tavor. *The Domestic Revolution : Enlightenment Feminism and the Novel*. Baltimore : Johns Hopkins UP, 2000.

Barfield, Owen. *What Coleridge Thought*. Middletown : Wesleyan UP, 1971.

Barrell, John. *The Dark Side of the Picturesque : The Rural Poor in English Painting 1730–1840*. Cambridge : Cambridge UP, 1980.

——. *The Political Theory of Painting from Reynolds to Hazlitt : 'The Body of the Public.'* New Haven : Yale UP, 1986.

Barth, J. Robert. *The Symbolic Imagination : Coleridge and Romantic Tradition*. Princeton : Princeton UP, 1977.

——. *Coleridge and Christian Doctrine*. New York : Fordham UP, 1969.

Baumgarten, Alexander Gottlieb. *Aesthetica*. 2 vols. Frankfurt, 1750–58：アレクサンダー・ゴットリープ・バウムガルテン『美学』松尾大訳（講談社学術文庫，2016 年）。

Bellamy, Liz. *Commerce, Morality and the Eighteenth-Century Novel*. Cambridge : Cambridge UP, 1998.

Bender, John. *Imagining the Penitentiary : Fiction and the Architecture of Mind in Eighteenth-*

Century England. Chicago : U of Chicago P, 1987.
Bennett, Jonathan. *Locke, Berkeley, Hume : Central Themes*. Oxford : Clarendon, 1971.
Bennis, Torby. *Romanticism on the Road : The Marginal Gains of Wordsworth's Homeless*. London : Macmillan, 2000.
Bentham, Jeremy. *An Introduction to the Principles of Morals and Legislation*. New York : Hafner, 1948：ジェレミー・ベンサム『道徳および立法の諸原理序説』山下重一訳（『世界の名著』第 49 巻，関嘉彦編『ベンサム・ミル』69〜210 頁）（中央公論社，1979 年）。
Bermingham, Ann. *Landscape and Ideology : The English Rustic Tradition, 1740–1860*. Berkeley : U of California P, 1986.
Bernstein, John Andrew. "Shaftesbury's Identification of the Good with the Beautiful." *Eighteenth-Century Studies* 10 (1977): 304–325.
Blackmore, Steven. *Burke and the Fall of Language : The French Revolution as Linguistic Event*. Hanover : UP of New England, 1988.
——. ed. *Burke and the French Revolution : Bicentennial Essays*. Athens : U of Georgia P, 1992.
Boulton, James T. *The Language of Politics in the Age of Wilkes and Burk*. London : Routledge, 1963.
Bourdieu, Pierre. *Distinction : A Social Critique of the Judgement of Taste*. Trans. Richard Nice. London : Routledge, 1985：ピエール・ブルデュー『ディスタンクシオン——社会的判断力批判』1・2，石井洋二郎訳（藤原書店，1990 年）。
Brantlinger, Patrick. *Fictions of State : Culture and Credit in Britain, 1694–1994*. Ithaca : Cornell UP, 1996.
Bricke, John. *Mind and Morality : An Examination of Hume's Moral Psychology*. Oxford : Clarendon, 1996.
Bryson, Gladys. *Man and Society : The Scottish Inquiry of the Eighteenth Century*. Princeton : Princeton UP, 1945.
Buckle, Stephen. *Natural Law and the Theory of Property : Grotius to Hume*. Oxford : Clarendon, 1991.
Buell, Lawrence. "The Question of Form in Coleridge's *Biographia Literar*." *ELH* 46 (1979): 399–417.
Burgess, Miranda J. *British Fiction and the Production of Social Order 1740–1830*. Cambridge : Cambridge UP, 2000.
Burke, Edmund. *A Philosophical Enquiry into the Origin of Our Ideas of the Sublime and Beautiful*. 1757/9. Ed. James T. Boulton. London : Routledge, 1958：エドマンド・バーク『崇高と美の起源』大河内昌訳（『英国 18 世紀文学叢書 4』157〜324 頁）（研究社，2012 年）。
——. *Reflections on the Revolution in France*. Ed. Conor Cruise O' brien. Harmondsworth : Penguin, 1968：エドマンド・バーク『フランス革命についての省察』上・下，中野好之訳（岩波文庫，2000 年）。
Butler, Marilyn. *Romanticism, Rebels and Reactionaries : English Literature and its Background 1760–1830*. Oxford : Oxford UP, 1981.
Bygrave, Stephen "Land of the Giants : Gaps, Limits and Audiences in Coleridge's *Biographia Literaria*." *Beyond Romanticism : New Approaches to Texts and Contexts 1780–1832*. Ed. Stephen Copley and John Whale. London : Routledge, 1992.

Caffentzis, George C. “Fiction or Counterfeit? David Hume’s Interpretation of Paper and Metallic Money.” *David Hume’s Political Economy*. Ed. Carl Winnerlind and Margaret Schabas. London : Routledge, 2008. 146–167.

Carey, Daniel. *Locke, Shaftesbury, and Hutcheson : Contesting Diversity in the Enlightenment and Beyond*. Cambridge : Cambridge UP, 2006.

Cassirer, Ernst. *The Philosophy of the Enlightenment*. 1932. Trans. Fritz C. A. Koelln and James P. Pettegrove. Princeton : Princeton UP, 1951.

Castle, Terry. *Clarissa’s Ciphers : Meaning and Disruption in Richardson’s Clarissa*. Ithaca : Cornell UP, 1982.

Caygill, Howard. *Art of Judgment*. Oxford : Basil Blackwell, 1989.

Chambers, E. K. *Samuel Taylor Coleridge*. Oxford : Clarendon, 1937.

Chandler, James K. *Wordsworth’s Second Nature : A Study of the Poetry and Politics*. Chicago : U of Chicago P, 1984.

Christensen, Jerome. *Coleridge’s Blessed Machine of Language*. Ithaca : Cornell UP, 1981.

——. “‘Like a Guilty Thing Surprised’ : Deconstruction, Coleridge, and the Apostasy of Criticism.” *Critical Inquiry* 12 (1986): 769–787.

——. *Practicing Enlightenment : Hume and the Formation of a Literary Career*. Madison : U of Wisconsin P, 1987.

Clark J. C. D. *English Society 1688–1832*. Cambridge : Cambridge UP, 1985.

Clery, E. J. *The Feminization Debate in Eighteenth-Century England : Literature, Commerce and Luxury*. London : Palgrave, 2004.

Cobban, Alfred. *Edmund Burke and the Revolt against the Eighteenth Century*. London : Allen & Unwin, 1929.

Cohen, Tom, et al. eds. *Material Events : Paul de Man and the Afterlife of Theory*. Minneapolis : U of Minnesota P, 2001.

Coleridge, Samuel Taylor. *Lay Sermons*. Ed. R. J. White. London : Routlege, 1792.

——. *Lectures 1795 : On Politics and Religion*. Ed. Lewis Patton and Peter Mann. London : Routledge, 1971.

——. *On the Constitution of the Church and State*. Ed. John Colmer. Princeton : Princeton UP, 1976.

——. *The Friend*. Ed. Barbara E. Rooke. 2 vols. London : Routledge, 1969.

——. *Essays on His Times*. Ed. David V. Erdman. 3 vols. Princeton : Princeton UP, 1978.

——. *Biographia Literaria*. Ed. James Engell and Walter Jackson Bate. 2vols. Princeton : Princeton UP, 1983：サミュエル・テイラー・コールリッジ『文学的自叙伝』東京コールリッジ研究会訳（法政大学出版局，2013 年）。

——. *Collected Letters of Samuel Taylor Coleridge*. Ed. Earl Leslie Griggs. 6 vols. Oxford : Clarendon, 1956–71.

Collings, David. “Coleridge Beginning a Career : Desultory Authorship in *Religious Musings*.” *ELH* 58 (1991): 167–193.

——. “The Monster and the Imaginary Mother : A Lacanian Reading of *Frankenstein*.” *Frankenstein*. By Mary Shelley. Ed. Johanna M. Smith. New York : St. Martin, 1992. 245–258.

Colmer, John. *Coleridge : Critic of Society*. Oxford : Clarendon, 1959.

Cooke, Michael G. "Quisque Sui Faber : Coleridge in the *Biographia Literaria*." *PQ* 50 (1971): 208–229.
Copley, Stephen, ed. *Literature and the Social Order in Eighteenth-Century England.* London : Croom Helm, 1984.
Copley, Stephen and Peter Garside, ed. *The Politics of the Picturesque*. Cambridge : Cambridge UP, 1994.
Corrigan, Timothy. *Coleridge, Language, and Criticism*. Athens : U of Georgia P, 1982.
Cosgrove, Peter. "Edmund Burke, Gilles Deleuze, and the Subversive Masochism of the Image." *ELH* 66 (1999): 405–437.
Costelloe, Timothy M. *Aesthetics and Morals in the Philosophy of David Hume*. London : Routledge, 2007.
Cottle, Charles E. "Justice as Artificial Virtue in Hume's *Treatise*." *Journal of the History of Ideas* 40 (1979): 457–466.
Cottom, Daniel. "*Frankenstein* and the Monster of Representation." *Sub-Stance* 28 (1980): 60–71.
Cullen, M. J. *The Statistical Movement in Early Victorian Britain : The Foundations of Empirical Social Research*. Hassocks : Harvester, 1975.
Culler, Jonathan. *On Deconstruction : Theory and Criticism After Structuralism*. Ithaca : Cornell UP, 1983：ジョナサン・カラー『新版　ディコンストラクション』1・2，富山太佳夫・折島正司訳（岩波現代文庫，2009 年）。
Curran, Stuart. *Poetic Form and British Romanticism*. New York : Oxford UP, 1986.
Curtius, Ernst Robert. *European Literature and the Latin Middle Ages*. Trans. Willard R. Trask. Princeton : Princeton UP, 1953.
Davis, Lennard. *Factual Fictions : The Origins of English Novel*. Philadelphia : U of Pennsylvania P, 1985.
de Bolla, Peter. *The Discourse of the Sublime : Readings in History, Aesthetics and the Subject*. Oxford : Basil Blackwell, 1989.
Defoe, Daniel, *Moll Flanders*. Ed. G. A. Starr and Linda Bree. Oxford : Oxford UP, 2011：ダニエル・デフォー『モル・フランダーズ』上・下，伊澤龍雄訳（岩波文庫，1968 年）。
de Man, Paul. *Blindness and Insight*, 2nd ed. Minneapolis : Minnesota UP, 1983：ポール ド・マン『盲目と洞察――現代批評の修辞学における試論』宮崎裕助・木内久美子訳（月曜社，2012 年）。
――. *Allegories of Readong : Figural language in Rousseau, Nietzshe, Rilke, and Proust*. New Haven : Yale UP, 1979：ポール・ド・マン『読むことのアレゴリー――ルソー，ニーチェ，リルケ，プルーストにおける比喩的言語』土田知則訳（岩波書店，2012 年）。
――. *The Resistance to Theory*. Ed. Wlad Godzich. Minneapolis : Minnesota UP, 1983：ポール・ド・マン『理論への抵抗』大河内昌・富山太佳夫訳（国文社，1991 年）。
――. *Aesthetic Ideology*. Ed. Andrzej Warminsky. Minneapolis : U of Minnesota P, 1996：ポール・ド・マン『美学イデオロギー』上野成利訳（平凡社，2013 年）。
de Jackson, J. R., ed. *Coleridge : The Critical Heritage*. London : Routlege, 1970.
Derrida, Jacques. "White Mythology : Metaphors in the Text of Philosophy." Trans. F. C. T. Moore. *NLH* 6 (1975–76): 5–75
Dickson, P. G. M. *The Financial Revolution in England : A Study in the Development of Public*

Credit, 1688-1756. London : Macmillan, 1967.
Eagleton, Terry. *Criticism and Ideology*. London : Verso, 1976：テリー・イーグルトン『文芸批評とイデオロギー』高田康成訳（岩波書店，1980 年)。
——. *The Rape of Clarissa : Writing, Sexuality and Class Struggle in Samuel Richardson*. Oxford : Basil Blackwell, 1982：テリー・イーグルトン『クラリッサの凌辱——エクリチュール，セクシュアリティー，階級闘争』大橋洋一訳（岩波書店，1987 年)。
——. *The Ideology of the Aesthetic*. Oxford : Basil Blackwell, 1990：テリー・イーグルトン『美のイデオロギー』鈴木聡訳（紀伊国屋書店，1996 年)。
——. *Ideology : An Introduction*. London : Verso, 1991：テリー・イーグルトン『イデオロギーとは何か』大橋洋一訳（平凡社，1999 年)。
Eagleton, Terry, ed. *Ideology*. London : Longman, 1994.
Eaves, Morris and Michael Fischer, eds. *Romanticism and Contemporary Criticism*. Ithaca : Cornell UP, 1986.
Ellis, David. *Wordsworth, Freud and the Spots of Time : Interpretation in* The Prelude. Cambridge : Cambridge UP, 1985.
Ferguson, Frances. *Wordsworth : Language as Counter-Spirit*. New Haven : Yale UP, 1977.
——. "Legislating the Sublime." *Studies in Eighteenth-Century British Art and Aesthetics*. Ed. Ralph Cohen. California : U of California P, 1985. 128-147.
——. "Rape and the Rise of the Novel." *Representations* 20 (1987) : 88-112.
——. *Solitude and the Sublime : Romanticism and the Aesthetics of Individuation*. New York : Routledge, 1992.
——. "Wordsworth and the Meaning of Taste." *The Cambridge Companion to Wordsworth*. Ed. Stephen Gill. Cambridge : Cambridge UP, 2003. 90-107.
Fielding, Henry. *Joseph Andrew* and *Shamela*. Ed. Douglas Brooks-Davies. Oxford : Oxford UP, 1980：ヘンリー・フィールディング『ジョウゼフ・アンドリューズ』上・下，朱牟田夏雄訳（岩波文庫，2009 年)，『シャミラ』能口盾彦訳（朝日出版，1985 年)。
Fitzgibbons, Athol. *Adam Smith's System of Liberty, Wealth and Virtue : The Model and Political Foundations of* The Wealth of Nations. Clarendon : Oxford UP, 1995.
Flint, Christopher. *Family Fictions : Narrative and Domestic Relations in Britain, 1688-1798*. Stanford : Stanford UP, 1998.
Fogle, D. M. "A Compositional History of the *Biographia Literaria*." *Studies in Bibliography* 30 (1977) : 219-234.
Foucault, Michel. *The Order of Things : An Archaeology of the Human Sciences*. New York : Vintage, 1973. ミシェル・フーコー『言葉と物——人文科学の考古学』渡辺一民・佐々木明訳（新潮社，1974 年)。
Frentz, Thomas S. and Janice H. Rushing. "The Frankenstein Myth in Contemporary Cinema." *Critical Questions : Invention, Creativity, and the Criticism and Media*. Ed. William Nothstine, Carole Blair and Gary A. Copeland. New York : St. Martin, 1994. 155-182.
Friedman, Geraldine. *The Insistence of History : Revolution in Burke, Wordsworth, Keats, and Baudelaire*. Stanford : Stanford UP, 1996.
Fulford, Tim. *Landscape, Liberty and Authority : Poetry, Criticism and Politics from Thomson to Wordsworth*. Cambridge : Cambridge UP, 1996.

Furniss, Tom. "Nasty Tricks and Tropes : Sexuality and Language in Mary Wollstonecraft's *Rights of Woman.*" *Studies in Romanticism* 32 (1993) : 177-209.

——. *Edmund Burke's Aesthetic Ideology : Language, Gender and Political Economy in Revolution*. Cambridge : Cambridge UP, 1993.

Gallagher, Catherine. "The Body Versus the Social Body in the Works of Thomas Malthus and Henry Mayhew." *The Making of the Modern Body : Sexuality and Society in the Nineteenth Century*, eds. Catherine Gallagher and Thomas Laqueur. Berkeley : U of California P, 1987.

——. "The Rise of Fictionality." *The Novel, Vol. 1 : History, Geography, and Culture*. Ed. Franco Moretti. Princeton : Princeton UP, 2006. 336-363.

Garber, Frederick. *Wordsworth and the Poetry of Encounter*. Urbana : U of Illinois P, 1971.

Gerard, Alexander. *An Essay on Taste*. 2nd ed. 1764 rpt. New York : Garland, 1970.

Gilbert, Sandra M. and Susan Guber. *The Mad Woman in the Attic : The Woman Writer and the Nineteenth-Century Literary Imagination*. New Haven : Yale UP, 1979.

Gilpin, William. *Observations on Cumberland and Westmoreland*. 1786 rpt. Poole : Woodstock, 1996.

——. *Three Essays : On Picturesque Beauty ; On Picturesque Travel ; and On Sketching Landscape*. 2nd ed. 1794 rpt. Westmead : Gregg, 1972.

Godwin, William. *Enquiry Concerning Political Justice, and its Influence on Modern Morals and Happiness* (3rd ed. 1798). Ed. Isaac Kramnick. Harmondsworth : Penguin, 1976.

Goldsmith, M. M. *Private Vices, Public Benefits : Bernard Mandeville's Social and Political Thought*. Cambridge : Cambridge UP, 1985.

Goode, Mike. "The Man of Feeling History : The Erotics of Historicism in *Reflections on the Revolution in France.*" *ELH* (2007) : 829-857.

Gordon, Scott Paul. "Disinterested Selves : *Clarissa* and the Tactics of Sentiment." *ELH* 64 (1997) : 473-502.

Goring, Paul. *The Rhetoric of Sensibility in Eighteenth-Century Culture*. Cambridge : Cambridge UP, 2005.

Greene, Donald. "Latitudinarianism and Sensibility : The Genealogy of the 'Man of Feeling' Reconsidered." *Modern Philology* 75 (1977) : 159-183.

Guillory, John. *Cultural Capital : The Problem of Literary Canon Formation*. Chicago : U of Chicago P, 1993.

Guralnick, Elissa S. "Rhetorical Strategy in Mary Wollstonecraft's *A Vindication of the Rights of Woman,*" *The Humanities Association Review* 30 (1979) : 174-185.

——. "Radical Politics in Mary Wollstonecraft's *A Vindication of the Right of Woman.*" *Studies in Burke and His Time* 18 (1997) : 199-216.

Haakonssen, Knud. *Natural Law and Moral Philosophy : From Grotius to Scottish Enlightenment*. Cambridge : Cambridge UP, 1996.

Habermas, Jürgen. *The Structural Transformation of the Public Sphere : An Inquiry into a Category of Bourgeois Society*. Trans. Thomas Burger and Frederick Lawrence. Cambridge. Mass.: MIT, 1998：ユルゲン・ハーバーマス『公共性の構造転換——市民社会の一カテゴリーの考察』細谷貞雄・山田正行訳，第 2 版（未来社，1994 年）。

Hamilton, Paul. *Coleridge's Poetics*. Oxford : Blackwell, 1983.

Hartman, Geoffrey. *Wordsworth's Poetry 1787–1814*. New Haven : Yale UP, 1964.

——. "Inscriptions and Romantic Nature Poetry." *The Unremarkable Wordsworth*. London : Methuen, 1987. 31–46.

Hawkes, David. *Ideology*. London : Routledge, 1996.

Hayman, John G. "Shaftesbury and the Search for a Persona." *SEL* 10 (1970): 491–504.

Herbert, Christopher. *Culture and Anomie : Ethnographic Imagination in the Nineteenth Century*. Chicago : U of Chicago P, 1991.

Hertz, Neil. *The End of the Line : Essays on Psychoanalysis and the Sublime*. New York : Columbia UP, 1985.

Himmelfarb, Gertrude. *The Idea of Poverty : England in the Early Industrial Age*. New York : Knopf, 1984.

Hipple, Jr. Walter John. *The Beautiful, The Sublime, and The Picturesque in Eighteenth-Century British Aesthetic Theory*. Carbondale : Southern Illinois UP, 1957.

Hirschman, Albert O. *The Passions and the Interests : Political Arguments for Capitalism before Its Triumph*. Princeton : Princeton UP, 1977：アルバート・O. ハーシュマン『情念の政治経済学』佐々木毅・旦裕介訳（法政大学出版局，1985 年)。

Hodgson, John A. "Transcendental Tropes : Coleridge's Rhetoric of Allegory and Symbol." *Allegory, Myth and Symbol*. Ed. Morton W. Bloomfield. Cambridge, Mass.: Harvard UP, 1981. 273–292.

Holmes, Richard. *Coleridge : Early Visions*. New York : Pantheon, 1989.

——. *Coleridge : Darker Reflections 1804–1834*. New York : Pantheon, 1998.

Holt, R. V. *The Unitarian to Social Progress in England*. London : Allen & Unwin, 1938.

Home, Henry (Lord Kames). *Elements of Criticism*. 2vols. 1785 rpt. London : Thommes, 1993.

Hont, Istvan and Michael Ignatieff, ed. *Wealth and Virtue : The Shaping of Political Economy in the Scottish Enlightenment*. Cambridge : Cambridge UP, 1983：イシュトヴァン・ホント，マイケル・イグナティエフ 編『富と徳——スコットランド啓蒙における経済学の形成』水田洋・杉山忠平訳（未来社，1991 年)。

Hume, David. *A Treatise of Human Nature*. Ed. L. A. Selby-Bigge. Revised by P. H. Nidditch. 2nd ed. Oxford : Clarendon, 1978.

——. *A Treatise of Human Nature*. Ed. David Fate Norton and Mary J. Norton. Oxford UP, 2000：デイヴィッド・ヒューム『人間知性論』第 1～4 巻，大槻春彦訳（岩波文庫，1948 年)。

——. *Essays : Moral, Political and Literary*. Ed. Eugene F. Miller. Indianapolis : Liberty Fund, 1987：デイヴィッド・ヒューム『道徳・政治・文学論集［完訳版］』田中敏弘訳（名古屋大学出版会，2011 年)。

Hundert, E. J. *The Enlightenment's* Fable *: Bernard Mandeville and the Discovery of Society*. Cambridge : Cambridge UP, 1994.

Hussey, Christopher. *The Picturesque : Studies in a Point of View*. 1927. London : Frank Cass, 1967.

Hutcheson, Francis. *An Inquiry into the Original of Our Ideas of Beauty and Virtue*. Ed. Wolfgang Leidhold. Indianapolis : Liberty Fund, 2004：フランシス・ハチソン『美と徳の観念の起源』山田英彦訳（玉川大学出版部，1983 年)。

James, Patricia. *Population Malthus : His Life and Times*. London : Routledge, 1979.
Jameson, Fredric. *Political Unconscious : Narrative as a Socially Symbolic Act*. Ithaca : Cornell UP, 1981：フレドリック・ジェイムソン『政治的無意識——社会行為としての物語』大橋洋一・木村茂雄・太田耕人訳（平凡社，1989 年）。
Johnson, Barbara. "My Monster / My Self." *Diacritics* 12 (1982): 2–10.
Jones, Peter. "Hume's Literary and Aesthetic Theory." *The Cambridge Companion to Hume*. Ed. David Fate Norton. Cambridge : Cambridge UP, 1993. 255–280.
Jones, Robert W. *Gender and the Formation of Taste in Eighteenth-Century Britain : The Analysis of Beauty*. Cambridge : Cambridge UP, 1998.
Kaiser, David Aram. "'The Perfection of Reason' : Coleridge and the Ancient Constitution." *Studies in Romanticism* 32 (1993): 29–55.
Kaufmann, David. *The Business of Common Life : Novels and Classical Economics between Revolution and Reform*. Baltimore : Johns Hopkins UP, 1995.
Kay, Carol. *Political Constructions : Defoe, Richardson, and Sterne in Relation to Hobbes, Hume, and Burke*. Ithaca : Cornell UP, 1988.
Keen, Paul. *The Crisis of Literature in the 1790s : Print Culture and the Public Sphere*. Cambridge : Cambridge UP, 1999.
Kelly, Gary. *Woman, Writing and Revolution, 1790–1827* (Oxford : Oxford UP, 1993).
——. "Revolutionary and Romantic Feminism : Woman, Writing and Cultural Revolution." *Revolution and English Romanticism : Politics and Rhetoric*. Ed. Keith Hanley and Raman Selden. Hemel Hempstead : Harvester, 1990.
Keymer, Thomas and Peter Sabor. Pamela *in the Market Place : Literary Controversy and Print Culture in Eighteenth-Century Britain and Ireland*. Cambridge : Cambridge UP, 2005.
Kivy, Peter. *The Seventh Sense : Francis Hutcheson and Eighteenth-Century British Aesthetics*. 1976 ; Oxford : Oxford UP, 2003.
Klancher, Jon P. *The Making of English Reading Audiences, 1790–1832*. Madison : U of Wisconsin P, 1987.
Klein, Lawrence E. *Shaftesbury and the Culture of Politeness : Moral Discourse and Cultural Politics in Early Eighteenth-Century England*. Cambridge : Cambridge UP, 1994.
Knopflmacher, U. C. "Thoughts on the Aggression of Daughters." Levin and Knoepflmacher 88–119.
Kramnick, Issac. *The Rage of Edmund Burke : Portrait of an Ambivalent Conservative*. New York : Basic Books, 1977.
Langan, Celeste. *Romantic Vagrancy : Wordsworth and the Simulation of Freedom*. Cambridge : Cambridge UP, 1995
Leask, Nigel. *The Politics of Imagination in Coleridge's Critical Thought*. London : Macmillan, 1988.
Levin, George and U. C. Knopflmacher, eds. *The Endurance of* Frankenstein *: Essays on Mary Shelley's Novel*. Berkeley : U of California P, 1979.
Levin, Yuval. *The Great Debate : Edmund Burke, Thomas Paine, and the Birth of Right and Left*. New York : Basic Books, 2014.
Levine, George, ed. *Aesthetics and Ideology*. New Brunswick : Rutgers UP, 1994.

Levinson, Marjorie. *The Romantic Fragment Poem : A Critique of a Form*. Chapel Hill : U of North Carolina P, 1986.
——. *Wordsworth's Great Period Poems : Four Essays*. Cambridge : Cambridge UP, 1986.
Lincoln, Anthony. *Some Political and Social Ideas of English Dessent 1763–1800*. 1938 rpt. New York : Octagon Books, 1971.
Lindenberger, Herbert. *On Wordsworth's Prelude*. Princeton : Princeton UP, 1963.
Liu, Alan. *Wordsworth : The Sense of History*. Stanford : Stanford UP, 1989.
Locke, Don. *A Fantasy of Reason : The Life and Thought of William Godwin*. London : Routledge, 1980.
Locke, John. *An Essay Concerning Human Understanding*. Ed. Peter H. Nidditch. Oxford : Clarendon, 1975：ジョン・ロック『人間悟性論』第1〜4巻，大槻春彦訳（岩波文庫，1977年）。
Lovejoy, Arthur O. *Essays in the History of Ideas*. 1948 ; Westport : Greenwood, 1978：アーサー・O. ラヴジョイ『観念の歴史』鈴木信雄・内田成子・佐々木光俊・秋吉輝雄訳（名古屋大学出版会，2003年）。
Lubenow, William C. *The Politics of Government Growth : Early Victorian Attitudes Toward State Intervention, 1833–1848*. Newton Abbot : David & Charles, 1971.
Macpherson, C. B. *The Political Theory of Possessive Individualism : Hobbes to Locke*. Oxford : Oxford UP, 1962：C. B. マクファーソン『所有的個人主義の政治理論』藤野渉訳（合同出版，1980年）。
Mallette, Richard. "Narrative Technique in the *Biographia Literaria*." *MLR* 70（1975）: 32–40.
Malthus, Thomas Robert. *An Essay on the Principle of Population*. Ed. Philip Appleman. New York : Norton, 1976：ロバート・マルサス『人口の原理』高野岩三郎・大内兵衛訳（岩波文庫，1997年）。
Mandeville, Bernard. *The Fable of the Bees*. Ed. Phillip Hearth. Harmondsworth : Penguin, 1970：バーナード・マンデヴィル『蜂の寓話——私悪すなわち公益』泉谷治訳（法政大学出版局，1985年）。
Maniquis, Robert. "Poetry and Barel-Organ : The Text in the Book of the *Biographia Literaria*." *Coleridge's* Biographia Literaria : *Text and Meaning*. Ed. Frederick Burwick. Columbia : Ohio UP, 1989.
Markley, Robert. "Sentimentality as Performance : Shaftesbury, Sterne, and the Theatrics of Virtue," *The New 18th Century : Theory, Politics, English Literature*. Eds. Felicity Nussbaum & Laura Brown. New York : Methuen, 1987. 210–230.
Marsh, Robert. "Shaftesbury's Theory of Poetry : The Importance of the 'Inward Colloquy.'" *ELH*（1961）; 54–69.
Marshall, David. *The Figure of Theater : Shaftesbury, Defoe, Adam Smith, and George Eliot*. New York : Columbia UP, 1986.
——. *The Surprising Effects of Sympathy : Marivaux, Diderot, Rousseau, and Mary Shelley*. Chicago : U of Chicago P, 1988.
——. *The Frame of Art : Fiction of Aesthetic Experience, 1750–1815*. Baltimore : Johns Hopkins UP, 2005.
Marshall, Peter H. *William Godwin*. New Haven : Yale UP, 1984.

Mason, Michael. *The Making of Victorian Sexuality*. Oxford : Oxford UP, 1994.

McFarland, Thomas. *Romanticism and the Forms of Ruin : Wordsworth, Coleridge, and Modalities of Fragmentation*. Princeton : Princeton UP, 1981.

McGann, Jerome J. *The Romantic Ideology : A Critical Introduction*. Chicago : U of Chicago P, 1983.

McKenzie, Alan T. *Certain, Lively Episodes : The Articulation of Passion in Eighteenth-Century Prose*. Athens : U of Georgia P, 1990.

Mckeon, Michael. *The Secret History of Domesticity : Public, Private, and the Division of Knowledge*. Baltimore : Johns Hopkins UP, 2005.

Mee, Jon. *Romanticism, Enthusiasm and Regulation : Poetics and Policing of Culture in the Romantic Period*. Oxford : Oxford UP, 2003.

Mileur, Jean-Pierre. *Vision and Revision : Coleridge's Art of Immanence*. Berkeley : U of California P, 1982.

Mill, John Stuart. "Coleridge." *Utilitarianism and Other Essays*. Ed. Alan Ryan. Harmondsworth : Penguin, 1987：ジョン・ステュアート・ミル『ベンサムとコウルリッジ』松本啓訳（みすず書房，2010 年）。

Miller, David. *Philosophy and Ideology in Hume's Political Thought*. Oxford : Clarendon, 1981.

Miller, John T. Jr. *Ideology and Enlightenment : The Political and Social Thought of Samuel Taylor Coleridge*. New York : Garland P, 1987.

Mitchell, W. J. T. *Iconology : Image, Text, Ideology*. Chicago : U of Chicago P, 1986：W. J. T. ミッチェル『イコノロジー――イメージ・テクスト・イデオロギー』鈴木聡・藤巻明訳（勁草書房，1992 年）。

Moers, Ellen. "Female Gothic." Levin and Knoepflmacher 77–87.

Monk, Samuel H. *The Sublime : A Study of Critical Theories in Eighteenth-Century England*. 1935. Ann Arbor : U of Michigan P, 1960.

Morrow, John. *Coleridge's Political Thought : Property, Morality and the Limits of Traditional Discourse*. London : Macmillan, 1990.

Mullan, John. *Sentiment and Sociability : The Language of Feeling in the Eighteenth Century*. Oxford : Clarendon, 1988.

Musgrave, William R. "'That Monstrous Fiction' : Radical Agency and Aesthetic Ideology in Burke." *Studies in English Romanticism* 36（1997）: 3–26

Myers, Mitzi. "Reform or Ruin : 'A Revolution in Female Manners.'" *Studies in Eighteenth Century Culture* 11（1982）: 119–216.

Nabholtz, John R. *"My Reader My Fellow Labourer" : A Study of English Romantic Prose*. Columbia : U of Missouri P, 1986.

Nicholson, Colin. *Writing and the Rise of Finance : Capital Satire of the Early Eighteenth Century*. Cambridge : Cambridge UP, 1996.

Nicholson, Marjorie Hope. *Mountain Gloom and Mountain Glory : The Development of the Aesthetics of the Infinite*. 1959. New York : Norton, 1963.

Noonan, Harold W. *Hume on Knowledge*. London : Routledge, 1999.

O'Flinn, Paul. "Production and Reproduction : The Case of *Frankenstein*." *Literature and History* 9（1983）: 194–213.

O'Rourke, James. "'Nothing More Unnatural' : Mary Shelley's Revision of Rousseau." *ELH* 56 (1989) : 543–569.
Owen, W. J. B. *Wordsworth as Critic*. Toronto : U of Toronto P, 1969.
Paine, Thomas. *Rights of Man*. Harmondsworth : Penguin, 1984.
Pateman, Carol. *The Sexual Contract*. Cambridge : Polity P, 1988：キャロル・ペイトマン『社会契約と性契約——近代国家はいかに成立したのか』中村敏子訳（岩波書店，2017年）。
Paulson, Ronald. *Representations of Revolution (1789–1820)*. New Haven : Yale UP, 1983.
Perkin, Harold. *Origins of Modern English Society*. London : Routledge, 1969.
Pfau, Thomas. *Wordsworth's Profession : Form, Class, and the Logic of Early Romantic Cultural Production*. Stanford : Stanford UP, 1997.
Philip, Mark. *Godwin's Political Justice*. Ithaca : Cornell UP, 1986.
Phillipson, Nicholas. *Adam Smith : An Enlightened Life*. Harmondsworth : Penguin, 2011.
Pinch, Adela. *Strange Fits of Passion : Epistemologies of Emotion, Hume to Austen*. Stanford : Stanford UP, 1996.
Pocock, J. G. A. *The Machiavellian Moment : Florentine Political Thought and the Atlantic Republican Tradition*. Princeton : Princeton UP, 1975：J. G. A. ポーコック『マキァヴェリアン・モーメント——フィレンツェの政治思想と大西洋圏の共和主義の伝統』田中秀夫・奥田敬・森岡邦泰訳（名古屋大学出版会，2008 年）。
——. *Virtue, Commerce, and History : Essays on Political Thought and History, Chiefly in the Eighteenth Century*. Cambridge : Cambridge UP, 1985：J. G. A. ポーコック『徳・商業・歴史』田中秀夫訳（みすず書房，1993 年）。
Poovey, Mary. *The Proper Lady and the Woman Writer : Ideology as Style in the Works of Mary Wollstonecraft, Mary Shelley, and Jane Austen*. Chicago : U of Chicago P, 1984.
——. "Figures of Arithmetic, Figures of Speech : The Discourse of Statistics in the 1830s." *Critical Inquiry* 19 (1993) : 256–257.
——. "Aesthetics and Political Economy in the Eighteenth Century : The Place of Gender in the Social Construction of Knowledge." *Aesthetics and Ideology*. Ed. George Levine. New Brunswick, NJ : Rutgers UP, 1994. 79–109.
——. *Making a Social Body : British Cultural Formation, 1830–1864*. Chicago : U of Chicago P, 1995.
——. *A History of the Modern Fact : Problems of Knowledge in the Sciences of Wealth and Society*. Chicago : U of Chicago P, 1998.
Price, Martin. "The Picturesque Moment." *From Sensibility to Romanticism*. Ed. F. W. Hilles and Harold Bloom. Oxford : Oxford UP, 1965. 259–292.
Price, Uvedale. *An Essay on the Picturesque*. 3 vols. 1810 ; London : Thoemmes, 2001.
Prince, Michael. *Philosophical Dialogue in the British Enlightenment : Theology, Aesthetics and the Novel*. Cambridge : Cambridge UP, 1996.
Pyle, Forest. *The Ideology of Imagination : Subject and Society in the Discourse of Romanticism*. Stanford : Stanford UP, 1995.
Rahme, Mary. "Coleridge's Concept of Symbolism." *SEL* 9 (1969) : 619–632.
Raphael, D. D. *Adam Smith*. Oxford : Oxford UP, 1985.

——. *The Impartial Spectator : Adam Smith's Moral Philosophy*. Oxford : Oxford UP, 2007.
Redfiled, Marc. *The Politics of Aesthetics : Nationalism, Gender, Romanticism*. Stanford : Stanford UP, 2003.
Reed, Arden. "Coleridge, the Sot, and the Prostitute : A Reading of *The Friend*, Essay XIV." *Studies in Romanticism* 19 (1980) : 109–128.
Richardson, Samuel. *Pamela, or Virtue Rewarded.* Ed. Peter Sabor. Harmondsworth : Penguin, 1980：サミュエル・リチャードソン『パミラあるいは淑徳の報い』原田範行訳（研究社，2011 年）。
——. *Clarissa, or the History of a Young Lady*. Ed. Angus Ross. Harmondsworth : Penguin, 1985.
Richetti, John J. *Philosophical Writing : Locke, Berkeley, Hume*. Cambridge, Mass.: Harvard UP, 1983.
Riede, David G. *Oracles and Hierophants : Constructions of Romantic Authority*. Ithaca : Cornell UP, 1991.
Rivers, Isabel. *Reason, Grace, and Sentiment : A Study of the Language of Religion and Ethics in England 1660–1780*. Vol. II : *Shaftesbury to Hume*. 2 vols. Cambridge : Cambridge UP, 2000.
Robbins, Caroline. *The Eighteenth-Century Commonwealthman*. New York : Athenaeum, 1968.
Roe, Nicholas. *Wordsworth and Coleridge : The Radical Years*. Oxford : Clarendon, 1988.
Rogers, Pat. "Shaftesbury and the Aesthetics of Rhapsody." *British Journal of Aesthetics* 12 (1972) : 244–257.
Rorty, Richard. *Contingency, Irony, and Solidarity*. Cambridge : Cambridge UP, 1989：リチャード ローティ『偶然性・アイロニー・連帯――リベラル・ユートピアの可能性』斎藤純一・大川正彦・山岡龍一訳（岩波書店，2000 年）。
Ross, Angus, ed. *Selections from* The Tatler *and* The Spectator *of Steele and Addison*. Harmondsworth : Penguin, 1982.
Saccamano, Neil. "The Sublime Force of Words in Addison's 'Pleasures'." *ELH* 58 (1991) : 83–106.
Sampson, R. V. *Progress in the Age of Reason : The Seventeenth Century to the Present Day*. Cambridge, Mass.: Harvard UP, 1956.
Schmitt, Frederick F. *Hume's Epistemology in the* Treatise *: A Veritistic Interpretation*. Oxford : Oxford UP, 2014.
Scott, Peter Dale. "Vital Artifice : Mary, Percy, and the Psychopolitcal Integrity of *Frankenstein*." Levin and Knoepflmacher 172–202.
Shaffer, E. S. *"Kubla Kahn" and the Fall of Jerusalem : The Mythological School in Biblical Criticism and Secular Literature 1770–1880*. Cambridge : Cambridge UP, 1975.
Shaftesbury, Anthony Ashley Cooper, the third Earl of. *Characteristicks of Men, Manners, Opinions, Times*. Ed. Philip Ayers. 2 vols. Oxford : Clarendon, 1999.
——. *Characteristics of Men, Manners, Opinions, Times*. Ed. Lawrence Klein. Cambridge : Cambridge UP, 1999.
Shaw, Philip. *The Sublime*. London : Routledge, 2006.
Shelley, Mary. *Frankenstein, or The Modern Prometheus*. Ed. M. K. Joseph. Oxford : Oxford UP, 1969：メアリー・シェリー『フランケンシュタイン』森下弓子訳（創元社推理文庫，1984 年）。

Sherwin, Paul. "*Frankenstein* : Creation as Catastrophe." *PMLA* 95 (1981) : 883–903.
Simpson, David. *Romanticism, Nationalism, and the Revolt against Theory*. Chicago : U of Chicago P, 1993.
——. *Wordsworth, Commodification and Social Concern. The Politics of Modernity*. Cambridge : Cambridge UP, 2009.
Siskin, Clifford. *The Historicity of Romantic Discourse*. New York : Oxford UP, 1988.
——. *The Work of Writing : Literature and Social Change in Britain 1700–1830*. Baltimore : Johns Hopkins UP, 1998.
Smith, Adam. *The Theory of Moral Sentiments*. Ed. D. D. Raphael and A. L. Macfie. Indianapolis : Liberty Fund, 1982：アダム・スミス『道徳感情論』上・下，水田洋訳（岩波文庫，2003年）。
——. *An Inquiry into the Nature and Causes of the Wealth of Nations*. Ed. W. B. Todd. Indianapolis : Liberty Fund, 1979：アダム・スミス『諸国民の富』第1〜5巻，大内兵衛・松川七郎訳（岩波文庫，1966年）。
Smith, Barbara Herrnstein. *Contingencies of Value : Alternative Perspectives for Critical Theory*. Cambridge, Mass.: Harvard UP, 1988.
Smith, Norman Kemp. *The Philosophy of David Hume : A Critical Study of Its Origins and Central Doctrines*. London : Macmillan, 1941.
Spivak, Gayatri Chakravorty. *In Other Worlds*. London : Methuen, 1987：ガヤトリ・C. スピヴァック『文化としての他者』鈴木聡・鵜飼信光・片岡信・大野雅子訳（紀伊国屋書店，2003年）。
Starr, G. Gabrielle. "Ethics, Meaning, and the Work of Beauty." *Eighteenth-Century Studies* 35 (2002) : 361–378.
Stolnitz, Jerome. "On the Significance of Lord Shaftesbury in Modern Aesthetic Theory." *PQ* 11 (1961) : 97–113.
Stone, Lawrence. *The Family, Sex and Marriage in England 1500–1800*. Harmondsworth : Penguin, 1979：ローレンス・ストーン『家族・性・結婚の社会史——1500年〜1800年のイギリス』北本正章訳（勁草書房，1991年）。
Swiatecka O. P., M. Jadwiga. *The Idea of the Symbol : Some Nineteenth Century Comparison with Coleridge*. Cambridge : Cambridge UP, 1980.
Syba, Michelle. "After Design : Joseph Addison Discovers Beauties." *SEL* (2009) : 615–635.
Taylor, Charles. *Modern Social Imaginaries*. Durham : Duke UP, 2004：チャールズ・テイラー『近代——想像された社会の系譜』上野成利訳（岩波書店，2011年）。
Thompson, E. P. "Disenchantment or Default? A Lay Sermon." *Power and Consciousness*. Ed. Conor Cruise O'Brien and William Dean Vanech. New York : New York UP, 1968.
——. Rev. of *The Collected Works of Samuel Taylor Coleridge : Essays on His Times*. Ed. David V. Erdman. *The Wordsworth Circle* 10 (1979) : 261–265.
Thompson, Helen. *Ingenuous Subjection : Compliance and Power in the Eighteenth-Century Domestic Novel*. Philadelphia : U of Pennsylvania P, 2005.
Thompson, James. *Models of Value : Eighteenth-Century Political Economy and the Novel*. Durham : Duke UP, 1996.
Townsend, Dabney. "Shaftesbury's Aesthetic Theory." *The Journal of Aesthetics and Art Criticism*.

41 (1982): 205–213.
——. "From Shaftesbury to Kant: The Development of the Concept of Aesthetic Experience." *Journal of the History of Ideas* 48 (1987): 287–305.
——. *Hume's Aesthetic Theory: Taste and Sentiment*. London: Routledge, 2001.
Tuveson, Ernest. "The Importance of Shaftesbury." *ELH* 20 (1953): 267–299.
——. "Shaftesbury on the Not So Simple Plan of Human Nature." *SEL* 5 (1965): 403–434.
——. "Shaftesbury and the Age of Sensibility." *Studies in Criticism and Aesthetics 1660–1800*. Ed. Howard Anderson and John Shea. Minneapolis: U of Minnesota P, 1967. 74–93.
Van Sant, Ann Jessie. *Eighteenth-Century Sensibility and the Novel: The Senses in Social Context*. Cambridge: Cambridge UP, 1993.
Voitle, Robert. "Shaftesbury's Moral Sense." *Studies in Philology* 52 (1955): 17–38.
——. *The Third Earl of Shaftesbury 1671–1713*. Baton Rouge: Louisiana State UP, 1984.
Wallace, Catherine M. *The Design of* Biographia Literaria. London: Allen & Unwin, 1983.
——. "The Besetting Sins of Coleridge's Prose," *Coleridge's* Biographia Literaria: *Text and Meaning*. Ed. Frederick Burwick. Columbia: Ohio UP, 1989. 47–61.
Warner, William B. *Reading* Clarissa *: The Struggle of Interpretation*. New Haven: Yale UP, 1979.
Watt, Ian. *The Rise of the Novel: Studies in Defoe, Richardson and Fielding*. London: Catto & Windos, 1957：イアン・ワット『小説の勃興』藤田永祐訳（南雲堂，1999年）。
Weber, Max. *The Protestant Ethic and the Spirit of Capitalism*. Trans. Talcott Parsons. 1992. London: Routledge, 1930：マックス・ヴェーバー『プロテスタンティズムと資本主義の精神』大塚久雄訳（岩波文庫，1989年）。
Weiskel, Thomas. *The Romantic Sublime: Studies in the Structure and Psychology of Transcendence*. 1976; Baltimore: Johns Hopkins UP, 1986.
Whalley, George. "The Integrity of *Biographia Literaria*." *Essays and Studies* 6 (1952): 87–101.
Wheeler, Kathleen. *Sources, Processes and Methods in Coleridge's* Biographia Literaria. Cambridge: Cambridge UP, 1980.
Wilkie, Brian. *Romantic Poets and Epic Tradition*. Madison: U of Wisconsin P, 1965.
Willey, Basil. *The Eighteenth Century Background: Studies on the Idea of Nature in the Thought of the Period*. London: Chatto & Windus, 1940：バジル・ウィリー『18世紀の自然思想』三田博雄・松本啓・森松健介訳（みすず書房，1975年）。
Williams, Raymond. *Culture and Society: Coleridge to Orwell*. London: Hogarth, 1987：レイモンド ウィリアムズ『文化と社会——1780-1950』若松繁信・長谷川光昭訳（ミネルヴァ書房，2008年）。
Wilson, Douglas Brownlow. "Two Modes of Apprehending Nature: A Gloss on the Coleridgean Symbol." *PMLA* 87 (1972): 42–52
Winch, Donald. *Malthus*. Oxford: Oxford UP, 1987.
——. "Adam Smith's 'Enduring Particular Result': A Political and Cosmopolitan Perspective." Hont and Ignatieff 253–270.
Wlecke, Albert O. *Wordsworth and the Sublime*. Berkeley: U of California P, 1973.
Wolf, Richard B. "Shaftesbury's Wit in *A Letter Concerning Enthusiasm*." *Modern Philology* 86 (1988): 46–53.
——. "Shaftesbury's Just Measure of Irony." *SEL* 33 (1993): 565–585.

Wollstonecraft, Mary. *A Vindication of the Rights of Woman*. Ed. Carol H. Poston. 2nd ed. New York : Norton, 1988：メアリ・ウルストンクラーフト『女性の権利の擁護――政治および道徳問題の批判をこめて』白井堯子訳（未来社，1980)。

——. *Political Writings*. Ed. Janet Todd. Oxford : Oxford UP, 1994.

Wordsworth, William. *The Poems*. Ed. John Hayden. 2 vols. Harmondsworth : Penguin, 1977.

——. *The Prelude : 1799, 1805, 1850*. Ed. Jonathan Wordsworth, M. H. Abrams and Stephen Gill. New York : Norton, 1979：ウィリアム・ワーズワス『序曲』岡三郎訳（国文社，1968年)。

——. *Selected Prose*. Ed. John Hayden. Harmondsworth : Penguin, 1988.

Wordsworth, Willima and Dorothy. *The Letters of William and Dorothy Wordsworth*. Ed. E. de Selincourt. Revised ed. 7 vols. Oxford : Clarendon, 1967–88.

Wright, John P. *Hume's A Treatise of Human Nature : An Introduction*. Cambridge : Cambridge UP, 2009.

Wylie, Ian. *Young Coleridge and the Philosophy of Nature*. Oxford : Clarendon, 1989.

Yolton, John W. *Realism and Appearances : An Essay in Ontology*. Cambridge : Cambridge UP, 2000.

Zerilli, Linda M. G. *Signifying Woman : Culture and Chaos in Rousseau, Burke, and Mill*. Ithaca : Cornell UP, 1994.

Žižek, Slavoj. *The Sublime Object of Ideology*. London : Verso, 1989：スラヴォイ・ジジェク『イデオロギーの崇高な対象』鈴木晶訳（河出書房新社，2001年)。

Žižek, Slavoj, ed. *Mapping Ideology*, 2nd ed. London : Verso, 2012.

Zomchick, John P. "Tame Spirits, Brave Fellows, and the Web of Law : Robert Lovelace's Legalistic Conscience." *ELH* 53 (1986) : 99–120.

注

序　論

（1）バウムガルテンの『美学』はラテン語で書かれた書物だが，幸い，バウムガルテン『美学』松尾大訳（講談社学術文庫，2016年）として邦訳が出ている。

（2）美学イデオロギーの批判的研究には，Terry Eagleton, *The Ideology of the Aesthetic* (Oxford : Basil Blackwell, 1990) ; Paul de Man, *Aesthetic Ideology*, ed. Andrzej Warminsky (Minneapolis : U of Minnesota P, 1996) ; George Levine, ed., *Aesthetics and Ideology* (New Brunswick : Rutgers UP, 1994) などがある。また，ピエール・ブルデュー『ディスタンクシオン――社会的判断力批判』1・2，石井洋二郎訳（藤原書店，1990年）も社会学の立場からの美学イデオロギー批判と言える。

（3）イデオロギー理論の入門書としては，Terry Eagleton, *Ideology : An Introduction* (London : Verso, 1991) ; David Hawkes, *Ideology* (London : Routledge, 1994) などがある。また，イーグルトンが編纂した古典的イデオロギー論のアンソロジー Terry Eagleton, ed., *Ideology* (London : Longman, 1994) がある。ジャック・ラカンの精神分析をイデオロギー論として再解釈した Slavoj Žižek, *The Sublime Object of Ideology* (London : Verso, 1989) も興味深い。ジジェクにも古典的イデオロギー論のアンソロジー Slavoj Žižek, ed., *Mapping Ideology* (London : Verso, 1994) がある。筆者がもっとも説得されたイデオロギー論はルイ・アルチュセールの「イデオロギーと国家のイデオロギー諸装置」と題された論文である。この論文は1969年に発表されたもので，ジジェクのアンソロジーにも入っているが，この論文を含むアルチュセールのイデオロギー論の草稿が彼の死後出版された。その全貌は，ルイ・アルチュセール『再生産について――イデオロギーと国家のイデオロギー諸装置』上・下，西川長夫・伊吹浩一・大中一彌・今野晃訳（平凡社，2010年）として日本語でも読めるようになっている。

（4）テクストの中に表面的な陳述と潜在的な陳述の両方を読み込んで，それらの間に矛盾や不連続性を探り当てようとする精読の方法は，いわゆる脱構築（deconstruction）と呼ばれる方法論である。文学批評としての脱構築の実践例はたくさんあるが，もっとも秀逸なものとして Paul de Man, *Allegories of Reading : Figural Language in Rousseau, Nietzsche, Rilke, and Proust* (New Haven : Yale UP, 1979) をあげておく。脱構築批評の解説書もたくさんあるが，ある程度詳しくてわかりやすいものとしてはやはり Jonathan Culler, *On Deconstruction : Theory and Criticism after Structuralism* (Ithaca : Cornell UP, 1983) がよいのではないだろうか。また，M. H. Abrams, “Construing and Deconstruction,” *Romanticism and Contemporary Criticism*, eds. Morris Eaves and Michael Fischer (Ithaca : Cornell UP, 1986) 127–157 は脱構築批評を批判したものだが，脱構築批評の解説としても，とても優れている。エイブラムズという学者の懐の深さをあらためて感じさせる。

第1章

（1）マンデヴィルの社会理論は次章で触れる。

（2）18 世紀イギリスの美学の歴史的展開については，Walter John Hipple Jr., *The Beautiful, The Sublime, and The Picturesque in Eighteenth-Century British Aesthetic Theory*（Carbondale : Southern Illinois UP, 1957）と Samuel H. Monk, *The Sublime : A Study of Critical Theories in Eighteenth-Century England*（1935 ; Ann Arbor : U of Michigan P, 1960）が詳しい。

（3）シャフツベリーの思想の研究はすでに数多く書かれている。なかでも Lawrence E. Klein, *Shaftesbury and the Culture of Politeness : Moral Discourse and Cultural Politics in Early Eighteenth-Century England*（Cambridge : Cambridge UP, 1994）は，シャフツベリーの思想の中心にある洗練（politeness）の思想の政治的・歴史的意義を詳細に分析している。Robert Voitle, *The Third Earl of Shaftesbury 1671–1713*（Baton Rouge : Louisiana State UP, 1984）は現在におけるもっとも詳細な伝記であり，彼の道徳思想についての説明も詳しい。おなじく Voitle, "Shaftesbury's Moral Sense," *Studies in Philology* 52（1955）: 17–38 における「道徳感覚」についての議論も参照。また，観念史的な立場からシャフツベリーの思想を評価したチューブソンの一連の研究もいまだにその意義を失っていない。Ernest Tuveson, "The Importance of Shaftesbury," *ELH* 20（1953）: 267–299 ; "Shaftesbury on the Not So Simple Plan of Human Nature," *SEL* 5（1965）: 403–434 ; "Shaftesbury and the Age of Sensibility," *Studies in Criticism and Aesthetics 1660–1800*, eds. Howard Anderson and John Shea（Minneapolis : U of Minnesota P, 1967）74–93 を参照。シャフツベリーの思想と当時のキリスト教の教義との関係に関しては，Isabel Rivers, *Shaftesbury to Hume*, vol. 2 of *Reason, Grace, and Sentiment : A Study of the Language of Religion and Ethics in England 1660–1780*, 2 vols.（Cambridge : Cambridge UP, 2000）を参照。

（4）ここで用いたテクストは，*Characteristicks of Men, Manners, Opinions, Times*, ed. Philip Ayers, 2 vols.（Oxford : Clarendon, 1999）である。以下，このテクストからの引用は巻数とページ数を本文中に示す。

（5）何人かの研究者がすでに指摘しているように，感情に道徳的判断力を求める傾向は，シャフツベリー以前にも，とくに国教会の広教派の聖職者の論考の中に見られる。シャフツベリーの功績は，そうした萌芽的な道徳感情論を徹底して世俗的なものに練り上げたことにある。Tuveson, "The Importance of Shaftesbury" と Donald Greene, "Latitudinarianism and Sensibility : The Genealogy of the 'Man of Feeling' Reconsidered," *Modern Philology* 75（1977）: 159–183 を参照。

（6）シャフツベリーにおける美学と倫理学の関係に関しては，Jerome Stolnitz, "On the Significance of Lord Shaftesbury in Modern Aesthetic Theory," *Philosophical Quarterly* 11（1961）: 97–113 ; Dabney Townsend, "Shaftesbury's Aesthetic Theory," *The Journal of Aesthetics and Art Criticism* 41（1982）: 205–213 ; Townsend, "From Shaftesbury to Kant : The Development of the Concept of Aesthetic Experience," *Journal of the History of Ideas* 48（1987）: 287–305 を参照。ストルニッツはシャフツベリーが導入した「没利害性」（disinterestedness）の概念を，近代的美学が道徳哲学から独立する契機をもたらしたものとして評価し，シャフツベリーこそ近代美学の始祖であると論じている。それに対して，タウンゼンドは，シャフツベリーの美学は倫理学と表裏一体であり，あくまで 18 世紀の道徳哲学の枠内で理解すべきであると論じている。

（7）John Andrew Bernstein, "Shaftesbury's Identification of the Good with the Beautiful," *Eighteenth-Century Studies* 10（1977）: 304–325 は，「美と徳の同一化」という発想がシャフツベリーの理論の内部に矛盾をもたらしたと論じている。

(8) 17〜18世紀のイギリスにおける「熱狂」のもっとも有名な定義はジョン・ロックのものであろう。彼は『人間知性論』において熱狂をつぎのように定義している。この定義はシャフツベリーの熱狂の概念を理解する上でも非常に有益である。

本来的な意味での熱狂とは，理性にも啓示にも根拠をもたないにもかかわらず，熱をもち自惚れた脳の自負心から発するものである。だがそれは，ひとたび地歩を得るならば，自分の内部から生まれる衝動に従順な人間の信念と行動に大きく働きかけるのである。そして，人間は自然な運動によって運ばれる場合は，かならずより活発に行動するものなのだ。なぜなら，強い自惚れは，常識より上位に立ち，理性の抑制と内省の抑止を振り切り，われわれの気質と性向と合致した場合，新しい原理と同様にすべてを押し流してしまうからである。(John Locke, *An Essay Concerning Human Understanding*, ed. Peter H. Nidditch [Oxford : Clarendon, 1975] 699)

(9) Jon Mee, *Romanticism, Enthusiasm and Regulation : Poetics and Policing of Culture in the Romantic Period* (Oxford : Oxford UP, 2003) 37-49.

(10) シャフツベリーの「内的対話」に関する研究としては，Robert Marsh, “Shaftesbury's Theory of Poetry : The Importance of the ‘Inward Colloquy,’” *ELH* 28 (1961) : 54-69 ; John G. Hayman, “Shaftesbury and the Search for a Persona,” *SEL* 10 (1970) : 491-504 ; Michael Prince, *Philosophical Dialogue in the British Enlightenment : Theology, Aesthetics and the Novel* (Cambridge : Cambridge UP, 1996) がある。内的対話をはじめとするシャフツベリーのテクストの修辞性と演技性に関しては，すでに指摘されている。Richard B. Wolf, “Shaftesbury's Wit in *A Letter Concerning Enthusiasm*,” *Modern Philology* 86 (1988) : 46-53 と Robert Markley, “Sentimentality as Performance : Shaftesbury, Sterne, and the Theatrics of Virtue,” *The New 18th Century : Theory, Politics, English Literature*, eds. Felicity Nussbaum and Laura Brown (New York : Methuen, 1987) 210-230 を参照。

(11) 自己の問題が『諸特徴』の大きなテーマのひとつであることは，David Marshall, *The Figure of Theater : Shaftesbury, Defoe, Adam Smith, and George Eliot* (New York : Columbia UP, 1986) 13-70 が指摘している。

第2章

(1) 18世紀イギリスにおける趣味の政治的役割に関する研究としては，Terry Eagleton, *The Ideology of the Aesthetic* (Oxford : Basil Blackwell, 1990) ; Robert W. Jones, *Gender and the Formation of Taste in Eighteenth-Century Britain : The Analysis of Beauty* (Cambridge : Cambridge UP, 1998) ; Howard Caygill, *Art of Judgment* (Oxford : Basil Blackwell, 1989) などを参照。

(2) ここで用いたテクストは，Bernard Mandeville, *The Fable of the Bees*, ed. Phillip Hearth (Harmondsworth : Penguin, 1970) である。以下，このテクストからの引用は FB と略記してページ数を本文中に示す。マンデヴィルに関する研究としては，M. M. Goldsmith, *Private Vices, Public Benefits : Bernard Mandeville's Social and Political Thought* (Cambridge : Cambridge UP, 1985) ; E. J. Hundert, *The Enlightenment's* Fable *: Bernard Mandeville and the Discovery of Society* (Cambridge : Cambridge UP, 1994) を参照。

(3) シャフツベリーとハチソンの関係に関しては，Isabel Rivers, *Shaftesbury to Hume*, vol. 2 of *Reason, Grace, and Sentiment : A Study of the Language of Religion and Ethics in England 1660-1780*, 2 vols. (Cambridge : Cambridge UP, 2000) 153-237 を参照。ハチソンの美学の

解説としては，Peter Kivy, *The Seventh Sense : Francis Hutcheson and Eighteenth-Century British Aesthetics*（1976 ; Oxford : Oxford UP, 2003）が詳しい。ハチソンの道徳哲学に関しては，Stephen Buckle, *Natural Law and the Theory of Property : Grotius to Hume*（Oxford : Clarendon, 1991）191–233 ; Daniel Carey, *Locke, Shaftesbury, and Hutcheson : Contesting Diversity in the Enlightenment and Beyond*（Cambridge : Cambridge UP, 2006）150–199 ; Knud Haakonssen, *Natural Law and Moral Philosophy : From Grotius to Scottish Enlightenment*（Cambridge : Cambridge UP, 1996）63–85 が参考になる。

（4）ここで用いたテクストは，Francis Hutcheson, *An Inquiry into the Original of our Ideas of Beauty and Virtue*, ed. Wolfgang Leidhold（Indianapolis : Liberty Fund, 2004）である。以下，このテクストからの引用は *Inquiry* と略記してページ数を本文中に示す。

（5）ここで用いたテクストは，Henry Home（Lord Kames）, *Elements of Criticism*, 2 vols.（1785 rpt. London : Thommes, 1993）である。以下，このテクストからの引用は EC と略記して巻数とページ数を本文中に示す。

（6）情念による情念の制御という問題規制が 18 世紀のイギリスの道徳哲学における中心的な問題であったことは，A. O. Hirschman, *The Passions and the Interests : Political Arguments for Capitalism before Its Triumph*（Princeton : Princeton UP, 1977）が論じている。

（7）注(1)にあげたケイジルは，神の摂理に基づくこうしたケイムズの論証方法を「極端に粗雑な目的論的自然主義」（Caygill 63）と呼んでいる。

第 3 章

（1）18 世紀イギリスにおける美学の形成の社会的・政治的背景に関しては，Howard Caygill, *Art of Judgment*（Oxford : Basil Blackwell, 1989）; Peter de Bolla, *The Discourse of the Sublime : Readings in History, Aesthetics and the Subject*（Oxford : Basil Blackwell, 1989）; Terry Eagleton, *The Ideology of the Aesthetic*（Oxford : Basil Blackwell, 1990）; John Guillory, *Cultural Capital : The Problem of Literary Canon Formation*（Chicago : U of Chicago P, 1993）303–325 ; Robert W. Jones, *Gender and the Formation of Taste in Eighteenth-Century Britain : The Analysis of Beauty*（Cambridge : Cambridge UP, 1998）; G. Gabrielle Starr, "Ethics, Meaning, and the Work of Beauty," *Eighteenth-Century Studies* 35（2002）: 361–378 ; Mary Poovey, "Aesthetic and Political Economy in the Eighteenth Century : The Place of Gender in the Social Constitution of Knowledge," *Aesthetics and Ideology*, ed. George Levine（New Brunswick : Rutgers UP, 1994）79–105 ; Paul de Man, *Aesthetic Ideology*, ed. Andrzej Warminsky（Minneapolis : U of Minnesota P, 1996）などを参照。また，ヒュームの立場をシャフツベリーやハチソンの思想の文脈に置いて解明した議論としては，Dabney Townsend, *Hume's Aesthetic Theory : Taste and Sentiment*（London : Routledge, 2001）と Isabel Rivers, *Shaftesbury to Hume*, vol. 2 of *Reason, Grace, and Sentiment : A Study of the Language of Religion and Ethics in England 1660–1780*, 2 vols.（Cambridge : Cambridge UP, 2000）がある。

（2）美学と政治経済学は，スコットランド啓蒙思想の中心的なプロジェクトであった。Gladys Bryson, *Man and Society : The Scottish Inquiry of the Eighteenth Century*（Princeton : Princeton UP, 1945）と Istvan Hont and Michael Ignatieff, eds., *Wealth and Virtue : The Shaping of Political Economy in the Scottish Enlightenment*（Cambridge : Cambridge UP, 1983）を参照。

（3）ヒュームの『人間本性論』は Norton and Norton が編集した新しい Oxford 版（*A Trea-*

tise of Human Nature, eds. David Fate Norton and Mary J. Norton [Oxford : Oxford UP, 2000]）とNidditchが編集した古いOxford版（*A Treatise of Human Nature*, ed. L. A. Selby-Bigge, revised by P. H. Nidditch, 2nd ed. [Oxford : Clarendon, 1978]）の両方を用い，前者はTと略記して巻・部・節・段落番号を，後者はSBNと略記しページ数を本文中に示す。Annette C. Baier, *A Progress of Sentiments : Reflections on Hume's* Treatise（Cambridge, Mass.: Harvard UP, 1991）1-27は，『人間本性論』の第1巻に見られるヒュームの自己反省的な契機に関する興味深い分析をおこなっている。

（4）現代の批評理論におけるヒュームの趣味論への言及に関しては，Peter Jones, "Hume's Literary and Aesthetic Theory," *The Cambridge Companion to Hume*, ed. David Fate Norton（Cambridge : Cambridge UP, 1993）255-280 ; Barbara Herrnstein Smith, *Contingencies of Value : Alternative Perspectives for Critical Theory*（Cambridge, Mass.: Harvard UP, 1988）; Mary Poovey, *A History of the Modern Fact : Problems of Knowledge in the Sciences of Wealth and Society*（Chicago : U of Chicago P, 1998）169-174 ; James Baillie, *Hume on Morality*（London : Routledge, 2000）189-216 ; Timothy M. Costelloe, *Aesthetics and Morals in the Philosophy of David Hume*（London : Routledge, 2007）を参照。

（5）ここで用いたテクストは，*Essays : Moral, Political and Literary*, ed. Eugene F. Miller（Indianapolis : Liberty Fund, 1987）である。"Of the Standard of Taste"からの引用はすべてこのテクストに拠っている。以下，このテクストからの引用はEと略記してページ数を本文中に示す。

（6）文学批評の分野でもヒュームの文体に対する関心が高まっている。John J. Richetti, *Philosophical Writing : Locke, Berkeley, Hume*（Cambridge, Mass.: Harvard UP, 1983）183-263 ; Jerome Christensen, *Practicing Enlightenment : Hume and the Formation of a Literary Career*（Madison : U of Wisconsin P, 1987）を参照。

（7）Norman Kemp Smith, *The Philosophy of David Hume : A Critical Study of its Origins and Central Doctrines*（London : Macmillan, 1941）を参照。ヒュームが「理性は情念の奴隷であり，またそうあるべきである」（T 2.3.3.4 ; SBN 415）と宣言したことは有名である。

（8）David Miller, *Philosophy and Ideology in Hume's Political Thought*（Oxford : Clarendon, 1981）41.

（9）ヒュームの内的知覚と外的対象との区別は，あきらかにジョン・ロックの発想に基づいている。ロックは対象の「一次性質」と「二次性質」を区別する。「固さ，延長，形態，運動，静止，数」といった一次性質は事物そのものに内在しており，われわれが精神の中にもつ一次性質の観念はそれらの事物の表象である。その場合，事物と観念の間にはあきらかな類似性がある。しかし，一次性質と異なり，「色，音，味，など」といった二次性質は自己充足的なものであり，事物から独立している。事物と二次性質の間には類似性や表象関係は存在しないのである。John Locke, *An Essay Concerning Human Understanding*, ed. Peter H. Nidditch（Oxford : Clarendon, 1975）132-143を参照。ヒュームは一次性質と二次性質というロックの区別を捨て，すべての知覚を自己充足的であり非表象的であると考えた。この問題に関しては，Jonathan Bennett, *Locke, Berkeley, Hume : Central Themes*（Oxford : Clarendon, 1971）89-123 ; Harold W. Noonan, *Hume on Knowledge*（London : Routledge, 1999）51-89を参照。

（10）Herrnstein Smith 54-84も，ヒュームの趣味に関する議論は，伝統的な価値論が陥りがちな循環的な論理となっていると指摘している。

(11) Albert O. Hirschman, *The Passions and the Interests : Political Arguments for Capitalism before Its Triumph* (Princeton : Princeton UP, 1977) は，18 世紀の政治経済学者たちは，近代的な市民社会の行動原理は理性ではなく情念であるという発想をもっていたことを指摘している。それゆえ，彼らは一見無軌道に見える情念をどう統制するのかという問題に直面していたのである。啓蒙され洗練された情念によって粗野な情念を規制するというヒュームの趣味の理論の中心的発想が，そうした企画の文脈において理解されるべきであることは，言うまでもない。ヒュームの思想における情念の問題に関しては，Alan T. McKenzie, *Certain, Lively Episodes : The Articulation of Passion in Eighteenth-Century Prose* (Athens : U of Georgia, 1990) 118–147 ; Adela Pinch, *Strange Fits of Passion : Epistemologies of Emotion, Hume to Austen* (Stanford : Stanford UP, 1996) 17–50 を参照。また，ヒュームの「正義」の概念に関する有益な解説に関しては，Charles E. Cottle, "Justice as Artificial Virtue in Hume's *Treatise*," *Journal of the History of Ideas* 40 (1979) : 457–466 ; John Bricke, *Mind and Morality : An Examination of Hume's Moral Psychology* (Oxford : Clarendon, 1996) を参照。

(12) ヒュームの説明によれば，根源的な印象は身体的な感覚をとおして得られる。それが「感覚印象」である。しかし，根源的な印象を思考したり回想したりすることで二次的な印象が作り出される。それが「反省の印象」である（T 2.1.1.1–4 ; SBN 275–277)。情念とは二次的な「反省の印象」の中でも，人間を行動に駆り立てる激しさをもったものにヒュームが与えた名前である。

(13)『人間本性論』の「推論の実験的方法を道徳的主題に導入する試み」という副題は，ニュートン的な自然科学のモデルにしたがって新しい人間科学を構想しようというヒュームの意図を示している。Ernst Cassirer, *The Philosophy of the Enlightenment*, trans. Fritz C. A. Koelln and James P. Pettegrove (Princeton : Princeton UP, 1951) は，啓蒙主義の時代における道徳哲学に対する実験的な自然科学の影響について詳しく論じている。また，Poovey 144–213 は，イギリスの実験的な道徳哲学の方法論的な行き詰まりに関する興味深い分析を提示している。

(14) 公共的な徳に関する古典的な思想に対するヒュームの反駁は，「技芸の洗練について」と題されたエッセイにおいてもっとも明快に展開されている（E 268–280)。18 世紀イギリスにおける公共的な徳の思想の展開に関しては，J. G. A. Pocock, *The Machiavellian Moment : Florentine Political Thought and the Atlantic Republican Tradition* (Princeton : Princeton UP, 1975) 333–505 を参照。また，公共的な徳の思想が 18 世紀イギリスにおける「趣味」の概念の主たる背景であることを論じた John Barrell, *The Political Theory of Painting from Reynolds to Hazlitt : 'The Body of the Public'* (New Haven : Yale UP, 1986) の興味深い議論も参照。

第 4 章

(1) Ian Watt, *The Rise of the Novel : Studies in Defoe, Richardson and Fielding* (London : Catto & Windos, 1957) 30.

(2) Watt 33.

(3) Lennard Davis, *Factual Fictions : The Origins of English Novel* (Philadelphia : U of Pennsylvania P, 1985) は小説の起源を，事実の報告としての近代的なジャーナリズムの勃興との関係で論じている。Catherine Gallagher, "The Rise of Fictionality," *The Novel, Vol.*

1 : History, Geography, and Culture, ed. Franco Moretti (Princeton : Princeton UP, 2006) 336–363 は，現実にありそうな物語を提示するリアリズム小説の虚構性は，それ以前の伝統的な文学ジャンルの虚構性とはまったく異なるものであると主張している。

(4) Norton and Norton 編纂のオックスフォード版『人間本性論』の用語解説にあるように，ヒュームの著作では，虚構という言葉は「人為的虚構」(artificial fiction) と「自然的虚構」(natural fiction) という二つのべつな意味で用いられている (*A Treatise of Human Nature*, eds. David Fate Norton and Mary J. Norton [Oxford UP, 2000] 576)。人為的虚構とは人が意識的に創作する虚構あるいはつくり話であり，文学作品はこの範疇に属する。自然的虚構とは，人間が自分を取り巻く世界に関する知識を構築するさいにどうしても依存することが必要になる虚構であり，後で詳しく見るように，人間の思考過程の不可分の要素である。この二つの虚構の区別は重要であるが，以下で見るように，この二つの区別がかならずしも明確でないということが大きな問題を引き起こすのである。

(5)『人間本性論』におけるヒューム哲学の基本的な枠組みの理解に関しては，Norman Kemp Smith, *The Philosophy of David Hume : A Critical Study of Its Origins and Central Doctrines* (London : Macmillan, 1941) ; Jonathan Bennett, *Locke, Berkeley, Hume : Central Themes* (Oxford : Clarendon, 1971) ; Harold W. Noonan, *Hume on Knowledge* (London : Routledge, 1999) ; John P. Wright, *Hume's* A Treatise of Human Nature *: An Introduction* (Cambridge : Cambridge UP, 2009) ; John W. Yolton, *Realism and Appearances : An Essay in Ontology* (Cambridge : Cambridge UP, 2000) らの議論を参考にした。美学と文学批評の分野におけるヒュームの立場に関しては，Dabney Townsend, *Hume's Aesthetic Theory : Taste and Sentiment* (London : Routledge, 2001) ; Timothy M. Costelloe, *Aesthetics and Morals in the Philosophy of David Hume* (London : Routledge, 2007) の議論を参照。

(6) ヒュームの『人間本性論』のテクストは前章と同様に Norton and Norton が編集した新しい Oxford 版と Nidditch が編集した古い Oxford 版の両方を用い，前者は T と略記して巻・部・節・段落番号を，後者は SBN と略記してページ数を本文中に示す。以下の章でも『人間本性論』を引用する場合には同様とする。

(7)『人間本性論』における語り手の多様な声については，すでに Annette C. Baier, *A Progress of Sentiments : Reflections on Hume's* Treatise (Cambridge, Mass.: Harvard UP, 1991) が詳細に分析している。ヒュームのテクストの構造を文学研究の視点から詳細に分析したものとしては，John J. Richetti, *Philosophical Writing : Locke, Berkeley, Hume* (Cambridge, Mass.: Harvard UP, 1983) や Jerome Christensen, *Practicing Enlightenment : Hume and the Formation of a Literary Career* (Madison : U of Wisconsin P, 1987) がある。

(8) ヒュームの政治経済学の理論に関しては，David Miller, *Philosophy and Ideology in Hume's Political Thought* (Oxford : Clarendon, 1981) と Albert O. Hirschman, *The Passions and the Interests : Political Arguments for Capitalism before Its Triumph* (Princeton : Princeton UP, 1977) が有益である。また，George C. Caffentzis, "Fiction or Counterfeit? David Hume's Interpretation of Paper and Metallic Money," *David Hume's Political Economy*, eds. Carl Winnerlind and Margaret Schabas (London : Routledge, 2008) 146–167 は，ヒュームの貨幣論について虚構性との関連で興味ぶかい議論を提示している。

(9) 国債に多くを依存する信用経済に対するヒュームの懐疑的かつ悲観的な立場に関しては，J. G. A. Pocock の研究とくに *The Machiavellian Moment : Florentine Political Thought and the Atlantic Republican Tradition* (Princeton : Princeton UP, 1975) と *Virtue,*

Commerce, and History : Essays on Political Thought and History, Chiefly in the Eighteenth Century (Cambridge : Cambridge UP, 1985) の議論を参照。

第 5 章

（1）18 世紀イギリスにおける美学の形成とその社会的・政治的背景に関する研究としては，第 3 章の注(1)を参照。

（2）Henry Home (Lord Kames), *Elements of Criticism* (1785 rpt. London : Thommes, 1993) v.

（3）ここで用いたテクストは，David Hume, *Essays : Moral, Political and Literary*, ed. Eugene F. Miller (Indianapolis : Liberty Fund, 1987) である。以下，このテクストからの引用は E と略記してページ数を本文中に示す。ヒュームの社会理論と政治理論に関する明晰で有益な研究としては，David Miller, *Philosophy and Ideology in Hume's Political Thought* (Oxford : Clarendon, 1981) がある。

（4）J. G. A. Pocock, *The Machiavellian Moment : Florentine Political Thought and the Atlantic Republican Tradition* (Princeton : Princeton UP, 1975) 461. 商業と徳の関係に関する論争に関しては，ほかに同上 333–505 ; Pocock, *Virtue, Commerce, and History : Essays on Political Thought and History, Chiefly in the Eighteenth Century* (Cambridge : Cambridge UP, 1985); Istvan Hont and Michael Ignatieff, eds., *Wealth and Virtue : The Shaping of Political Economy in the Scottish Enlightenment* (Cambridge : Cambridge UP, 1983) などを参照。P. G. M. Dickson, *The Financial Revolution in England : A Study in the Development of Public Credit, 1688–1756* (London : Macmillan, 1967) は，イングランドの財政革命に関する有益な情報を与えてくれる。

（5）Pocock, *Machiavellian Moment* 425.

（6）Pocock, *Machiavellian Moment* 452.

（7）Pocock, *Machiavellian Moment* 457.

（8）イングランドの財政革命やそれに伴う社会的変化の思想や文学に対する影響に関しては，以下の文献を参照。Colin Nicholson, *Writing and the Rise of Finance : Capital Satire of the Early Eighteenth Century* (Cambridge : Cambridge UP, 1996); Patrick Brantlinger, *Fictions of State : Culture and Credit in Britain, 1694–1994* (Ithaca : Cornell UP, 1996) 48–135 ; Robert W. Jones, *Gender and the Formation of Taste in Eighteenth Century Britain : The Analysis of Beauty* (Cambridge : Cambridge UP, 1998); Liz Bellamy, *Commerce, Morality and the Eighteenth-Century Novel* (Cambridge : Cambridge UP, 1998).

（9）Albert O. Hirschman, *The Passions and the Interests : Political Arguments for Capitalism before Its Triumph* (Princeton : Princeton UP, 1977) を参照。文学研究の分野でも，ヒュームの情念の理論は注目を集めている。なかでも興味深いものとしては，Jerome Christensen, *Practicing Enlightenment : Hume and the Formation of a Literary Career* (Madison : U of Wisconsin P, 1987) 66–93 ; Alan T. McKenzie, *Certain, Lively Episodes : The Articulation of Passion in Eighteenth Century* (Athens : U of Georgia P, 1990) 118–147 ; Adela Pinch, *Strange Fits of Passion : Epistemologies of Emotion, Hume to Austen* (Stanford : Stanford UP, 1996) 17–50 などがある。

（10）Pocock, *Machiavellian Moment* 496.

（11）前章で見たように，趣味に関する普遍的な理論の可能性に関するヒュームの態度は歯切れが悪い。ジェイムズ・ボールトンは，ヒュームにとって「趣味の規準は哲学的方

法で解明できるものではなく，むしろ時代の経過の中で時がその正当性を証明した批評家たちの集合的な評決から導き出されるものなのである」と示唆している（James T. Boulton, "Editor's Introduction" to Edmund Burke, *A Philosophical Enquiry into the Origin of our Ideas of the Sublime and Beautiful*, ed. James T. Boulton ［London : Basil Blackwell, 1967］ xi）。

（12） Pocock, *Machiavellian Moment* 497.

（13） ここで用いたテクストは，Adam Smith, *The Theory of Moral Sentiments*, eds. D. D. Raphael and A. L. Macfie (Indianapolis : Liberty Fund, 1982) である。以下，このテクストからの引用はMSと略記してページ数を本文中に示す。

（14） David Marshall, *The Figure of Theater : Shaftesbury, Defoe, Adam Smith, and George Eliot* (New York : Columbia UP, 1986) 165–192. スミスの市民社会の劇場的構造に関する議論には，ほかにJohn Bender, *Imagining the Penitentiary : Fiction and the Architecture of Mind in Eighteenth-Century England* (Chicago : U of Chicago P, 1987) 218–228 がある。また Christopher Herbert, *Culture and Anomie : Ethnographic Imagination in the Nineteenth Century* (Chicago : U of Chicago P, 1991) にも『道徳感情論』と『国富論』のテクストの興味深い分析がある。

（15） ヒュームの『人間本性論』にも，以下に引用するように，人間関係を鏡に喩える比喩がある。スミスの議論と比較すると興味深い。

> 一般に人間の精神は鏡であると言ってよいが，それはそれがおたがいの情緒を反映するからというだけでなく，情念，感情，意見の光はしばしば反射し，感じられない程度しか減衰しないことがあるからである。こうして，裕福な人間が自分の財産から受け取る快は観察者に投げかけられ，快と尊敬を生む。すると今度はその快と尊敬が知覚され共感されて，所有者の快を増幅するのである。そしてそれがまたもう一度反映して，観察者の快と尊敬の新たな原因となるのだ。（T 2.2.5.12 ; SBN 365）

（16） 富と徳の関係に関する争論における『国富論』の位置づけに関しては，以下の文献を参考にした。Athol Fitzgibbons, *Adam Smith's System of Liberty, Wealth and Virtue : The Model and Political Foundations of* The Wealth of Nations (Clarendon : Oxford UP, 1995) ; D. D. Raphael, *Adam Smith* (Oxford : Oxford UP, 1985) ; D. D. Raphael, *The Impartial Spectator : Adam Smith's Moral Philosophy* (Oxford : Oxford UP, 2007) ; Donald Winch, "Adam Smith's 'Enduring Particular Result' : A Political and Cosmopolitan Perspective," Hont and Ignatieff, 253–270 ; Nicholas Phillipson, *Adam Smith : An Enlightened Life* (Harmondsworth : Penguin, 2011).

（17） ここで用いたテクストは，Adam Smith, *An Inquiry into the Nature and Cause of the Wealth of Nations*, eds. R. H. Campbell and A. S. Skinner, 2 vols. (Indianapolis : Liberty Fund, 1981) である。以下，このテクストからの引用はWNと略記して巻数とページ数を本文中に示す。

第6章

（1） バークの『崇高と美の起源』と『フランス革命の省察』を関連させて論じる研究はすでに数多く出ている。中でも，Ronald Paulson, *Representations of Revolution (1789–1820)* (New Haven : Yale UP, 1983) ; Frances Ferguson, "Legislating the Sublime," *Studies in*

Eighteenth-Century British Art and Aesthetics, ed. Ralph Cohen (Berkeley : U of California P, 1985) 128–147 ; W. J. T. Mitchell, "Eye and Ear : Edmund Burke and the Politics of Sensibility," *Iconology : Image, Text, Ideology* (Chicago : U of Chicago P, 1986) 116–149 ; Linda M. G. Zerilli, *Signifying Woman : Culture and Chaos in Rousseau, Burke, and Mill* (Ithaca : Cornell UP, 1994) ; William R. Musgrave, "'That Monstrous Fiction' : Radical Agency and Aesthetic Ideology in Burke," *Studies in English Romanticism* 36 (1997) : 3–26 ; Tom Furniss, *Edmund Burke's Aesthetic Ideology : Language, Gender and Political Economy in Revolution* (Cambridge : Cambridge UP, 1993) ; Peter Cosgrove, "Edmund Burke, Gilles Deleuze, and the Subversive Masochism of the Image," *ELH* 66 (1999) : 405–437 などが興味深い議論を提示している。

（2）J. G. A. Pocock は，"Political Economy of Burke's Analysis of the French Revolution," *Virtue, Commerce, and History : Essays on Political Thought and History, Chiefly in the Eighteenth Century* (Cambridge : Cambridge UP, 1985) 193–212 の中で，『フランス革命の省察』は市民法学と政治経済学という二つの別個のパラダイムの中で読むことができると述べている。本章はバークのフランス革命論を美学という第三のパラダイムの中で読解するこころみである。

（3）バークが『フランス革命の省察』で展開した保守主義的な政治思想とロマン主義との関係については，Alfred Cobban, *Edmund Burke and the Revolt against the Eighteenth Century* (London : Allen & Unwin, 1929) を参照。

（4）ここで用いたテクストは，Edmund Burke, *A Philosophical Enquiry into the Origin of our Ideas of the Sublime and Beautiful*, ed. James T. Boulton (London : Blackwell, 1967) である。以下，このテクストからの引用は *Enquiry* と略記してページ数を本文中に示す。

（5）『フランス革命の省察』に関する研究としては，Steven Blackmore, *Burke and the Fall of Language : The French Revolution as Linguistic Event* (Hanover : UP of New England, 1988) ; Blackmore, ed., *Burke and the French Revolution : Bicentennial Essays* (Athens : U of Georgia P, 1992) ; Isaac Kramnick, *The Rage of Edmund Burke : Portrait of an Ambivalent Conservative* (New York : Basic Books, 1977) ; Mike Goode, "The Man of Feeling History : The Erotics of Historicism in *Reflections on the Revolution in France*," *ELH* (2007) : 829–857 ; Yuval Levin, *The Great Debate : Edmund Burke, Thomas Paine, and the Birth of Right and Left* (New York : Basic Books, 2014) などが参考になる。

（6）ここで用いたテクストは，Edmund Burke, *Reflections on the Revolution in France*, ed. Conor Cruise O'brien (Harmondsworth : Penguin, 1968) である。以下，このテクストからの引用は R と略記してページ数を本文中に示す。

（7）美が与える快に自発的にしたがうことが同時に徳の規範にもかなうという理想は，シャフツベリーやハチソンの道徳哲学にすでに見られるし，それはルイ・アルチュセールのイデオロギー論やミシェル・フーコーの権力論にも通底して見られる近代市民社会の統治の装置と関係しているように思われる。

第7章

（1）Michel Foucault, *The Order of Things : An Archaeology of the Human Sciences* (1970 ; New York : Vintage, 1973) 225.

（2）Foucault 224.

（3）Foucault 225.

（4）Foucault 225.

（5）たとえば，以下の文献を参照。Thomas Weiskel, *The Romantic Sublime : Studies in the Structure and Psychology of Transcendence*（1976 ; Baltimore : Johns Hopkins UP, 1986）; Peter de Bolla, *The Discourse of the Sublime : Readings in History, Aesthetics and the Subject*（Oxford : Basil Blackwell, 1989）; Terry Eagleton, *The Ideology of the Aesthetic*（Oxford : Basil Blackwell, 1990）; Tom Furniss, *Edmund Burke's Aesthetic Ideology : Language, Gender and Political Economy in Revolution*（Cambridge : Cambridge UP, 1993）; George Levine, ed., *Aesthetics and Ideology*（New Brunswick : Rutgers UP, 1994）; Paul de Man, *Aesthetic Ideology*, ed. Andrzej Warminsky（Minneapolis : U of Minnesota P, 1996）.

（6）Eagleton 13.

（7）Eagleton 26.

（8）マルサスの伝記と歴史的背景を知るためには，Patricia James, *Population Malthus : His Life and Times*（London : Routledge, 1979）が有益である。またマルサスの理論の思想史的位置づけに関しては，Gertrude Himmelfarb, *The Idea of Poverty : England in the Early Industrial Age*（New York : Knopf, 1984）が有益である。Christopher Herbert, *Culture and Anomie : Ethnographic Imagination in the Nineteenth Century*（Chicago : U of Chicago P, 1991）105–128 はマルサスの理論的な枠組みの精緻な分析をおこなっている。

（9）Catherine Gallagher, "The Body Versus the Social Body in the Works of Thomas Malthus and Henry Mayhew," *The Making of the Modern Body : Sexuality and Society in the Nineteenth Century*, eds. Catherine Gallagher and Thomas Laqueur（Berkeley : U of California P, 1987）88.

（10）ここで用いたテクストは，1798 年の第 1 版に基づいた Thomas Robert Malthus, *An Essay on the Principle of Population*, ed. Philip Appleman（New York : Norton, 1976）である。以下，このテクストからの引用は EP と略記してページ数を本文中に示す。

（11）Ronald Paulson, *Representations of Revolution (1789–1820)*（New Haven : Yale UP, 1983）を参照。

（12）David Simpson, *Romanticism, Nationalism, and the Revolt against Theory*（Chicago : U of Chicago P, 1993）52–57.

（13）James T. Boulton, *The Language of Politics in the Age of Wilkes and Burke*（London : Routledge, 1963）208–209.

（14）ここで用いたテクストは，マルサス自身が参照している 1789 年の第 3 版に基づいたペンギン版 William Godwin, *Enquiry Concerning Political Justice, and its Influence on Modern Morals and Happiness*（3rd ed. 1798）, ed. Isaac Kramnick（Harmondsworth : Penguin, 1976）である。以下，このテクストからの引用は PJ と略記してページ数を本文中に示す。人間の完成可能性に関するゴドウィンの理論に関しては，Basil Willey, *The Eighteenth Century Background : Studies on the Idea of Nature in the Thought of the Period*（London : Chatto & Windus, 1940）205–239 ; R. V. Sampson, *Progress in the Age of Reason : The Seventeenth Century to the Present Day*（Cambridge, Mass.: Harvard UP, 1956）39–66 ; Don Locke, *A Fantasy of Reason : The Life and Thought of William Godwin*（London : Routledge, 1980）; Peter H. Marshall, *William Godwin*（New Haven : Yale UP, 1984）; Mark Philip, *Godwin's Political Justice*（Ithaca : Cornell UP, 1986）などを参照。

（15）Boulton 211.

(16) マルサスの人口理論と彼の政治経済学の重農主義的な傾向の関係に関しては，Donald Winch, *Malthus* (Oxford : Oxford UP, 1987) 54–74 を参照。

(17) ギャラガーも『人口論』の中に登場する「怪物たち」に対して注意を喚起している（Gallagher 87–88)。

(18) Gallagher とほかに Frances Ferguson, *Solitude and the Sublime : Romanticism and the Aesthetics of Individuation* (New York : Routledge, 1992) 114–128 を参照。

(19) Ferguson 32.

(20) Edmund Burke, *A Philosophical Enquiry into the Origin of our Ideas of the Sublime and Beautiful* (1757/9), ed. James T. Boulton (London : Basil Blackwell, 1958) 149–150.

(21) Burke 134.

(22) Burke 135.

(23) Eagleton 54.

(24) Michael Mason, *The Making of Victorian Sexuality* (Oxford : Oxford UP, 1994) 263. ヴィクトリア朝の社会統計学の誕生に関しては，ほかに William C. Lubenow, *The Politics of Government Growth : Early Victorian Attitudes Toward State Intervention, 1833–1848* (Newton Abbot : David & Charles, 1971) と M. J. Cullen, *The Statistical Movement in Early Victorian Britain : The Foundations of Empirical Social Research* (Hassocks : Harvester, 1975) を参照。Mary Poovey は“Figures of Arithmetic, Figures of Speech : The Discourse of Statistics in the 1830s,” *Critical Inquiry* 19 (1993): 256–276 において，ヴィクトリア朝の統計学の言説の中の数字 (numerical figure) と修辞的比喩 (rhetorical figure) の曖昧な関係に関して，興味深い議論を提示している。本章の議論は部分的に彼女の議論に負っている。ヴィクトリア朝の社会理論の修辞的な側面に関しては，ほかに Poovey, *Making a Social Body : British Cultural Formation, 1830–1864* (Chicago : U of Chicago P, 1995) も参照。

第 8 章

(1) ここで用いたテクストは，Mary Wollstonecraft, *A Vindication of the Rights of Woman*, ed. Carol H. Poston, 2nd ed. (New York : Norton, 1988) である。以下，このテクストからの引用は RW と略記してページ数を本文中に示す。『女性の権利の擁護』は 1792 年にロンドンのジョウゼフ・ジョンソンから出版され，同年中にわずかな修正がほどこされた第 2 版が出版された。このノートン版はその第 2 版によっている。

(2) ウルストンクラフトの反美学主義は保守主義者の装飾的文体の批判というかたちも取る。たとえば，彼女は『女性の権利の擁護』と対をなす著作である『人間の権利の擁護』において，『フランス革命の省察』におけるバークの美学的な言語使用を批判している。彼女によれば，政治的議論に織り込まれた装飾的な言語が危険であるのは，それが議論の本体に寄生して，本来合理的な推論が占めるべき地位を簒奪してしまうからである。彼女が美学的なものに見出すのは，感覚に訴えかけることで正常な政治的判断を麻痺させてしまう危険な力である。彼女はバークの文体について，「これらはゴシック的な美の概念である。蔦は美しい。だが，それが養分を吸い取る幹を知らぬ間に破壊するなら，だれが蔦を取り除かずにおくだろう」と言って批判する (Mary Wollstonecraft, *The Vindication of the Rights of Men*, in *Political Writings*, ed. Janet Todd [Oxford : Oxford UP, 1994] 8)。ウルストンクラフトにとって，政治的議論は明晰で論理的な文体によって展開されるべきであり，バークのような装飾的文体は欺瞞の道具でしかないのである。

（3）メアリー・ウルストンクラフトの政治理論と中産階級のイデオロギーの関係に関しては，Elissa S. Guralnick, “Radical Politics in Mary Wollstonecraft's *A Vindication of the Rights of Woman,*” *Studies in Burke and His Time* 18（1997）: 199–216 ; Mitzi Myers, “Reform or Ruin : ‘A Revolution in Female Manners,’” *Studies in Eighteenth Century Culture* 11（1982）: 119–216 ; Clifford Siskin, *The Historicity of Romantic Discourse*（New York : Oxford UP）174–175 ; Gary Kelly, “Revolutionary and Romantic Feminism : Woman, Writing and Cultural Revolution,” *Revolution and English Romanticism : Politics and Rhetoric*, eds. Keith Hanley and Raman Selden（Hemel Hempstead : Harvester, 1990）107–130 ; Kelly, *Woman, Writing and Revolution, 1790–1827*（Oxford : Oxford UP, 1993）を参照。マイヤーズとケリーはともに，当時急進主義と保守主義というまったく相容れない立場をとっていたウルストンクラフトやハンナ・モアのような女性作家たちは，じつは中産階級的な社会理論と価値観という共通の基盤の上に立っていたと指摘している。

（4）Michael MaKeon, *The Secret History of Domesticity : Public and Private, and the Division of Knowledge*（Baltimore : Johns Hopkins UP, 2005）.

（5）ウルストンクラフトの政治的テクストが構成上の不統一，文体上の混乱，議論の矛盾といった問題点を含んでいることは，すでに指摘されている。James T. Boulton, *The Language of Politics in the Age of Wilkes and Burke*（London : Routledge, 1963）167–176 ; Guralnick, “Rhetorical Strategy in Mary Wollstonecraft's *A Vindication of the Rights of Woman,*” *The Humanities Association Review* 30（1979）: 174–185 ; Tom Furniss, “Nasty Tricks and Tropes : Sexuality and Language in Mary Wollstonecraft's *Rights of Woman,*” *Studies in Romanticism* 32（1993）: 177–209 を参照。ボウルトンが論じているのはおもに *A Vindication of the Rights of Men* である。ボウルトンはバークの『フランス革命の省察』における高度に修辞的で感傷的な文体を，伝統的社会制度を守るための欺瞞に満ちた仕掛けと批判するウルストンクラフト自身の文体が，じつは感情的で混乱したものになっており，「バークを批判するのとおなじ理由で自分を批判するものになっている」と指摘している。グラルニックはそうした感情的に見えるウルストンクラフトの文体は，中産階級の女性という特定の読者層の関心を得るための，意図的に選ばれた効果的な修辞法として理解すべきだと主張している。ファーニスのものは，脱構築批評の立場からの『女性の権利の擁護』の読解である。

（6）ジョン・グレゴリーは 18 世紀スコットランドの医師・道徳哲学者であり，彼の『娘たちに遺す言葉』は若い女性向けの教育書（conduct book）として広く読まれた。

（7）18 世紀イギリスの中産階級のイデオロギー形成の基盤となった非国教徒の活動とその政治理論については，Anthony Lincoln, *Some Political and Social Ideas of English Dessent 1763–1800*（1938 rpt. New York : Octagon Books, 1971）; R. V. Holt, *The Unitarian to Social Progress in England*（London : Allen & Unwin, 1938）; J. C. D. Clark, *English Society 1688–1832*（Cambridge : Cambridge UP, 1985）277–348 を参照。

（8）『女性の権利の擁護』は 18 世紀イギリスにおける富と徳の関係についての論争への関与として読まれるべきだということは，David Simpson, *Romanticism, Nationalism, and Revolt Against Theory*（Chicago : U of Chicago P, 1993）104–113 ; Mary Poovey, “Aesthetics and Political Economy in the Eighteenth Century : The Place of Gender in the Social Construction of Knowledge,” *Aesthetics and Ideology*, ed. George Levine（New Brunswick, NJ : Rutgers UP, 1994）79–109 がすでに論じている。

(9) イギリス社会における「友愛家族」の理念の形成と普及の歴史に関しては，Lawrence Stone, *The Family, Sex and Marriage in England 1500–1800* (Harmondsworth : Penguin, 1979) のとくに第7〜8章を参照。

(10) Ronald Paulson, *Representations of Revolution (1789–1820)* (New Haven : Yale UP, 1983) 85–86.

(11) Carol Pateman, *The Sexual Contract* (Cambridge : Polity, 1988).「平等な個人からなる市民社会」をつくるはずの社会契約や自由の概念が実は特定の社会集団を排除する仕掛けとして機能していることは，ジョン・ロックの社会契約理論を分析した C. B. Macpherson, *The Political Theory of Possessive Individualism : Hobbes to Locke* (Oxford : Oxford UP, 1962) 194–262 が論じている。マクファーソンは，排除される集団として無産労働者階級をあげているが，ペイトマンをはじめとする近年のフェミニズムの立場からの研究は，社会契約によって市民権から排除されるメンバーは労働者だけでなく女性も含まれていることを強調している。

第9章

(1) クルティウスのトポス概念については，Ernst Robert Curtius, *European Literature and the Latin Middle Ages*, trans. Willard R. Trask (Princeton : Princeton UP, 1981) を参照。

(2) Nancy Armstrong, *Desire and Domestic Fiction : A Political History of the Novel* (New York : Oxford UP, 1987) 8. 家庭小説の研究としては，ほかに Eve Tavor Bannet, *The Domestic Revolution : Enlightenment Feminism and the Novel* (Baltimore : Johns Hopkins UP, 2000) ; Christopher Flint, *Family Fictions : Narrative and Domestic Relations in Britain, 1688–1798* (Stanford : Stanford UP, 1998) ; Michael Mckeon, *The Secret History of Domesticity : Public, Private, and the Division of Knowledge* (Baltimore : Johns Hopkins UP, 2005) ; Helen Thompson, *Ingenuous Subjection : Compliance and Power in the Eighteenth-Century Domestic Novel* (Philadelphia : U of Pennsylvania P, 2005) などがある。中でもマッケオンの研究は重要であり，本章は彼の議論に負う部分が多い。

(3) ワットの小説勃興論は，Ian Watt, *The Rise of the Novel : Studies in Defoe, Richardson and Fielding* (London : Catto & Windos, 1957) を参照。

(4) *Selections form* The Tatler *and* The Spectator *of Steel and Addison*, ed. Angus Ross (Hoemondsworth : Penguin, 1982) 430.

(5) David Hume, *Essays : Moral, Political and Literary*, ed. Eugene F. Miller (Indianapolis : Liberty Fund, 1987) 536.

(6) Terry Eagleton, *The Rape of Clarissa : Writing, Sexuality and Class Struggle in Samuel Richardson* (Oxford : Basil Blackwell, 1982) 14–15.

(7) Charles Taylor, *Modern Social Imaginarics* (Durham : Duke UP, 2004) 83–100.

(8) ここで用いたテクストは，Richardson Samuel, *Pamela, or Virtue Rewarded*, ed. Margaret A. Doody (Hardomdsworth : Penguin, 1980) である。以下，このテクストからの引用は P と略記してページ数を本文中に示す。

(9) ここで用いたテクストは，Daniel Defoe, *Moll Flanders*, ed. G. A. Starr and Linda Bree (Oxford : Oxford UP, 2011) である。以下，このテクストからの引用は MF と略記してページ数を本文中に示す。

(10) この論理は，リチャードソンのつぎの作品『クラリッサ』において，クラリッサが

ラヴレイスに凌辱された後では，彼女がラヴレイスと結婚する可能性がまったく消えてしまうという文脈で再び登場する。

(11)『モル・フランダーズ』という小説は，市場経済の中に，裸一貫で投げ出された個人がどうふるまうのかという思考実験であるという点で『ロビンソン・クルーソー』と類似の作品であり，主人公のジェンダーが女性に変えられている点だけが異なっている，と言うこともできる。女性としての徳を失い，市場原理を体現するようになったモルは，かりに自分で言うように「よい妻になることができる」性質を備えた女性であったとしても，家庭的な幸福を手に入れることは許されないのである。

(12) パミラやクラリッサといった家庭小説の女主人公たちには，それまでの文学史上に類を見ないほど豊かな心理的内面性が付与される。そうした内面性は，リチャードソンにおいては書簡体という修辞法によって生み出される。読者を女性登場人物の心理の内部に引き込むオースティンの自由間接話法は，そのもっとも精緻なもうひとつの形態である。

(13) 先にあげた古典的なシヴィック・ヒューマニズムの考え方によれば，古典古代の徳はポリスに対する奉仕，すなわち公共善に対する奉仕に基づくものであって，オイコスつまり経済的活動の領域と対立するものである。経済活動もしくは家事労働という意味でのオイコスは，奴隷・召使・女性や子供が住まう領域なのである。そう考えると，市場における経済活動も家庭の管理も，エコノミーという私的な領域がもつ二つの側面であって，不即不離なものである。市場はそこに参加する独立した主体――法的かつ倫理的な主体――なしには存在しない。倫理的・道徳的な主体を育てる家庭は，市場から独立していると同時に，市場を下支えし，市場に存在する倫理性を担保する場所である。非人間的な競争原理によって支配され，すべてを商品化の原理で覆い尽くすかに見える市場経済と，利益と競争から自由な家族的情愛が支配する家庭は，近代市民社会を構成する不可分な構成要素なのである。

(14) Jürgen Habermas, *The Structural Transformation of the Public Sphere : An Inquiry into a Category of Bourgeois Society*, trans. Thomas Burger and Frederick Lawrence (Cambridge, Mass.: MIT P, 1998) 46.

(15) パミラの動機にまつわる論争に関しては，Thomas Keymer and Peter Sabor, Pamela *in the Market Place : Literary Controversy and Print Culture in Eighteenth-Century Britain and Ireland* (Cambridge : Cambridge UP, 2005) を参照。

(16) Henry Fielding, *Joseph Andrews* and *Shamela*, ed. Douglas Broods-Davies (Oxford : Oxford UP, 1980) 341-342.

第 10 章

(1) たとえば，J. G. A. ポーコックは情念に突き動かされる経済人という概念と女性性の関係に関してつぎのように述べている。「征服する英雄としての経済人は 19 世紀の空想の産物である。……彼らは 18 世紀においては，全体として女性的で女々しくさえあると見なされていた。それは彼らが，自分自身の情念とヒステリーまた彼の空想や欲求によって解き放たれ，運命，奢侈，そして最近では信用といった混乱の女神に象徴化されるような内的・外的な力と，葛藤していたからである」(J. G. A. Pocock, *Virtue, Commerce, and History : Essays on Political Thought and History, Chiefly in the Eighteenth Century* [Cambridge : Cambridge UP, 1985] 114)。

（2）18世紀イギリスにおける「女性化」に関する議論については，E. J. Clery, *The Feminization Debate in Eighteenth-Century England : Literature, Commerce and Luxury* (London : Palgrave, 2004) を参照。小説と道徳哲学の関係に関しては，Liz Bellamy, *Commerce, Morality and the Eighteenth-Century Novel* (Cambridge : Cambridge UP, 1998) ; Miranda J. Burgess, *British Fiction and the Production of Social Order 1740–1830* (Cambridge : Cambridge UP, 2000) ; David Kaufmann, *The Business of Common Life : Novels and Classical Economics between Revolution and Reform* (Baltimore : Johns Hopkins UP, 1995) ; Carol Kay, *Political Constructions : Defoe, Richardson, and Sterne in Relation to Hobbes, Hume, and Burke* (Ithaca : Cornell UP, 1988) ; John Mullan, *Sentiment and Sociability : The Language of Feeling in the Eighteenth Century* (Oxford : Clarendon, 1988) ; James Thompson, *Models of Value : Eighteenth-Century Political Economy and the Novel* (Durham : Duke UP, 1996) などが論じている。

（3）徳の理論と市民法学という異なる起源をもつ二つの社会秩序に関する言説の18世紀イギリスにおける共存と競合については，Pocock, *Virtue* 37–71, 103–123 ; Pocock, "Cambridge Paradigms and Scottish Philosophers," eds. Istvan Hont Michael Ignatieff, *Wealth and Virtue : The Shaping of Political Economy in the Scottish Enlightenment* (Cambridge : Cambridge UP, 1983) 235–252 を参照。

（4）徳という概念による文化的なヘゲモニーという観点から小説を理解する視点と，法的権力に基づく身体的・物質的な制度による主体の規律化といった観点から小説を理解する視点は，両方とも現代批評にも存在している。たとえば，ナンシー・アームストロングとジョン・ベンダーはともにミシェル・フーコーの権力理論に依拠しつつイギリス小説の歴史的展開を考察しているが，アームストロングはイギリス小説の勃興を中産階級による文化的なヘゲモニーの確立という観点から見ているのに対し，ベンダーは近代的な監獄と監獄における身体的な「訓練」の成立という法的な制度との関係から，イギリス小説の形成を分析している。その結果，アームストロングはリチャードソンやジェイン・オースティンに分析を集中し，ベンダーはデフォーとフィールディングに焦点を当てるという興味深い結果となっている。Nancy Armstrong, *Desire and Domestic Fiction : A Political History of the Novel* (New York : Oxford UP, 1987) と John Bender, *Imagining the Penitentiary : Fiction and the Architecture of Mind in Eighteenth-Century England* (Chicago : U of Chicago P, 1987) を参照。

（5）『クラリッサ』の分析としては，William B. Warner, *Reading* Clarissa *: The Struggle of Interpretation* (New Haven : Yale UP, 1979) ; Terry Castle, *Clarissa's Ciphers : Meaning and Disruption in Richardson's Clarissa* (Ithaca : Cornell UP, 1982) ; Terry Eagleton, *The Rape of Clarissa : Writing, Sexuality and Class Struggle in Samuel Richardson* (Oxford : Basil Blackwell, 1982) ; Ann Jessie Van Sant, *Eighteenth-Century Sensibility and the Novel : The Senses in Social Context* (Cambridge : Cambridge UP, 1993) 62–82 ; Burgess 25–72 などがある。また，『クラリッサ』における法の問題に関しては，John P. Zomchick, "Tame Spirits, Brave Fellows, and the Web of Law : Robert Lovelace's Legalistic Conscience," *ELH* 53 (1986) : 99–120 が論じている。

（6）ここで用いたテクストは，Samuel Richardson, *Clarissa, or the History of a Young Lady*, ed. Angus Ross (Harmondsworth : Penguin, 1985) である。以下，このテクストからの引用は C と略記してページ数を本文中に示す。

（7）ここで用いたテクストは，Richardson, *Pamela, or Virtue Rewarded*, ed. Peter Sabor (Harmondsworth : Penguin, 1980) である。以下，このテクストからの引用は P と略記してページ数を本文中に示す。

（8）Kay 121-194.

（9）道徳感情論に対するベンサムの批判は，Jeremy Bentham, *An Introduction to the Principles of Morals and Legislation* (New York : Hafner, 1948) を参照。

第 11 章

（1）Herbert Lindenberger, *On Wordsworth's Prelude* (Princeton : Princeton UP, 1963) 99-129 ; Brian Wilkie, *Romantic Poets and Epic Tradition* (Madison : U of Wisconsin P, 1965) 59-111 ; Stuart Curran, *Poetic Form and British Romanticism* (New York : Oxford UP, 1986) 182-190 を参照。

（2）ここで用いたのは 1805 年版のテクストであり，引用は William Wordsworth, *The Prelude : 1799, 1805, 1850*, eds. Jonathan Wordsworth, M. H. Abrams and Stephen Gill (New York : Norton, 1979) に基づいている。以下，このテクストからの引用は巻数と行数を本文中に示す。

（3）18 世紀イギリスにおける商業と徳の関係に関する政治的・思想的な論争に関しては，第 5 章の注(4)および(8)であげた文献を参照。

（4）欲望という情念の過剰による社会の道徳的な堕落を，理性ではなく，洗練された別種の情念で抑制しようという 18 世紀イギリスを特徴づけるイデオロギー的な発想に関しては，とくに Albert O. Hirschman, *The Passions and the Interests : Political Arguments for Capitalism before Its Triumph* (Princeton : Princeton UP, 1977) を参照。

（5）Geoffrey Hartman, *Wordsworth's Poetry 1787-1814* (New Haven : Yale UP, 1964) 234.『序曲』第 7 巻の興味深い分析としては，ほかに Frances Ferguson, *Wordsworth : Language as Counter-Spirit* (New Haven : Yale UP, 1977) 126-154 と Neil Hertz, *The End of the Line : Essays on Psychoanalysis and the Sublime* (New York : Columbia UP, 1985) 40-60 などを参照。

（6）Thomas Weiskel, *The Romantic Sublime : Studies in the Structure and Psychology of Transcendence* (1976 ; Baltimore : Johns Hopkins UP, 1986) 参照。ワイスケルによれば，ワーズワスの詩作品に特徴的な崇高はシニフィエの過剰によって生起する「自己中心的崇高」である。だが，第 7 巻のロンドンの描写に現れる都市の「地獄的」な崇高が，シニフィアンの過剰によってもたらされていることは興味深い。

（7）ワーズワスと 18 世紀の関係に関しては，M. H. Abrams, *The Mirror and the Lamp : Romantic Theory and the Critical Tradition* (New York : Oxford UP, 1953) 103-114 と Basil Willey, *The Eighteenth Century Background : Studies on the Idea of Nature in the Thought of the Period* (London : Chatto & Windus, 1940) 253-293 を参照。

（8）自己同一性に関するヒュームの議論に関しては，『人間本性論』の議論（とくに T 1. 4.6.1-23 ; SNB 251-263）を参照。

（9）Frederick Garber, *Wordsworth and the Poetry of Encounter* (Urbana : U of Illinois P, 1971) は，「出会いの詩」としてワーズワスの詩を分析している。

（10）アラン・リウやマージョリー・レヴィンソンといったいわゆる新歴史主義の批評家たちは，ワーズワスがいかに記憶しているべき社会的・政治的事実や出来事を，自伝的

な詩作品のテクスト中で抑圧し，「忘却」しているかを指摘している。彼らはワーズワスの自己表象における「忘却」と記憶の抑圧が，保守化したワーズワスのイデオロギー的戦略と共犯関係にあるかを暴こうとしている。Marjorie Levinson, *Wordsworth's Great Period Poems : Four Essays* (Cambridge : Cambridge UP, 1986) と Alan Liu, *Wordsworth : The Sense of History* (Stanford : Stanford UP, 1989) などを参照。だが，本章で筆者は，ワーズワスの「忘却」ではなくむしろ「記憶」を問題としたいと考えている。

(11) 偶然的な過去の一点が人生に大きな意味をもつというワーズワスの「時の点」の思想は，フロイトの精神分析の理論と大きな共通点をもつ。精神分析の視点からのワーズワスの「時の点」の分析に関しては，David Ellis, *Wordsworth, Freud and the Spots of Time : Interpretation in* The Prelude (Cambridge : Cambridge UP, 1985) を参照。

(12) 過去の再記述による自己同一性の構築というプラグマティズム的発想に関しては，Richard Rorty, *Contingency, Irony, and Solidarity* (Cambridge : Cambridge UP, 1989) のとくに 3-69 を参照。ローティーはロマン主義をプラグマティズムの重要な起源のひとつと考えている。Frances Ferguson, "Wordsworth and the Meaning of Taste," *The Cambridge Companion to Wordsworth*, ed. Stephen Gill (Cambridge : Cambridge UP, 2003) 90-107 は，ワーズワスの試論に見られるリベラリズムとプラグマティズム的要素に関して論じている。

(13) 詩人・知識人が近代社会の道徳秩序の維持を司る役目を担うという発想は，近代のリベラリズムの形成と深い関係をもっている。道徳的預言者として詩人の職業的使命を確立しようとするワーズワスの企てに関しては，David G. Riede, *Oracles and Hierophants : Constructions of Romantic Authority* (Ithaca : Cornell UP, 1991) 92-164 ; Thomas Pfau, *Wordsworth's Profession : Form, Class, and the Logic of Early Romantic Cultural Production* (Stanford : Stanford UP, 1997) ; Paul Keen, *The Crisis of Literature in the 1790s : Print Culture and the Public Sphere* (Cambridge : Cambridge UP, 1999) 234-254 などを参照。また，こうした近代社会における詩人の使命がナショナリズムの形成と結びついていることに関しては，James K. Chandler, *Wordsworth's Second Nature : A Study of the Poetry and Politics* (Chicago : U of Chicago P, 1984) が論じている。

(14) ワーズワスの散文テクストの引用は，すべて William Wordswoth, *Selected Prose*, ed. John Hayden (Harmondsworth : Penguin, 1988) による。以下，このテクストからの引用は Prose と略記してページ数を本文中に示す。

第 12 章

(1) ワーズワスの詩における浮浪者の問題をあつかった研究としては，Celeste Langan, *Romantic Vagrancy : Wordsworth and the Simulation of Freedom* (Cambridge : Cambridge UP, 1995) ; Torby Bennis, *Romanticism on the Road : The Marginal Gains of Wordsworth's Homeless* (London : Macmillan, 2000) ; David Simpson, *Wordsworth, Commodification and Social Concern : The Politics of Modernity* (Cambridge : Cambridge UP, 2009) などがある。

(2) ピクチャレスクに関する古典的な研究としては，Christopher Hussey, *The Picturesque : Studies in a Point of View* (1927 ; London : Frank Cass, 1967) ; Walter John Hipple Jr., *The Beautiful, The Sublime, and The Picturesque in Eighteenth-Century British Aesthetic Theory* (Carbondale : Southern Illinois UP, 1957) ; Malcolm Andrews, *The Search for the Picturesque* (Stanford : Stanford UP, 1989) がある。また，ピクチャレスクの政治性に着目する最近の

研究は，ピクチャレスクという美学的カテゴリーそれ自体がたんに形式的なものではなく，そこにはイデオロギー的な内容がふんだんに含まれていることを指摘している。たとえば，アメリカの美術史家のアン・バーミンガムは，ピクチャレスクという枠組みの中に朽ち果てた水車小屋や馬車馬あるいは貧民やジプシーが登場する背景には，18 世紀後半の大規模な囲い込みの進展と，囲い込みと不即不離の関係で進んだイギリス農村部における市場経済の浸透があると指摘している。バーミンガムはピクチャレスクの中に，囲い込みという経済活動によって否応なく市場経済に引込まれてゆきながらも，中産階級と貨幣的利害への軽蔑と伝統的な農村世界の秩序に対する郷愁を捨て切れない 18 世紀後半の地主階級の屈折した心情を見ている。こうした地主たちは，フランス革命後の政治的混乱の中で，囲い込みがもたらす小作農たちの貧困化に対する罪悪感，あるいは彼らが起こすかもしれない暴力的な反乱に対する不安をもっており，彼らは伝統的な農村を理想化するピクチャレスクな風景の中に，自分たちが置かれている政治的なジレンマの象徴的な解決を求めたのである（Ann Bermingham, *Landscape and Ideology : The English Rustic Tradition, 1740–1860* [Berkeley : U of California P, 1986]）。なお，ピクチャレスクの政治性に関しては，ほかに John Barrell, *The Dark Side of the Picturesque : The Rural Poor in English Painting 1730–1840*（Cambridge : Cambridge UP, 1980）と Stephen Copley and Peter Garside, ed. *The Politics of the Picturesque*（Cambridge : Cambridge UP, 1994）; Tim Fulford, *Landscape and Authority : Poetry, Criticism and Politics from Thomson to Wordsworth*（Cambridge : Cambridge UP, 1996）も参照。

（3）18 世紀イギリスの自然観の変遷に関しては，Samuel Holt Monk, *The Sublime : A Study of Critical Theories in XVIII-Century England*（1935 ; Ann Arbor : U of Michigan P, 1960）; Marjorie Hope Nicolson, *Mountain Gloom and Mountain Glory : The Development of the Aesthetics of the Infinite*（Ithaca : Cornell UP, 1959）を参照。

（4）Albert O. Wlecke, *Wordsworth and the Sublime*（Berkeley : U of California P, 1973）.

（5）ここで用いたテクストは，*The Prelude : 1799, 1805, 1850*, eds. Jonathan Wordsworth, M. H. Abrams and Stephen Gill（New York : Norton, 1979）に収められた 1805 年版である。以下，このテクストからの引用は巻数と行数を本文中に示す。

（6）Martin Price, “The Picturesque Moment,” *From Sensibility to Romanticism*, ed. F. W. Hilles and Harold Bloom（Oxford : Oxford UP, 1965）259–292.

（7）William Gilpin, *Observations on Cumberland and Westmoreland*, 2vols.（1786 ; Poole : Woodstock, 1996）II : 44.

（8）Martin Price 262.

（9）Martin Price 275.

（10）Martin Price 280.

（11）Uvedale Price, *An Essay on the Picturesque*, 3 vols.（1810 ; London : Thoemmes, 2001）I : 63.

（12）Gilpin, *Three Essays : On Picturesque Beauty ; On Picturesque Travel ; and On Sketching Landscape*（1794 ; Westmead : Gregg, 1972）77–78.

（13）ここで用いたテクストは，William Wordsworth, *The Poems*, ed. John Hayden, 2 vols.（Harmondsworth : Penguin, 1977）である。以下，このテクストからの引用は行数を本文中に示す。

（14）Simpson 180–187.

(15) アダム・スミスの労働価値説に関しては，第 7 章の議論を参照。

(16) Edmund Burke, *A Philosophical Enquiry into the Origin of Our Ideas of the Sublime and Beautiful*, 1757/9, ed. James T. Boulton (London : Routledge, 1958) 135. なお，バークに関しては第 8 章を参照。

(17) ロマン主義のイデオロギーにおける普遍化・抽象化の戦略については，Jerome J. McGann, *The Romantic Ideology : A Critical Introduction* (Chicago : U of Chicago P, 1983) を参照。

(18) 乞食が身につけている「物語」が外部から押しつけられた彼の自己同一性であるということは，Frances Ferguson, *Wordsworth : Language as Counter-Spirit* (New Haven : Yale UP, 1977) 144–145 も指摘している。

第 13 章

(1) ここで用いたテクストは，Mary Shelley, *Frankenstein, or The Modern Prometheus*, ed. M. K. Joseph (Oxford : Oxford UP, 1969) である。以下，このテクストからの引用は F と略記してページ数を本文中に示す。

(2) Paul Sherwin, "*Frankenstein* : Creation as Catastrophe," *PMLA* 95 (1981) : 128. シャーウィン自身の方法は精神分析的なものである。*Frankenstein* に関する研究は膨大なものとなっている。以下にあげるのは，ごく一部である。精神分析的な研究としては U. C. Knoepflmacher, "Thoughts on the Aggression of Daughter," *The Endurance of* Frankenstein *: Essays on Mary Shelley's Novel*, eds. George Levin and U. C. Knopflmacher (Berkeley : U of California P, 1979) 88–119 ; Peter Dale Scott, "Vital Artifice : Mary, Percy, and the Psychopolitcal Integrity of *Frankenstein*," Levin and Knoepflmacher 172–202 ; Daniel Cottom, "*Frankenstein* and the Monster of Representatio," *Sub-Stance* 28 (1980) : 60–71 ; David Collings, "The Monster and the Imaginary Mother : A Lacanian Reading of *Frankenstein*," *Frankenstein*, by Mary Shelley, ed. Johanna M. Smith (New York : St. Martin, 1992) 245–258 がある。フェミニズム的な分析としては Sandra M. Gilbert and Susan Guber, *The Mad Woman in the Attic : The Woman Writer and the Nineteenth-Century Literary Imagination* (New Haven : Yale UP, 1979) ; Ellen Mores, "Female Gothic," Levin and Knoepflmacher 77–87 ; Mary Poovey, *The Proper Lady and the Woman Writer : Ideology as Style in the Works of Mary Wollstonecraft, Mary Shelley, and Jane Austen* (Chicago : U of Chicago P, 1984) 143–171 ; Barbara Johnson, "My Monster / My Self," *Diacritics* 12 (1982) : 2–10, マルクス主義的な分析としては Paul O' Flinn, "Production and Reproduction : The Case of *Frankenstein*," *Literature and History* 9 (1983) : 194–213 がある。思想史的な研究としては，メアリー・シェリーとルソーの関係に着目した David Marshall, *The Surprising Effects of Sympathy : Marivaux, Diderot, Rousseau, and Mary Shelley* (Chicago : U of Chicago P, 1988) 178–227 や James O'Rourke, "'Nothing More Unnatural' : Mary Shelley's Revision of Rousseau," *ELH* 56 (1989) : 543–569 やゴドウィンとマルサスの人口論論争との関係から『フランケンシュタイン』を読解した Maureen N. McLane, *Romanticism and the Human Sciences : Poetry, Population, and the Discourse of Species* (Cambridge : Cambridge UP, 2000) 84–108 が興味深い。

(3)『フランケンシュタイン』と崇高美学の関係を論じたものの中では，Ronald Paulson, *Representations of Revolution (1789–1820)* (New Haven : Yale UP, 1983) 215–247 と Frances

Ferguson, "Legislating the Sublime," *Studies in Eighteenth-Century British Art and Aesthetics*, ed. Ralph Cohen（California : U of California P, 1985）128-147 が重要である。ポールソンはフランス革命の影響，ファーガソンはバークとカントの崇高論の違いという視点から『フランケンシュタイン』のテクストを読解している。

（4）ここで用いたテクストは，Edmund Burke, *A Philosophical Enquiry into the Origin of Our Ideas of the Sublime and Beautiful*, ed. James T. Boulton（London : Blackwell, 1967）である。以下，このテクストからの引用は *Enquiry* と略記してページ数を本文中に示す。

（5）巨大で崇高な自然を目前にすることで精神が「膨れ上がる」という発想は，18 世紀の崇高美学において常套的に用いられる比喩である。典型的な例としては John Baillie, "An Essay on the Sublime," *The Sublime : A Reader in British Eighteenth-Century Aesthetic Theory*, eds. Andrew Ashfield and Peter de Bolla（Cambridge : Cambridge UP, 1996）87-100 や Alexander Gerard, *An Essay on Taste*, 2nd ed.（1764 rpt. New York : Garland, 1970）を参照。

（6）ここで用いたテクストは，Joseph Addison, "The Pleasures of the Imagination," *Selections from* The Tatler *and* The Spectator, ed. Angus Ross（Harmondsworth : Penguin, 1982）である。以下，このテクストからの引用は PI と略記してページ数を本文中に示す。アディソンの美学的な議論に関しては，Neil Saccamano, "The Sublime Force of Words in Addison's 'Pleasures'," *ELH* 58（1991）: 83-106 と Michelle Syba, "After Design : Joseph Addison Discovers Beauties," *SEL*（2009）: 615-635 が興味深い。

（7）ここで用いたテクストは，Henry Home（Lord Kames）, *Elements of Criticism*, 2 vols.（1785 rpt. London : Thommes, 1993）である。以下，このテクストからの引用は EC と略記して巻数とページ数を文中に示す。

（8）周知のように，『フランケンシュタイン』はもっとも映画化されることが多い文学作品のひとつである。視覚化を拒否する怪物が，視覚化に対する大きな欲望をかき立てるということは，非常に興味深い事実である。この問題に関しては，上掲の O'Flinn と Thomas S. Frentz and Janice H. Rushing, "The Frankenstein Myth in Contemporary Cinema," *Critical Questions : Invention, Creativity, and the Criticism and Media*, eds. William Nothstine, Carole Blair and Gary A. Copeland（New York : St. Martin, 1994）155-182 を参照。

（9）言語の物質性と美学の問題に関する近年の批評的な議論に関しては，Paul de Man, *Aesthetic Ideology*, ed. Andrzej Warminsky（Minneapolis : U of Minnesota P, 1996）; Tom Cohen et al., eds. *Material Events : Paul de Man and the Afterlife of Theory*（Minneapolis : U of Minnesota P, 2001）; Marc Redfield, *The Politics of Aesthetics : Nationalism, Gender, Romanticism*（Stanford : Stanford UP, 2003）を参照。

第 14 章

（1）『文学的自叙伝』のテクストの形式的，文体論的なアプローチの代表的なものとしては以下のようなものがある。George Whalley, "The Integrity of *Biographia Literaria*," *Essays and Studies* 6（1952）: 87-101 ; Richard Mallette, "Narrative Technique in the *Biographia Literaria*," *MLR* 70（1975）: 32-40 ; Michael G. Cooke, "*Quisque Sui Faber* : Coleridge in the *Biographia Literaria*," *PQ* 50（1971）: 208-229 ; Lawrence Buell, "The Question of Form in Coleridge's *Biographia Literaria*," *ELH* 46（1979）: 399-417 ; Jerome Christensen, *Coleridge's Blessed Machine of Language*（Ithaca : Cornell UP, 1981）96-185 ; Timothy Corrigan, *Coleridge, Language, and Criticism*（Athens : U of Georgia P, 1982）

121–156 ; Paul Hamilton, *Coleridge's Poetics* (Oxford : Blackwell, 1983). また，テクストの断片性という問題も現代のロマン主義研究の中で注目を集めている。それについては，Thomas McFarland, *Romaticism and the Forms of Ruin : Wordsworth, Coleridge, and Modalities of Fragmentation* (Princeton : Princeton UP, 1981) ; Marjorie Levinson, *The Romantic Fragment Poem : A Critique of a Form* (Chapel Hill : U of North Carolina P, 1986) を参照。

（2）注(1)にあげたマレットとクックも『文学的自叙伝』のテクストにおける読者の存在と役割について論じている。また，John R. Nabholtz, *"My Reader My Fellow Labourer" : A Study of English Romantic Prose* (Columbia : U of Missouri P, 1986) は，コールリッジの散文作品における「読者／作家の関係」について興味深い議論を提示している。

（3）Kathleen Wheeler, *Sources, Processes and Methods in Coleridge's* Biographia Literaria (Cambridge : Cambridge UP, 1980) と Catherine M. Wallace, *The Design of* Biographia Literaria (London : Allen & Unwin, 1983) を参照。読者論的な理論を全面的に適用しているのはウィーラーである。ウォレスはウィーラーに比べると理論に対する意識は希薄であるが，彼女自身も認めているように (Wallace x)，読者の積極的な役割を強調する姿勢は，ウィーラーと共通である。ウォレスによれば，『文学的自叙伝』は「コールリッジが自分でたどり着いた結論に読者がたどり着くような仕方で，読者が特定の疑問や問題に取り組むように設計されている。われわれ読者は彼の指導の下で，自力で思考することを要求されているのである」(Wallace 4)。

（4）たとえば，ウィーラーは「『文学的自叙伝』は読書体験の中でそれ自身が成長する余地を残している」(Wheeler 157) と言っている。

（5）ウィーラーは，自分の研究の目的は「『文学的自叙伝』の読解をコールリッジ自身の哲学の上に基礎づけるために，バーフィールド (Owen Barfield) やフィッシュ (Stanley Fish) のような異なった方向性をもつ議論を統合することである」(Wheeler 159) と言っている。

（6）*Lay Sermons*, ed. R. J. White (London : Routledge, 1972) 30. コールリッジの象徴概念については次章で詳しく論じる。Catherine Gallagher, *The Industrial Revolution of English Fiction 1832–1867* (Chicago : U of Chicago P, 1985) 187–195 は，ヴィクトリア朝のイギリスの保守的政治思想の形成におけるコールリッジの象徴理論の影響について，短いが有益な解説を提示している。

（7）*The Friend*, ed. Barbara E. Rooke, 2 vols. (London : Routlege, 1996) 1 : 21.

（8）*The Friend* 1 : 16.

（9）*The Friend* 1 : 21.

（10）ここで用いたテクストは，*Biographia Literaria*, eds. James Engell and Walter Jackson Bate, 2vols. (Princeton : Princeton UP, 1983) である。以下，このテクストからの引用は BL と略記して巻数とページ数を本文中に示す。

（11）『文学的自叙伝』は出版時に，コールリッジ自身のドイツからの手紙と『クーリエ』紙から転載されたマチューリン (Charles Maturin) の『バートラム』(*Bertram*) の書評を加えて二巻本の体裁で出版されたが，それは二巻本の形態にこだわる出版社の商策によるものだった。つまり，『文学的自叙伝』の断片的な形式を論じるさいには，その断片性を批判するにせよ擁護するにせよ，市場経済からの圧力を考慮せざるをえないのである。『文学的自叙伝』の創作と出版の詳しい過程に関しては，D. M. Fogle, "A Compositional History of the *Biographia Literaria*," *Studies in Bibliography* 30 (1977) : 219–234 を

参照。

(12) 問題含みな「友人からの手紙」は，これまでも批評家たちの注目を集めてきた。Gayatri Spivak, "The Letter as Cutting Edge," *In Other Worlds : Essays in Cultural Politics* (New York : Methuen, 1987) 3–14 ; Christensen 161–178 ; Jean-Pierre Mileur, *Vision and Revision : Coleridge's Art of Immamence* (Berkeley : U of Carifornia P, 1982) 1–33 を参照。

(13) コールリッジの詳細な伝記としては，E. K. Chambers, *Samuel Taylor Coleridge* (Oxford : Clarendon, 1937) とホームズの二巻本 Richard Holmes, *Coleridge : Early Visions* (New York : Pantheon, 1989), *Coleridge : Darker Reflections 1804–1834* (New York : Pantheon, 1998) がある。だが，ジャーナリストとしてのコールリッジの活動のもっとも詳しい解説は，David V. Erdman, "Editor's Introduction" to Coleridge, *Essays on His Times*, ed. David V. Erdman, 3 vols. (Princeton : Princeton UP, 1978) 1 : lix–clxxix に見られる。

(14) Raymond Williams, *Culture and Society : Coleridge to Orwell* (London : Hogarth, 1987) 30–48. コールリッジの文学活動を当時の社会的・政治的背景とのつながりから考察したものとしては，Marilyn Butler, *Romantics, Rebels and Reactionaries : English Literature and its Background 1760–1830* (Oxford : Oxford UP, 1981) ; Jon P. Klancher, *The Making of English Reading Audiences, 1790–1832* (Madison : U of Wisconsin P, 1987) ; Robert Maniquis, "Poetry and Barel-Organ : The Text in the Book of the *Biographia Literaria,*" *Coleridge's* Biographia Literaria : *Text and Meaning*, ed. Frederick Burwick (Columbia : Ohio UP, 1989) 255–268 を参照。なお，読者／テクストの関係を歴史的な視点から再考する本章の議論は，クランチャーとマニキスに負うところが多い。

(15) Stephen Bygrave, "Land of the Giants : Gaps, Limits and Audiences in Coleridge' s *Biographia Literaria,*" *Beyond Romanticism : New Approaches to Texts and Contexts 1780–1832*, eds. Stephen Copley and John Whale (London : Routledge, 1992) 41.

(16) Catherine M. Wallace, "The Besetting Sins of Coleridge's Prose," *Coleridge's* Biographia Literaria : *Text and Meaning* 47–61.

(17) 文学テクストにおけるイデオロギーの問題に関しては，Terry Eagleton の *Criticism and Ideology* (London : Verso, 1976) と *Ideology : An Introduction* (London : Verso, 1991) が有益な議論を提示している。

(18) 注(12)にあげたスピヴァックは，精神分析的な立場からこの手紙を論じながら，「友人からの手紙」による議論の中断を象徴的な「去勢」と解釈している。スピヴァックによれば，この手紙は権威ある「法」の声であり，それが「主観」にすべてを包括しようとするコールリッジの観念論哲学の中核部分を切り取ってしまったのである。スピヴァックはつぎのように言う。

> ラカンの読者ならこのテクストの身振りをべつな仕方で解釈できるだろう。それは，主体のテクストへの他者の噴出である。そのように読むなら，想像力に関する議論の展開のたんなる中断と見えるものが，その議論を駆動してきた欲望を充足させないことによってその欲望を存続させているだけでなく，想像力の法をうち立てることを可能にする策略でもあると見なすことができるのだ。そう見るなら，分裂した自己であり偽装した他者でもあるこの作者の友人は「立法者」と呼ぶことができる。彼は作者の行動について命令を下すと同時に法を制定することを可能にするのである (Spivak 9)。

スピヴァックによれば，この友人の手紙は，まるでエディプスコンプレックスにおけ

る父親の声のように，欲望の充足を禁止することによって欲望を存続させ，同時に欲望の充足を先延ばしすることを達成した作者コールリッジに，「立法者」としての権威を授けた。その結果，コールリッジの想像力理論は以後100年以上にわたって権威を保持しつづけることになった。スピヴァックの議論は，想像力の理論が獲得した権威を理解する上で精神分析的な読解が一定の有効性をもつことを示している。

（19）Jerome J. McGann, *The Romantic Ideology : A Critical Introduction*（Chicago : U of Chicago P, 1983）1.

（20）McGann 13.

（21）現代のロマン主義批評におけるロマン主義的概念の反復に関しては，ほかに Clifford Siskin, *The Historicity of Romantic Discourse*（New York : Oxford UP, 1988）を参照。

第15章

（1）M. H. Abrams, *The Mirror and the Lamp : Romantic Theory and the Critical Tradition*（New York : Oxford UP, 1953）を参照。コールリッジの象徴理論に関する研究は，すでに数多く出ている。中でも重要なものとしては，J. Robert Barth, *The Symbolic Imagination : Coleridge and Romantic Tradition*（Princeton : Princeton UP, 1977）; Mary Rahme, "Coleridge's Concept of Symbolism," *SEL* 9（1969）: 619–632 ; E. S. Shaffer, *"Kubla Kahn" and the Fall of Jerusalem : The Mythological School in Biblical Criticism and Secular Literature 1770–1880*（Cambridge : Cambridge UP, 1975）; M. Jadwiga Swiatecka O. P. , *The Idea of the Symbol : Some Nineteenth Century Comparison with Coleridge*（Cambridge : Cambridge UP, 1980）; Douglas Brownlow Wilson, "Two Modes of Apprehending Nature : A Gloss on the Coleridgean Symbol," *PMLA* 87（1972）: 42–52 などがある。バースとシャファーの研究はコールリッジの象徴理論のキリスト教的背景に関する理解を深めるために有益である。コールリッジとキリスト教に関しては，ほかに J. Robert Barth, *Coleridge and Christian Doctrine*（New York : Fordham UP, 1969）を参照。

（2）Paul de Man, "The Rhetoric of Temporality," *Blindness and Insight*, 2nd ed.（Minneapolis : Minnesota UP, 1983）187–228.

（3）コールリッジの散文テクストの脱構築的な読解に関しては，Jerome Christensen, *Coleridge's Blessed Machine of Language*（Ithaca : Cornell UP, 1981）; Jean-Pierre Mileur, *Vision and Revision : Coleridge's Art of Immanence*（Berkeley : U of California P, 1982）; Arden Reed, "Coleridge, the Sot, and the Prostitute : A Reading of *The Friend*, Essay XIV," *Studies in Romanticism* 19（1980）: 109–128 ; Gayatri Chakravorty Spivak, "The Letter as Cutting Edge," *In Other Worlds*（London : Methuen, 1987）3–14

（4）ドロシー・ワーズワスは手紙の中で『政治家必携』について，「この作品は『友人』の中のもっとも難解な部分の十倍もわかりづらい」と書いている。*The Letters of William and Dorothy Wordsworth*, ed. E. de. Selincourt, revised ed. 7 vols.（Oxford : Clarendon, 1967–88）2 : 373.『政治家必携』に関するハズリットの反応に関しては，*Coleridge : The Critical Heritage*, ed. J. R. de Jackson（London : Routlege, 1970）248–277 を参照。

（5）Arthur O. Lovejoy, "Coleridge and Kant's Two Worlds," *Essays in the History of Ideas*（1948 ; Westport : Greenwood, 1978）254–276.

（6）ここで用いたテクストは，*Lay Sermons*, ed. R. J. White（London : Routlege, 1972）である。以下，このテクストからの引用は本文中に LS と略記してページ数を示す。

（7）*The Friend*, ed. Barbara E. Rooke, 2 vols.（London : Routledge, 1969）2 : 129.
（8）*The Friend* 2 : 127.
（9）最近では，コールリッジの形而上学的・美学的な議論の政治的な含意に注目する研究も現れ始めている。Marilyn Butler, *Romanticism, Rebels and Reactionaries*（Oxford : Oxford UP, 1981）69–93 ; Nigel Leask, *The Politics of Imagination in Coleridge's Critical Thought*（London : Macmillan, 1988）などを参照。
（10）書物としての世界というトポスに関しては，Ernst Robert Curtius, *European Literature and the Latin Middle Ages*, trans. Willard R. Trask（Princeton : Princeton UP, 1953）319–326 を参照。
（11）de Man, *Blindness* 207.
（12）John A. Hodgson, "Transcendental Tropes : Coleridge's Rhetoric of Allegory and Symbol," *Allegory, Myth and Symbol*, ed. Morton W. Bloomfield（Cambridge, Mass.: Harvard UP, 1981）273–292 を参照。哲学的な言説における隠喩の転覆的な作用に関する一般的な議論に関しては，Jacques Derrida, "White Mythology : Metaphors in the Text of Philosophy," trans. F. C. T. Moore, *NLH* 6（1975–76）: 5–75 ; de Man, "The Epistemology of Metaphor," *Critical Inquiry* 5（1978）: 13–30 を参照。
（13）de Man, *The Resistance to Theory*, ed. Wlad Godzich（Minneapolis : Minnesota UP, 1983）11.

第 16 章

（1）ここで用いたテクストは，Samuel Taylor Coleridge, *On the Constitution of the Church and State*, ed. John Colmer（Princeton : Princeton UP, 1976）である。以下，このテクストからの引用は CS と略記してページ数を本文中に示す。
（2）Raymond Williams, *Culture and Society : Coleridge to Orwell*（London : Hogarth, 1983）61. コールリッジの「聖職者知識人」の概念の形成の社会的・文化的背景に関する有益な情報に関しては，Jon P. Klancher, *The Making of English Reading Audiences, 1790–1832*（Madison : U of Wisconsin P, 1987）150–170 と David G. Riede, *Oracles and Hierophants : Constructions of Romantic Authority*（Ithaca : Cornell UP, 1991）165–239 を参照。コールリッジの政治理論，社会理論に関しては，John Colmer, *Coleridge : Critic of Society*（Oxford : Clarendon, 1959）; John T. Miller Jr., *Ideology and Enlightenment : The Political and Social Thought of Samuel Taylor Coleridge*（New York : Garland, 1987）; John Morrow, *Coleridge's Political Thought : Property, Morality and the Limits of Traditional Discourse*（London : Macmillan, 1990）も参照。
（3）*Biographia Literaria*, ed. James Engell and Walter Jackson Bate, 2 vols.（Princeton : Princeton UP, 1983）1 : 168.
（4）Forest Pyle, *The Ideology of Imagination : Subject and Society in the Discourse of Romanticism*（Stanford : Stanford UP, 1995）55. パイルはコールリッジのテクストを「想像力を「制度化」し，その「制度」をとおしてイギリスという国民の主体を確保する」（Pyle 28）こころみととらえて，興味深い分析をおこなっている。本章の議論はパイルの「制度化する理念」という概念に多くを負っている。
（5）*Biographia* 1 : 5.
（6）*Biographia* 1 : 300.

（7）コールリッジの思想の中心概念である「自然」（nature）に関しては，Owen Barfield, *What Coleridge Thought*（Middletown : Wesleyan UP, 1971）22–25 を参照。ロマン主義における美的対象と自然的対象の類比に関しては，Paul de Man, “Intentional Structure of Romantic Image,” *The Rhetoric of the Romanticism*（New York : Columbia UP, 1984）1–17 を参照。

（8）ここで用いたテクストは，*The Friend*, ed. Barbara E. Rooke, 2 vols.（London : Routledge, 1969）である。以下，このテクストからの引用は F と略記して巻数とページ数を本文中に示す。

（9）Terry Eagleton は *The Ideology of the Aesthetic*（Oxford : Basil Blackwell, 1990）の中で，アレクサンダー・バウムガルテンにおいてそもそも「政治的絶対主義への反応」であった美学はその萌芽段階から政治と不可分の結びつきをもっていたと指摘している。イーグルトンの説明によると，美的対象における個別と普遍の結びつきは，至上の一般意思と市民の個別的意思が成功裏に和解する市民社会のモデルを提供したのである。「なぜなら，美的対象の神秘とは，個々の感覚的対象がその全き自律性をたもちながらも，全体性の「法」を具現化していることにあるのだから」（Eagleton 25）。ポール・ド・マンも 18 世紀後半から 19 世紀における美学テクストのイデオロギー的含意に関する精妙な分析をおこなっている。Paul de Man, *Aesthetic Ideology*, ed. Andrzej Warminsky（Minneapolis : U of Minnesota P, 1996）を参照。

（10）Jerome J. McGann, *The Romantic Ideology : A Critical Investigation*（Chicago : U of Chicago P, 1983）3–8.

（11）ここで用いたテクストは，Coleridge, *A Lay Sermon*, in *Lay Sermons*, ed. R. J. White（London : Routledge, 1972）である。これら二つの俗人説教――『政治家必携』（*The Statesman's Manual*）と『俗人説教』（*A Lay Sermon*）――からの引用は，このテクストによる。以下，このテクストからの引用は LS と略記してページ数を本文中に示す。

（12）McGann 7.

（13）J. G. A. Pocock, “Modes of Political and Historical Time in Early Eighteenth Century England,” *Virtue, Commerce, and History : Essays on Political Thought and History, Chiefly in the Eighteenth Century*（Cambridge : Cambridge UP, 1985）101. 18 世紀イギリスにおける商業と徳の関係に関する争論についての研究は，第 5 章の注(4)および(8)であげた文献を参照。

（14）コールリッジの政治的「変節」に関してはすでに多くの議論がある。たとえば，E. P. Thompson, “Disenchantment or Default? A Lay Sermon,” *Power and Consciousness*, eds. Conor Cruise O'Brien and William Dean Vanech（New York : New York UP, 1968）149–181 ; Thompson, rev. of *The Collected Works of Samuel Taylor Coleridge : Essays on His Times*, ed. David V. Erdman, *The Wordsworth Circle* 10（1979）: 261–265 ; Jerome Christensen, “'Like a Guilty Thing Surprised' : Deconstruction, Coleridge, and the Apostasy of Criticism,” *Critical Inquiry* 12（1986）: 769–787 などを参照。

（15）1790 年代における急進的なユニテリアン主義者としてのコールリッジの道徳的進歩思想と千年王国思想はデイヴィッド・ハートリーとジョウゼフ・プリーストリーの圧倒的な思想的影響の下で形成された。急進的ユニテリアン主義者としてのコールリッジの思想的背景に関する詳細な研究には，Nicholas Roe, *Wordsworth and Coleridge : The Radical Years*（Oxford : Clarendon, 1988）や Ian Wylie, *Young Coleridge and the Philosophy of*

Nature (Oxford : Clarendon, 1989) がある。若きコールリッジの急進主義に関しては，ほかに David Aers, Jonathan Cook and David Punter, "Coleridge : Individual, Community and Social Agency," *Romanticism and Ideology : Studies in English Writing 1765–1830*, ed. David Aers, Jonathan Cook and David Punter (London : Routledge, 1981) 82–102 ; David Collings, "Coleridge Beginning a Career : Desultory Authorship in *Religious Musings*," *ELH* 58 (1991): 167–193 を参照。

(16) *Lectures 1795 : On Politics and Religion*, ed. Lewis Patton and Peter Mann (London : Routledge, 1971) 228.

(17) *Essays on His Times*, ed. David V. Erdman, 3 vols. (Princeton : Princeton UP, 1978) 1:144.

(18) トマス・ペインは「憲法（国家構造）はたんなる名前ではなく事実である。それはたんに理念的存在ではなく実体的存在をもつ。それが目に見える形態として生み出されないとき，それは存在しないのだ」と主張している（Thomas Paine, *Rights of Man* [Harmondsworth : Penguin, 1984] 71)。David Aram Kaiser, "'The Perfection of Reason' : Coleridge and the Ancient Constitution," *Studies in Romanticism* 32 (1993): 29–55 は『教会と国家の構造について』におけるコールリッジの議論を，ペインとエドマンド・バークの論争に端を発したフランス革命論争へのひとつの反応として，解釈している。

(19) コールリッジの象徴理論とそのイデオロギー的含意に関しては，前二章の議論を参照。

(20) イギリス社会における「階級」としての専門職と知識人の形成に関するハロルド・パーキン（Harold Perkin）の議論は，コールリッジの「聖職者知識人」の理念を理解する上で有益である。専門職や知識人は伝統的に中産階級の一部として理解されてきたが，パーキンは *Origins of Modern English Society* (London : Routledge, 1969) において，18 世紀後半から 19 世紀前半の時期において，知識人はひとつの「階級」あるいは「準階級」(sub-class) として形成されたと論じている。彼らの階級的アイデンティティーを支えるのは没利害的な専門知識であり，それによって彼らは社会における対立する階級の利害を調停することができると考えられた。パーキンによれば，「彼らは理論的レヴェルと実践的レヴェルの両方で，社会を道徳化したのである。理論的レヴェルでは，専門職の人々は他の社会階級の人々をたんなる自己利益の代弁者から社会の道徳理論家に変容させることをとおして，階級の理念を道徳化したのである」(Perkin 260–261)。マリリン・バトラー（Marilyn Butler）は *Romantics, Rebels and Reactionaries : English Literature and Its Background 1760–1830* (Oxford : Oxford UP, 1981) 69–93 において，コールリッジの著作は，ますます産業化が進展する国で社会的，文化的問題に取り組んだ知識人の典型的事例であると考えている。

(21) コールリッジをバーク的な保守思想の後継者としてとらえる典型的な例としては，Alfred Cobban, *Edmund Burke and the Revolt against the Eighteenth Century* (London : Allen & Unwin, 1929) 154–188 を参照。イギリスの知の歴史の皮肉のひとつは，ジョン・ステュアート・ミルの評価に見られるように，コールリッジの保守的な思想がヴィクトリア朝の文化的なリベラリズムの形成に大きく寄与したということである。ミルによれば，コールリッジの国家構造に関する議論の意義は，それが保守的な人々に「保守主義そのものの一部としてリベラルな見解をつぎつぎと受け入れ」させた点にある（John Stuart Mill, "Coleridge," *Utilitarianism and Other Essays*, ed. Alan Ryan [Harmondsworth : Penguin, 1987] 226)。Nigel Leask, *The Politics of Imagination in Coleridge's Critical Thought*

(London : Macmillan, 1988) 213 は,「商業的階級と国教会という表面的な敵対関係が, ある種の共生に見えてしまうような」ある種のイデオロギー的効果をコールリッジの言説の中に見出している。

(22) 筆者がここで言及しているのは, 言うまでもなくフレドリック・ジェイムソンの「想像的解決」(imaginary solution) という有効な概念である。Fredric Jameson, *Political Unconscious : Narrative as a Socially Symbolic Act* (Ithaca : Cornell UP, 1981) によれば, 美学的行為は現実の社会的矛盾に対して「美的な領域における純粋に形式的な解決」を与えるというイデオロギー的な機能をもつ。「イデオロギーとは象徴的生産に浸透したり備給したりするものではなく, むしろ美的行為そのものがイデオロギー的なのである。美的な生産や物語形式はそれ自体, 解決不可能な社会的矛盾に対して想像的で形式的な「解決」を備給する機能をもつ, イデオロギー的行為にほかならない」(Jameson 79) のである。